新潮文庫

捨ててこそ　空也

梓澤　要著

新潮社版

10847

目次

捨ててこそ　空也

ふたりの子

菅原道真《すがわらのみちざね》が筑紫《つくし》で憤死したその年、ふたりの赤子がこの世に生まれ出た。

ひとりは原野が広がる坂東の武士の子として。ひとりは京の都で天皇の子として。

坂東の子は自分を道真の怨霊《おんりょう》の依代《よりしろ》と信じ、皇子は自分を道真の怨霊の標的と怖《おそ》れた。

坂東の子が兵を挙げたとき、ふたりは偶然、出会った。新皇《しんのう》と名乗る男と、みすぼらしく痩《や》せた乞食僧《こつじきそう》として。

そのとき、坂東の地は荒々しく胎動していた。富士の山は激しく鳴動し、硫黄色の噴煙を吐いていた。粉塵《ふんじん》は原野を灰色に覆《おお》い尽くし、牧も、人家も、細々とした道も、すべてが埋もれ、人も獣もその下で喘《あえ》いだ。夜には、赤い火が頂上を染め、夜空を焦《こ》がした。浅間山も、那須岳《なすだけ》も、太古の生命の滾《たぎ》りそのままに燃えていた。荒ぶる大地は人の心を荒ぶらせ、煮えたぎらせていた。

そのとき、都は恐怖におののいていた。道真の怨霊が荒れ狂っていたのである。すさまじい稲妻が空を切り裂き、雷鳴が人々の耳をつんざき、宮殿を焼き払った。彼を陥《おとしい》れた者たちが次々に非業《ひごう》の死を遂げ、皇太子が夭折《ようせつ》し、不幸の連鎖がつづいた。天災、飢饉《ききん》、疫病《えきびょう》、盗賊の跳梁跋扈《ちょうりょうばっこ》。民の悲鳴が絶えることはなかった。怪しげな神が人心を奪い、不安を煽《あお》りたてた。坂東の男の登場がさらに恐怖をつのらせた。

その男の首が都の獄門にさらされたとき、乞食僧は市聖《いちのひじり》として民衆の前にあった。

「南無阿弥陀仏《なむあみだぶつ》」

ただその一言を、吐息のようにつぶやきながら。

第一章　出　奔

一

梅雨が近いせいか、日が暮れたのに蒸し暑い。宇多《うだ》法皇の豪奢な大邸宅亭子院《ていじいん》で半日過ごした醍醐《だいご》天皇の皇子五宮常葉丸《このみやとこはまる》は疲れきって牛車《ぎっしゃ》に乗り込んだ。

この日、法皇が大がかりな歌会を催し、名だたる歌人たちはもとより貴顕がこぞって参集するので、法皇はこの際、孫息子である十三歳の五宮を披露目させようと思い立って呼び寄せた。五宮は和歌は嫌いではないし、作るのも苦ではない。現に参加者らは法皇への阿《おもね》りもあろうが、お年若らしからぬ艶やかな情趣と褒めちぎり、そのくせ扇で口元を隠して目配せし合った。

——ほう、あれが例の。

──母御と暮らしているというが、いまさら出してきたのは法皇も何をお考えか。それとも母御はまだ……。

──しっ。帝《みかど》と法皇さまはいまだにわだかまりがあるそうな。さわらぬ神に祟《たた》りなしぞ。

──歳《とし》より小柄だし痩《や》せて青白いが、よう見ればなかなかの麗質《れいしつ》。母親似だな。

意地悪い好奇と詮索《せんさく》の視線にさらされて五宮は身をすくめ、来たことを後悔した。

夕刻、歌会が終わると、遅咲きのつつじの花群れを愛《め》で、広大な池に浮かべた龍頭《りゅうとう》鷁首《げきす》の船を観賞しながらの宴《うたげ》になった。豪勢な料理と酒、楽人たちの管弦、賑やかな笑い声。そのなかに混じるひそひそ声の話題は、先般急死した左大臣藤原時平《ふじわらのときひら》の後をうけて、近いうちに弟の忠平《ただひら》が右大臣に昇るであろうということだった。

早くも紙燭《しそく》に火が入れられ、まばゆい光が庭をいっそう薄暗くしている。御簾《みす》の下から女性《にょしょう》たちの襲《かさね》の裳裾《もすそ》がこぼれ出て、風がそよぐたびに焚《た》きしめた香が匂《にお》い立ってくる。空気が湿っぽいせいか、粘りついてくるようだ。

「歌会には見目麗《みめうるわ》しい姫たちもくる。そろそろ目星をつけておくがよかろう。母のもとにおっては出会う機はなかろうから」

法皇に言われていたが、五宮はきらびやかな船に興味を引かれたふりをして庭に降りたち、そのまま車寄せへとまわって邸《やしき》を抜け出してしまった。

母の屋敷は下鴨神社の近くだから、鴨川沿いに行ってもだいぶ距離がある。ぐったりして牛車に揺られていると、涙がこみ上げた。

母の顔が浮かぶ。途中で抜け出して帰ってきたと知ったら、母はなんと言うか。法皇に頼み込んでせっかく得た機会を台無しにしたと怒るであろう。御簾越しで顔も見えずどこの誰かもわからなくても、そこで見染めたことにして相手側に話をつけてくれるということらしい。法皇のお声がかりなしには妻にする女、いや恋の相手すら選べぬいまの身の上だ。母をまた悲しませてしまう。

五条の土手あたりにさしかかったとき、異臭に気づいた。いままで嗅《か》いだことのない臭《にお》いだ。

「止めよ」

御簾を搔《か》き分けて外を覗《のぞ》くと、河原に数十人の男たちが薪《まき》を積み上げ、何やら燃やしている。吐き気をもよおすような異臭はその煙が風に混じって漂っているのだった。

「あれは何ぞ。あの者たちは何をしておるのだ」

供の舎人《とねり》の道盛《みちもり》に尋ねると、野棄《のずて》の亡骸《なきがら》を燃やしているのだと眉《まゆ》をひそめた。

五宮は道盛が止めるのも聞かず牛車を降り、おそるおそる近づいていった。

川面《かわも》は残照を映し込んで油のようにぎらつき、黄ばんだ黒灰色の煙が暮れなずむ紫色の空にたゆたいながら昇っていく。男たちはどれも山伏とも乞食僧《こつじきそう》ともつかぬ風体で、五宮を認めても、まるで見えぬかのように無視して亡骸を運び、燃え盛る火の中に次々に放り込んでいく。集められた腐敗して半ば白骨化した骸《むくろ》、まだ死んで間もないとおぼしき若い女の骸は丸裸に剝《む》かれてさんざん凌辱《りょうじょく》されたあげく殺されたか、股《こ》間《かん》を血塗《ちまみ》れにして虚空《こくう》を睨《にら》んでいる。

死臭と肉と脂《あぶら》が焦げる臭い、骨が爆《は》ぜる音、燃えながら崩れる薪の火柱、パチパチと爆ぜながらあたり一面きらめかせて舞い上がる火の粉。それは金粉を振りこぼしたかのように美しく、だが火柱に浮かび上がる男たちの姿はまるで地獄の獄卒のように見える。

茫然《ぼうぜん》と見つめていた五宮は鼻をつく腐臭に胸がせぐりあげ、その場にうずくまっていやというほど吐いた。

それでもなぜか、足が引き寄せられた。自分でもわからぬまま、先へ先へと進もうとする。

――もっと見よ。見よ。見よ。

頭の中で、誰ともわからぬ声が叫んでいる。

よろよろと近づこうとすると、背後から道盛に抱きとめられた。

「なりませぬ。御身が穢《けが》れまする」

「穢れるだと？　ほざくなっ」

いきなり背後から怒声を浴びせかけられた。驚いてふり返ると、五宮より二つ三つ年かさの少年だった。

「とっとといっちまえ。二度と来やがるな」

少年はどす黒い子供の骸を胸に抱え、煤《すす》で汚れた顔に煙で充血した目をぎらつかせて主従を睨みすえている。

五宮は少年が大事そうに抱えている骸に目をやり、思わず息を呑《の》んだ。その骸は、野犬に食いちぎられたか、片腕がなかった。五宮は思わず自分の左肘《ひだりひじ》を衣の上から右手できつくつかんだ。ねじ曲がったまま動かせぬ左肘が急にぎりっと痛んだ。

「まだわからんか。さっさと消えろ。帰って穢れ祓《はら》いの祈禱《きとう》でもしてもらうんだな。でないと祟るぜ。夜ごとうなされたあげく、おっ死《ち》ぬぜ。怖いだろう？　どこぞの御《おん》曹司《ぞうし》さまよ」

少年は憎々しげに嘲笑《あざわら》うと、背を向けて行ってしまった。

いつの間にかあたりは薄闇《うすやみ》に覆《おお》われ、東山は黒々と波打ち、黒い川面に高々と燃え盛る火柱があかあかと映っていた。

二

屋敷に帰り着いた五宮は母を避けて自室に入ると、そのまま寝込んでしまった。

あの少年の姿が脳裏を離れない。藁《わら》で結えたぼうぼうの蓬髪《ほうはつ》、ぼろぼろに破れた汗じみだらけの素麻の浄衣、剝き出しの腕も脚も垢《あか》じみていたが、こりこりと硬そうに引きしまっていた。あの燃える眼、あれは敵意か、それとも憤怒《ふんぬ》か。彼は何者か。

左肘が疼《うず》く。震えが止まらない。絹の夜具にくるまり、胎児のように身を縮めて、少年が抱えていた片腕のない子の骸のことを思った。

(あの骸はわたしだ。自分の姿だ。母にうとまれて不具の身になった、このわたしだ)

五宮は声を押し殺して泣きじゃくった。

五宮の母は醍醐帝の後宮の更衣《こうい》で、生家の身分こそ高くないが寵愛《ちょうあい》著しく、常葉丸を儲《もう》けた。だが五宮が二歳のとき、女御《にょうご》藤原穏子《やすこ》所生の同い年の皇子保明《やすあきら》親王が皇太子に立てられた。穏子は左大臣藤原時平の実妹で、菅原道真の政敵だった時平が道真を九州大宰府《だざいふ》へ追放して政界に君臨し、ごり押ししてわずか二歳の甥《おい》を立太子させたのだった。

おなじ皇子なのに五宮は親王宣下《せんげ》すらしてもらえず、悔しさと妬《ねた》ましさに激昂《げきこう》した母は、ある日、わが子の片脚をひっつかみ、高殿の縁から放り投げたのだった。

地べたに叩《たた》きつけられて骨折した左肘は、その後の加持祈禱の甲斐《かい》なくねじれたままま っすぐ伸ばせなくなり、筋も切れたか、ものがうまくつかめなくなってしまった。

五宮自身は、激痛に泣き叫んだこと、苦い薬湯を何度も無理やり飲まされたこと、宮中の護持僧《ごじ》の読経《どきょう》の声がくぐもって不気味で恐ろしかったこと、それに女官たちのひそひそ声くらいしか憶《おぼ》えていないが、その後間もなく、母子が後宮を出て母の実家に引き取られたのがそれと関係あることは察しられた。

その後も母はしばしば感情を爆発させて五宮を折檻《せっかん》した。勝気で才気走った美貌の母は帝の寵愛を自負していたし、華奢《きゃしゃ》なからだつきながら人目を引く美貌でしかも賢いわが子に望みをかけていたのに、五宮が生れたとき十九歳の帝にはすでに八人の子がおり、藤原氏とはいえ傍流のたかが受領《ずりょう》の女《むすめ》が帝位を望むこと自体、帝にも周囲にも身のほど知らずの思い上がりと映った。

帝は叩き出した後は見向きもせず、五宮はいまだ親王宣下もされぬまま、母子は母

つき合ってくれようという人もない。帝をはばかって誰も訪ねてこないし、家に招いてつき合ってくれようという人もない。

母の父親はすでになく、かつて地方の受領に任じられていた頃、中央官人の常で私腹を肥やした資産があるものの、山陰の小国だったからたかが知れていた。都に戻ってからはせいぜい娘の寵愛の余慶に与《あずか》らんと期待をかけ、精一杯見栄《みえ》を張って貴顕や女官たちに付け届けを欠かさず、惜しみなく金子《きんす》を使ったから、母子が追い出されて帰ってきた落胆は大きかった。その父が失意のうちに亡《な》くなってからは、兄や弟はろくな役職にもつけず、不遇をかこっている。

「たいそうな羽ぶりだったがなあ。いずれは帝の外戚《がいせき》、時平公をしのぐとはいわぬまでも、肩を並べるくらいにはと、父上もわしらも信じて疑わなかったに」

人がいいだけのおとなしい伯父まで、五宮に気兼ねしつつ、嘆息するのが常である。

「そろそろ元服おさせ申さねばならぬ御齢《おとし》だが、せめて親王宣下がいただければ、陽の目を見られるであろうに。このままでは元服の儀もままならぬ」

どなたかしかるべき人に烏帽子親《えぼしおや》をお願いして、この先後見になっていただかぬことには、と頭を悩ませつつ、誰に頼ったらいいのか、あてにできる人を探しあぐね、いまだに幼名のまま、童子姿でいる甥を見るのもつらくなっている。

そんな五宮に対して唯一《ゆいいつ》、情をかけてくれているのが、祖父の宇多法皇なのである。菅原道真を重用して善政をしいた宇多は、息子の醍醐へ譲位した二年後に仁和寺《にんなじ》で出家したが、道真の事件以来、帝との間に感情的な対立が生じた。以来、表向きは政治から一切身を引いて、亭子院、宇多院、中六条院などの院御所で自由気ままに暮らし、和歌や管弦の遊興三昧《ざんまい》の日々を送りつつ、その実、隠然たる力を保持している。

幼い頃、臣籍に下って源姓になり、ひょんなことから帝位に就いた苦労人であり、藤原氏との駆け引きに長《た》けた策略家でもある。退位後にもうけた子女も数多く、五宮もその皇子らとともに養育してやろうとの思《おぼ》し召しである。

そこには藤原時平の弟忠平の息子たち、実頼《さねより》、師輔《もろすけ》ら兄弟も出入りして皇子たちの遊び相手を務めており、中でも五宮は三歳年上の嫡男《ちゃくなん》実頼と気が合って、彼から宮廷内のことや市井《しせい》のあれこれを教えてもらっている。生真面目《きまじめ》な実頼は杓子《しゃくし》定規すぎて面白みはないが、その分誠実で嘘《うそ》のつけない少年である。

次に会ったとき、五条河原で見たことを話すと、実頼は最近、行者や私度僧《しどそう》の集団が各地に出没し、行き倒れの死骸《しがい》を荼毘《だび》にふすほか、道を作ったり橋を架けたり、布《ふ》施屋《せや》を建てたりと、奈良朝の行基《ぎょうき》集団に範をとった社会事業をすることが増えているのだと、少しばかり胡散臭《うさんくさ》げな顔で教えてくれた。

「得体の知れぬ者どもだそうです。中には盗賊まがいの連中もおるとか」

民を襲って持物や衣類を奪い、ときには金品目当てに殺害したり、女をさらって犯し、人買いに売りとばす輩《やから》もいるというのである。

「だけど、そんな悪党たちには見えなかった」

五宮はあの光景が忘れられないのだ。

それは母に対する恐怖と自分を捨てた父帝に対する嫌悪の裏返しであることに、彼自身、まだ気づいていなかった。

母は次第に常軌を逸してきている。夜ごと五宮の部屋にやってきては、春宮《とうぐう》保明親王の生母藤原穏子への恨み言をくり返す。

「あの女がわたくしを追い落とすために帝に讒言《ざんげん》したのです。わたくしがご寵愛を独り占めして、あの女より先にあなたを生んだから妬んで、兄たちと示し合わせて帝を無理やり翻意させたのです。悪辣《あくらつ》な女！」

五宮は春二月に生まれ、保明親王はその年の冬の生まれだ。先に生まれたからといって、それで優位に立てるものではないのに、それより母親の出自の優劣が重要視されるのに、そんなことは冷静に考えれば子供でもわかることなのに、母は認めようとしない。ひたすら自分のほうが帝の寵愛を得ていたと、自尊心にすがりついている。

「帝も帝。まるでけがらわしいといわんばかりに、わたくしたちを追い出してしまわれた。でもね、五宮。帝は決してご本意ではないのだから、いまにきっと迎えをおよこしになるわ。かならずそうなさるわ」

五宮の肩を抱きしめてかきくどいたかとおもえば、

「あなた、なぜ黙ってばかりいるの。なぜ、そんな目で母を見るの。あなたまでわたくしを蔑《さげす》んでいるのね。そうなのね」

感情を昂《たか》ぶらせて泣きわめき、目を吊《つ》りあがらせてつかみかかってくる。その形相はまるで魔物がとり憑《つ》いたようで、五宮は総毛立って身を震わせるしかないのである。

そのくせ朝になれば、母は何事もなかったかのようなけろりとした様子で歌をつくっている。

「宮中の歌会がもうじきですからね。よいお歌をご披露して、帝にお褒めいただかなくては」

招かれもしない歌会や宴の支度に余念がない。衣装はどうしようか。乗っていく牛車は他家に見劣りしないか。帝へのお土産は何がいいか。楽しげにあれこれ語る母は、十余年に及ぶ不遇にもかかわらず若く美しいままで、それがかえって哀れで、五宮は目を逸《そ》らしたくなる。

「ねえ五宮、あなたも一緒に参内《さんだい》するのですから、もっと真剣におなりなさいな」

こぼれるような笑顔で言いたて、論語の暗唱と自作の漢詩を父帝の前で披露しろと熱心に勧めるのである。

「あなたがどれほど優れたお子か、皆の前で見せつけてやるのです。帝はきっと目を見張ってお喜びになるわ。ああ、楽しみだこと」

母が怖い。少しずつ、だが確実に、壊れていく母が怖い。

「ええ、母上、われながらいい出来の詩をつくりました。自信作ですよ」

少しでも長く母の機嫌をよくしておきたくて、嬉しげに笑ってほしくて、虚《むな》しい嘘を積み重ねる。そのくせ、一刻も早く母の前から消えてしまいたいと、そればかり心の中で念じている。

そんな日々の中で唯一の救いは、乳母の命婦《みょうぶ》、その息子の道盛、妹娘の阿古《あこ》の三人である。秦《はた》氏の出の彼らは命がけで五宮を守ろうとしており、五歳年上の道盛は舎人としてたえずつき従い、命婦と阿古は母御の狂気がいつか五宮の心まで蝕《むしば》んでしまうのではないかと案じている。

六年前、五宮が七歳の延喜《えんぎ》九年（九〇九）初夏四月、菅原道真を追放した時平が三十九歳の壮年盛りで急死した。醍醐帝を支えて崩壊しかけている律令体制の立て直しに邁進《まいしん》している最中の出来事だった。その前年には、道真の左遷《させん》を撤回させようとした宇多を阻止した蔵人頭《くろうどのとう》も不審死を遂げていた。諸国で疾病《しっぺい》が蔓延《まんえん》し、大旱魃《かんばつ》に苦しめられていた時期だったから、世人はこれらはすべて道真の怨霊《おんりょう》のしわざと震えあがった。

――これで菅公《かんこう》の怨霊が鎮《しず》まったわけがない。これからもっともっと、酷《ひど》いことが起こるに違いない。いずれは帝やお血筋にまで……。

そんな声も聞こえてくる。繊細な五宮の神経がそれに耐えられるか、命婦たちは不安をつのらせているのである。

三

不安感を嘲笑うかのように、ここ数年、京では異常なことが頻発している。

禁色《きんじき》とされている深紅色の衣服が「焦色《こげいろ》」「火色」と呼ばれて大流行し、朝廷が着用を禁じても一向におさまる気配がないし、前年の旱魃で米穀の値が高騰《こうとう》したのを抑えるために官が安く売り出すと、民衆が殺到して老人や子供が大勢踏み殺された。

月次祭《つきなみのまつり》の前日、宮中で狐《きつね》が死んでいるのが発見されたり、秋に桜と桃の花が咲いて、すもや柚《ゆず》の実がなったり、奈良の聖武《しょうむ》帝の陵墓で原因不明の火災が起こったり、さらに延喜十三年には、時平に加担してその後右大臣に昇った源光《みなもとのひかる》が奇怪な死を遂げ、さらに八月と十一月には京内を未曾有《みぞう》の大風が襲い、千五百戸の家屋が倒壊して、死傷者の数は数千人に上った。その度に菅公の名がとりざたされる。

ある日、法皇の御所に呼ばれた五宮に、法皇が尋ねた。

「そなたも、道真が怖いか」

怖い、とは口にできなかった。五宮は心配なのである。道真の怨霊は、次には父醍醐帝に災いをもたらすのではないか。時平と源光や蔵人頭をとり殺したように、命まで奪おうと狙《ねら》っているのではあるまいか。誰にも言いはしないが、父帝が自分を疎《うと》んで遠ざけたのは、自分が道真の死んだ直後に生まれたからではないのかとも思っている。父帝の心の奥底には道真への罪悪感と後悔の念がわだかまっていて、それが自分に向けられたのではあるまいか。

黙ってうつむいてしまった孫の様子を興味深げに眺めやり、法皇はさりげなく切り出した。

「道真は野心や権勢欲はおよそかけらもない男だった。根っからの学者でな、おのれが正しいと信じることをひたむきにやっておれば、それで満足。それ以上は望まぬ。

右大臣に昇らせたのは、下官のままでは誰も言うことを聞かず、仕事にならぬからじゃ。時平一人がおのれの思うまま帝を動かすようでは、藤原氏の専横を赦《ゆる》すことになる。いずれむかしに逆戻りだ」

いまいましげに肉厚の顔をしかめた。かつて即位したばかりの頃、勅書の「阿衡《あこう》」という文言に時の関白藤原基経《もとつね》がいいがかりをつけて、政《まつりごと》が空転する事態に陥ったことがある。その紛争を解決したのが当時讃岐守《さぬきのかみ》の道真だった。それを機に宇多はこの無名の学者を抜擢《ばってき》して体制刷新に乗り出し、基経の死後は関白を置かず天皇親政をおこなった。醍醐への譲位後、基経の息子の時平を左大臣にした際、道真を右大臣に据えたのも、阿衡の紛議から得た教訓だった。

「時平にしても、けっして無能な男でも私利私欲だけの男でもなかった。それゆえ厄介。扱い方次第で毒にも薬にもなる。それは道真とて同じだが、ただ、あの者は自分が無欲な学者ゆえ、他人の野心にうとかった。人のやっかみ、嫉妬《しっと》にまるで気づかぬ。気づかぬゆえ警戒心もない。しかし、あの男、悪霊になるほど執念深い男ではなかったがのう」

筑紫《つくし》へ送られたときの道真は罪人同様の扱いで、大宰府での日々は食べものもろくに与えられず、雨漏りのひどい陋屋《ろうおく》で寒さに震え、二年もたたぬうちに病死したと、五宮でさえ聞いている。法皇がそれを知らぬはずはないのに、まったく心当たりがないとでもいう口ぶりだ。

「もっとも、あの男、実は仏教嫌いだったからな。無常ということが理解できなんだのであろうよ。栄華も権勢もつかの間のはかない夢。虚仮《こけ》にすぎぬ。それさえわかっておったら、やむなきことと得心して、おのれを鎮めることができたであろうに」

そうであろう？　というように五宮に向かって頷《うなず》いてみせ、さらに言い放った。

「いずれにせよ、朕《ちん》には一切関わりないことだ。朕はあの者に怨《うら》まれることなど、何一つしてはおらぬのだからな」

鼻で笑い、なおも言った。

「帝にしても、あの頃はまだ十七歳かそこらの若年であったゆえ、時平にそそのかされただけのこと。怨まれる筋合なぞあるものかえ」

空理《くうり》の法名をもつ法皇のもとで、五宮は仏法を学び始めた。法皇は彼に経典を読ませ、自ら一句ずつ解説してくれる。ときには東寺や比叡山延暦寺の僧を呼びよせて講釈させ、五宮の疑問に答えさせる。

「この世のあらゆるものには、実体といえるものはござりませぬ。これが釈尊がお説きになられた第一の教えです」

「あらゆるものとは何なのか。御坊は実体がないと申されるが、現に、物は存在するではないか。この文机《ふづくえ》も床も柱も、それに法皇さまも、御坊もこのわたしも、現にいまここにおるではないか」

「さよう。ふつうはそう思いましょう。目に見え、触って確かめることもできるのですから。しかし五宮さま、ようお考えください。たとえば、あなたさまは昨日のあなたさまではない。昨日よりお背丈もお髪《ぐし》もほんの少し、目に見えぬほどですが伸びておりますし、昨日考えておられたことが今日は違う。そうではありませぬかな」

「それは実体がないのとは違う。変化しただけだ」

「いやいや、そうではありませぬ。絶対に変わることがない、絶対不変の本体がないから、変化するのです。物はかならず古び、壊れ、やがては無くなります。草花も木々も、たえず変化します。繁《しげ》っては枯れ、枯れてはまた芽を出して成長し、繁り、また枯れていきます。人もおなじ。生まれては死に、死んでは生まれ、そのくり返しが無常であり、苦しみの根元なのです」

「この世のいかなるものも、ほんの一時のもので、変わらぬことなどあり得ぬというのだな。人間はそれに逆らってみてもどうにもならぬ。それが苦だというのだな」

言いながら五宮は、法皇の言葉を思い出して胸が痛んだ。道真はその無常なることを知らぬがゆえに自ら苦しんで死んだのだ。法皇はそう言った。でも、知っていれば苦しみから逃れられるというのか？　なおのこと苦しいだけではないのか。

「あらゆるものは、因と縁の二つによって成り立っております。たとえば、植物の種は、やがては実となる因ではございますが、しかし、種だけでは育ちませぬ。土と水と陽光が必要です。それが縁。因を助け、影響するものにございます。物にかぎりませぬ。世の中のありさまも、出来事も、人の生き死にも、因と縁の関わり合いによって起こることにございます」

「ならば、人の気持はどうなのか。喜怒哀楽もすべて因と縁が引き起こすと？　おのれの心の内から自然に、ときには自分自身が意識せぬまま湧《わ》きあがってくるものだと思うが」

五宮は考え込み、納得できないまま、いらだつのである。

南都奈良の興福寺からわざわざ法相宗《ほっそうしゅう》の学僧を招き、質問に答えさせることもある。

「因果応報というが、報いはかならずその者が生きているうちに現れるのか。善業《ぜんごう》を積めば善い結果が得られ、悪業をすれば悪い結果になる。善因善果、悪因悪果、すべておのれ自身に帰ってくる。そういうことではないのか。しかし実際には、非道の悪業を犯しながら、なんの報いも受けず、そのまま安楽に死んでいく者もおるではないか。人を苦しめ、泣かせ、恨みを買おうが平然とおのれの利のみ貪《むさぼ》り、貪りつくして、いい人生だったと満足して死んでいく者が、現におるではないか。それのどこが因果応報か。報いをわが身に受けて苦しみ、それで初めて後悔する。おのれのしでかした罪の重さにおののき、のたうちまわる。それが報いというものではないのか」

五宮の鋭い口調に、学僧は少し困ったおももちになりながらも、丁寧にかみ砕いてこたえてくれる。

「悪業の者は、死ねば来世で地獄・餓鬼・畜生の三悪道に堕《お》ち、耐えられぬほど長い期間、非常な苦しみを味わいつづけねばなりません。この世に生きているうち、現世だけで結果が出るものではないのです。現世などそれこそ一瞬の如《ごと》く短きもの。それより来世で長く苦を受けねばならぬほうが恐ろしいことです。その来世でまた悪業をなせば、その次もまた悪道に堕ちます。そうやって三界を輪廻《りんね》転生しつづけることが報いなのです」

「では、本人は現世の記憶を来世でも保ちつづけるのか。かつての自分の行状を忘れては、自分がどうしてそんな苦を受けねばならぬのか、得心したくともできぬではないか。現に、わたしは過去世でどんな人間だったか、いや、人間であったのか、獣だったか、まるで記憶にない」

「昔の天竺《てんじく》では、人間にはたとえ輪廻しても相続する自我が存在すると考えられておりましたが、釈尊はそれを否定しました。自我は縁によって生じるもの、つまり縁起《えんぎ》するものであり、瞬間瞬間に生じ、また滅する。生滅をくり返しながら連鎖いたします。その無意識の自我ともいうべきものを、わが法相宗では阿頼耶識《あらやしき》と呼び、それが輪廻しても受け継がれる業を担《にな》います。つまり、現世の阿頼耶識は前世の業によって生じ、したがって、その業の力が尽きれば現世の生存が終わる。つまり、死ぬわけですな。現世のおこないで蓄えられた善悪の業の種子から、来世の阿頼耶識が生じる。これが輪廻なのです」

「すると、その阿頼耶識とやらが、魂なのか？　輪廻しても魂はそのまま存続すると？」

「いえ、魂というのとは少しばかり違いますが」

「どう違うというのだ。魂が三界を輪廻するのならば、魂がこの世に止《とど》まるのは何故《なぜ》なのか。悪霊となってこの世に災いをなすことがあるのを、仏の教えはどう説明するのか」

「五宮さま、それはたいそう難しい話でございますから、少し変えてお話ししましょう。わが法相宗では、人間がそれぞれ生まれながらにもっている仏教的資質によって五種に分けます。一は菩薩《ぼさつ》になる者、二は独自に悟りを得て縁覚《えんがく》になる者、三は小乗仏教の修行者である声聞《しょうもん》になる者、四にはそのいずれになるとも定まっていないけれども悟りを得て成仏《じょうぶつ》できる者、あと一つは、仏性《ぶっしょう》を持たず、したがってけっして救われぬ者。これを五性各別《ごしょうかくべつ》と申します」

「救われる資質をもたずに生まれてくる者もあると？　しかし、あらゆるものは因と縁でいかようにも変わるという。であるなら、生まれてきてからの本人の心がけとおこない、それに周囲の状況次第で、変われるはずではないか」

「自分のおこないで変われることと変われないことがございます。先ほども触れましたが、前世の業の深さゆえ、縁が尽きぬうちはいかんともしがたいということもございます」

「しかし、菩薩は衆生《しゅじょう》を救うのが役目と聞く。救えなくともしかたないというのは、怠慢ではないのか」

矢継ぎ早に質問を浴びせかけ、おざなりな答えでもされようものなら、舌鋒《ぜっぽう》鋭くやりこめる。しまいには顔面を蒼白《そうはく》にしてぼろぼろと涙をこぼすのである。

法皇は、この小柄で憂《うれ》い顔の孫が驚くほど鋭い感性と激しい批判精神を隠し持っていることを、内心、面白がっていた。

(妙な子だ。大悪か、それとも大善か。いずれにせよ末恐ろしい子だ。帝がこの子を宮中から放り出してしまったのはあまりにむごいと思っていたが、案外よかったのやもしれぬ……)

育ちようによっては、天皇家を内側から食い荒らす獅子《しし》身中の虫になりかねぬ。いずれ近いうちに臣籍降下させて、かつての自分がそうなるはずだったのと同様、無為徒食に一生を費やすほうが、かえってこの子の為《ため》やもしれぬ。

それとも本人が望むなら、出家させるか。比叡山でもこの仁和寺でも、東大寺でも、東寺でも、どこでもいい。かたちだけの別当か門跡《もんぜき》になり、妻子を持ってのんびり暮らすのが一番だ。無為な日々ほど安穏なことはない。むごい境遇のこの子が無事に生きながらえるためには、そのほうがいいのだ。宇多はそう考えている。

四

面白き趣向をするゆえ見にくるようにと法皇から呼ばれたのは、五宮十四歳の晩夏のことである。場所は御室《おむろ》の仁和寺、光孝《こうこう》天皇の勅願によって宇多が創建し、出家後、寺内に邸宅を建てて住んでいるので御室御所とも呼ばれている。
阿弥陀《あみだ》堂に案内された。今日はここで比叡山に伝わる不断《ふだん》念仏の行法を延暦寺の僧たちを呼んで再現するのだと教えられた。法皇のとりまきの公卿《くぎょう》たちも多数招かれている。

参列者たちが堂に入り、本尊の阿弥陀如来《にょらい》を安置した須弥壇《しゅみだん》の正面にもうけられた縁台に、法皇と皇子たちと五宮、左右の壁際《かべぎわ》の縁台に公卿たちが座を占めると、いよいよ法会《ほうえ》が始まった。

行をおこなう者たちは総勢十四名。いずれもせいぜい十三、四歳くらいまでの、五宮と同年配の童子たちである。五宮はそのいでたちに目を奪われた。全員、白絹布をたっぷり襞《ひだ》をとって右肩を肌脱ぎにして身体《からだ》にまといつけている。白布には一寸ほどの金の縁取があり、動きにつれて、光を照り返してきらめく。

「ほほう、これはまた、清楚《せいそ》にしてきらびやかな」

「いったい何事が始まるのでしょう。法皇さまは見たことのないものを見せてくださると」

他の参列者たちも感嘆と期待の声をあげた。

釈迦《しゃか》の尊像はこれとよく似た広布を身にまとっている。童子たちは天竺の扮装《ふんそう》で仏弟子を模しているのか。それとも、阿弥陀仏の極楽浄土の住人という設定か。五宮にはどちらともわからなかった。

童子たちは本尊の阿弥陀仏が安置されている須弥壇の前に整列すると、膝《ひざ》をついて拝礼して釈迦如来、阿弥陀如来、観音菩薩、勢至《せいし》菩薩を勧請《かんじょう》し、その後、一列になって阿弥陀経を唱えながら須弥壇の周りをしずしずと歩きだした。

「なぁーもぉー　あぁーびーたーふー」

耳慣れない発音に、五宮はとまどった。ふつうは経典も論書もすべて呉音で読むのに、阿弥陀経は漢音だと「あびたけい」、まったく違うものに聞こえる。

比叡山の念仏は、入唐《にっとう》留学僧の円仁《えんにん》が中国五台山の五会《ごえ》念仏を請来《しょうらい》したもので、山の念仏と呼ばれている。円仁は延暦寺を創建して日本に天台宗を開いた最澄《さいちょう》の弟子で、第三代天台座主《ざす》になり、慈覚大師《じかくだいし》の諡号《しごう》を賜った。

「あーびーたーふー」

「なぁーもぅぅーあぁーびぃーたぁーふぅぅー」

声を長く引き、不思議な抑揚をつけて詠《うた》うように唱える。声変わり前の少年たちの甲高い声はしだいに震えを帯び、五宮にはそれが、まるですすり泣いてでもいるようなな、あるいは幼児が泣きながら切れ切れに母親を呼ぶ声にも似て、胸を締めつける哀切な響きに聞こえた。

（あれはわたしの声だ。夜毎《よごと》、母を恋しがり、母を恨んですすり泣く、幼いわたしの声だ）

聞きたくない、やめてくれ。耳を塞《ふさ》ぎたいのに思いは声に同化し、いつの間にか、自分で気づかぬまま口の中でつぶやいていた。なぁもぉーあーびーたーふー、あぁーびぃーたーふぅぅー。

やがて夕闇が忍びこんで堂内が薄暗くなってくると、柱から吊り下げられた銅灯籠《とうろう》に火が入れられ、籠目《かごめ》ごしの光が少年たちを照らし出した。

斑《まだら》模様の光が白絹の襞に影をつくり、金の縁取がちらちらと鈍い光を振りこぼしている。童子たちの片肌脱ぎの素肌が熱気で汗ばみ、油を塗ったようにぬめっている。幽鬼のような白い影が薄闇の中からじわと沁《し》み出し、揺らめきながら目の前を通り過ぎていく。過ぎたかと思うとまた現れる。

なぁーもぉー、あーびーたーふー、あぁーびぃーたぁーふぅー。震える声が耳にこだまする。素足で床を踏むひたひたという音だけが声に混じる。頭がくらくらする。目を開けていられない。目を閉じても白い影は脳裏から去らず、声も消えない。

儀式が終わって御所の客殿で酒宴になると、参列者たちはまだ興奮醒《さ》めやらぬといったおももちで、声高にしゃべりだした。

「いやはや、まことにもって奇特なものを拝見いたしました。まさに目の保養、いや、極楽往生した心地にござります」

「こういっては罰《ばち》が当たりましょうが、なにやらなまめかしゅうて、ぞくぞくいたしました」

あれほど気を呑まれてしんと静まり返っていたのは、なんだ、そんな下種《げす》なことだったのか。五宮は落胆したが、法皇がにんまりしながら言った次の言葉に耳を疑った。

「次には、女童《めのわらわ》にやらせてみようかの。ふむ、それも一興。楽しみにしておるがよいぞ」

延暦寺や仁和寺の堂童の中から見目麗《みめうるわ》しい美少年を選りすぐったのも、声変わり前の者に限ったのも、すべて法皇の演出だというのである。衣装も法皇が女官たちに縫わせたのだという。

五宮が表情を曇らせているのに気づいたか、

「五宮、そなたはどうであった。面白かったか」

法皇は少し目を尖《とが》らせて訊《き》いた。

五宮はその視線を避け、膳《ぜん》に気を取られているふりをしながら、尋ね返した。

「叡山でもあのようにやっておるのですか。あれとおなじように？」

「まさか、そんなわけがあるまい。此度《こたび》はほんの思いつきの余興。山では慈覚大師が伝えた修法《しゅほう》を忠実にやっておるわ。のう相応《そうおう》」

法皇は傍らにちんまり坐《ざ》している老僧に頷いてみせた。

相応は円仁の直弟子で、大師の遺言に従ってこの修法を始めたのだと説明した。

「不断念仏と申しまして、滅罪と往生の祈願のため、丸七日間、不眠不休でおこないます」

本来は過酷なものなのだと、今回は法皇の思し召しに逆らうわけにいかずこんな見世物じみた仕儀になったが、決して本意ではないのだと言外に匂《にお》わせた。

「そうですか。そうだろうとわたしも思いました」

「見たいか？」

法皇がにわかに興味をそそられたという顔で訊いたから、五宮は是非ともとこたえた。

それから二ヶ月後の八月、相応和尚《かしょう》からの招きで、五宮は比叡山へ昇った。

毎年八月十一日の暁から十七日の夜までの七日七夜、円仁が創建した叡山東塔の常行堂で不断念仏行がある。最初は東塔だけだったが、二十数年前から西塔の常行堂でもおこなわれ、二千余人の僧を四組に分け、晨朝《じんじょう》・日中・日没《にちもつ》・初夜・中夜・後夜《ごや》の日に六度、交代でおこなう。

その行は仁和寺で見たものとはまったく違っていた。堂僧十四人が阿弥陀仏の周りを巡りながら阿弥陀経を誦《じゅ》し、阿弥陀仏の名を唱える。それはおなじだが、僧たちは皆、逞《たくま》しいからだつきの壮年の者たちで、墨染の衣に白の下衣姿である。

「なぁーもぉー　あーびーたーふー」

その声は力強く、激しく迸《ほとばし》り出すかとおもえば、腹の底から絞り出すかのように重く、次の瞬間には喉《のど》をきつく締めつけて唸《うな》りを発する。過日の童たちのか細く震えるような、不思議な抑揚とはまったく違う。引声《いんじょう》念仏というのだと相応和尚が教えてくれた。

五宮は息を呑んで見つめた。あのとき感じた違和感の正体がやっとわかった気がした。

昼間のうちは秋風が心地よく感じられたが、日が暮れると急に冷え込んできた。山上は都よりひと月以上も気温が低い。うっそうと木々が茂っているせいで霧雨が多く、一年中、湿気に悩まされるし、冬には人の腰の高さほども雪が積もるという。

灯火の下、僧たちの口から吐き出される息が白い。木の縁台に坐した膝下から冷気が這《は》い上ってくる。真夜中の丑三つ時《うしみどき》、後夜の行が終わり、次の晨朝の行の始まりまで一刻ばかり間があるというので、宿舎にあてられた僧房へもどって仮眠をとることにした。眠れそうもないが、からだは疲れきって、節々がこわばってしまっている。

外に出ると、漆黒の闇《やみ》が堂を押し包むかに迫ってくる。遠くかすかに獣の咆哮《ほうこう》が聞こえ、闇の中にいくつもの目が光っている。狸《たぬき》かいたちとわかっていても恐ろしかった。

床についても寝つかれなかった。なぁーもぉー、あーびーたーふー。僧たちの声が頭の中で鳴り響いている。高く、低く、重く、まるで波のように寄せては遠のき、押し寄せては砕け散る。

闇の中で相応和尚の言葉を思い返した。

「常に仏の周囲を巡ることで身の罪がことごとく失《う》せ、経を常に唱えることで口の咎《とが》がことごとく消える。そうやってひたすら一心不乱に行ずる。これがこの不断念仏行の目的なのです。阿弥陀経に、若《も》しは一日、若しは二日、若しは三日乃至《ないし》七日、一心不乱なれば、臨終の時に心顛倒《てんどう》せずして即《すなわ》ち極楽に生まる、とあります。つまり、身体と口と心、この身口意《しんくい》の三つの罪業、人がこの世で犯す罪業をことごとく滅し尽さねば、阿弥陀浄土へは行けぬということです」

「では訊くが、この者たちは自分自身の往生のためにこの行をやっているのか。自分のためか」

つきつめた問いかけだったが、相応は静かな声音で応《こた》えた。

「それもありますが、しかし、そうとばかりはいえませぬ。自分のためではなく他者のために、その代わりにもいたします」

他者とは誰のことか。誰の代わりだというのか。

相応はまたこうも言った。

「われわれ人間は、この世に生きている限り、日々、罪を犯します。肉欲、食欲、睡眠欲に負け、嘘偽りや悪口を言い重ね、心の中にさまざまな煩悩《ぼんのう》がうずまきます。嫉妬、憎悪、我欲、貪り、自分さえよければいいという利己心は誰の中にもあります」

それは納得できる。自分を省みれば、そのとおりだと思う。人は誰でも罪を犯している。自分でも気づかぬうちに罪を重ねて生きている。では、彼らは人々のために、あらゆる者の罪業を消して極楽往生させるために、そのために彼らはやっているのか。

わかるまで帰るものかと心に決めた。法皇からは、

「そなたのことだ、律儀《りちぎ》につきあう気でおろうが、やめておけ。一日見ればたくさん

だ」

と言われていたが、それでは来た甲斐《かい》がない。

結局、三日間、苦痛と眠気と闘いながらひたすら見つづけた。四日目の日中の行の後、立ち上がろうとして意識を失い、強制的に山を下《お》ろされた。

五

法皇はなんのためにあんなことをなさったのか。五宮はどうしても理解できないでいる。

決して愚かなお方ではない。人一倍仏の教えを敬い信奉し、そもそも初めて法皇と名乗ったお方なのだ。法皇とは、仏法を護持して仏教を信じるすべての人間の頂点に立ち、その法のもとに統《す》べる存在である。かつて華厳経《けごんきょう》に深く帰依《きえ》して東大寺に大仏を創建して自ら仏弟子と表明した聖武天皇でさえ、退位後に法皇とは名乗らなかったのに、宇多は自ら任じて法皇となった。

それなのに、なぜ、あんな厳かな修法を冒瀆《ぼうとく》するような真似《まね》をなさるのか。見た者に下劣な気持を起こさせる見世物にして満悦している様子なのは、なぜなのか。

ある日、思いきって訊いた。

「どういうおつもりなのか、かえってわからなくなりました」

すると、法皇は厳しい声音でこたえた。

「そなた、叡山で何を見てきたのだ。行は行者がやればよい。厳しい行をし、その結果、験力《げんりき》を身につけて加持祈禱《きとう》をおこなう。誰のためにか？　決まっておるわ。われらのためぞ。天皇家と貴族のためぞ。それがひいてはこの国のためになるからだ。病魔退散、怨霊調伏《ちょうぶく》、国家安寧、災厄消除、そもそも仏法とはそれが目的だ。坊主《ぼうず》はそのために存在する。それをさせるために、国が僧尼令《そうにりょう》で定め、税を免じ、身分を保障しておるのだ。無駄に飼っておるのではないわ」

そう言い放つと、片頬をゆがめて皮肉な笑いを浮かべた。

「そなた、おのれの身分を考えよ。行者になれと誰が言うた」

その言葉に反発し、その後何度も比叡山へ昇った。相応和尚は、少年の気まぐれの知識欲であっても、相手が相手だけに無下にはできぬと考えてか、いつも熱心に相手をしてくれる。

相応和尚は円仁の直弟子で、そのひたむきさを見込んだ円仁が時の権力者藤原良相《よしみ》に推薦して受戒得度させた。密教秘法を伝授されて験力で世に知られるようになり、良相の娘の二度の大病を加持で癒《いや》し、清和《せいわ》帝の歯痛を治したのに始まり、染殿の后《きさき》が天狐に憑かれて狂乱したのを鎮め、光孝帝の皇后がやはり狐の祟《たた》りに苦しめられたのも癒した。醍醐帝も五宮が生まれた年、和尚の加持祈禱のおかげで病が癒えたし、五条女御が皇子を安産したのも和尚の祈禱のおかげだった。

　すでに九十近い老齢で、平素は自坊に籠って念仏行と、法華経《ほけきょう》や般若理趣経《はんにゃりしゅきょう》の読誦《どくじゅ》に専念している。そんな高徳の阿闍梨《あじゃり》をわざわざ呼びつけ、あんな俗っぽい見世物をやらせた法皇に対して、五宮は不信感をおぼえるようになっているし、和尚に対して申し訳なく思ってもいるが、

「貴顕の外護《げご》あってこそ、寺が存続でき、仏法が守られるという面もございます。もちつもたれつ、法皇さまはそれをようご存知のお方ですので」

　和尚は聖も俗もすべて包み込むような穏やかなまなざしで言うのである。

　それに惹《ひ》かれて語り合ううちに、山の念仏は不断念仏だけではないと教えられた。阿弥陀呪《じゅ》あるいは無量寿《むりょうじゅ》真言と呼ばれるものを唱えるもので、「唵悪莎縛訶《おんあそわか》」の一字呪、「唵阿蜜嘌多帝際賀羅吽《おんあみりたていぜいからうん》」の小呪、それに、百二十五字の真言の中で不死と永遠の生を意味する甘露号「阿蜜嘌多《あみりた》」を十回唱える大呪とがある。

　真言とは真理をあらわす秘密の文言で、短いものを真言、長いものを陀羅尼《だらに》という。

つまり密教の阿弥陀念仏である。

「やってごらんにいれましょう」

相応は若い僧を呼び入れて、目の前で唱えさせた。

「オンアソワカ」

「オンア　ミ　リ　タ　テイ　ゼイ　カ　ラ　ウン」

僧は両手の指を複雑に組み合わせて印契《いんげい》を結び、一音ずつ区切るように力強く唱えてみせた。

これらの阿弥陀呪は比叡山だけでなく、弘法大師創建の高野山や東寺の真言宗でもおこなっている。特別な修法というわけではなく、滅罪往生の祈念に一般的におこなうものだという。

「法皇さまは東寺で伝法灌頂《でんぽうかんじょう》を受けられたほどのお方ですから、むろん、日々の勤行《ごんぎょう》でご自身おやりになっておられましょうが」

和尚の目は笑いをふくんでいたが、

「そうですか。ええ、きっとそうですね」

五宮は曖昧《あいまい》にうなずいた。

宇多法皇は、退位二年後の昌泰《しょうたい》二年十月、まず東寺において灌頂を受け、その十日後に仁和寺で落飾入道して空理の法名を授けられた。次いでそのわずか一ヶ月後、今度は東大寺の戒壇院において受戒。御年三十三歳だった。

そしてさらにその二年後、東寺で伝法灌頂を受けた。伝法灌頂とは密教で阿闍梨位を得ようとする者に究極の法を授ける秘密の儀式である。つまり、法皇の場合は、名目だけの便宜的な落飾入道ではないのである。相応が言うのはそのことなのだ。

——行は行者がやればよい。

法皇はそう決めつけたが、本当はそれだけではないのかもしれない。祖父という人は複雑すぎて、心の底までは測れない。

五宮は混乱していた。仏の教えは誰のためにあるのか。何のためにあるのか。自分は何を信じればいいのか。これから先、どう生きればいいのか。

六

御室御所は右京一条。西に嵯峨野《さがの》が広がり、秦氏の本貫《ほんがん》の地太秦《うずまさ》にも近い。乳母の命婦《みょうぶ》は息子の道盛に命じて御所からの帰り、五宮を嵯峨野へ連れ出させた。

元気盛りの十五歳の若者がふさぎこんでいるのが心配でならず、しばらく母親から引き離すほうがいいと判断したのである。嵯峨野には秦氏の別邸がある。そこでひと月ばかり外気に触れてのんびりすれば、生気がもどるであろう。山は紅葉の季節だ。乾いた風が野を吹き渡っている。馬で野駆けして汗をかけばたいていの鬱屈《うっくつ》は晴れる。だいたい、若者が仏法にのめりこんだりするのがよくないのだ。法皇さまが贔屓《ひいき》にしてくださるのはありがたいことだけれど、若者は若者らしく、おなじ年頃の者と一緒に馬鹿《ばか》騒ぎしたり、色恋にうつつを抜かすくらいなほうが健全だ。命婦はそう考えている。

「よけいなことはお考えにならず、気晴らしなさいませ。お気が晴れるまで、おもどりになってはいけませんよ」

いつになく厳しい顔で言うものだから、五宮は面倒と思いつつも出かけていった。

嵯峨野の秋は美しかった。清明な水と野を吹き渡る風が身心に重く淀《よど》んだものを洗い流し、次第にからだ中に生気が満ちてくるのが五宮自身感じられた。

ある日、愛宕山《あたごやま》あたりまで足を伸ばそうと出かけた五宮と道盛は、途中で道に迷い、化野《あだしの》のほうへ来てしまった。

そこでまた、あの臭《にお》いを嗅《か》いだ。骸《むくろ》を焼く臭いだ。

足が勝手に急いだ。化野は鴨東《おうとう》の鳥辺野《とりべの》や洛西《らくせい》の桂川河畔と並ぶ葬送の地である。

貴族や官人以外の民は葬儀も墓もなく、野棄《のずて》にされる。たえず腐臭が漂い、烏《からす》の大群が空を覆《おお》うかに乱舞する異界である。

はたして、山の錦繍《きんしゅう》を背景に黒灰色の煙が幾筋も立ち上っている。あのときと同じように数十人の男たちが黒い影のように動きまわっている。

その中にあの少年がいた。二年前に一度会っただけなのに、見違えるばかりに逞しい若者になっているのに、なぜか一目でわかった。

少年もまた、五宮のことを憶《おぼ》えていた。

「なんだ、またおまえか。なんで来やがった」

あいかわらず憎々しげな口調にたじろぎながらも、なつかしさのほうが強かった。

「そなた、名は？」

「猪熊《いのくま》だ。猪《いのしし》と熊みてえに強くなれと、ふた親がつけた。つけただけでおっ死《ち》んじまったけどな。そっちはなんという？」

「わたしは……」

宮とは言いかねた。

「常葉丸という」

「どこの何者だ。変わり者の若君が怖いもの見たさで、のこのこやって来やがったんなら、赦《ゆる》しゃしねえぞ」

「違う。そうではない」

激しくかぶりを振ったが、しかし、なにがどう違うのか。なぜか自分が恥ずかしかった。

それでも猪熊は気がすんだらしい。骸を運びながら問わず語りにしゃべった。

「菅公の怨霊《おんりょう》なんざ、くそ喰らえだ。時平だか源の誰それだか知らんが、そんなやつら、好きなだけ祟り殺すがいいさ。だがな、飢饉《ききん》や大雨風を起こして民草を殺すとはどういう料簡《りょうけん》だ。こいつらに何の罪がある。その日その日をただ必死に生きつないでいただけじゃないか。顔が映る薄粥《うすがゆ》を分け合い、たまに人から奪うのも、ただ生きるためじゃないか。殺したくて殺すんじゃねえぞ。盗みたくて盗むんじゃねえんだぞ」

ぎろりと五宮を睨《にら》み、五宮の水干袴《すいかんばかま》に唾《つば》を吐きかけた。

「その風体だ。どうせ京内のごたいそうな邸《やしき》でぬくぬく暮らしていやがるんだろう。だがな、ここへ来る間に、野垂れ死にの死骸《しがい》が見えなんだか。何年も前の大風でぼろ屑《くず》になった木切れを繋《つな》ぎ合わせて蓑虫《みのむし》みてえに雨風をしのいで、そこで誰にも看取《みと》られずに死んでいく婆《ばば》を、見なんだのか。いんや、おまえなんぞに見えるわけがないわ。たとえ眼の前にあっても、見えも感じもしねえ。そんなやつに何がわかる」

「それは……」

五宮は虚を衝《つ》かれた。そのとおりだ。眼の前にあっても見えない。見ようとしなければ見えない。わたしは何を見たか。何が見えていたか。何を見ようとしていたか。彼の言うとおりだ。わたしは何一つ見ていない。何もわかっていない。

「菅公はせいぜい暴れるがいいさ。次は帝《みかど》だろうが皇子だろうがかまうもんか、祟り殺すがいい。おらたち下民の知ったことか。だけども、なんの罪もねえ民草までまきぞえにしやがったら、金輪際、赦しゃしねえ。真っ逆さまに地獄に落ちて、せいぜい煉獄《れんごく》で焼かれやがれってんだ」

猪熊の悪態は止まるところをしらなかった。五宮はただうなだれて聞いていたが、

「猪熊、何をしておる！」

一人の中年の男が駆け寄ってきた。

「あ、喜界坊《きかいぼう》さま。ちっ、まずいとこ見られちまった」

猪熊は慌《あわ》てて肩をすくめた。

喜界坊と呼ばれた男は集団の頭目か、見るからに逞しい体軀《たいく》の眼光鋭い男だ。

「無駄口たたいている暇はないとあれほど言うたはずだぞ。手間取って検非違使《けびいし》に目をつけられでもしたら、容赦なく追い立てられる。骸をこのまま野ざらしにしてはお

けぬ。われらが何をしておるか、よう考えよと言うたに、おまえはまだわからぬのか」

「わかっておるわ。わかっておるけども、どこぞ貴家の御曹司面《づら》したこやつが邪魔しに来やがったから、ちぃと脅しつけておかぬと面倒なことになると」

猪熊はしきりに言いわけしたが、

「いいから仕事にもどれ。あと百はある。朝までに始末をつけてやらねばならぬ。今夜は寝る間はないと思え。わかったらさっさと行け」

追いたてられ、猪熊は腹立ちまぎれに五宮を睨みすえ、地べたにぺっと唾を吐きかけてから、火柱の下へと駆けていった。

厳しい顔でそれを見送った喜界坊は、五宮に向かって深々と頭を下げた。

「どこのお方か存じませぬが、ご無礼の段、どうか、ひらにお赦しくだされ。慣れた仕事とはいえ、骸を相手にしておりますと、どうしても気が昂《たか》ぶります。我しらず荒らぶってしまうものでして。ことにあの者は若くて血の気が多いうえに、人一倍、情の濃いやつですので、荒れて困ります。どうぞ下賤《げせん》の者の心得違いと、ご容赦を」

丁重に詫《わ》びた。その言葉の端々に猪熊を包む情愛を五宮は感じた。この男は猪熊をいとおしんでいる。厳しく叱《しか》りつけながらも、わが子のようにいとおしんでいる。そう感じた。

喜界坊は静かな声音でつづけた。

「お去りくだされ。ここはあなたさまのようなお方が来るところではありませぬ」

五宮はおずおず口にした。

「手伝わせてくれ。頼むから」

自分でも思ってもみなかった言葉が口を衝《つ》いて出た。驚きながらも、この男ならわかってくれるかもしれないと思った。

「なりませぬ。さ、まいりますぞ」

道盛が厳しい顔で五宮の肩を抱え、無理やり連れ去ろうとするのをふり払い、喜界坊の顔を正面から凝視した。

「頼む。気まぐれなどではない。本気だ」

だが、喜界坊は険しい表情で五宮の顔を見つめ返し、吐き捨てるように言った。

「お断りいたしまする。あなたさまはそれで気がすむかもしれませぬが、それでわしらが追い払われたり捕われることになるのは真っ平御免」

検非違使に訴えられると危惧《きぐ》しているらしい。都の治安を守る検非違使がこの連中を罪人扱いするというのか。いつぞや実頼が盗賊まがいの非道な連中もいるというようなことを言っていたが、実際に捕縛されたり獄に収監されたりすることがあるのか。

それにしても、野棄の骸を荼毘《だび》にふすという、本来ならば官か、官から身分を保障されている僧侶《そうりょ》がやるべきことを自発的にやっているこの連中が検非違使に追われること自体、おかしいではないか。そんなことが本当にあるのか。あっていいのか。

どうしても腑《ふ》に落ちないが、おまえなんぞに何がわかると猪熊に言われたことが心に突き刺さっている。自分は現実の世界を何も知らない、見えていない、そう思うと身が震える。なにより喜界坊が拒否しているのは事実だ。

「ならば、ならばせめて、この金子《きんす》を受けとってくれ。これを使って、供養《くよう》してやって……」

言い終わらぬうちに遮られた。

「いや、骸に銭金は無用にござる。読経《どきょう》や法会はなんの役にもたちませぬでな」

「なにゆえだ。丁重に追善供養してやれば」

「それで死者の魂が喜ぶと？　どこで習い覚えたかは存じませぬが、それはあなた方身分あるお人の理屈にござる。あなた方はこの世の栄華を来世まで持って行こうとなさる。さらに栄華を望まれる。追善供養はそのために、この世で犯した罪業《ざいごう》を消し去るためでござろう。しかしながら、ここの骸どもにとっては、死はむしろ救いでしてな。苦しみから逃れられたのだから、ほっとしておるのですよ、それ以上は望みたくても望めぬ。来世の往生など考えたくても考えられぬのですよ。わしらはせめて、魂がこの世に怨念を残して逝《ゆ》かぬように、そのためにこうしておるのです。それが精一杯の、いや、唯一《ゆいいつ》の供養ですろう」

手厳しい拒絶に五宮はただ立ち尽くすしかなかった。

七

その夜、五宮は阿古を犯した。女のからだに埋もれるしか、おのれを保つすべがなかった。同情か、それとも恋愛か、阿古は黙って受け入れた。

阿古はやさしい女である。しっかり者なのに万事おっとりしていて、話す口調ものんびりしており、からだつきも母親似でふっくらしている。五宮より一つ年上で、五宮母子が宮中を出て実家に下がったのを機に、乳母人の命婦も実家に預けていた阿古を引き取り、以来、おなじ邸内で暮らしている。母親を助けて五宮に仕え、嵯峨野の別業へも世話のために来ている。

五宮にとってはものごころついたときから従姉《いとこ》ほどの近しさだが、阿古は母のしつけで五宮に対して馴《な》れ馴《な》れしすぎることなく、男と女の仲になっても変わらなかった。昼日中でも阿古を求めた。そのやわらかなからだにわれとわが身を埋め、あまやかな髪の匂いにつつまれて、貪りつくす。したたかに精を放った後は、しなやかにたわむからだをきつく抱きしめ、胸と胸を合わせたまま眠る。いくら貪っても貪りたりない。蔀戸《しとみど》を閉めきり、几帳《きちょう》を立てめぐらした薄闇の中で、果てることなくうごめく二つの肉の塊だけが、いまの五宮が生きていることを実感できる唯一の世界だった。

外に出かけようとしないのを案じた道盛が野駆けに誘い出そうと躍起になっても、五宮は荒淫《こういん》にげっそり削《そ》げ落ちた頬をうっすらゆがませて、それより酒にしよう、酔いたい、とつぶやくのである。

話す相手は阿古だけになった。母と命婦がいる家にはもどりたくない。このままずっと、ここで阿古と暮らそう。世間から忘れられたまま、無為に、けだもののように生きて、やがて死ぬ。それのどこが悪い。酔いにまみれてそう思う。

そんな五宮のすさみが、阿古は憐《あわ》れでならなかった。ますます激しさを増す情事を恐れてもいた。それが母親に対する愛憎ゆえと知っていたから、その呪縛《じゅばく》から五宮を解放してさしあげたくて、情事の合間、抱き合っているとき、やんわり話してみたりする。

「母上さまはおかわいそうなお方なのです。ただ、ご自分の気持がどうしようもなくて、それであなたさまにあたってしまわれるのです。あなたさまにつらくあたられた後はいつも泣いておられます。ご自身をお責めになって、わが母でさえお慰めできぬほどのお嘆きようで」

返事もしない五宮をそっと窺《うかが》いながら、言葉を継ぐ。

「母上さまはいまも帝をお慕いしておられるのですわ。ずっと恋い焦《こ》がれておられるのです。帝に愛していただきたい、むかしのように寵愛《ちょうあい》していただきたい。捨てられたのではない、そうお思いになりたいだけなのです。決してご自身の見栄《みえ》や欲で五宮さまを春宮《とうぐう》に立てたいと願ったわけではなく、ただ、ご自身と宮を他のどのお妃《きさき》さまやお子より愛してほしくて、帝が大事になさってくださると確認したくて、その一心なのです」

うるさがられるのはわかっていても、言わずにはいられないのである。

「わたくしの母は、五宮さまがよくお泣きになるのを案じております。夜具にくるまって泣いておられる。人前でも涙をお見せになる。母は無理もないと申します。おちいさいときからつらいのを我慢してこられたのだからしかたないのだと。でも、そんなことを知らぬ人は、意気地のない、女々しさと勘違いしてしまう。それが悔しい、悔しくてならぬと」

「そうか。命婦に心配かけているのだな」

「でも、五宮さま、わたくしはそれでいいのだと思います。五宮さまがお泣きになるのは、それでご自身を癒しておられるのですから。悲しみ、怒り、情けなさ、屈辱、お心の傷をご自分で治しておられる。わたくしにはそう見えます」

言いながら、阿古は五宮の曲がった左肘《ひだりひじ》をさすっている。慈《いつく》しむような優しいしぐさで、いつの間にか、交情の後はこうするようになっている。初めは、わざわざ不具の身を意識させられるのと、同情されている気がして鬱陶しく、その度にふり払っていたが、それでも阿古が触れてくるので慣れてしまい、するままにさせている。

「でも、この頃の五宮さまはなんだか、いままでとは違うような」

ふと阿古の手が止まった。

「ご自分のためにではなく、もっと別のことで、わたくしにはよくわかりませんけれど、何かもっと大きなわけがおありになるのではないかという気がしてなりません。ご自身やお母上のことではなく、誰か他人の悲しみを引き受け、その人の苦しみと痛みをわがものとして、それでお泣きになる。そんなふうに思われてなりません」

「人の苦しみか……」

いや、それができぬから苦しいのだ。人の痛みがわからぬ自分が情けなくて、それで泣かずにいられないのだ。そう言いたかったが、口にはしなかった。

「それはきっと、宮さまがお優しいからです。お優しすぎるのですわ」

同情とか共感という程度のことではなく、他人の心に同化してしまうのは、自分自身を見失うことになる。阿古はそう言いたいらしい。

だが五宮は、自分が怖いのである。母といると、ときどき、暗い衝動に駆られる。背丈はいつの間にか母より拳《こぶし》一つ分、高くなっている。力も母より強い。幼い頃とは違う。いまの自分は母の首を絞《し》めて殺すことだってできるのだ。母をかわいそうな人だと思い、哀れと思う。その気持に偽りはない。だから、母がどれほど感情を昂ぶらせても、身を硬くしてじっと耐えている。でもいつかこらえきれなくなりそうで、自分自身が恐ろしい。

嵯峨野に閉じこもってふた月ほどした冬のある日、藤原実頼が突然、訪ねてきた。しばらく見ないうちに、実頼は右大臣家の嫡男《ちゃくなん》らしく驚くほど大人びて風格すら出てきていた。そろそろ正式に任官されるという。律儀で有能な若者だから、いずれ父親と並んで重んじられるようになるであろう。五宮は無二の友を心から祝福した。

それなのに、当の実頼は何やら鬱屈を抱えた様子で押し黙っている。

「どうしたんだ。何かあったのか？」

酒を勧めても、盃《さかずき》を持ったまま視線を泳がせ、話そうかどうしようか躊躇《ためら》っている。溜息《ためいき》をつき、唇を舐《な》め、また溜息をつく。

「言いたくないなら言わなくてもいいさ。それより今夜は飲もう。わたしもこの頃はいっぱしに飲めるようになったんだ。いざ、飲み比べしようぞ」

わざと軽く言い、阿古に酌をさせて盃を重ねた。

実頼が重い口をきったのは、したたかに酔って、そろそろ呂律《ろれつ》がまわらなくなった頃だった。

「相次ぐ不幸と天災は菅公の怨霊のしわざ、世間はそう噂《うわさ》しておりますが、しかし実は、わが父忠平がたくらんで故意に流したものでした」

実頼は父と側近たちとの会話を立ち聞きしてしまったのだという。

「伯父の時平が切れ者なのに対して、弟のわが父は同母ながら温厚な気質ゆえ、絶えず後《おく》れをとり、風下に甘んじてきました。兄がいる限り、自分は陽の目を見ることはできぬ。その焦《あせ》りと妬《ねた》みでそんなことをしでかしたのです」

恥じ入るように面を伏せた。忠平は時平の片腕だった右大臣源光が非業の死を遂げた後、右大臣に昇り、廟堂《びょうどう》を率いている。いまや藤原一門の氏長者として押しも押されもせぬ存在である。

「わたしは父が赦せないのです」

実頼は口にしないが、もう一つ理由があるのだと五宮は察した。彼はつい最近、時平の末娘を正室に迎えた。従兄妹《いとこ》同士で幼馴染《おさななじみ》のふたりはともに初恋で、生真面目《きまじめ》な実頼は彼女を深く愛しており、その新妻から父親を奪った自分の父に強い反感を抱いているらしい。

「しかし、なぜそんなことを、わたしに？」

「それは、あなたさまが、菅公が亡《な》くなられた直後にお生まれになり、それゆえ浅からぬ因縁のお方と、あ、いや、口さがない世間がそう言いたてておりますゆえ。帝はあなたさまをうとまれ、あなたさまは不遇なお身の上になってしまわれたと」

「因縁か……」

五宮はぽつりとつぶやいた。法皇や僧たちは皆、口をそろえて、ものごと、存在、現象、すべては因と縁でなりたっていると言うが、それゆえ生じては滅するもので、永遠に変わらぬことはありえないのだと言うが、しかし、ふつうは因縁の相手といえば悪縁の意味である。だとしたら、わたしと道真は悪縁でつながっているのか。それとも、道真の無念が乗り移ったとでもいうのか。

「あなたさまが苦しんでおられるのは痛いほど感じております。それにお母上も」

言いかけて、なぜか実頼は口ごもった。

「なんだ。はっきり申せ」

「」

五宮がいらだった声をあげると、実頼も強い口調で言い返した。

「申し上げますともそのために来たのですから。あなたさまはここで閉じこもっておられてご存知ないでしょうが、過日、お母上が法皇さまの御所へいらして」

「母が？」

いやな予感がした。

「あなたさまを法皇さまのご猶子《ゆうし》にしていただきたいと頼み込んだそうです」

「わたしをお祖父《じい》さまの猶子にだと？　母がなにゆえそんなことを」

「法皇さまは近々、ご実子の皇子お二方を帝の養子になさるお話が進んでおります。あなたさまをそれと一緒にふたたび帝のお子に復し、親王宣下《せんげ》していただこうと」

「馬鹿げたことを。母はそんなことまで」

吐き捨てた五宮だったが、実頼は目を潤《うる》ませてかぶりを振った。

「お母上は必死なのです。孤立無援で懸命に闘っておられる。あなたさまをお守りするためです。そのためなら恥辱だろうがなんだろうがかまわぬと」

「わたしのためだと？　わたしはそんなことを望んではおらぬ。本人がいやだというのに強いるのは、母の勝手な我欲ではないか」

「それは、聞き捨てなりません」

実頼は顔を真っ赤にして抗弁した。

「母親がわが子のために懸命になるのを、それを我欲とは、あまりにむごいおっしゃりよう。五宮らしくもない」

「もういい。もう言うな」

だが実頼はいつになく執拗《しつよう》だった。

「あなたさまはなげやりになっておられる。法皇さまのところへも顔をお出しにならず、こんなところに引きこもって、ただ女と戯《たわむ》れて」

実頼はじろりと阿古を一瞥《いちべつ》した。

「聞き捨てならぬのは、おまえのほうだぞ、実頼」

五宮は睨みすえたが、実頼は引きさがろうとしなかった。

「いいえ、言わせていただきます。お母上のお気持を無下に拒まれるのは、あまりにもお心ないなさりよう。あなたさまらしゅうありませぬ。法皇さまもどうしておるかと案じておられます」

「もういい。わかった」

五宮は蒼白《そうはく》な顔で、

「帰れ。もう二度と、わたしの前に顔を出すな」

無二の親友に絶縁を申し渡した。

阿古の五宮に対する感情は、ふたりの関係が深まるにつれて変わっていった。

身分違いは承知している。五宮はいずれ法皇の思《おぼ》し召しによって正室をもうけ、やがて世の貴顕の男の常で幾人も愛妾《あいしょう》をたくわえる。でも、それでも、子さえもうければ、そしてそれが男の子なら、自分は皇子の子の母親になれる。そうすれば、たとえ側妻《そばめ》のひとりにすぎなくても、一生優雅な暮らしができる。侍女たちにかしずかれて着飾って暮らし、わが子の成長と立身を楽しみにする。女なら誰もが望む貴家の女の人生だ。兄や一族の者たちも余慶に与《あずか》れる。

それは、男の愛を勝ち得ている女の自信と、それから発するささやかな夢にすぎなかったが、五宮の心はますますさんだ。阿古も結局、母とおなじだ。我欲を貪《むさぼ》ることしか考えぬ。子はそのための道具で、いい道具を欲しがる。

八

翌年、十六歳の夏、母が死んだ。母は、五宮の親王宣下を奨《すす》めてくれるよう宇多に哀訴したのをにべもなく断られて最後の望みを失い、井戸に身を投げたのである。帝と法皇への呪詛《じゅそ》を書きなぐった文が自室に残されていた。

母の青白い骸は左手にしっかと水晶の念珠を握りしめていた。人を呪《のろ》って自死しながら、おのれは滅罪と極楽往生を願ったのか。こわばった白い指をほどいて胸の上で合掌させてやりながら、母の愚かさが悲しかった。ふしぎと涙は出なかった。

その夜、邸を出た。もう自分をこの世界につなぎとめるものは、何もなかった。父帝のことは顔も憶えていない。あちらも同じであろう。父と子をつなぐ縁はとうに切れている。

行くあてはなかった。ただ猪熊たちと行動をともにしたい、それだけだ。

道盛だけが二頭の馬を引いてついてきた。

「どこへ行かれますのか」

五宮は返事もせず、前だけを見て馬を歩かせた。

「都を見ておきたい。最後になるやもしれぬ」

下鴨《しもがも》から、洛中の北辺ぞいに西へ向かい、船岡山に上った。南を望むと、御所が正面に見える。父帝はもう眠りに就いているであろう。ふとそう思った。

御所の周囲に広がる京内の家々はどこもすでに寝静まり、灯火はほとんど見えない。南天高く、金色の満月が皓々《こうこう》と輝いている。月明かりの下、帝も貴族も官人も、そして民たちも、皆、静かに安らいでいる。

だが、眠りの中で見る夢はおなじではない。人は独りで生まれ、独りだけの眠りを貪り、独りだけで死んでいく。いや、人は、誰もが皆、独りなのだ。そう思うと、なぜか心が鎮《しず》まった。

「阿古のもとへおもどりには？」

道盛が背後からそっと尋ねたが、ふり返りもせず無言のまま、かぶりを振った。

「しかし、妹は」

道盛の声は途中で途切れた。しばらく黙りこくっていたが、やがて気をとりなおしたか、

「右京七条に知り合いの家がございます。今夜はとりあえずそこに宿りましょう」

この頃は京内でも盗賊が横行している。護衛もない夜道は危険すぎる。どこへ行く

にしても明日からにいたしましょう。道盛は低い声でそうくり返した。

用心しいしいたどり着いたその家は、中級官人の別業か、狭くはないがどことなく荒れた風情《ふぜい》の家だった。板塀を巡らしてはいるがところどころ破れているし、庭は雑草が繁《しげ》り、周囲は民家もまばらで、田畑が広がっている。貴家の大邸宅が多い左京と比べて、もともと湿地の右京は早くから荒廃が進んだ。それでも御所に近い二条や三条あたりまでは官衙《かんが》があって治安も悪くないが、このあたりまでくるとたちまちさびれた雰囲気になる。

道盛は馴れた様子でぎしぎし軋《きし》む門戸を自分で開け、五宮を招き入れた。どうやら道盛の恋人が住む家らしい。

寝ぼけ顔で出てきた老僕に命じて紙燭《しそく》に火を入れさせ、老婢《ろうひ》に白湯《さゆ》と寝床の支度をさせると、

「お疲れにございましょう。横におなりください」

言葉少なにそれだけ言い、物音をたてぬよう足音をしのばせて下がっていった。

眠れるわけがなかった。

(すべて捨てた。捨ててきた。母との日々も、皇子の出自も、将来も、すべて捨てたのだ)

闇《やみ》の中で自分に言い聞かせるようにくり返した。こらえていた涙が堰《せき》を切って溢《あふ》れ出た。

それでも少しまどろんだらしい。あくる朝、蔀戸の隙間《すきま》からほの白い光が寝床に射《さ》し込んできて目を醒《さ》ますと、道盛はいなかった。

昨夜は姿を見せなかった若い女が、几帳の外から顔を覗《のぞ》かせ、洗面と朝餉《あさげ》の支度ができていると告げた。着ているものは古びて質素なものだが、目が大きく愛嬌《あいきょう》ある顔だちの女である。

「そなたが道盛の想《おも》い人か」

「はい。草笛《くさぶえ》と申します」

女ははきはきとこたえ、道盛は明け方に出かけたが夕刻にはもどると言った。

「見張りを言いつけられました。お独りでどこかへ行ってしまわれぬよう、お守りしておけと」

「わたしは囚《とら》われの身というわけか」

「さようにございます。お逃げになろうとなさっても無駄にございますよ」

にっと笑って見せた。笑うと左頬だけえくぼが出る。

「ならばしかたあるまい。おとなしく囚われていよう」

自分でもふしぎなほど、自然に笑い返せた。いつからの関係かは知らないが、この女を得て、道盛は幸せなのだと思った。

道盛がやっと帰ってきたのは、暮れなずむ夏の陽もすっかり落ちてからだった。

「あの者たちはいま、河内《かわち》のほうにいるらしいとだけわかりました」

どういうつてを使ってか、一日中、猪熊たちの行方を捜していたらしい。

「そうか。では、明日の朝さっそく向かおう」

「お待ちください。その前に、御室《おむろ》御所に行かれて、法皇さまにご挨拶《あいさつ》なさるべきかと」

道盛はいつになく強い口調で訴えたが、

「いや、それはせぬ。どうあっても行きはせぬぞ」

五宮は頑《かたく》なに拒んだ。いまさら何を言えばいいというのか。母のことを詫びろとでもいうのか。おのれの頑なさを嫌悪しつつ、それでも法皇に会う気にはなれない。

「それほどおいやならば、もう何も申し上げますまい」

道盛は溜息をつきながらかぶりを振った。

五宮は翌日にでもさっそく出立する気でいたが、草笛が甲斐甲斐《かいがい》しく世話を焼いてくれるものだから、つい二日、三日と逗留《とうりゅう》してしまい、ようやく道盛とともに出立したのは四日目の朝。

「馬は無用ぞ。置いていけ」

渋る道盛に命じて、徒歩で発《た》った。

猪熊たちが河内のどこにいるのか、いまだわからないままだが、不安はなかった。

淀川《よどがわ》沿いに難波津《なにわづ》へと下る途中、一軒の貧しい農家の戸を叩いて一夜の宿を頼み、その家の男に衣をとりかえてくれと頼み込んだ。

「ついでに、鎌《かま》を貸してくれ」

農夫が何事かと疑う顔で出してきた錆《さび》だらけの鎌を手にした五宮は、髻《もとどり》で結んで背に垂らしていた童子髪をふりほどくと、首のあたりでばっさり切り落とした。古布でゆわえながら、

「道盛、ついてくる気ならば、おまえもそのなりを変えよ」

言いながら、草笛の顔が頭に浮かんだ。道盛を伴えば、あの女を悲しませることになる。

「五宮、むろんのこと」

道盛はいかにも心外という顔をし、力んでこたえた。

「どこへなりともお供つかまつる。たとえ地獄の底までも」

「大仰なことを申すな」

苦笑した五宮だったが、厳しい顔をつくって命じた。

「宮と呼んではならぬ」

「しかし……」

「わたしは常葉だ。孤児の常葉丸だ。そう呼べ」

第二章　里へ山へ

一

猪熊《いのくま》たちの行方はすぐにわかった。摂津《せっつ》への道すがら村々で、

「火葬をしたり橋を架けたりする優婆塞《うばそく》たちがいまどこにいるか、知っておるか」

と尋ねると、最初は検非違使《けびいし》か国庁のまわし者と警戒するのか、知らぬ存ぜぬでそっけないが、

「喜界坊《きかいぼう》らのことだよ。わしらも仲間に入れてもらおうと、遠方からはるばるやってきたのだ」

と言うと、急に愛想よく教えてくれる。なかには布施《ふせ》だと麦飯や干魚を恵んでくれ、手を合わせて拝んで見送ってくれる老婆《ろうば》などもいて、喜界坊の名がいかに信用され、

ありがたがられているか知らされた。

彼らは浜近くの村で最近、大雨で氾濫《はんらん》して水浸しになった農地に土嚢《どのう》を積み上げて堤を築いているところだった。このあたりは難波津が深く入り込んでいる低湿地帯で、おまけにいくつもの川が合流して注ぎ込んでいるため、大雨や高潮の被害をまともに受ける。そのたびに田畑も集落も流され、壊滅状態に陥るのである。

村の古老の話では、二、三十年前から国庁が堤防を築く計画があり、実際に郡の役人が何度も視察にやってきたが、具体的な工事はいつまでたっても始まらず、こうして民衆にすぎない集団が村人たちを指揮してやっているのだという。

「役人どもはわしら農民からむしり取ることしか考えてねえよ。あてになんざするもんかえ」

憎々しげに言い、村人のなかにはそのまま彼らについて村から出て行ってしまう者たちもいて、それだけは困るのだと当惑顔でつけくわえた。

「だども無理はねえんだ。ここにいたって、いいこたぁ一っつもねえんだからよ。爺《じじ》婆《ばば》や女子供に食わせる米まで、お上に持っていかれちまう。翌年の種籾《たねもみ》を食いつぶして、やっと生き延びても、お天道《てんと》さま次第でこのざまさ」

泥に埋もれた農地を顎《あご》でしゃくり、重い溜息《ためいき》をつくのである。

一面の泥の海で、男たちが這《は》いずるように動きまわっている。全身泥と汗にまみれ、頭から背中からもうもうと湯気を立ち昇らせている。

常葉丸《とこはまる》は半袴《はんばかま》を腿《もも》までたくしあげ、藁草履《わらぞうり》を脱いで後腰に挟み込むと、裸足《はだし》でぬかるみに入っていった。

「行くぞ、道盛」

最初は不審げに見られたが、見知らぬ顔の新入りはめずらしくないのか、それとも村人の加勢があらわれたと思ったか、いきなり土嚢を渡され、ぼやぼやするなと怒鳴られた。

腰が砕けそうに重かった。泥に足をとられて一歩も歩けず立ち往生していると、道盛が横から奪い取った。

「余計な真似するな」

横目で睨むと、道盛はにやりと笑った。

「いきなりは無理にございます。まずはそれがしが手本を」

大柄で胸板も厚い道盛は粗末な農夫の衣類が少しも違和感なく似合っていて、ムッと気合を入れて土嚢を肩に担《かつ》ぎあげたところなど、まるで昔からやっていたかのように様《さま》になっていた。

「ほう、おまえは使えそうだ」

ぼさぼさの坊主頭の男に言われ、本人もまんざらではないという顔で、

「この常葉丸は別の仕事にまわしてやってくれんかね。まだ慣れてないんでね」

そつなく頼んでくれた。

「ああ、仕事なら他にもいろいろある。できることをやってくれればいいさ」

気のいい男らしい。あっさり言って、小高いところにある小屋を指さした。

しぶしぶ行ってみると、そこは賄《まかな》いと休憩の場所とみえて、掘っ建て柱に丸石を載せた薄板の屋根、壁の代わりに葦簀《よしず》を日除《ひよ》けに立てめぐらしただけの仮設の建物だった。女たちがいくつもの大鍋《おおなべ》に何やら煮込んでいて、思い思いに地べたに座り込んで休んでいる男たちに、次々に大椀《おおわん》と箸《はし》を渡している。

「おまえさんも食うんだろ」

威勢よく声をかけられ、ついうなずいた。

「先に水をお飲みよ。汗で出ちまうからね、たくさん飲んどかないと、ぶっ倒れちまうよ」

村の農婦らしき中年の女は日焼けした顔をほころばせ、椀になみなみと壺《つぼ》の水を汲《く》んで手渡してくれた。背中に赤子をおぶい、脛《すね》むき出しの継ぎだらけの衣で、襟元を

胸乳が見えそうにはだけて、汗が光っている。

　水は生ぬるく、泥臭さと生ものが饐《す》えたような臭《にお》いが鼻をついた。無理やり喉に流し込みながら周囲を観察すると、男たちはふうふう息を吹きながら何杯も啜《すす》り込んではさっさと仕事にもどっていく。椀の中身は雑穀と菜っ葉をぐつぐつ煮込んだ粥《かゆ》だった。もらって口に入れると、あまりの塩辛さに舌が痺《しび》れた。

　猪熊の姿を捜したが見つからなかった。ここにはいないのか。落胆しかけたとき、喜界坊の姿が見えた。

「ほう、あなたさまでしたか。そんななりなので、わかりませなんだ」

　板に何やら書きながら男たちに指示していた喜界坊は、常葉丸を見て、すぐに誰だか思い出したらしかった。猪熊は河内《かわち》の村まで食糧の調達に出かけているがそろそろもどる頃だと言い、

「せっかく来なすったんだ。見物していかれるがいい」

　猪熊が帰ってきたら案内させようと受け合った。

「いや、そうではないんだ」

　常葉丸は喜界坊の顔を正面から見つめ、一気に言った。

「わたしも仲間に入れてくれ。ここで働かせてくれ。ともに連れていってくれ」

「これはまた、何を言い出すかと思えば」

喜界坊はとりあわず、男たちとともに立ち去ろうとした。

「そんなことでしたら、とっととお帰りなされ。戯言《たわごと》につき合っている暇はありませぬでな」

「いや、帰らぬ。頼む。どんなことでもするから。入れてくれ。連れていってくれ」

頼む、頼む、とくり返すしつこさに、喜界坊は先年の様子とはまるで別人の、どこか突き抜けたような表情に内心驚きながらも、

「では訊《き》くが、その腕で何ができる。薪《まき》一束、土嚢一つ、運べはしまい。何があったか知らぬが、気まぐれの慈悲なぞ傲慢《ごうまん》に過ぎぬ。おためごかしの偽善だ。迷惑至極」

厳しく拒絶した。いつの間にか、周囲に男たちが集まって人だかりができ、両者の口論をにやにやしながら見ている。なかには怒りの表情を浮かべている者もいる。

「待ってください。喜界坊さま」

いつ帰ってきたのか、猪熊が人だかりの背後から飛び出してきた。

「おれからも頼みます。こいつを仲間にしてやってくれ」

「猪熊、余計な差し出口は無用ぞ」

「いや、差し出口なんかじゃねえ」

猪熊はいきなり地べたに土下座すると、

「おれが面倒みる。こいつは行き場がねえんだ。どこにもねえんだ。仲間にしてやってくれ」

両手をついて額をぬかるみにこすりつけたが、

「いいや、ならぬ。足手まといになるだけだ。働けもせぬ者を入れる余裕はない」

喜界坊は聞く耳をもたなかった。

重い足取りで少し離れた小高い丘に昇った。膝《ひざ》から崩れるように草の上に座り込むと、膝を抱えて空を見上げた。

真夏の空だ。目に痛いほどの蒼《あお》に、純白の入道雲が男の筋肉の躍動に似た力強さ雄々しさで次々に湧《わ》き出している。盛り上がり、膨れ上がり、ねじれ、歪《ゆが》む。

道盛も少し離れたうしろでおなじように座り込んで黙りこくっている。何も言わないのが、かえってつらい。こんなときは何を言っても常葉丸を傷つけると、彼はわかっているのだ。

膝頭に顔を埋めてぼんやり考えた。

――気まぐれの慈悲、傲慢、偽善……。

喜界坊の言葉が頭の中で駆け巡っている。情けなかった。喜んで迎えてもらえると甘く考えていた自分が情けない。

「おい、おまえっ、常葉丸っ」

いきなり頭を叩《はた》かれた。驚いて顔を上げると、すぐ眼の前にすさまじい形相の猪熊が仁王立ちしていた。太陽を背に黒々とした姿は入道雲よりも巨大に見えた。

「こんなところで何してやがる。どういう気だ。さっさと持ち場にもどらんか」

唾《つば》を飛ばして大声でがなりたてるなり、常葉丸の胸倉をつかんで引っ立てた。

「まさか、あれしきのことで尻尾《しっぽ》を巻いて逃げる気なんじゃあるまいな、え？」

鼻がつくほど顔を寄せてわめきたてた。

「だから腰抜けと言われるんだぞ。憶《おぼ》えとけっ」

語気荒く吐き捨てると、

「ついてこい。お供のやつ、おまえもだ」

常葉丸を庇《かば》って割って入った道盛を邪険に突きのけ、ずんずん先にいってしまった。

「やれやれ、とんだ荒くれ者だ。さきほどは土下座までして頼み込んでくれたに」

ぼやきながらも道盛は、まだ茫然《ぼうぜん》としている常葉丸の背をそっと押した。

「さ、まいりましょう。愚図愚図しておるとまたどやされます」

しかし、持ち場といわれても、どこで何をしたらいいのか。道盛はともかく自分はまだ何も働いていないし、第一、塩辛い粥をすすらせてもらっただけなのだ。困っていると道盛が、

「さきほどの小屋へお行きなされ。煮炊《にた》きの手伝いなら、何かしらできましょう。皆、夕刻まで仕事の合間合間に食うようですから」

知恵をつけてくれた。その言葉どおり、気後れしつつ小屋へ行くと、さきほどの女に手招きされた。

「いいところに来ておくれだ。人手が足りなくててんてこ舞いだよ。さ、気張っておくれな」

大きな竹籠《たけかご》に山盛りの里芋と菜っ葉を渡され、川で洗ってこいと命じられた。

芋を洗いながら、一人で笑った。なるほど、わたしにもやれることがある。無性に嬉《うれ》しかった。川面に空の青が映り込み、陽の光がまばゆく輝いて砕け散っている。

次に思ったのは、芋がどれも、むかご程度の小ささだし、菜っ葉はどれも黄色くしなびていて、農民たちの暮らしがいかに貧しいかだった。ことにここ数年、天候不順続きでどこも凶作、食糧不足だと阿古《あこ》や命婦《みょうぶ》が嘆いていた。いままでまるで実感がなかったが、都の公家《くげ》でさえそうなのだから、村々はさらに困窮しているのであろう。

そういえば、猪熊は今日、食糧の調達に出かけたということだった。どれほど苦労して手に入れてきたか、ずいぶん遠くまで足を棒にして歩きまわったに違いない。農民たちはどんな思いでなけなしの食いものを布施してくれたのか。

自分の目で見なければわからない。見る気にならなければ見えない。自分はいままで何も見ようとせず、何一つわかっていなかった。そのことが身にしみた。

それにしても、猪熊はなぜ、わたしが行き場がないと言ったのか。何も話してないのに、どうしてわかったのか。この身なりでよほどのことと察したのだろうが、会えばひどい悪態をついてばかりなのに、なぜ、自分が面倒みるなどと言ってくれたのか。思いがけなさすぎて、わからないことだらけだ。

夜は近くの観音堂が宿舎だった。喜界坊はふたりを見ても何も言わなかった。他の男たちも誰も何も言わず、猪熊の隣に雑魚《ざこ》寝の場所を空けてくれた。猪熊もにやっと笑っただけだった。

三十人近い男たちが盛大に鼾《いびき》をかいて眠りこける中、常葉丸はぐっすり眠った。からだの節々がばらばらになってしまいそうに痛んだが、気持のいい熟睡だった。翌日も当然という顔で働いた。

その村には半月いて、紀州へ移った。今度は橋の架け替え工事である。そこも先般の大雨で村で唯一《ゆいいつ》の橋が流され、民が難儀している。官の修復を待ってはいられぬ状況だった。

二

集団は驚くほど行動範囲が広かった。五畿七道《ごきしちどう》、山城、大和、河内、和泉、摂津の五国に、東海、東山、北陸、山陰、山陽、南海、西海の七道。都から一歩も出たことのない常葉丸は、どこの村落も荒れ果てているのに衝撃を受けた。耕作されず放置された田畑を富裕な地頭層が私物化して農民を酷使し、ますます肥え太っている。

農民は村を捨て、流浪者《るろう》となって都へ都へと流れていく。集団の中にもそうやって街道をさ迷って野垂れ死にする寸前に助けられ、加わった者が多いと知った。頭目をふくめて大半が、坊主頭でぼろぼろの僧衣をまとっている。

皆、自分の身の上は語りたがらない。どこの誰か、どうして郷里を捨てたのか。家族はいたのか。語らず、人にも訊かぬ。それが掟《おきて》なのかもしれなかった。

それでも、たとえば飯を食いながら、あるいは眠りにつく前、つかの間、きつい肉体労働を忘れて雑談に興じるときなど、わしの故郷では冬は雪が軒まで積もるだの、イナゴを煮て食うとうまいだの、子が六人もいたがそのうち四人は餓《う》えて死んでしまっただの、素もぐりで鮑《あわび》を獲《と》るのが得意だったが年貢《ねんぐ》の代わりにすべて召し上げられて業腹《ごうはら》だっただのと、少しずつしゃべることがある。たまに布施がわりにふるまわれる薄い糟酒《かすざけ》に酔いどれて、強欲な銭貸しを半殺しにして飛び出してきたとか、隣の後家に夜這いしてせがれに殺されかかったなどと物騒な体験を自慢げに語り出す者もいて、それぞれの境遇や性向が自然とわかってくる。

四年前に醍醐帝《だいごてい》の諮問《しもん》にこたえて漢学者で参議の三善清行《みよしきよゆき》が提出した意見書のことを、常葉丸はあらためて思い出した。

「諸国の百姓の課役を逃れ、租調《そちょう》を逃るる者、私に自ら髪を落とし、みだりに法服を着る。天下の人民のうち三分の二は禿頭《とくとう》（出家者）なり。家に妻子を蓄え、なまぐさものを喰らう。形は沙門《しゃもん》に似て、心は屠児《とじ》（家畜を殺し肉食する）の如《ごと》し」

在家信徒といえば聞こえはいいが、要は似非《えせ》坊主である。まして彼らのような集団は郷里を離れた徴税逃れの無籍者なのだ。いつぞや実頼が言っていたとおり、盗賊まがいの輩《やから》も少なくないとも聞いた。この喜界坊率いる連中の中にも、後ろ暗い過去がある者もいないわけではない。

それでも彼らは水路の開削や井戸掘りをおこないながら、吉野、大峰、大和葛城《かつらぎ》などの山林修行の行場《ぎょうば》を歴巡している。少なくとも私利私欲を貪《むさぼ》って生きてはいない。出身地もそれぞればらばらだが、頭目である喜界坊はじめ架橋や土木の技術があって皆を指揮する者たちは河内や近江の渡来系氏族出身の連中が多かった。

河内や近江は古来、朝鮮半島や唐土《もろこし》から海を渡ってやってきた氏族が多く居住し、独自の文化と習俗を育ててきた地域である。彼らはまだ日本にはなかった先進技術をもって朝廷に仕え、律令《りつりょう》国家成立の即戦力ともなった。仏教にしても実をいえば朝廷が正式に百済《くだら》国から請来《しょうらい》するはるか以前、すでに彼らによってもちこまれていたのである。

彼らは、朝廷が創設した官立寺や蘇我《そが》氏ら有力氏族の氏寺とは別に、寄進によって智識寺《ちしきじ》と呼ばれる寺院を営んで技術を継承し、仏教文化圏を形成した。そこから遣唐使船で唐に留学し、先進の仏教思想を日本へもたらした仏教者も数多く現れ、またそれとは逆に、官僧とは一線を画して活動する僧侶《そうりょ》も多数存在した。行基《ぎょうき》も河内の渡来系氏族の出だった。

行基は最初、「民衆を扇動する不埒《ふらち》な私度僧」と朝廷から厳しく弾圧された。たとえば奈良の春日野で彼が辻《つじ》説法すると、一万人を超す群衆が集まったという。心酔する者たちを率いて畿内各地を巡行して土木工事や架橋をし、難民を収容する布施屋や寺を造って、民衆から「行基菩薩《ぼさつ》」と崇《あが》められた。民たちには難解な経典に出てくる仏菩薩より何より、現実の生活を助けてくれ、恵みをもたらしてくれる行基のほうがずっとありがたい存在だった。民にとっては官も寺も、奪い取り過酷な労働を強いる存在でしかなかった。

国分寺・国分尼寺《こくぶんにじ》制度を創設して仏教政治を目指した聖武天皇も、東大寺の盧舎那《るしゃな》大仏創建の工事が天災や朝廷内外の離反でいきづまり、行基に協力を求めた。彼の人民動員力に頼り、その名のもとに民の力を結集することでようやく、あの巨大な仏像は完成したのである。行基自身はどんな思いで応じたか知るすべはないが、その功労によって大僧正位を与えられ、仏教界の頂点に立ったことを、彼自身は決して喜びはしなかったであろうと常葉丸は思う。

その行基の時代からすでに百五十年以上。都は奈良から長岡京を経て平安京へと遷《うつ》り変わったが、民たちの暮らしも、官も寺も僧侶たちのあり方も、少しも変わっていないではないかとも思う。民たちは苦しみ、それを支配する者たちはあいかわらず享《きょう》楽《らく》を貪っているだけだ。

道盛が秦《はた》氏と知ると、仲間たちは親しみを示すようになった。秦氏もまた唐土から早くに移住した渡来系氏族であり、祖の秦河勝《はたのかわかつ》は聖徳太子の側近だった。平安京ができる何百年も前からその地で繁栄してきた名族なのに、積極的に官界進出しなかったせいで、いまでは藤原氏ら新興貴族の私的な使用人にあまんじているが、渡来系氏族たちにとってはやはり近しい存在なのだ。

「いっそ法名らしく、呉音読みで『どうじょう』にしろと言われましてな。それがしもいよいよ似非坊主というわけで」

面倒だとばかり、刈り上げてしまったぼさぼさの坊主頭を撫《な》でながら、道盛はまんざらでもなさそうな顔だった。

「しかし、経一つ読めぬでは、いくらなんでも僧とは名乗れまい。あつかましいやつめ」

常葉丸はからかったが、内心うらやましかった。自分は名前だけはいつまでも童名では恥ずかしいので常葉と名乗ってはいるが、いまだ童形の束ね髪のままなのだ。

猪熊もいつの間にか坊主頭にして、仲間の中でいっぱしの大人扱いされている。気性が激しくて周囲と諍《いさか》いになることが多々あり、そのたびに喜界坊からこっぴどくどやされるが、言うべきことを言い、誰より汗を流して働くので信頼を集めている。

「おれは仏の教えなんざ信じちゃいねえよ。仏の姿なんざ見たことねえんだ、そんなもん信じられっか。おれが信じるのは喜界坊さまだけだ」

猪熊が赤黒く焼けた顔に大きな目をぎらつかせて言うたびに、

「そうだな。喜界坊は実際に人を助けておられるものな」

常葉は深くうなずくのである。いつしか猪熊が、実は親が誰かもわからぬ孤児で、その名も本人が言うように両親がつけたのではなく、喜界坊がつけたのだと知るようになっている。

「おまえも坊主になりたいのか」

猪熊に問われるが、そのたびに首をかしげて考え込んでしまう。

頭髪を剃《そ》ってかたちだけの坊主になっても意味がない。喜界坊のことは自分も尊敬しているが、猪熊とおなじく自分も仏を信じているとは言えない。幼い頃から朝廷や公家のための御仏《みほとけ》しか知らなかった。法皇に見せられたあの見世物じみた念仏行はいまだに吐き気に似た嫌悪感がある。法皇は、仏法は自分たち支配者のためのもので、僧はその奉仕者にすぎぬと断言した。ここの者たちがやっていることとは、まるで別物だ。どちらが本当の仏の教えなのか。

「いや、自分がどうしたいのか、まだわからないんだ」

うなだれて、かぶりをふるしかない。いっそ猪熊のように心底信じられる人に自分の人生を託してしまえたら、迷いがふっきれてまっすぐに生きられるか、とも思う。

三

どこへいっても野垂れ死にの遺骸《いがい》が転がっている。それを集め、布施してもらった菜種油の滓《かす》をかけて荼毘《だび》にふす。行脚《あんぎゃ》の途中、野や道端で一体、二体の骸《むくろ》を見つけたときには、その場で地面を掘って埋葬する。常葉は嘔吐《おうと》しながら骸を運んだ。鼻でせせら笑っていた仲間たちも、やがて笑わなくなった。

そのうちに気づいた。葬送の際、喜界坊や他の者たちが皆、口々に不思議な言葉をつぶやいている。骸を運んでいるときも、積み上げた薪に火をつけ、それが轟音《ごうおん》をたてて燃え上がっているときも、地面を掘って骸や遺灰を埋葬している際も、めいめいがくぐもった声で唱えている。

「オン　ア　ソ　ワ　カ」

「オン　ア　ミ　リ　タ　テイ　ゼイ　カ　ラ　ウン」

最初はなんだかわからなかった。

「オン　ア　ミ　リ　タ　テイ　ゼイ　カ　ラ　ウン」

「オン　ア　ソ　ワ　カ」

どこかで聞いたことがある響きだ。呪文《じゅもん》のようだと思った瞬間、記憶がよみがえった。比叡山で聞かせられた真言陀羅尼《だらに》だ。阿弥陀呪《あみだじゅ》あるいは無量寿真言というものだと相応に教えられた。

「オンアソワカ」は「唵悪沙縛訶《おんあそわか》」の一字呪、「オンアミリタテイゼイカラウン」は「唵阿蜜哩多帝際賀羅吽《おんあみりたていぜいからうん》」の小呪、さらに、百二十五字の真言の中で不死と永遠の生を意味する甘露号「アミリタ」を十回唱える大呪。真言は密教で真理をあらわす秘密の文言で、短いものが真言、長いものが陀羅尼。密教の阿弥陀念仏だと教えられた。

「これが、あのときの阿弥陀念仏か……」

比叡山で聞いたときには、いかにも荘厳で重々しく聞こえた。夜闇に沈む比叡山には魔がひそみ、妖《あや》しくうごめき、行者に襲いかからんと狙《ねら》っている。それを力ずくで祓《はら》う威圧感を感じた。

だが、喜界坊や男たちの口から洩《も》れ出るそれは、まったく違って聞こえる。低く、くぐもって、祈りのように聞こえる。

そうだ。これは祈りだ。死者の魂を鎮《しず》めるための祈りだ。

化野《あだしの》で彼らに再会したとき、喜界坊が厳しく言った。われらが弔う死者たちには法《ほう》会《え》も読経《どきょう》も必要ない。供養《くよう》はただ一つ、彼らの魂を鎮めてやることだ。その言葉の意味がやっと腑《ふ》に落ちた。

「オン　ア　ソ　ワ　カ」

口の中でそっと唱えてみた。

「オン　ア　ミ　リ　タ　テイ　ゼイ　カ　ラ　ウン」

どこの誰とも知らぬ死者がその死を受け入れられるように。安らかに死んでいけるように。その魂が苦しみから離れられるように。生きている自分がしてやれることは、おのれの全存在をかけて祈ってやること。それしかない。

そう思ったとたん、涙が噴き出した。あとからあとから噴き出し、頰を伝い、顎からしたたり落ち、衣の襟を濡《ぬ》らし、骸を抱きかかえる手を濡らした。

膝を折って地べたにしゃがみ込み、そっと横たえた骸に向かって、掌《て》を合わせた。

「ナムアミダブツ、ナムアミダブツ、南無阿弥陀仏」

その姿を猪熊が見ていた。道盛も見ていた。男たちも見ていた。誰も何も言わなかった。

その後、喜界坊がかつては比叡山だか高野山だかで修行していたことを知った。他にも何人かはおなじような経歴らしい。彼らがどうして山を下りたのか、正式な僧侶の立場をなげうってこの活動に身を投じたのか。本人たちは語ろうとしないが、よほど期するものがあったのであろう。

常葉は彼らからさまざまな技術を教え込まれた。井戸の掘削、土木技術、水脈や鉱脈の有無、地層の見分け方——。力仕事ができない分、技術を覚えて、それを自分の役割とせよ。人には向き不向きがある。能力の違いもある。それは優劣ではない。技術は少数の者が占有すべきものではない。言葉ではなく日々の労働の中で、彼らはそう教えてくれた。

四

わずかな乾飯《ほしいい》を支給され、川の水で空腹をしのいだ。乞食《こつじき》もした。疥癬《かいせん》だらけの手から渡されるしなびた芋を押し戴《いただ》き、人の優しさに涙した。

「おい、無理すんな。逃げていいんだぜ」

猪熊は口癖のようにぶっきらぼうに言う。

道盛は何も言わず仕えてくれている。都の母親の命婦からときおり文が届く。あるとき、阿古が死んだと告げた。

「いままで申し上げませなんだが、妹は身籠《みごも》っておりました。女の子を生み、落胆したそうですが、皇子さまはかならずお帰りになると信じ、大事に育てておったそうです。それが流行《はや》り病で子もろとも、あっけなく世を去ったそうで」

母親からの文を握りしめ、ぼろぼろと涙をこぼした。

「愚かな女ではありましたが、不憫《ふびん》なやつです。どうか赦《ゆる》してやってくだされ」

「赦すなど、わたしが言える筋合なものか。彼女《あれ》の気持を汲んでやれなんだ。自分のことばかり考えておったのだ。それしか考えられなんだのだ」

阿古はどんな思いで死んでいったのか。子は四歳だったという。かわいい盛りだ。父親のことはどう教えられていたか。幼いながらも父に会いたいと思っていたろう。父の腕に抱かれたいと願ったろう。それなのに、顔すら知らぬまま死んでいったのだ。ずっと自分は父親に捨てられたと思っていた。その自分が、知らぬとはいえわが子を捨てていたのだ。

「なんという罪深さだ。教えてくれ、道盛。わたしはどうやってふたりに償えばいい。教えてくれ。教えてくれ」

道盛の腕にしがみついて泣いた。

「常葉さま」

道盛の手が常葉の頭をやさしく撫でた。

「われらにしてやれるのは、南無阿弥陀仏と唱えてやることだけです」

「南無阿弥陀仏……？」

「せめて、ふたりが極楽浄土に往生できるように。阿弥陀仏のもとで、われらが行くのを待っていてくれるように。そう祈るしかありませぬ」

「待っている？　そうなのか？　わたしが行くまで、それまで待っていてくれると？」

「喜界坊から聞きました。死者は阿弥陀仏の浄土に生まれ変わることができれば、そこでこの世に残された者が来るのを待っていられるのだと」

阿弥陀浄土への往生を願うのは、愛する者を失った者が、それが永遠の別れではないのだと、いずれまた会えるのだと、自らに言い聞かせるため、そうやって心を鎮めるためなのだ。そのために阿弥陀仏に帰依《きえ》し、その慈悲にすがるのだ。南無阿弥陀仏と唱えて祈るのはそのためなのだ。喜界坊はそう教えたというのである。

「いずれまた会える。そう思えば少しは心が落ち着きます。ありがたいと思えます」

そう言うと道盛は、なおも常葉の頭を撫でながら、静かに吐息をついた。

その道盛が崖《がけ》から転落して死んだのは、常葉が十九歳のときだった。吉野の蔵王権《ごん》現《げん》へ山行の途中のことである。

「道盛っ。いま行く。いま助けに行くぞっ」

切り立った崖から身を乗り出して叫ぶと、谷底の岩場に仰向けに転がったまま、ぴくりとも動かぬ道盛の姿と、真っ赤な血がからだの下に広がっていくのが目に焼きついた。

深い谷底に落ちたから、遺骸を引き上げることすらできなかった。

「諦《あきら》めよ。そろそろ陽が暮れる。先を急ぐ」

喜界坊の言葉に、涙を迸《ほとばし》らせながら常葉は崖からわが身を引き起こした。

そのとき、道盛が腰に吊《つ》るしていた小さな巾着《きんちゃく》袋が崖から生え出た雑木の枝に引っかかっているのに気づいた。転落した拍子に紐《ひも》が切れて引っかかったらしい。猪熊が腰を支えてくれ、上半身を乗り出し、杖《つえ》の先に引っかけてやっとのことで引きあげた。

巾着袋の中には火打石が入っていた。その火打石と、道盛がとっさに手を離した木杖《もくじょう》。

その二つだけが彼の形見だ。

男たちがひとりずつ谷底に向かって進み出て手を合わせ、低くつぶやいた。

「オン　ア・ソ　ワ　カ」

「オン　ア　ミ　リ　タ　テイ　ゼイ　カ　ラ　ウン」

鎮魂の響きは崖を伝って谷底に這い降りていき、骸となった道盛の上に降り注いだ。

「ナム　アミダブツ」

常葉は巾着袋を握りしめて黙々と歩きながら、ひたすら口の中で南無阿弥陀仏と唱え、いずれまた会えると念じつづけた。猪熊は常葉を守るようにすぐ後ろにつき、

「ひとりじゃねえぞ。ひとりきりになったなどと思いやがったら、承知しねえぞ」

独り言のようにくり返しつぶやきつづけた。その声が常葉の背中を押した。


翌々年の延喜二十三年（九二三）三月末、春宮《とうぐう》の保明《やすあきら》親王が死んだと風の噂《うわさ》で聞いた。会ったことは一度もないが、同い年の異母兄弟である。思えば、彼が春宮に立てられたことが自分の運命の分かれ道だったのだが、いまとなっては遠い世界の他人事《ひとごと》でしかない。

春宮親王の死はなんの前ぶれもない突然死だったから、世間はまたしても菅公の怨《おん》霊《りょう》の祟《たた》りと怯《おび》えた。あいかわらず断続的に旱魃《かんばつ》や疫病《えきびょう》に見舞われている。加えて春宮の急死という予想外の悲劇に、醍醐天皇はついに翌四月、菅原道真をもとの右大臣位に復帰させ、正二位を追贈。さらに追放を命じた昌泰《しょうたい》四年正月二十五日の詔書を破棄させて、彼の霊魂を慰撫《いぶ》しようとした。

それでもまだ安心できなかったか、翌閏《うるう》四月、年号を延喜から延長と改めた。保明親王の子慶頼《やすより》王を春宮に立てたが、年初めからたちの悪い咳病《がいびょう》が蔓延《まんえん》しており、わずか三歳の新春宮の命が怨霊に奪われるのだけは、なんとしても避けねばならなかったのである。

だが懸命の怨霊の魂鎮《たましず》めの甲斐《かい》なく、その年も旱魃による飢饉《ききん》が民を苦しめた。

常葉は行く先々で悲惨な状況を目《ま》の当たりにした。餓死者の骸がいたるところに転がり、たいていは野犬か狼に食い荒らされていた。子らは手足も尻も骨と皮だけにしなび、腹だけが異様にふくれた六道図の餓鬼さながらの姿で、泣きながら親を求めて集落の中をさまよい歩いていた。その泣き声も嗄《か》れて声にならないのである。板壁や屋根の茅葺《かやぶき》を剝《は》がして食って餓えをしのいだか、薪がわりに燃やしてしまったか、柱と戸だけになったがらんどうの家を覗《のぞ》けば、親たちが死んでいる。自分らより子に食べさせて、先に死んだのである。

(思いが強いほうが先に死ぬ。子を生き延びさせるために親が先に死に、親に死なれた子も後を追って死ぬ。これがこの世のありさまなのだ。怨霊のしわざなんかであるものか)

人の世のむごさと人の運命のはかなさが心に突き刺さる。政《まつりごと》の力で何ができるというのか。怨霊鎮めがなんの役にたったというのか。

五

その秋、常葉は病に倒れた。齢《よわい》二十一。

日照りと酷暑の夏がやっと終わり、いつもなら実りの季節で村々は農神に感謝をささげて祭に興じる頃なのに、昨年につづいて田は枯れ果て、ひからびた稲穂が放置されたままになっていた。村々は人の姿が消え、彼らの土木工事に手を貸し、食糧を提供してくれる者たちはなかった。それでも空腹をこらえながら各地を巡っていたのだが、集団の中でも目に見えて脱落する者が増えていった。朝になると、大事な工具や鍋釜《なべかま》まで盗み出して姿をくらましているのである。

「行きがけの駄賃ってやつさ。しかたねえよ」

意外なことに、常葉より猪熊のほうが淡々としていた。

「人間てのはつくづくあさましいもんだな。おまえはよく赦せる。わたしは駄目だ」

重い溜息《ためいき》をついた常葉だったが、自分でも気づかぬうちに咳病に蝕《むしば》まれていたのである。空咳《からせき》が止まらず、全身が鉛のように重くて、どうにもならない。

出奔から五年。もともとの華奢《きやしや》な体格はあまり変わらないが、足にも肩にも腕にも筋肉がついた。生まれてから一度も裸足で地面を歩いたことがなく、白くやわらかかった足の裏も、皆とおなじように硬く分厚くなって、病一つせずいままでこられたのに、もはや限界に達していた。

「もう気がすんだろ。やめろよ。都へ帰れ」

猪熊の言葉に、懸命にこらえていた気持が萎《な》え果ててしまった。

「すまぬ。わたしはもう駄目だ。足手まといになりたくない」

われながら言い訳じみた言葉を恥じたが、猪熊も喜界坊たちもかぶりを振り、まずは養生してからだを治せと言ってくれた。

仲間と離れて一人、都へ帰ると、ものごころつく三歳から育った母の実家は、住む人もない荒れ放題の空家になっていた。

母が身を投げた井戸は、草茫々《ぼうぼう》の庭の片隅に、木の枝から垂れ下がった蔦《つた》や枯草に半ば埋もれて、ひっそりとあった。石組の縁から身を乗り出して底を覗けば、はるか下に、ぽっかりと丸く、初冬の青空がまるで青い満月のように揺らめいていた。

幸いまだ盗賊の根城にはされていないようだったので、上がり込んで昔の自分の部屋で疲れたからだを休めることにした。がらんどうのその部屋は、幼い自分が板壁につけた傷も、床に墨液をこぼした跡も残っていて、そこでの十数年の日々がまざまざとよみがえったが、その記憶はしかし、まるで水面に映る光景のように、おぼろげに揺れ、揺れながらかすんでいくばかりだった。

納戸《なんど》に押しこんだままになっていた几帳《きちょう》の古布を引っ張り出してきて、夜具代わりに引き被《かぶ》って横になった。むきだしの床はしんしんと冷たかったが、夜露に濡れた草の上で寝ることに馴《な》れたからだに苦ではなかった。絶え間なく胸を揺すって溢《あふ》れ出る咳の音が鎮まり返った闇の中に虚《むな》しく響くのを聞いていると、不意になつかしい顔が脳裏に浮かんだ。

（命婦《みょうぶ》はどこへいったろう。無事でいるだろうか）

無性に会いたかった。会いたいと思える人がまだ自分にもいる、その事実に自分で驚きもし、嬉しいとも思った。

命婦の親族は秦氏の本貫《ほんがん》の地の太秦《うずまさ》に健在のはずだから、そこへ行って尋ねれば、きっと消息がわかるだろう。明日にでも行ってみよう。そう考えながら眠りについた。

思ったとおりだった。秦命婦は嵯峨《さが》野《の》の別業に住んでいた。かつて常葉が阿古と暮らしていた屋敷である。

「まあ、まあ、五宮《ごのみや》さま。ようもご無事で」

すっかり老《ふ》けこんで、ふっくらしていたからだも痩《や》せてしまっているが、柔和なまなざしと温かい手は昔のままだった。

迎え入れられた家の中は、家具調度も昔のままで、だが、そこには阿古の姿も、阿古が生んだ子の姿もなく、野駆けに連れ出そうと躍起になる道盛もいないのだ。

「わたしのせいで、そなたは独りきりになってしまったのだな」

命婦の寂しさを思って涙する常葉に、

「こうしてお会いできただけで嬉しゅうございます。もう二度とお目にかかれぬものと諦めておりました。生きていた甲斐がございました」

彼女もまた涙にくれながら、見せたいものがあると言った。

大事そうに胸に抱えて出してきたのは、赤子の産着《うぶぎ》だった。水浅葱《みずあさぎ》色《いろ》の地に秋草と鈴虫を描いた柄に見憶えがあった。

「五宮さまの御衣を仕立て直して、お許しなく産着にさせていただきました」

阿古がどうしてもと懇願するので、命婦はその哀れさに負けてしまったというのだ。

「どうして叱《しか》るものか。こんなにいとおしまれて、子は短い命だったがしあわせであったのだな」

そういえば、子の名も知らぬままだと思いながら、いまさら訊《き》く気にはなれなかった。訊けば命婦をまたつらくさせてしまう。

「道盛はずいぶんと道心深くなっておってな。いいことをわたしに教えてくれた」

最愛の者との死別は、けっして永遠の別れではない。阿弥陀仏の浄土で再会できるのだ。道盛が言ってくれた言葉に自分がどれだけ慰められたか。阿古と子、そして道盛との突然の別れの悲痛を耐えさせてくれたか。こもごも語って聞かせながら、命婦の顔に安らぎの色が浮かんでくるのを、常葉自身、奇跡を見る思いで見つめた。

命婦はここでからだを癒《いや》すよう、熱心に勧めた。

「春になればようなりましょう。春をお待ちなさいませ」

その言葉に、いいようのない安堵《あんど》感と、それと同等の焦燥を感じながら、常葉は小さく頷《うなず》いた。

春が来て、薄皮を剝ぐように健康がもどってくるまでの間、常葉はひとり考えつづけた。

何のために生きるのか、生きなくてはならないのか。答えがほしい。自分だけではない、人は何のために生きるのか。生きなくてはならないのか。生きることは苦しむことなのか。

苦しみ喘《あえ》ぐ人々ばかり見てきた。苦しみは貧しい民だけではない。母も、阿古も、母の親族も、苦しみを抱えていた。それに、亡《な》き時平や、わが子を失った中宮藤原穏《やす》子《こ》、あるいは父帝や祖父の宇多法皇、貴顕の人々にしても、苦しみは尽きぬのではあるまいか。

気持が沈みがちになると、それを見計らって命婦が外へ誘い出してくれる。ふたりで春の野を歩きまわった。

ときには松尾《まつのお》神社まで足を伸ばした。京では賀茂《かも》神社とならぶ最古の社で、背後の松尾山山頂近くにある巨大な磐座《いわくら》を勧請《かんじょう》して、秦氏が創建したと伝えられている。いまでは皇城守護の神と崇められているが、秦氏の者が代々、守っている。松尾山にはそれよりはるか昔、古代から祭祀《さいし》がおこなわれていた形跡があり、この地の神が宿る場所だったのであろう。社は簡素なものだが、巨木が林立した境内には山からの湧水《ゆうすい》が幾筋もの渓流となって流れ下り、森厳な空気が満ちている。

日がな一日野を歩き、命婦が心をこめてこしらえてくれる食事を味わって食べる。そんなおだやかな日々を過ごすうちに、常葉は次第に、自分の中にひたひたと気力が満ちてくるのを感じた。咳も出なくなり、だるさも消えた。

「血色もようなられましたし、もう大丈夫ですわ。よかったこと」

命婦は嬉《うれ》しげに言いながら、それとは裏腹に少し不安げな顔で、これからどうするつもりか、と訊いた。自分としてはできることならこのまま、ここでずっと心おだやかに暮らしてほしいと願っているが、若い主人が何か重大な決意を固めつつあることを察していた。

はたして常葉は、目を輝かせて別れを告げた。

「いま一度、仏法をしっかり学んでみようと思う。わたしは苦しんでいる人々を救いたいのだ。苦しみの原因はなんなのか。苦しみから逃れるすべはあるのか。苦しむ人を救えるものがあるとしたら、それはなんなのか。仏の教えにその答えはあるのか。知りたい。確かめたい。ようやっと決心がついた」

六

春が足早に過ぎ、野も山も新緑に染め上げられるなか、常葉は尾張《おわり》へと向かった。行き先は阿育知《あいち》郡片蕝《かたわ》の里の願興寺《がんごうじ》。四十年ほど前に尾張国分寺が火災で焼失して以来、定額寺《じょうがくじ》であるこの願興寺が国分寺になっている。かつて蘇我馬子《そがのうまこ》が建立した法《ほう》興寺《こうじ》は飛鳥寺《あすかでら》とも呼ばれ、日本で一番早く創建された寺だった。その後、奈良への遷《せん》都《と》にともなって元興寺と名を変えて左京五条へ移転し、三論宗《さんろんしゅう》を中心とする研学の寺となった。尾張の願興寺は、その飛鳥法興寺の高僧道昭《どうしょう》の弟子の道場《どうじょう》法師が郷里に創建した古刹《こさつ》である。

　道昭は新羅《しらぎ》へ渡って研学し、帰国後、弟子たちを率いて社会事業をおこなった。持《じ》統《とう》女帝に信任され、多くの弟子を育てた。行基もそのひとりである。道昭と行基の活動に範をとる喜界坊の集団は、その遺徳をしのんでしばしば尾張の願興寺へ立ち寄った。別当を務める老僧が喜界坊のかつての兄弟子にあたり、官僧の立場ではおもてだった支援はできないものの、彼らの活動に好意的で、行けば宿舎と必要な物資を提供してくれていたのである。

　あの老師なら、学ばせてくれる。疑問に答えてくれる。そう考えた。南都北嶺《ほくれい》の寺へ行けば、それがどこであれ、かならず法皇の耳に入る。引きもどされて、元の世界に閉じ込められるのは真っ平だ。そこで仏法を学んだとしても、それは貴顕のための仏法だ。それとは違う民のための、いや、民も貴顕も等しく救われる仏法がきっとあるはずだ。それを見つけたい。

　だが、希望を胸にたどり着いた願興寺に、老師はいなかった。昨年、遷化《せんげ》して、いまでは別の僧が束ねているという。そういえば、寺僧たちの雰囲気もどことなく、以前とは違っているように感じた。それでも止住《しじゅう》は許可してくれたが、修行や研学の講義はおこなわれておらず、学びたければ自分で学べと告げられた。むろん何の資格もない在俗の身だから、僧たちの身のまわりの世話や寺務の下働きをしながらである。

顔見知りの悦良《えつりょう》という三十そこそこの若い住僧につけられ、その僧房に同宿することになった。例の老僧は彼が童子で入寺したときから仕えた師僧だったが、師が亡くなって欠員が出たことで晴れて官僧になったばかりという。

師僧というには力不足だがとしきりに謙遜《けんそん》するが、師譲りのおだやかで清廉《せいれん》な人物で、彼につけたのは運がよかったと胸をなでおろした。他の沙弥《しゃみ》や童子が洗濯場や炊事場の裏手で目を盗んでしゃべっているのを耳にすると、昼夜ない酷使はあたりまえで、鞭打《むちう》ちの折檻《せっかん》もあるし、中には肉欲の相手を強要する輩《やから》もいるというのである。

「おまえさんはどうやらただの無籍の優婆塞《うばそく》ではなさそうだが、学問がしたいのか、それとも官僧になりたいのか、どちらだね」

と悦良は問うた。なぜ、この寺を選んだのかとも訊かれ、いまはまだ出家したいのかどうかすらわからない、とこたえた。ただ、仏法に人の苦しみを救うすべが本当にあるのか、あるならそれが知りたい。真剣なおももちでこたえた常葉に、悦良は虚を衝《つ》かれたという顔をした。

「そうか。おまえさんには志があるのだな。羨《うらや》ましいよ」

その声音には皮肉やあてこすりの色はなく、心底そう思っているらしかったが、常葉が本当にその言葉の意味を知るのはまだ先のことだった。

まずは三論《さんろん》から学べ、と悦良は指示した。奈良の元興寺は聖武天皇の時代、入唐《にっとう》して三論を修めた学問僧の道慈が居住した関係で、この寺も三論宗関係の研究を伝統としてきた経緯があり、論書がそろっている。その他、法相宗《ほっそうしゅう》の唯識《ゆいしき》思想や大乗仏典や論書の文献も豊富だ。

悦良は経蔵の管理を担当しているので、必要な書物は自由に閲覧させてくれた。他の僧たちのように夕方になると寺を抜け出して、外に囲っている女の家に泊まりに行くこともなく、常葉の勉学につきあってくれる。とぼしい灯火を引きよせて経典や論書を書き写す常葉の側で、読み上げながら説明し、質問に答えてくれる。自分にもわからないときには、次の日、かならず調べておいてくれるのである。

三論宗は般若《はんにゃ》経典群の空《くう》思想を根底にする大乗仏教の原点である。なかでも『中論《ちゅうろん》』は最も基本的な論書だから、最初に取り組むようにと悦良に指示された。

「まず、八不《はっぷ》を理解しなくては、空というのはどういうものか、わからないからな」

よく聴いていろと言い、冒頭の仏へ敬意を捧《ささ》げる帰敬偈《ききょうげ》を声に出して読み上げた。


不生《ふしょう》にして、また不滅《ふめつ》。いかなるものも生ずることなく、また滅することもない。

不常《ふじょう》にして、また不断《ふだん》。いかなるものも恒常ではなく、また断絶もない。

不一《ふいつ》にして、また不異《ふい》。いかなるものも単一、同義ではなく、また異りもしない。

不来《ふらい》にして、また不去《ふこ》。いかなるものも来ることはなく、また、去ることもない。


「これが、不生・不滅・不常・不断・不一・不異・不来・不去（不出）というもので、生・滅・常・断・一・異・来・去（出）の八つの事象を否定している。八という数に特別な意味があるわけではなく、他にも数限りなく否定できる」

「ものごとすべて否定するのですか？　それぞれが相反していて、矛盾としか思えませんが」

常葉が眉《まゆ》をしかめて抗議すると、

「まあ、いいさ。すぐに理解しようというのは無理だ。それより、因縁について説明しておこう。それがわかれば、いまのものもなんとなく腑に落ちる」

悦良は先を急ごうとはしなかった。

「あらゆるものは、因縁によって生ずる。他に依存し、その縁によって起こることをいうので、縁起ともいうが、あらゆる存在やものごとは、それ自身から、また他者から、また自身と他者の双方から、また因無くして生じたものとして、存在することはない。いかなる時にも、いかなる場所にも存在しない。それが空というものなのだ」

まだよくわからないと首を傾《かし》げる常葉に、悦良は噛《か》んで含めるように教えた。

「空《くう》というとすぐに、何もないとか、虚無ととらえるが、それは間違った考え方なのだよ。空とは、永久に変化しない固有の実体などというものはないということなのだ。すべてのものは、それが物であれ、人間であれ、現象であれ、因と縁が関係しあうことで、たえず変化する。生じ、とどまり、変化し、滅する。生《しょう》・住《じゅう》・異《い》・滅《めつ》といって、極端にいえば、一瞬ごとに変化している。それを縁起といおうが、因縁といおうが、因果といおうが、皆おなじことだ」

またこうも言う。

「たとえば、種から芽が出て、それが成長して葉になり、茎になり、花が咲き、花が枯れて実になり、実はやがて次の世代の種になる。芽はずっと芽のままではないし、葉も茎も花も実も、ずっとそのままではない。つまり、種は種、芽は芽という不変の実体があるわけではない。葉も茎も花も実も種も、おなじだ。要するに、あらゆる存在や物事を絶対に変わることのない固有の実体ならしめる自性《じしょう》はないということで、そのことを空というのだ」

　その言葉に常葉はむかし、宇多法皇のもとで僧たちとおなじような会話をしたことを思い出した。あのとき自分は、実体がないのでなく、ただ変化するだけではないかと思ったが、変化すること自体、絶対的な実体、つまり自性がないからだと言われれば、たしかにそうかもしれない。

「では、人間もまた空なるものであり、自己という固有の実体はないということなのですか？　もちろん生身のからだは、生まれてから死ぬまで年をとって変化していくし、死ねばなくなります。それは理解できますし、気持や思いや感情が、日々刻一刻、変わることもわかります。でも、その者の魂までは変わらず、たとえ生まれ変わっても、魂は相続されていくのではないのでしょうか」

「きみが言う魂という言葉を、我《が》、つまり自己といいかえてもいいが、中論はこういっている。諸仏は、我が有るとも、我は無いとも説き、また、いかなる我も、無我も、無いと説く。諸法の実相においては、我は無く、非我も無い。どういうことかわかるかい」

「有るとも無いとも、というのはなんとなくわかりますが、我も無我も無いとか、我は無く、非我も無い、というのは、どういうことなのか……」

わからない、とかぶりを振った常葉に、悦良は笑ってうなずき、話題を変えた。

「あるとき、ある尊者が釈尊に質問した。『世界は常住である。世界は無常である。世界には限界がある。限界がない。霊魂と肉体はおなじものである。異なったものである。死後に精神は存続する。存続しない。存続し、また存続しない。存続することもなく、存続しないものでもない』、これらについてどうお考えか、教えてほしいとね。この問いに釈尊は、何もおこたえにならなかった。尊者が重ねて問うと、こたえる必要はないとおっしゃられ、それなら私のもとで修行しないというなら、その者は修行する機会がないまま生涯を終えることになるであろう、といわれた」

「なぜなのでしょう。これらの問題は中論の帰敬偈にもあるように、いちばん大事なことなのではありませんか」

かつての自分も法皇の御所で、魂は死んでも存続するのか、生まれ変わっても存続するのか、と質問したことがある。その時、教師役の僧がなんと答えたか忘れてしまったが、納得できる答えではなかったことだけは記憶にある。

「釈尊は喩《たと》え話で説明なさった。たとえばある人が毒矢で射られたとしよう。家族は医者を呼び、治療しようとする。しかし、射られた本人が、自分を射たのはどういう者か、どういう身分階級の者で、背が高かったか、低かったか、皮膚の色は黒かったか、都会の者か、田舎人か、射た弓はふつうの弓か、強弓か、矢は、矢羽根の色は、等々がすべてわからぬうちは矢を抜き取るのはいやだと主張したら、どうなるか。その者は治療できぬまま、虚《むな》しく死ぬことになるであろう。どうだい、この喩え話の意味がわかるかね」

「つまり、釈尊が医者で、治療はその教え。射られた者は苦しんでいて治療が必要な我々人間だと。それなのに、その本人が余計なことをあれこれ考え、それがわからぬうちはと治療を拒否すれば、結果、手遅れになって死んでしまうと」

「その通り。つまり釈尊がおっしゃったのはこういうことなのだ。世界は常住であるとか、無常であるとか、霊魂と肉体は同じものだ、いや、異なったものだとか、死後に精神は存続する、存続しない、などと考えるのは、毒矢を射た犯人や弓や矢のことをあれこれ考えるのとおなじく、すべて偏《かたよ》った見識で、そのような偏見をいだいている限り、迷いがあり、苦悩があるのだと」

「偏った考え、誤りだと？　だから、迷い、苦しむのだと？」

衝撃を受けた。ものごとをつきつめて深く考え、自分が納得できる答えが得られれば、迷いがなくなるのではないのか。わからないから迷うのではないのか。

「釈尊は、自分はその苦悩から脱する方法を説いているのだと、そうおっしゃったのさ」

「そのほうが大事だということですか」

「人間とはなんぞや。世界のあり方や物事のあり方とはなんぞや。そういう根元的な思索、そういってもかまわないとわたしは思うが、しかし、それにかかずらってばかりいても、実際に目の前で苦しんでいる人は救えないということさ」

しかし、そういうものは机上の空論にすぎない無用の長物かといえば、そうではないのだと悦良は言うのである。自分が実体のないもの、空なるものにとらわれていることを知ることが大事なのだ。知れば、とらわれは消える。解放される。

「真理を知らぬこと、それが無明《むみょう》だ。無明の闇《やみ》をあてどなくさまよい歩いているのが、われわれ人間なのさ」

「知れば闇がなくなり、迷いが消える。それが悟りなのですね」

わからないことは何度でも悦良に尋ねた。教えられたことは鵜呑《うの》みにせず自分自身で熟考し、それでも納得できなければ何度でも訊く。そのくり返しの中で、少しずつ何かが開けていくような気がした。無明の闇は深く暗いが、一つずつ灯が点《とも》る。暁の光が射《さ》してくる。

七

常葉のしつこいほどの熱心さに、悦良自身、引き込まれるものがあるらしい。彼が次に勧めたのは法華経と維摩経《ゆいまぎょう》だった。法華経は法皇の御所で習い、おおよそは理解しているつもりだったが、暗誦《あんしょう》できるくらいになるまで読み込めと指示された。奈良時代の天平年間に国分寺制度が定められた際、所依《しょえ》経典として法華経と金光明最勝王経《こんこうみょうさいしょうおうきょう》が採択され、この二経典の暗誦が国分寺僧の採用条件とされたほど重要視された。天台宗の顕教の基本経典も法華経である。

一方の維摩経については、気楽に読んでみるといい、きっと新しいことに気づくはずだから、という。それがどういう意味なのかわからないまま読み始めた常葉だったが、すぐにその面白さに夢中になった。

維摩経は在家者の維摩詰《ゆいまきつ》という人物を主人公に、その菩薩《ぼさつ》としてのあり方を物語風に描いている経典である。富裕な長者である彼は妻子を持ち、酒楼に出入りもする世俗の生活者である。

欲望うずまく俗世のただ中にありながら、しかし、彼は何ものにもとらわれず、何ものにも執着《しゅうじゃく》しない。釈尊の高弟たちを次々に論破して修行や戒律に固執する彼らをやりこめ、天女とも自由闊達《かったつ》に会話する。遊女が男の玩具《がんぐ》である境遇を嘆いてあなたの妾にしてくれと頼めば、快く応じて自邸に引き取ってやるのだ。

波乱万丈の物語の面白さに引き込まれて読み進めるうちに、悦良の意図がわかってきた。

「維摩詰はまさに、空を知る人なのですね。何ものにもとらわれない。執着がないから、自由で安定した心を保てる。彼にとっては、煩悩《ぼんのう》は煩悩ではなく、色欲すら淫《みだ》らなものではなく、それゆえ、煩悩も欲望も苦の原因にはならない。俗世の中にこそ、究極の悟りはある。悟りと煩悩は一体で、切り離せないものだということなのですね」

興奮のおももちで言った常葉に、悦良は満足げに肯《うなず》き、思いがけないことを切りだした。

「きみは最初に、僧侶《そうりょ》になりたいかどうかわからないと言ったが、どうだい、まだ決心がつかないかね」

剃髪《ていはつ》してはどうか、というのだ。得度して正式な僧侶、すなわち沙門《しゃもん》になるには三師七証といって十人の僧侶立ち会いのもとで受戒しなくてはならないが、見習い僧の沙弥になるには、伝戒師《でんかいし》をつとめる僧が一人立ち会うだけでよい。近いうちに沙弥志望者の受戒式がおこなわれるから、ちょうどいい機会だというのである。

「まだ一年たらずだが、きみには十二分にその資格がある。いや、資質というほうがよいかな」

他の五人の志望者は、いずれも十二、三歳から入寺して十七歳になった者たちだが、勉学も修行もろくにできていないのが現実だ。ゆくゆくは国分寺僧という特権階級に属して、放埒《ほうらつ》な生活を満喫したい。そんなことばかり望んでいるくだらない連中だ。

「しかたないさ。われわれ仕僧が手本を見せているのだからな。わたしだって」

悦良は自嘲《じちょう》したが、たしかに彼も、常葉の指導以外は、自分の研学と修行はおざなりにしているきらいがある。先輩僧の仕事を押しつけられて追われていることもあるが、彼自身が熱意を失っているのを、常葉も気づいている。

「出家させてください。わたしからお願いしたいと考えておりました」

常葉は真剣なまなざしで悦良を見つめた。

亡き春宮保明親王の一子で、一昨年、三歳で新春宮に立てられた慶頼王が六月に薨《こう》去《きょ》した。相次ぐ凶事に世間はまたしても道真の怨霊のしわざと取りざたしている。

父帝の嘆きはいかばかりか。息子と孫をたてつづけに失った中宮穏子も気の毒だ。穏子がかつて常葉の母の嫉妬《しっと》と憎悪《ぞうお》の対象だったことを思えば、栄華を一身に集めている人にもどうにもならぬ苦しみがあるのだとあらためて思わずにはいられない。

「でも、一つお願いがあります。伝戒師は、悦良さん、あなたにしていただきたいのです」

ひれ伏して懇願した。自分をここまで導いてくれたのはこの人だ。この人と出会えたから、出家する決意ができた。

常葉の望みはしかし、簡単には通らなかった。寺の役僧たちが、悦良はまだ官僧になって二年にも満たぬ若輩ゆえ駄目だと言いだしたのである。国分寺の機能も学問寺の役割もすでに形骸《けいがい》化しているのに、権威と特権はわがものにする意図が見え透いている。呆《あき》れ果てて諦《あきら》めかかった常葉だったが、悦良がいつになく強硬な態度で、自分にやらせてくれなければ、以後、彼らの仕事の肩代わりは一切しないと主張し、ついに折れさせた。

「でも、悦良さんは大丈夫なのですか。これから何かと風当たりが強くなるのでは」

安堵の反面、悦良の立場を案じた常葉に、悦良は照れ臭そうに笑った。

「わたしだって、一つくらい、信念を押し通してもいいだろう」

尊敬していた老師が存命の頃は、寺にはまだ規律と仏道に対する真摯《しんし》さが残っていたのに、わずか二年のうちに堕落しきってしまった。上層部は国庁の役人と結託し、寺領拡張と称して近隣の農民を立ち退《の》かせて荘園開拓しているし、半ば公然と高利貸をして私腹を肥やしている。いわば組織ぐるみの不正だ。その組織の中で生きていくには、目をつぶるしかない。それが律令《りつりょう》の僧尼令《そうにりょう》で認められた大僧の現実なのだ。

八

受戒の日は、二月の半ば。図ったわけではないが、釈尊の入滅日の翌日と決まった。出家名、すなわち沙弥《しゃみ》としての名をどうするかと悦良に問われ、常葉は自分で書写した十二門論を棚からとり出し、怪訝《けげん》な顔の悦良の前に置くと、思いつめたおももちで一気にしゃべった。

「人はなぜ、こんなに苦しまねばならぬのか。ずっと考えてきました。苦しむ人々ばかり見てきました。わたしには、人は苦しむために生まれてきたとしか思えない。わたし自身、母を憎み、父を恨み、われとわが身をとりまくすべてを嫌悪して飛び出しました。愛してくれた者たちを失い、失って初めてその愛を知り、後悔と自責に苦しみあがきました。自分は何者か。どうすれば生きたいと思えるか。自分が何を求めているのか。わからぬまま今日まできました」

「そうか。きみは自分のことはいっさい語らないから、わたしも訊きはしなかったが、何かよほどのことがあったのだろうと思っていた。そうだったのか」

悦良は慈愛のこもったまなざしで常葉を見つめ、痛みをこらえるかのように眉を寄せて静かに言葉を継いだ。

「釈尊は説かれた。人は皆、生まれるために苦痛を味わい、老いていくことを悩み苦しみ、病で苦しみ、最後に死という苦しみを味わう。生きものとしてのその四苦《しく》に加えて、さらに人は、欲望を制御できぬ苦しみの五蘊盛苦《ごうんじょうく》、愛するものと離別しなくてはならぬ苦しみの愛別離苦《あいべつりく》、憎み怨《うら》む相手に出会ってしまう苦しみの怨憎会苦《おんぞうえく》、求めるものが得られぬ苦しみの求不得苦《ぐふとくく》、この四つの苦に、身も心も打ち砕かれる。きみは幼い頃からその苦しみを味わってきたのだな」

「苦が人のさだめなのだとしたら、それから逃れることが唯一《ゆいいつ》の救い。仏の教えは本当にそれに導いてくれるものなのか。ずっと疑っておりました」

「疑っていた？」

「はっきりそのこたえを示してくれぬかぎり、仏を信じることなどできぬ。出家する意味はない。そう思っていました。そのこたえを、ようやく見つけました」

十二門論を繙《ひもと》くと、震える指でさし示した。冒頭、大乗仏教の要諦《ようてい》を説くくだりである。

「よく衆生の大苦を滅除し、大利益《りやく》を与えるが故《ゆえ》に、名づけて大（乗）とす。また、観世音、得大勢《とくだいせい》、文殊師利《もんじゅしり》、弥勒菩薩《みろくぼさつ》等、是《こ》の諸大士の乗る所の故に、名づけて大（乗）とす。また、この乗を以《もっ》て、よく一切諸法の辺底を尽すが故に、名づけて大（乗）とす。深義はいわゆる空なり」

――人々のあらゆる苦しみを滅除し、大いなる利益を与える。

「これこそが、仏の教えの真の目的。雷に撃たれたような衝撃がありました。胸を絞り上げられる気がしました」

――大乗の深義は空なり。

その短い一文を大事そうに指先でなぞって宣言した。

「これをおのれの心に刻み込むために、けっして忘れぬように、空也《くうや》をわが名にしたいと思います」

「すべては空」と悟ることでしか、苦しみから逃れるすべはない。そこからすべてが始まる。

「そうか、空也《くうなり》。空也《くうや》か」

悦良は驚いた声を上げた。

「教えていただいた空について、まだすべて理解できたわけではありません。それでも、あらゆるものごとに恒常なるものはないこと、苦しみの大半はそのことに気づかぬがゆえに自分自身を傷つけているのだと、いまは少しわかります」

常葉はちいさくはにかんだ笑みを浮かべてうなずき、

「もう一つ、これも見てください」

維摩経の仏国品《ぶっこくぼん》第一を出してきて悦良に示した。

「空を修学して、空を以て証とせず、（中略）空無《くうむ》を観じて、しかも大悲を捨てず、（中略）衆生《しゅじょう》の病を滅するが故に有為を尽くさず」

空の真理を学び、しかし空を悟りとはせず、空無を深く見窮《みきわ》め、それでいて衆生への大いなる慈悲を捨てない。衆生の病である諸々《もろもろ》の苦を滅するために、自ら有為の存在である生身《しょうじん》を捨てて安楽な悟りの世界に去ることはしない。

「この一節に出会って、さらに目を開かされる思いがしました」

空の深義を悟っても、それに耽溺《たんでき》して、おのれの到達点と満足してしまうのでは意味がない。それでは苦しむ人を救うことはできない。

「このことを肝に銘じて精進するために、沙弥名としたいのです」

「きみらしいな。よかろう。風変わりだが、いい名だ」

沙弥名は本来、師僧もしくは伝戒師が与えるものである。悦良も考えてくれていたに違いないのに、そのことは一言も口にしなかった。


出家の日は、夜明け前から土砂降りの雨が金堂の瓦《かわら》屋根を叩《たた》きつける朝だった。春の到来を告げる雷鳴が轟《とどろ》き、格子《こうし》ごしに稲光が堂内の薄闇を切り裂く中、先輩沙弥が常葉の頭髪を剃《そ》り上げた。刃が当てられ、冷えた大気に素肌が触れていくにつれ、身が引き締まった。自分を覆《おお》っていた殻が削《そ》ぎ落とされていくのだと思った。

「では、沙弥十戒を授ける」

仏前にひざまずいた常葉の前に悦良が立ち、厳かな声で述べ上げた。

「一、生きものを殺してはならない。二、盗みをしてはならない。三、淫欲《いんよく》にふけってはならない。四、虚言や妄語をなしてはならない。五、酒を飲んではならない。六、装身具で身を飾ったり、香をつけてはならない。七、歌舞音曲を見聞きしたり、自らおこなってはならない。八、広くて高い快適な床に寝てはならない。九、正午以降は飲食してはならない。十、金銀財宝を蓄えてはならない。以上、厳しくおのれを律し、反することのないよう、御仏《みほとけ》と自身に誓うべし」

手にした数珠《じゅず》を常葉の頭に当て、

「沙弥空也、汝《なんじ》、六波羅蜜《ろくはらみつ》を持し、日々精進すべし。空を知り、広く衆生を度《ど》する菩薩たるべし」

その声音は決して大きくなく、むしろ静かな声だったが、空也の胸に深く刻み込まれた。

そのとき、ひときわすさまじい雷鳴が轟くと同時に、目の眩《くら》む閃光《せんこう》が堂内を白々と照らし、床も柱も壁も激しく振動した。どこか近くに落ちたようだ。

空也は思った。自分が生まれたのは、菅原道真の憤死が都に伝わった直後で、やはりこんな雷鳴と稲光が荒れ狂う朝だったと聞かされている。春を告げる雷は農耕の神でもあるのに、その年と翌年、二年つづけて雷が多発して凶作であったため、道真の憤死と結びつけられ、雷は道真の怨霊《おんりょう》が怒り狂っている証《あか》しと信じられるようになった。父帝が自分を疎《うと》んだのも、春雷の朝に生まれたことと関係あるのではないかと、いままで何度も思った。

そんな自分がいままた、大地を揺るがす轟きと閃光の中で新たな人生に踏み出すのも、何か意味があることなのかもしれない。そう思いつつ、だが、なぜか、心は波立たない。それが不思議だった。

受戒の儀式はそれだけで、またいつもの日常が待っていた。古びた僧衣を与えられ、諸堂の清掃や住僧の雑用に加えて儀式の補助もさせられるようになったが、そのかたわら、悦良とおなじ僧房で勉学に励むことができる。

先の事はわからない。いずれ官僧にと望んでいるわけではない。だが、まだ当分は悦良のもとで学べると思っていたのだが、悦良は意外なことを言いだした。

「空也、きみはここにいてはいけない」

播磨国《はりまのくに》に峰合寺《みねあいでら》という寺がある。そこには一切経《いっさいきょう》がある。きみはそこで学べ。仏法をより広く学んで、自分のなすべきこと、進むべき道を探せ。

「老師は生前、よくわたしに、欠員ができて官僧になる前に三年か四年そこへ行って修学せよとおっしゃった。官僧になれば他国へ行く自由はない。わたしもぜひにと望んでいたが、機を窺《うかが》っているうちに、師が亡《な》くなってしまわれた。わたしは一生、悔やむだろう」

「ならば、わたしと共にまいりましょう。悔やむくらいなら、いっそ」

「いや、わたしは行かぬ。機を失したのは、わたしがその任ではないということだ。人にはその者に課せられた任がある。わたしにはわたしに課せられた任がある」

「悦良さんの任とは？」

「堕落したこの寺をなんとしてもたてなおす。たとえ蟷螂《とうろう》の斧《おの》であっても、内部の者がやらねばならぬことだ。わたしが倒れたら、次の誰かがやる。そうやって一歩ずつ積み重ねていくしかないのだ」

悦良は毅然《きぜん》と言ったが、その顔にはどうしようもない寂しさが滲《にじ》んでいた。

九

（とうとうやってきましたよ、悦良さん）

空也は行く手に播磨国揖保《いいほ》郡の峰相山《みねあいやま》を望む街道筋で立ちどまり、心の中で悦良に語りかけた。

（思ったより険しい山ではありません。陽射しが明るいし、早くから開けた土地柄のようですよ）

山は刈り取った稲を積み上げた稲積に似ているので稲種山とも呼ばれているのだと、井戸の水を恵んでくれた地元の老婆《ろうば》が教えてくれた。小高くなだらかな山容だ。

「むかしはよう修行僧がやって来じゃったけども、最近はほとんど見かけん。おまえさまは奇特なことじゃ。しっかりおやりなされよ」

腹の足しに、と三升ほどの米をめぐんでくれた。山寺の食事の貧しさに耐えきれず、若い修行僧が逃げ出すことも少なくないのだという。

このあたりは早くに朝鮮半島から移住した渡来系氏族が定住した土地で、温暖な風土と、山陽道と瀬戸内海に面した交通の要所であることから人口も多く、経済的にも豊かな地として発展した。仏教伝来も早く、聖徳太子所縁《ゆかり》の寺など白鳳《はくほう》時代から寺院が数多く存在した。

峰合寺もその一つで、古くは鶏足寺《けいそくじ》と呼ばれていた。しかし、富裕を誇った渡来氏族が勢力を失っていくにつれて、官の保護もない民間寺は衰微し、峰合寺もいまでは天台宗に組み込まれ、その別院になっている。

それでもかつての繁栄の名残はいまなお光を失わず、山の中腹、里を見下ろす南西向きの斜面の何段かの平坦《へいたん》地に、金堂、講堂、法華三昧《ほっけざんまい》堂、常行三昧堂、それに一切経が収められた経蔵などの諸堂が配され、合間を埋めるように僧房が建ち並ぶ、堂々たる伽藍《がらん》だった。

尾張願興寺の前別当の老師の名を告げ、悦良の推薦状を出すと、道場の止住が許され、僧房が与えられた。住僧の数は多くはなく、比叡山や官寺のような大がかりな仏事がおこなわれているわけでもないので、修行と研学に専念するにはまたとない環境である。

一切経とは、経・律・論の三蔵とその注釈書をふくめた仏教経典のことで、日本には奈良時代の留学僧玄昉《げんぼう》が帰国の際、五千余巻にのぼる一切経を持ち帰り、以来、国家をあげての書写事業がおこなわれた。以後、日本で著された論書類も追加されて、その数は膨大なものになっている。ここはそのすべてが揃《そろ》っているわけではないが、勉学には十分だ。

天台宗の別院ということで、ここでも不断念仏がおこなわれていた。以前、叡山で相応和尚に聞かせてもらった山の念仏である。比叡山では、「朝法華、夕念仏」といい、朝は法華経を誦《じゅ》し、夕方は念仏行をおこなう。ここでもそれにのっとって、毎日夕刻になると常行堂や僧房のあちこちから念仏の声が聞こえてくる。

孤独な勉学の日々が始まった。

湿った空気が淀《よど》む薄暗い経蔵と、小さな木の寝台に薄い夜具、がたつく机、紙束を置く棚、北向きの格子窓があるだけの狭苦しい僧房にこもりきりで、何日も誰とも話さないこともある。ここには悦良のような心許せる兄弟子はなく、師と仰げる僧もいない。ひたすら一人で格闘する日々だが、つらいとは思わなかった。何ものにも邪魔されぬ孤独がありがたかった。

まだ暗いうちに起き、諸堂を巡る礼拝から一日が始まる。食堂《じきどう》でそそくさと粥《かゆ》を啜《すす》り込むと、寺域の端の泉で清らかな水を汲《く》み、墨を磨《す》る。一文字一文字、刻むように記す。

ときおり外の物音が聞こえる。落葉を掃く音、砂利を踏んで堂に向かう僧たちの足音、梢《こずえ》を渡る風の音が波のうねりに聞こえることもある。軒を叩く激しい雨音に顔を上げると、思いのほか室内が暗くなっていて、燭台《しょくだい》に火を入れる。にじんだ光の輪が墨のついた手指をぼんやり照らす。

かじかんだ手指に息を吹きかけて温める冬の朝、したたる額の汗を布切れでとめる夏の午後。蟬《せみ》しぐれ、小鳥たちのさえずり、雪の匂《にお》い、晩秋の夕暮れの鐘の音、夜鴉《よがらす》の悲しげな叫び、窓から入る月の光。いくつもの季節が空也の頭上を静かに通り過ぎていった。

紙と墨の匂いに包まれていると、雑念が消えて無心になれる。経典論書の文言の一つ一つがじかに語りかけてくる。心とからだに沁《し》み入ってくる。釈尊や諸仏や菩薩たちや、古今の仏道者たちの言葉と向かい合っていると、行間から彼らの想念が立ちあがってくる。

どうしても理解できない文言があると、夜、夢の中にうっすらと金色に光る人の形が現れ出て、教えてくれる。翌朝、研学が進んでいる僧に問いただすと、はたして夢の金人が教えてくれたとおりなのだ。極度に精神を集中していると、眠りについてもまだ頭の思考回路が停止せず回転をつづけて、答えを導き出す。そういうことだと思いつつ、光り輝く金人、あるいは仏菩薩が自分を導いてくれていると信じた。

膨大な経典や論書を読み漁《あさ》るなかで、ことに強く心惹《こころひ》かれたのが、唐の浄土教の高僧善導《ぜんどう》の教義だった。彼が著した観無量寿経の注釈書である観経疏《かんぎょうしょ》は、畢生《ひっせい》の名書として重んじられている。

空也が衝撃を受けたのは、善導ほど修行を積み重ねた偉大な人でも、自分は六道を輪廻《りんね》するしかない愚かな凡夫で、自力で悟ることはできないという自覚をもっていたことだった。

考え疲れると外に出て、諸堂を結ぶ小道や、崖《がけ》の斜面から湧《わ》きだして流れ下る谷川沿いの道をあてもなく歩きまわった。そんなときには、猪熊を思い、喜界坊を思い、仲間の男たちを思った。彼らは今頃どこにいるか。どこか山の中を、やはりこうして歩いているか。

そんなことをぼんやり考えながら渓流づたいに降りて行くと、寺奴《てらやっこ》の若者が谷の水を汲んでいるのを見かけた。

少しばかり知恵が足らぬのか、動作も鈍く、何をさせても満足にできぬため、頑魯《がんろ》と呼ばれて誰からも馬鹿にされている若者である。ひょろりとした大柄だがひどい猫背で、まるで傀儡《くぐつ》人形のようなぎくしゃくした歩き方をする。目と目が離れて妙に間延びした赤ら顔、萎烏帽子《なええぼし》からはみ出た頭髪は赤茶けた縮れ毛、そのせいか、猿か、四天王に踏みつけられている天邪鬼《あまのじゃく》のようにもみえる。

年は十六か十七。五つかそこらのとき、寺の門前にぼんやりたたずんでいたのだと、堂衆の老人から聞いている。およそ口減らしの捨て子だろうよ、とその僧は舌打ちしながら言い捨てたが、自分の名すら言えず、追い出すわけにもいかなかったということらしい。貧しい農村では嬰児《えいじ》の間引きや、口減らしに幼児を人買いに売るのも珍しくない。寺に捨てたのは、親に多少は情愛があったということか。

以来、寺奴小屋で養われ、水汲みや掃除にこき使われ、他の寺奴の仕事も押しつけられている。空也の房にも掃除に来るので顔はよく見るが、声をかけても口がきけぬわけではなかろうに、答えが返ってきたことは一度もない。ただぺこぺこと頭を下げて、逃げるようにそそくさと出て行ってしまうのである。

その頑魯が水を汲む手を休め、じっとしゃがみ込んでいる。何をしているのか、興味を引かれて見ていると、渓流に向って両掌《りょうて》を合わせているのだった。

「おまえ、何を拝んでいるのかね」

思わず声をかけると、よほど驚いたのか、それとも叱《しか》られるとでも思ったか、頑魯は身を硬くしてぼんやりした顔で空也を見つめたが、やがておずおずとこたえた。

「おらにもようわからん。だけんども、むかし、坊さまが言うのを聞いたんじゃ」

「ほう。どんなことか、よければわたしにも教えてくれないか」

怯《おび》えて逃げ出してしまわぬよう、笑顔で訊《き》いた。

「叱ったりせぬよ。ただおまえと話したいだけなんだ」

それでも頑魯はなかなか口を開かなかった。唇を舐《な》めてみたり、両手をもみしだいたり、萎烏帽子がずり落ちそうになるほど頭を振ってみたり、落ち着かない様子だったが、どうやら、どう話したらいいか、思い悩んでいたらしい。意を決した顔になると、一気にしゃべった。

「坊さまは言っただ。天竺《てんじく》というところでは、右手は清浄で、左の手は不浄なんだと。おらたち人間にも清らかな部分と、どうしようもなく汚い部分と、両方あるんだと。

それ聞いて、おら、思っただ。仏さまの前で両手を合わせるのはだからなんか。おらは馬鹿だから、坊さまたちみてえに経文なぞ読めねえ。仏さまはこんな人間なんぞ、救ってくださらねえ。だから、こうして仏さまに自分のありのままをさらけだして、こんな者でも救ってくだせえとお頼みするしかねえだ」

言い終わると、ひどくつらそうな、いまにも泣きだしそうな顔になった。

空也は胸を衝《つ》かれて、しばらく言葉が出なかった。

合掌の意味を考えたことなど、いままで一度もなかった。人間の心には清らかな部分と汚い部分の両方がある。それは経典でも論書でもくり返し説かれている。右手が清浄で、左手は不浄。その概念も、天竺では古代から言われていることだ。

だが、清らかなおのれと穢《けが》れたおのれを仏の前にさらけ出す。それが合掌だという概念は、おそらく経典論書のどこにもない。少なくとも自分は出会ったことはない。

それを、この愚鈍な若者は自分自身で思いついたというのだ。

自分の顔をまじまじと見つめたまま黙りこくってしまった相手が急に怖くなったか、頑魯は水桶《みずおけ》を胸にかかえて逃げ出そうとした。

「待ってくれ。おまえはさっき、この谷川に向って掌を合せていたろう。それはなぜなんだね」

その声音がすがりつくように聞こえたのか、ふり返った頑魯は信じられぬとでもいうような顔で空也を見つめていたが、不意に黄ばんだ歯を見せて、にっと笑った。

「そりゃあ、山も、水も、空も、風も、どれもこれも、まるで仏さまみてえな気がするからだ。どうしてだかわからねえけども、なぜだかそんな気がするだ。ありがたくて、拝みたくなるだ」

邪心のかけらもない、まっさらな笑顔だった。

「いつもそうやって拝んでいるのかね」

そう尋ねると、目に怯えを走らせながらうなずいた。

「いけないことかね？　お堂の仏さま方は怒るかね？」

「いいや、いけないもんか。御仏《みほとけ》はけっして怒ったりはなさらぬよ」

空也は声を震わせてこたえた。涙がさしのぼるように湧いた。

「坊さま、なんで泣くだ？　おらのせいか？」

「そうではない。ただ驚いているのだ。驚いて、無性に嬉しいのだ」

「嬉しい？　嬉しいってか？」

頑魯はわけがわからぬという顔になり、しきりにかぶりを振りながら小道を昇っていった。

その後姿に、空也は自分でも気づかぬうちに掌を合わせていた。気持の整理はつかないが、何か大きな啓示が与えられたような気がした。

そんなことがあってからも、頑魯はあいかわらずひどく無口で、ほとんど口をきくことはなかった。声をかけると無言のまま、にっと笑う。空也が自房にもどると、雛《ひな》菊《ぎく》や菜の花や野水仙《のずいせん》の花を挿した竹筒が経机の上に置かれていたりする。何も語り合わずとも心が通じ合う関係もあることを、空也は初めて知った。

十

日々、考えつづけている。菩薩とは何か。菩薩の道とはどういうことか。菩薩の修行とはいかなるものか。菩薩たらんとするおのれの進むべき方向である。

菩薩とは、悟りを求める心、つまり菩提心《ぼだいしん》を発して悟りを求め、おのれを律し、学び、修行し、仏への道を歩んでいく者のことである。菩薩が進む道を菩薩道といい、菩薩の修行を菩薩行という。

菩薩道には細かく階梯《かいてい》があり、修行を積むことで一歩一歩昇っていき、最終的に仏となることを目指すのだが、大乗の菩薩には大きく分けると二種類ある。

一つは、初めて人々を救済しようという菩提心を発《おこ》し、これから大乗の菩薩道を学んで精進していこうと発心したばかりの初発心《しょほっしん》菩薩。ひたむきで、純粋な決意と情熱に溢《あふ》れ、真摯に全身全霊を懸けてつき進もうとするが、しかし、ややもすればその心身は動揺し、恐れや不安にさいなまれる。怠惰に流れ、絶望にたちすくみ、情熱を失うこともある。心根が定まらず、転げ落ちるように退いてしまうことすらある、未熟な菩薩である。

これに対して、精進を重ねて修行の階梯を確実に進み、もはや何があろうと決して退くことのない、後もどりすることがない段階まで達し、菩薩としておのれがいかに衆生を救済するか、その目的とすべを確立した菩薩を、不退転《ふたいてん》菩薩という。

観世音菩薩や普賢《ふげん》菩薩、勢至《せいし》菩薩といった菩薩たちは皆、この不退転の大菩薩である。すでに如来《にょらい》を補佐して衆生のために働いており、いずれは自らも悟りを開いて仏となることが定まっている幹部候補生、いわば如来予備軍である。

中でも釈迦《しゃか》如来の次に仏になると定まっているのが弥勒菩薩で、いまは兜率天《とそつてん》に住し、釈迦入滅後、五十六億七千万年後にこの世に生まれ出る時を待ちながら、いかにして衆生を救うか思惟《しい》している。

阿弥陀如来もかつては、法蔵菩薩という名の菩薩だった。彼はすべての衆生を救いとるために四十八の誓願を立て、それが達成できぬ間は自分だけ仏になることは絶対にしないと固く誓った。苦しむ者たちを置き去りにして、自分だけが安寧の世界へ去ることはしないというのである。

――「最後の一人たりとも」見捨てはしない。

それがいかに困難なことか。そんなことが実現可能か、にわかに信じられないが、しかし、法蔵菩薩はついに成し遂げ、自らの仏国土を建立《こんりゅう》したのである。それが阿弥陀浄土であり、彼はようやく成仏《じょうぶつ》して阿弥陀如来となったのだ。

空也自身は、峰合寺で学んだ般若《はんにゃ》経典にくりかえし描かれている一人の初発心菩薩に、なぜかしら強く、心惹かれる。

その名は常啼《じょうたい》菩薩。常に嘆き悲しむ、悲しんで泣く、という意味である。常悲《じょうひ》、普《ふ》慈《じ》、常歓喜《じょうかんき》という別名からして、まだ感情に揺り動かされ、ともすれば心を乱してしまう未熟な菩薩である。その分、身命を惜しまず、世事にとらわれることなく、利養をむさぼらず、ただひたむきに仏の叡智《えいち》、般若波羅蜜《はんにゃはらみつ》を求める者である。

大般若経の解説書である大智度論《だいちどろん》は、常啼菩薩の名の由来をこういう。

「この菩薩は、いつも他者に対して大いなる憐《あわ》れみをかけ、心やさしく、おだやかである。だから、苦しみ多い世の中にあって、貧しさや乏しさ、老いや病、憂《うれ》いや苦悩に喘《あえ》ぐ人を見ると、泣き悲しまずにいられないのである」

また、こうもいう。

「いつも、歓《よろこ》びに震えて泣くから、常啼と名づけられる」

法の真理を知って歓喜に震えるのである。

人の苦しみに同調して自らも苦しんで泣き、まだ未熟ゆえに救う力のない自分を嘆いて泣く。自分もおなじだと空也は思う。むかし、阿古にも言われた。あなたが泣くのは、人の痛みを引き受けてしまうからだ。激しすぎる共感が自分自身をも傷つけ、追い込んでしまうからだ。

——自分は不退転の菩薩にはなれぬ。未熟な初発心の菩薩だ。

それでいいのだ、と思う。それでいいのか、とも思う。

出家した日、菩薩道をひたすら歩んでいくことを決心した。

——汝、広く衆生を救う菩薩たれ。

悦良はそう諭してくれた。その言葉を忘れたことはない。

——自分自身の菩薩道。

それを考えつづけ、日々、懸命に模索しているが、いまだ見つけられずにいる。せめて、常啼菩薩のように、ただ一途《いちず》に、ひたすら道を求めていこうと思う。

十一

延長八年（九三〇）二十八歳の九月、峰合寺に居住して四度めの秋。朝晩は冷気が山肌づたいに這《は》い降りてくる頃、都の秦命婦《はたのみょうぶ》から醍醐上皇崩御の急報がもたらされた。

「父帝が……」

何度読んでも信じられない。文を持つ自分の手がわなわな震えるのを、まるで夢の中の情景かなにかのように冷静な目で見ながら、そのくせ、頭の中は真っ白で、考えがまとまらない。

ちょうど三ヶ月前の六月末、都では内裏の清涼殿に落雷があり、上卿《しょうけい》数名が死傷したという噂《うわさ》がこの山寺にも伝わった。醍醐帝がそれを機に病床に伏したとのことで、この寺からも叡山の要請で加持祈禱《きとう》に優れた僧が数名、禁裏の祈禱所に出仕するため上洛《じょうらく》したが、その後の病状は落ち着かれたようだと寺僧たちが話しているのを耳にしていた。

――宮廷も、父帝も、いまの自分には無関係。すでに無縁な世界。

そう思い定め、あえて関心を持つのを自分自身に禁じて、詳しいことを尋ねもしていなかった。父帝や母のことを思い出しても心が波立たなくなった自分を、修行の成果、心の安寧を得られるようになった証し、と思いもし、よしとしてもいたのである。

まさか崩御にいたるほどの重篤《じゅうとく》とは思ってもいなかった。まだ御歳《おんとし》四十六。摂政関白をおかず天皇親政を敷いて、日本三代実録などの史書の編纂《へんさん》、延喜式などの格式の改正と制定、銭貨の改鋳、地方行政の刷新と、崩壊寸前の律令体制たてなおしのために次々に改革に取り組んできた。

空也自身が自分の足で見てきた諸国各地の現状からすれば、かならずしも成功をおさめているとは思えないが、それでも、帝の懸命な努力は疑いようがないと思っている。世人も聖王と讃えているお方なのに、何があったというのか？

空也は矢も盾もたまらず京へと出立した。崩御は五日前、葬儀には間に合わないだろうし、たとえ間に合ったとしても参列が叶《かな》うかどうか。皇子といっても親王宣下もないまま、宮中を追われ、行方知れずになった身だ。皇籍はとうに抹消されている。考えてみれば、父帝の顔も知らないのだ。どんな容貌《ようぼう》のお方か、自分と似ているか、お声はどんなか。想像すらしようがない。

それでも、

――一歩でも近く、父帝の側へ、行きたい。

それしか考えられなかった。

夢中で駆けた。落ちつけ。落ちつけ。落ちつけ。心に念じるのに、足がそれを裏切る。

先へ、先へ。夢中で駆けた。街道はどこも、有事に乗じての騒乱を警戒して兵士が出動し、往来する者を誰何《すいか》しているが、さいわい僧体は咎《とが》められなかった。

足がどうにも動かなくなると路傍の小堂にもぐり込み、前のめりに倒れ伏して気を失うように眠りに落ち、明け烏《がらす》の声に床から身を引きはがして、また駆けた。草鞋《わらじ》の鼻緒擦れで指の股が切れて血が噴き出すと、僧衣の袖を裂いてすげ直した。その間も惜しかった。川の水で喉の渇きを癒《いや》した。空腹は感じなかった。

播磨国から京へは、ふつうに歩けば四日。それを二日で駆け抜け、崩御の日から数えて七日目の朝、平安宮にたどり着いた。今日は初七日の法要がおこなわれるはずだ。南の大門朱雀門《すざくもん》は開け放たれていた。白幕が朱塗《しゅぬり》の門柱にも築地塀《ついじべい》の柱にも巻かれて喪を示している。

衛士《えじ》の制止を振りきり、つかつかと入り込んだ。

「おい、待て。入ってはならぬ」

寄ってたかって警棒で阻止された。前方からも十数人の衛士が白砂を蹴散《けち》らして駆け寄ってくる。諒闇中《りょうあん》ゆえ武装こそしていないものの、いずれも屈強の武者だ。

「止まれ。おぬしのごとき汚ならしい坊主の来るところではない。早々に立ち去らぬと叩き出すぞ」

たちまち囲まれて無理やり腕をつかまれ、もみ合いになったとき、

「待て。待て」

一人の小柄な上卿が転がるように駆け寄ってきた。

「手を離せ。そのお方はいいのだ。わたしがお呼びしたお方だ」

「実頼、おまえか」

思いがけない人物に空也は思わず声を発したが、武者たちのほうもいまをときめく摂政藤原忠平公の嫡男《ちゃくなん》の名を呼び捨てにしたのに驚き、この薄汚い坊主がただものではないらしいとようやく悟ったらしい。まだ半ば胡乱《うろん》げな顔を見合せながらも手を離した。

「お迎えに出るのが遅れまして、ご無礼つかまつりました。ささ、こちらへ」

藤原実頼は空也を庇《かば》うように背を押し、案内にたった。いつの間にか実頼の供者五、六人がふたりを取り囲み、一団となって小走りに先を急いだ。

いくつ門を通り抜けたか、いくつもの渡殿や坪庭を横切った。どこをどう通ってい

るのか、空也には見当もつかなかった。もしも単身だったら到底たどり着けないところだった。

やがて最後の門をくぐり抜けると、白砂を敷き詰めた広い空間が広がっていた。御所の最奥部、内裏である。正面に南面する巨大な檜皮葺《ひわだぶき》の殿舎が公《おおやけ》の儀式の場である紫宸殿《ししんでん》。

実頼はその西北の横手、紫宸殿と長橋廊で結ばれた東向きの殿舎を指差した。

「さきほどからご法要が始まっております。ご焼香なされませ」

清涼殿。天皇の日常の御座所である。

空也は弾《はじ》かれたように小走りに長橋廊の下をくぐり抜け、清涼殿の正面の階《きざはし》を駆けあがった。

草鞋を脱ぐことも頭に浮かばなかった。広縁を埋めて喪服に身をつつんだ公卿《くぎょう》たちが居並んでいる。全員、はっと息を呑《の》んだが、気づく余裕はなかった。草鞋履きのまま奥に進んだ。

入ってすぐが帝の昼御座《ひのおまし》、その右手の塗籠《ぬりごめ》が夜御殿《よるのおとど》。御寝所である。その部屋に祭壇がもうけられ、亡き醍醐上皇の位牌《いはい》が安置されていた。昼御座は二十人の僧が埋め尽くし、声を揃えて読経《どきょう》している。一段高い中央でいちだんと大きな声を発しているのが宇多法皇だった。

誦しているのは法華経だった。法華経は生前の罪業《ざいごう》を消し去る滅罪の経典でもある。

空也はいちばん後に立ったまま合掌し、声を張り上げて読経に合わせた。

そのとき、法皇の肉厚の肩がぴくりと動き、声が止まった。

そのまま数秒間、前を向いたままじっとしていた法皇は、静かにふり返った。

その目がこの場にふさわしからぬ埃《ほこり》まみれの僧衣をまとった若い僧の姿をとらえ、大きく見開かれた。

読経が終わる前に焼香をすませ、そのまま踵《きびす》を返して階段を降り、前庭を横切って立ち去ろうとした。

「お待ちください。どうか、お待ちを」

声にふり返ってみると、実頼が慌《あわ》てふためいた様子で駆け寄ってくる。

そのとき、背後の清涼殿の大屋根の一部が黒く焼け焦《こ》げているのが目に入った。そういえば、殿内の白木の床や柱にもところどころ焦げた痕跡《こんせき》があった。なんだかわからなかったが、もしやあれが六月にあったという落雷の被害か。

実頼は息を切らしたまま、空也の前にひざまずいた。

「法皇さまがお呼びにございます。わたくしと共にお越しくださいませ」

「いや、お会いせぬ。わたしはすでに世を捨てた身。ただの沙弥《しゃみ》だ。そう申し上げてくれ」

「ぜひにとの仰《おお》せにございます。わたくしからもお願いいたします」

実頼は空也の僧衣の袖をつかみ、離そうとしなかった。

「くどいぞ、実頼。おなじことを言わせるな」

「いいえ、あなたさまのために申し上げておるのではございませぬ」

斬《き》りつけるような鋭い声だった。

「法皇さまの御為《おんため》にございます」

「どういうことだ？」

「お気が弱くなられました。けっしてお歳のせいばかりではないかと」

人々は皆、道真の怨霊に怖《おそ》れおののいている。傲岸《ごうがん》にすぎるほど気丈な法皇も例外ではないというのだ。

「あのお方が？」

意外だった。自分は道真に怨《うら》まれる筋合はないと豪語していたではないか。悪霊など密厳呪法《みつごんじゅほう》をもってしても退散させてくれようくらいの気迫は、あるはずではないか。

「わかった。お目にかかろう。連れていってくれ」

法皇が法要を終えるのを待つため、法皇の御座所にあてられた奥まった殿舎の一室に案内された。階の下で草鞋を脱ぎながら、さきほどは草鞋を脱がぬまま昇殿したことに初めて気づいた。

「それほどまでにお気が急《せ》いておられたのです。不敬などと誰が誹《そし》れましょうや」

背後で実頼がささやいた。

控えの殿舎に入ると、実頼は女官に命じて足濯《あしすす》ぎの水桶と新しい衣を持ってこさせた。

合掌して受け取った空也は、その水を手水鉢《ちょうずばち》に少し移してまず口をすすぎ、次に晒《さらし》布《ぬの》を浸して顔を洗い、次は首筋と腕、最後に脚と、僧房でいつもやっている手順で丁寧にからだを清めた。そうしているうちに自分の心の昂《たか》ぶりがやっとおさまっていくのを感じた。

実頼はその様子をじっと見ながら、空也の現在の境遇を想像した。手桶の水を一滴も無駄にしない僧の日常習慣が、身にしっくり馴染《なじ》んでいる。決して恵まれた環境ではないが、落ち着いた日々を過ごしているのであろうと思った。

それと同時に、その静かで楚々《そそ》とした挙措の優美さに目を見張る思いだった。幼い頃から厳しくしつけられた行儀作法は、たとえ氏素性を隠して僧体になっても、容易に消えぬものらしい。本人は気づいてはいないであろうが、余人の目には奇異に映るのではあるまいか。現に、粗末な衣に身をつつんでいても、どこか常人とは違う、並の僧侶《そうりょ》にはない気品のようなものをおのずから発している。それが血のなせる業だとすれば、そのどうにもならぬ血の因縁は、このお方をこれからも苦しめるのではないか。

実頼は胸の中で吐息をついた。別れてからすでに十余年。少年から大人の男へ。皇子から貧しい沙弥へ。このお方は大きく変貌を遂げている。いままでどこでどうしていたか、いまどこで何をしているのか、訊くまいと実頼は心に決めた。訊いてもこの人はこたえてはくれない。

最後に会ったのは、五宮が嵯峨野に引きこもって荒れていたときだった。酒に溺《おぼ》れ、情痴にただれた日々を送っていた。あの頃の世をすねたような暗い目、刺すような視線は、すっかり影をひそめ、思慮深くておとなしい、もとのこの人にもどっている。もともと他人の心に敏感すぎるほど敏感な、それゆえ、人の痛みを引きうけてしまう人なのだ。だからこうして、やってきた。やはり父帝を切り捨てることができずにいたのだ。

「実頼、そういえばおまえはさきほど、自分が呼んだと言ったな」

空也は使い終わって丁寧に濯いだ晒布を畳みながら、さりげなく訊いた。

「どういうことだ」

「それは、それがしから秦命婦へ伝えましたので」

まだ崩御が世間に公表される前、実頼はいち早く秦命婦のもとへ駆けつけた。誰か空也の居所を知る者がいるとしたら、命婦しかない。そう考えてのことだった。だがどう問いつめても、命婦は居所を教えようとせず、ただ自分が責任をもって知らせるとだけ受け合った。

「わたしに来るようにと？」

命婦からの文には、実頼のことも、来るようにというようなことも、一切書いてはなかった。ただ、崩御なされました、とあるだけだった。

「いえ、それは何も。ただ、お知らせしてくれと頼んだだけです。でも、この実頼は、あなたさまはかならず駆けつけてこられると信じておりました。わたくしが存じ上げている五宮さまは、父帝が亡《な》くなられたのを知りながら来ようともなさらぬような、そんなお方ではない。そう信じておりました」

実頼はいつ空也が現れてもいいように、家人たちをずっと宮城の諸門に待機させていたのだという。実頼がすばやく駆けつけてきたのは、そういう理由だったのだ。

「それにしても、今日のご法要に間に合い、ほんにようございました。もしも遠方におられたら、どう急いでもご無理と、半ば諦《あきら》めておりましたが」

実頼はそう言うと、涙をぬぐった。

「縁の薄い御父子であられましたから、いえ、それゆえせめて、今生《こんじょう》のお別れはなさっていただきたいと」

「ああ、わたしもそう思った。その一心だった」

こたえた空也の声は、だが、ひどく暗かった。

十二

実頼は醍醐帝が病に伏したいきさつを空也に語って聞かせた。

清涼殿に落雷があったのは六月二十六日、例年より半月も遅い梅雨明けから一転、そろそろ初秋に入るというのにうだるような暑さに悩まされていたが、夕刻近くになって、にわかに都の北西の愛宕山《あたごやま》の上からまがまがしいような黒雲が湧き出した。

その黒雲を引き裂いて稲光が横薙《よこな》ぎに疾《はし》ったかとおもうと、次の瞬間、すさまじい轟音がつんざき、地鳴りのような振動とともに殿上に侍っていた上卿らを直撃。ひとりは衣服が黒焦げになり、胸が裂けて即死。もうひとりは顔面を焼かれて卒倒。さらに隣接する紫宸殿にいた者も、髪を黒焦げにされて死亡。他にも重傷者が多数出て、内裏は大混乱におちいった。

雷鳴は逃げまどう女たちの悲鳴と叫び声をかき消し、一刻《いっとき》余もやむことはなかった。他に高い建物がないから大屋根の殿舎が連なる宮殿に雷が落ちることはしばしばだが、これほどの大惨事はいまだかつてなかった。帝や実頼もまさにあわやというところだったと、実頼は恐ろしげに唇を蒼《あお》ずませた。

帝は滝口の武者たちに護《まも》られて土砂降りの雨の中を足袋裸足《はだし》で朝堂院へ避難したが、その夜から発熱し、うなされてうわ言を言いつづけた。

「皆、菅公が今度こそ帝を害さんと牙《きば》を剝《む》いたと怯えました。帝のお耳に入らぬよう、側仕えの者たちに気を配らせたのですが、やはり、帝ご自身も」

もはや雷とくれば菅原道真の怨霊と、誰もが信じるようになっている。

空也は、自分が尾張国分寺で出家した日もすさまじい雷鳴だったことを思い出し、暗澹《あんたん》とした。

「帝はそのまま不予になってしまわれました。日夜、ご寝所近くで怨霊退散の加持祈禱をさせましたし、医師もお心を鎮《しず》める薬石を用いて懸命に介護いたしましたが、ついにご快癒の兆《きざ》しすらなきまま……」

実頼の声は消え入るように途切れた。実頼はむかし、父の忠平が時平の死は道真の祟《たた》りと噂を流した張本人と空也に告白した。それが事実かどうかは知る由《よし》もないが、もしも事実とすれば、その虚言がとうとう帝まで死に追いやったことになる。実頼の心中を思うと、空也も胸が塞《ふさ》がれた。

帝が不予の間、左大臣忠平をはじめとする太政官たちは、帝の容態を窺《うかが》いながら善後策に奔走した。最初に春宮《とうぐう》に立てられた保明親王が急死し、二番目の春宮になった慶頼王も五歳で夭逝《ようせい》。その後、三番目の春宮に立てられたのは、御年三歳の病弱な寛《ゆた》明《あきら》親王だった。

崩御の七日前、醍醐帝はその寛明へ帝位を譲った。十三歳で即位し、在位三十四年。父帝宇多の負の遺産を引き継がされ、そのおだやかな気性ゆえ、成人後も父の影響から脱しきれず、それでも懸命に生きた。後に朱雀《すざく》天皇と諡《おくりな》される新帝は、まだやっと八歳の幼さである。

「ご譲位は苦渋の選択にございました。なんとかいま一度お元気になっていただきたいと、切に願っておりましたのですが……」

言いにくそうに言葉を濁した。忠平が自分の都合で強引に事を運んだと思われたくないのであろう。

「法皇さまのお勧めにより、帝ご自身のご叡慮を賜りまして」

自分の言葉のそらぞらしさに、目を上げることもできない実頼だった。

崩御の日、帝は灌頂《かんじょう》を受けて金剛宝《こんごうほう》と名づけられ、二十人の僧侶が昼間は法華経、夜は仏頂尊勝陀羅尼《ぶっちょうそんしょうだらに》を誦《じゅ》す中、その夜のうちに息絶えた。仏頂尊勝陀羅尼は、日に二十回誦せば生前の罪業を消し、命終後、極楽国に生まれ変わるとする密教の念仏呪で、初七日の今日も、昼間の法華経とともに夜は念仏がおこなわれることになっているという。

本人の意思というより法皇の考えであろうと空也は察したが、それについては何も言わず、父帝の最期《さいご》はどんな様子であったかと尋ねた。

「安らかに逝《ゆ》かれたか？」

最期の最期まで、怯えと後悔に苛《さいな》まれて逝ったのでは、あまりにも気の毒だ、せめて苦しむことなく眠るように息を引き取ってくれたのなら――。そう思ったのだが、

「あ、いえ……わたくしは、枕席《ちんせき》に侍《じ》しておりませんでしたので」

実頼はますますうなだれて言葉を濁すだけだった。

「そうか……。いや、いいのだ」

空也はもうそれ以上、この生真面目《きまじめ》な友を追いつめる気にはなれなかった。

小半刻《こはんとき》ほどして、宇多法皇は疲れ切った重い足取りでやってきた。御簾《みす》越しの上畳にどっかと坐《すわ》り込むと、御簾を上げるよう近侍に命じ、

「かまわぬ、これへ」

空也に側へ寄れと手招きした。

たっぷり肉厚の体軀《たいく》と顔貌。一直線に切れ込んだ瞼《まぶた》の下に鋭く光る双眸《そうぼう》。人並み外れて大きな頭骨。豊かな耳たぶ。数珠《じゅず》をまさぐる手も大きくて厚く、指も太い。むかしとほとんど変わっていないように見える。違うことといえば、太い眉《まゆ》に白いものが混じり、頰が重たげに垂れていることくらいか。自ら修法をしきった昂揚《こうよう》と憔《しょう》悴《すい》がないまぜになっているが、

「久しいの、五宮」

声には以前とおなじく力がある。この声と、この目が、むかしの自分には頼もしくも怖くもあった。いまはただ、人を威圧する声に聞こえる。

「いまのわたしは空也と申す沙弥にございます」

自分自身でつけたと言うと、

「空也とな。そうか、空なりか」

法皇はちいさく笑った。自分が出家して最初の法名が空理だったことを思いだしたか、それとも孫の若いこだわりがおかしいのか、空也にはどちらともわからなかった。

「おまえが出奔したとき」

言いかけて法皇はいったん言葉を呑みこみ、ちいさく舌打ちしてから一気に言い放った。

「朕《ちん》はおまえの弱さに腹を立てた。これしきのことで家を出るとは、愚かにすぎる。おのれの氏素性、出自から逃れるすべなど、この世のどこへ逃げてもありはせぬのに、そんなこともわからぬほど、愚か者であったか。そう落胆した。どこに生まれるか、誰の子に生まれるかはその者の前世からの宿業だ。逃れることなどできるものかや。おまえが苦しんでおるのは、むろんようわかっていた。不憫《ふびん》でならなんだ。だから、朕がせめて安穏に生きていくすべを与えてやろうと考えておったに、おまえはそれすら察しなんだか」

法皇は唇を引き結び、孫の顔を憎々しげに睨《にら》み据えた。

「だがその一方で、予感が当ったとも思った。おまえはいつか、朕の手の届くところから消えていなくなる。自ら去っていきよる。そんな予感がしておった」

法皇はそう言うと溜息《ためいき》をつき、ちいさくかぶりを振った。

「一つ、訊きたい」

その顔に老いが見えた。気弱さともちまえの傲岸さが交互に現れては消える。

「仏法はおまえに、何を教えてくれた」

「まだわかりませぬ」

「まだわからぬ、か」

法皇は鼻で笑った。

「そうよの。それほど容易《たやす》いものではない」

「さりながら、いつか、わたしがおのれを捨てきることができましたら、そのときにはきっと、わかることとと」

「おのれを捨てきるだと？　そんなことができると思うてか。自惚《うぬぼ》れるな」

「しかり」

空也は目元をなごませて祖父に笑いかけた。

「できぬやもしれませぬ。それならそれで、いたしかたなきこと。おのれの愚鈍を嘆くといたしましょう」

「もしも、もしもだ。もしもわかったら、そのときはどうする」

「いまから思い煩《わずら》うまでもなく、おのずと道はひらけましょう」

「そうかな。おまえはそれほど自分を信じられるのか。いいや、仏を、おまえはそれほど信じきれるのか」

わしは信じてなどおらぬぞ――。その顔はそう言っていた。

「仏は人間のためにある。人間が使うためにある。現世の福徳と災厄消除、死後の安心、その三つに利益《りやく》あってこその仏法だ。違うか」

「否定はいたしませぬ。それもありましょう。さりながら、それのみが仏の教えとは、わたしは思いませぬ。苦しむ人々を救うために、おのれの全存在を賭《と》す。そのために出家いたしました。断じて自身のためにではありませぬ」

「それがおまえの選んだ道か。皇子の身を捨て、父帝を捨て、この祖父を捨ててまで、選んだ道か。結局、おまえも、おのれのことしか考えておらぬではないか」

法皇の声は憤《いきどお》りに震えながら、しかし悲鳴のようにも聞こえた。

「捨てたのではありませぬ」

空也の声も震えた。

「お救いするために、その方法を見つけるために、そのためにはまずおのれを捨てるしかないと、思い定めてのことにございます」

「ほう、朕を救ってくれると？」

嘲《あざけ》りと、疑念と、期待、相反する幾つもの色が法皇の顔に浮かび、揺れ動いた。

「あなたさまだけではありませぬ。わたしはすべての人を救いたいのです。いま、その方法を懸命に探しております。かならず見つけます」

言い切り、空也はきつく眉根を寄せて黙り込んだ。

胸の奥のどこかで、黒々とした塊が哄笑《こうしょう》している。

――身のほど知らずの大言壮語しよったな。おまえにやれるものか。おまえはおのれの弱さと無力さがまだわかっておらぬのだ。愚か者めが。

その声は勝ち誇っていた。

そのまま法皇も黙りこくった。

重い沈黙に耐えきれず外に目をやれば、内裏の殿舎の屋根ごしに晩秋の空はどこまでも蒼く澄みわたっている。清涼殿のほうからは参列者が退出していくざわめきが伝わってきているが、やがてそれも絶え、あとはひっそりと静まり返った。

そろそろお暇《いとま》を、と告げ、立ちあがった。もっと話したい気持と、これ以上話していたくない気持が交錯している。法皇に甘えてしまいそうな怖さもある。

ふたりの会話をずっと、部屋の隅に坐してうなだれて聞いていた実頼がすがるような目を向けるのを振りきり、部屋を出て行こうとしたとき、

「父を恨むな」

ぽつりと、法皇が言った。

「母のこともだ。ふたりを恨んではならぬ」

「誰も恨んではおりませぬ」

空也は足を止め、ふり返らずこたえた。

「ただ、哀れと存じます」

そのまま縁へ降りるために足を踏み出そうとすると、

「道真のやつめ」

突然、法皇が肩を震わせ、吐き捨てるようにつぶやくのが耳に入った。

「忘恩の輩《やから》め」

空也はふり返り、立ったまま、鋭い声で言った。

「お言葉ながら、上皇のご崩御も、世人の受難も、天災や疫病《えきびょう》も、すべては、断じて怨霊《おんりょう》のしわざなどではありませぬ。お考え違いなさりませぬよう」

「なんじゃと？」

法皇は目を剝いて空也を睨みすえたが、やがてがくりと頭《こうべ》を垂れた。

「お祖父上《じじうえ》さま、どうか、御身をおいたわりめされ。ご幼少の新帝をお守りくださらねば」

いたわりの気持をこめて言ったが、法皇は視線を落としたまま、こたえようとしなかった。

惚《ほう》けたようなその横顔に痛ましさを感じながら、空也は宮殿を後にした。

もう二度とここへ来ることはないであろう。法皇とも会うことはないであろう。そう思いながら。

十三

秦命婦の家にも立ち寄らず、その足で峰合寺へ帰った空也は、重い鬱屈《うっくつ》に沈んだ。

――すべての人を救いたい。

法皇に向って、自分自身驚いたほど強く言いきった。感情的になって思わず大言壮語を吐いたのでは、けっしてない。日々、それだけを念じて精進している。その方法を必死に探し求めていると言ったのは本当のことだ。

——おのれを捨てきる。

そうも言った。

それも本心だ。我執、欲、愛憎、しがらみ、すべてを捨てる。そのことをおのれに課してきた。

だから、過去のことはすべて、とうにふっきったはずだった。父帝の重病を知っても平静でいられたし、法皇にも、父のことも母のことも恨んではいないとこたえた。それに嘘《うそ》はない。

なのに、崩御の報に動転し、矢も盾もたまらず駆けつけずにはいられなかった。草鞋を脱ぐのを忘れて昇殿するというありえない失態を犯すほど、どうしようもなく心が乱れていた。

この世のすべて、常《じょう》なるものはない、空《くう》なのだと頭ではわかっているのに、心はそれを裏切ったのだ。厳しい修行も、孤独な研学も、なんの役にも立っていなかった。

そんな愚かな自分が、人を救うことなどできるのか。思い上がりではないのか。身のほど知らずの傲慢ではないのか。

くり返し考え、のたうちまわった。経文に向っても、虚《むな》しさだけがつのる。平素より厳しい日課をおのれに課し、夜を徹して勤行《ごんぎょう》をつづけたが、心はどうにも鎮まってくれない。

むかし、喜界坊に言われたとおりだ。あれからわたしはちっとも変ってはいない。わたしが目指しているのはただの偽善。自己満足でしかなかったのだ。わたしはその程度の人間だ。

情けなさに、文机《ふづくえ》に額を打ちつけて呻《うめ》いた。

泣いてはならぬ。泣けば、自分をとめどなく甘やかしてしまう。歯を食いしばり、胸にせぐりあげる嗚咽《おえつ》をこらえた。

不意に、声が降ってきた。

「仏さまは、見ていてくださるだよ」

驚いて顔を上げると、箒《ほうき》と桶《おけ》を手にした頑魯が立っていた。

「いま、なんと？」

「いつでも見ていなさる。泣くがいいだよ。聞きつけて救いに来てくださるだ」

頑魯はそう言うと、頬にちいさな笑みを浮かべた。

茫然《ぼうぜん》としたまま訊《き》き返した。

「御仏《みほとけ》が見ておられる？　救いにきてくださる？」

「うん、おらはそう聞いた。間違いねえ。だから、すなおに泣いて、助けてくれと頼めばいい。我慢することぁねえだ。すぐさま駆けつけてくださるってよ。よくわからねえけども、きっとそうだよ」

もじもじと手をもみしだきながら、いまにも泣き出しそうな顔で笑ってみせた。

その笑みを、その切なげな顔を、慈愛と空也は感じた。事情は知らなくても、共に悲しみ、共に泣いてくれる。慈愛そのものだ。

うなずき返そうとすると、頑魯の姿はもう消えていた。

「そうなのか。我慢しなくていい。つらい、苦しくてたまらない、そう言ってしまっていい。そうなのだな……」

熱い塊が喉にせぐりあげ、声がつまった。堰《せき》を切ったように涙が溢《あふ》れた。

顔を覆《おお》い、声を放って泣いた。

そのあまやかな陶酔の中で、不意に、頭にひらめくものがあった。

(観世音菩薩……)

観世音菩薩は、この世で苦しみ喘《あえ》ぐ者の悲痛な泣き声や叫び声を洩《も》らさず聞きとり、ただちに救ってくれようとする仏である。観音菩薩ともいい、また、衆生《しゅじょう》の苦を自在に観《み》るので、観自在菩薩ともいう。

衆生それぞれの資質と危難、切実な願いの種類に応じて、それに最も適した救いをもたらすために、聖《しょう》観音、十一面観音、千手《せんじゅ》観音、不空羂索《ふくうけんじゃく》観音、馬頭観音、如意輪《にょいりん》観音、准胝《じゅんでい》観音などなど、三十三もの姿で現れる。

たとえば、仏に会って真理を知ることができる者には仏の姿で現れ、僧に会って真実を知る者には僧の姿で、国王から真理を学ぶことができる者には国王の姿で、相手に合わせて適した姿で現れる。天、龍、夜叉《やしゃ》、阿修羅や、乾闥婆《けんだつば》や、執金剛《しゅうこんごう》にもなり、女性にも長者にも姿を変える。水難、火難、刀杖《とうじょう》難、怨賊《おんぞく》難など七難から逃れさせ、貪欲《どんよく》と怒りと無知の三毒を消し、男の子が欲しい者には男子を、女の子が欲しい者には女子を与えてくれる。

真言密教では胎蔵曼荼羅《たいぞうまんだら》に描かれ、浄土教では勢至菩薩とともに阿弥陀仏の脇《わき》に侍す。臨終の際には阿弥陀仏とともに迎えに来て、極楽浄土へつれていってくれる。つまり、観世音菩薩は現世の苦しみと来世の救済、双方にかかわる仏なのだ。

峰合寺の本尊も観世音菩薩である。頑魯は僧の誰かに教えられたか、門前の小僧で聞き憶《おぼ》えたか。苦しみもだえる空也に言わずにいられなかったのであろう。

空也は歓喜に震えた。弱い自分を見つけてくれる。赦《ゆる》してくれる。それがどれほどありがたいことか。立ちすくんで震える者、泣き叫ぶしかできない者のもとにやってきて、ともに暮らし、苦しみを共有してくれる。まさに慈悲そのものだ。

華厳経入法界品《けごんきょうにゅうほっかいぼん》に登場する善財童子は、悟りを求めて菩薩や善知識《ぜんちしき》を訪ねる行脚《あんぎゃ》の旅で、観世音菩薩のもとを訪ね、菩薩行を学ぶとは何か、菩薩道の修行とは何か、と問う。観世音菩薩はこうこたえる。

「われは一切衆生を平等に教化する。常に一切の如来《にょらい》の前に在り、あまねく一切衆生の前に現れる。色身《しきしん》を現じ、あるいは同類の形に化現《けげん》し、共に暮らして、悟りを成就《じょうじゅ》させる。われは大悲行を修行する者である」

大いなる慈悲こそが菩薩行であり、菩薩道であるというのだ。その大悲を以《もっ》て、縁無き衆生をも平等に守護する。求めるより前に手を差し伸べる。求めぬ者をも救う。

（求めぬ者をも救おうとする、無縁の大悲。誰ひとり見過ごしにはせぬという、熱い思い）

闇《やみ》の中に一筋の光が射《さ》した気がした。

（それこそがわたしが目指すもの。わたしの菩薩行だ）

翌承平《じょうへい》元年七月、宇多法皇崩御。

空也のもとに形見の品が送られてきたのは、ひと月ほど後のことだった。

紺紙に金泥《きんでい》で記された法華経八巻を一目見て、空也は思わず息を呑んだ。

「これは、お祖父上さまが御自ら書かれたもの……」

骨太の力強い筆跡はまぎれもなく、かつて見慣れた法皇のものだった。最初の巻から一巻ずつひもといて丁寧に見た。後ろにいくにつれて筆跡は力強さを失い、震えを帯びていくのが痛々しくて、涙なしには見られなかった。

気力をふりしぼって書写している姿が目に浮かぶ。法皇はどんな思いでこれを自分に残したのか。自分は何を託されたのか。

ただ一つ確かにわかることは、法皇が自分の死を予感していたということだ。それともう一つ、法皇は赦してくれたのだと空也は思った。

七七日忌の日、空也はそれを峰合寺の本尊観世音菩薩像に奉納し、その前でひたすら読経した。都では盛大な法要がおこなわれているであろう。誰とは言わず、ただ苦しみ多かった一人の人間の生きた証《あか》しとして後世に残すことが、自分にできるたった一つの供養《くよう》と信じた。

それから間もなく、空也は峰合寺を出てあらたな修行へ向かうことを決心した。

阿波国《あわのくに》の東、淡路島の南方の絶海に湯島という小さな孤島がある。その島の古い堂にある十一面観音が非常に霊験《れいげん》あらたかで信仰を集めていると寺僧が教えてくれたのである。

峰合寺に住して足掛け五年。いまは、自分が進むべき道を見つけるために踏み出さねばならぬ。法皇の死がその時を告げてくれたのだと感じた。

「ここへはもうもどってこぬが、おまえ、ついてくるか」

頑魯に訊くと、無言のままうなずいた。空也が去ることはすでに予期していたらしかった。

第三章　坂東の男

一

「湯島に渡りたいだと？　坊さま、気はたしかか」

岬の手前のちいさな浜で網のつくろいをしていた髭面《ひげづら》の漁師は、赤銅色《しゃくどういろ》に焼けた顔にあからさまに不審の色を浮かべた。

「海が荒れるこんな時期に渡れるものかえ。とっとと帰んな」

紀伊国御坊《ごぼう》から西に突き出した小さな岬は、西の海に沈む夕日が一望できることから、古来、日ノ岬と呼ばれ、この海の彼方《かなた》に西方浄土があると信じられている。また、補陀落《ふだらく》渡海の出発地として、各地から行者が集まってくる場所でもある。

ここからほぼ真西の湯島がいつしか補陀落山そのものと信じられるようになったの

は、周囲を高い崖《がけ》に囲まれた絶海の孤島で、容易に近づけぬ場所ゆえ、十一面観音の聖地とみなされたのであろう。

空也と頑魯《がんろ》が日ノ岬に着いたのは、すでに十一月も末、地元の漁師に水先案内を頼んだが、言下に断られた。

「春にならねば無理ぞえ。桜が散る頃にまた出直してくるんだな」

言われてみればたしかに冬特有の白波が海面を覆《おお》い尽くし、立っているのもやっとなほどの烈風が吹きすさんでいる。湯島までは海上六里余。空気が澄みきって、濃紺の島影がくっきりと手が届きそうに見えるのに、ただでさえ、このあたりの海は潮の流れがきつく、熟練の漁師でさえ流されることがある。

だから、土佐から畿内への南海路も、阿波国の東岸づたいに北上し、土佐の水門を経て、淡路島の南岸から東岸ぞいにまわり込んで摂津へと渡る。最短距離のこの海域を直接渡ることは滅多にないというのである。

もう一つ、漁師たちが渋る理由は、近年、瀬戸内から紀伊水道にかけて海賊が横行し、国庁の取り締りではすでに手に負えぬ状態になっているからである。湯島にはかつて海賊防備の砦《とりで》があったが、現在は逆に乗っ取られて海賊の根城になっているようだと、誰に訊《き》いても恐ろしげに首をすくめる。

困り果てていると、頑魯が舟さえあれば自分が漕《こ》ぐと言いだした。

「おまえ、舟を操れるのか？」

「やったことはねえ。だけども、なんとかなるだ。海も仏さまだかんな」

あっさり言ってのけたのには肝が冷えたが、空也は即座に決心した。

「おまえの言うとおりだ。わたしの志が正しければ、かならずや観世音菩薩の加護があろう。この荒海も、われらを拒むことなく運んでくれよう」

無謀な賭《かけ》であることは承知している。海の藻屑《もくず》になるかもしれぬが、覚悟はできた。

おんぼろ小舟を買い取り、海のおだやかな日の朝凪《あさなぎ》の時刻を選んで海へ出た。

「頼むぞ、頑魯」

「ああ、案ずるこたぁねえよ」

数日間、漁師に漕ぎ方を習った頑魯は頼もしく言い、馴《な》れた手つきで櫓《ろ》を操った。よほど楽しいとみえて、その顔に満面の笑みを浮かべている。

岬から離れるにつれて、漁師が言ったとおり潮の流れが強くなり、気がつけば島影が右手に見えたり左に移ったりするので、空也はたえず方角を注視し、顔を紅潮させて懸命に漕ぐ頑魯に指示しなければならなかった。

島が近づいてきて全容がはっきり見えるようになると、思わず息を呑《の》んだ。

北岸と東岸は、ゆうに四十丈（百二十メートル）はある断崖《だんがい》絶壁が剝《む》き出しの岩肌を見せてそそり立っている。その名も卒塔婆《そとば》崖。頂上の緑で覆われたところに目的の観音堂があると日ノ岬の漁師に教えられていたが、上陸はとても無理だ。

南岸には小さな平地と湾があり、集落もあるそうだが、南へ舵《かじ》をきって近づいていくと、そこは大小の岩礁《がんしょう》がまるで鮫《さめ》の歯のように乱立しており、西から細長く突き出した阿波の岬まで連なっていて、よほど熟知した者でなければ座礁は免れぬ。

「やっぱり西側からとりつくしかないか。しかたねえ」

頑魯は独り言のようにつぶやくと、いったん東へもどり、卒塔婆崖を左に見て大きく迂回《うかい》し、やっとのことで島の西北側に舟を着けられそうな小さな浜を見つけた。わずか数日訓練しただけとは思えぬ巧みな櫓さばきに、空也は安心して任せていられた。後になって島人に訊けば、そこは昔から四国や紀伊半島からの行者が上陸する場所で僧渡《そうど》ヶ浜と呼ばれているという。

島は周囲約三里。奈良朝の昔から人が住みつき、集落がある南側に温泉が湧《わ》くことから湯島という名になったと、これも島人から教えられた。夏の間は年に何人かは行者が渡ってくるが、こんな季節に来る者はないと呆《あき》れられた。現にいまは、卒塔婆崖上の観音堂に参籠《さんろう》している行者はひとりもおらず無人だと聞かされ、空也はかえって喜んだ。しかも島人はほとんど立ち入らぬというから、誰にも邪魔されず、気兼ねもせずにすむ。

急峻《きゅうしゅん》な杣道《そまみち》だ。生い茂る熊笹《くまざさ》を掻《か》き分けてよじ登った。手足も顔も、笹葉に切られて傷だらけになった。卒塔婆崖の先端は野尾辺《のおべ》岬といい、東北へ鋭く突き出し、その先端に観音堂がある。

岬の先端から眺めて、思わず声をあげた。

まさに地勢霊奇にして天然幽邃《ゆうすい》というにふさわしい場所だ。東と西と北、三方が海で、まるで自分が蒼《あお》い海原に浮んでいるような心地がする。東に目をやれば紀伊の山並が緑の帯のように見え、北には淡路島がうっすらかすんでいる。

観音堂は、深い木立に囲まれた奇妙な造りの建物だった。樹齢七、八百年はくだらないであろう、一本の樟《くすのき》の巨木がそそり立ち、その幹を守るように南側に板屋根が張り出して懸けられ、三方を板壁で覆っている。

岩肌に彫られた石仏を雨風から守る懸崖《けんがい》造りと似ていると不思議に思いながら正面の板戸を開いて中に入り、理由がわかった。

「これは……すごい」

十一面観音の像が、その樟の根本近くから人の背丈ほどの高さまで口を開けた大きな洞に安置されていた。まるで樟が腹にすっぽり抱きかかえてでもいるようだ。像は、身の丈二尺三寸余（約七十センチ）。素木《しらき》の立像である。素朴な造形ながら、木目がくっきり浮き出て、まるで樟の幹から湧き出して現前したような神々《こうごう》しさに満ちている。

ひざまずいた空也は合掌するのも忘れて茫然《ぼうぜん》と見入った。霊験あらたかというから厳しいお顔を想像していたが、たおやかな細面の女性的なお顔だ。

頭頂の十一の顔面に一つ一つ目をやった。前の三面は口元にかすかに笑みをたたえた慈悲の相、向かって左側の三面は目を瞋《いか》らせ、悪業《あくごう》をおこなう者を睨《にら》みすえている。右の三面は仏道修行に倦《う》む者を叱咤《しった》激励し、後頭部の大笑面は見えないが、善悪雑穢《ぞうえ》の者どもに、悪を改めて正しい道へ向かえ、とおおらかに呵々《かか》大笑しておられるのであろう。

頭頂上部のお顔は、修行者を導いて仏道を極めさせせんとする観音菩薩の決意か、いかにも厳かな表情だ。

いつ、どこで造られたか、誰がここに安置したか、詳しいことは、島人も峰合寺《みねあいでら》で教えてくれた寺僧も知らないらしい。おそらく行者が海を渡って持ち込んできたのであろうが、これほどふさわしい場所は他にはなかろう。

頑魯もぺたりと尻《しり》を落とし、うっとりと見上げている。

「頑魯、よう連れてきてくれた。おまえがいてくれなんだら、この御仏に見《まみ》えることはできなんだ」

礼を言うと赤茶けた頭髪を振りたててしきりにかぶりを振ったが、その目が赤く潤《うる》んでいた。

二

その夜はなかなか寝つけなかった。崖に打ちつける波音が三方から迫ってくる。崖下から吹き上げる風に周囲の木々が枝をしならせ、一斉にざわめく。空高くで、ひゅるひゅると不気味に鳴る風笛の音が混じる。

異次元の別の世界に迷い込んだような不安と、現世のここに今、頑魯とふたりきりで存在しているという実感が交錯する。ここは補陀落浄土か、娑婆《しゃば》世界か。どちらともわからなくなる。

——おまえはここへ、何を求めてやってきたのか。

おのれの胸に問いかけた。

──人を救う道を見つけんがため。おのれが進むべき菩薩道を見出《みいだ》さんがため。

こたえる声は、だが、途中でかすかに、ためらいに揺れた。

──おのれにその資格があるか、見極めんがため。

──おまえにできるか?

──観世音菩薩が決めてくださる。そのためにやってきたのだ。

そう思ったとたん、意識が途切れ、眠りに落ちた。

翌日から、如意輪陀羅尼経《にょいりんだらにきょう》の六度行を開始した。

如意輪観音は観世音菩薩三十三化身の一つで、密教の観音である。この如意輪観音によって、生身のまま現世の大功徳《くどく》を受けようとする行者は、昼夜に精進して観世音根本陀羅尼を唱える。漢字で七十八字、梵字《ぼんじ》で六十六字の大呪《だいじゅ》、漢字十五字の大心陀羅尼、九字の小呪の三種あり、小呪は「オンバラダハンドメイウン」。「願いをかなえる蓮華尊《れんげそん》よ」の意味である。

この小呪を日に六度、その度に一千八十回唱えれば、過去の罪はことごとく消え、観音の加護によって心に念じる一切の願いが成就《じょうじゅ》する。

夢に観音菩薩が現れ、「阿弥陀仏に見《まみ》えるでも、極楽世界を見るでも、望むままかなえよう」と告げ、さらに「死後に穢土《えど》に生まれ変わることなく、蓮華の上に化生して悟りを開き、諸仏菩薩と同所に住するであろう」と告げるという。

日に、晨朝《じんじょう》、日中、日没《にちもつ》、初夜、中夜、後夜《ごや》の六回、そのたびに、「オンバラダハンドメイウン」と一千八十回、休まずたて続けに唱える。一度の行がゆうに一刻（二時間）。一刻ほどからだを休め、仮眠や食事、からだを拭《ふ》き清めるのもその間にすませ、また次の行を始める。

声が嗄《か》れ、喉《のど》がひりついて唾《つば》も出なくなると口に水を含み、休むことなく唱えた。雪こそ降らないが、真冬の海は轟々《ごうごう》と唸《うな》りをあげている。隙間《すきま》だらけの板壁から突き刺すような風が吹き込んできて、夜には吐く息が白くなる。

火の気といえば、護摩壇《ごまだん》がわりの炉と灯明だけである。手指がかじかみ、全身が硬くこわばる。坐《ざ》しているのに耐えきれなくなると、立ちあがって堂の中を歩き回る。その間も中断することなく唱えつづける。朝には床一面、霜で白くなっている。

頑魯は毎日、空也が後夜の行を終えて晨朝の行まで一刻ほど仮眠をとっている間、空がようやく少し明るみ始める頃、堂を抜け出していく。山道を駆け下って里へ行き、夕刻になってやっと、空也のために米や麦や野菜や海草を抱えて帰ってくるのである。本人は何も語らないが、おそらく漁や野良《のら》仕事を手伝ってもらってくるのであろう。

鈍重で口下手な彼がどうやって頼み込むのか、島人が受け入れてくれるのか、空也は案じながらも訊きはしなかった。

夜、堂の片隅で獣のようにからだを丸めて寝入る頑魯のすこやかな寝息が、孤独な行の慰めになってくれる。疲労と眠気と全身の痛みに耐えきれなくなると、その寝顔に目をやり、ふたたび気力を奮い立たせた。

三

ひと月が過ぎ、ふた月目も過ぎた。

だが、求めるものはまだ見つからない。十一面観音像は眼の前にあり、しかと見えるのに、仏は見えない。この行を一心不乱におこなえば、夢に観音菩薩が現れて望みをかなえてくれるはずなのに、一向にそうならない。

精進と至心が足りぬせいだ。わたしはまだ、観音菩薩の意に適《かな》うまでになれていないのだ。このままおなじことをつづけていても、進展はない。もっと厳しい行をやるしかない。

その夜、頑魯に告げた。

「明日から五穀を絶って、七日間、不眠不休の行をする。食べものは要らぬ、水だけでいい」

怯《おび》えた目でしきりにかぶりを振る頑魯に、

「見ているのが怖ければ、おまえは里で寝泊まりさせてもらえ。そうせよ」

おだやかな口調で諭したが、頑魯は口をへの字に引き結び、無言で首を横に振りつづけた。

「ならば、居てもよいが、しかし、何があっても止めてはならぬぞ」

その言葉で、空也の並々ならぬ決意をようやく理解したらしい。初めて見るかのような目で空也を見、なんとも悲しげな顔でうなだれた。

案ずるな、と頑魯には言ったが、空也自身、やり遂げる自信があるわけではなかった。峰合寺でも不眠不休の荒行に挑む者は少なくなかったが、挫折《ざせつ》する者がほとんどだった。途中で姿を消すか、倒れて再起不能になるか、発狂したか飛び出して谷に身を投げた者もいた。命を捨てる覚悟なしにはやれぬ行なのだ。それでもやるしかない。

翌朝、汲《く》みたての若水で身を清めて開始した行は、まさに壮絶なものだった。合掌した右腕に抹香を載せて火を付け、焚《た》きながら如意輪小呪を唱える。わが身を焼いて供養《くよう》する焼身行である。

煙が一筋、ゆらめき立ち、香が燻《くす》ぶり始める。熱さに耐えきれず少しでも身動きすれば、香が落ちる。本能的に動きそうになるのを歯を食いしばってこらえる。皮膚が焦《こ》げる臭《にお》いが鼻をつく。

「オンバラダハンドメイウン、オンバラダハンドメイウン、オンバラダ……」

ひたすら唱えていると、次第に時間の感覚が曖昧《あいまい》になる。

意識は朦朧《もうろう》としているのに、神経は張りつめ、尖《とが》っていく。風の音に混じって、岩壁に叩《たた》きつける波の音がはっきり聞こえ、次第にそれが大軍勢のおめき声のように聞こえてくる。何十人もの僧が声をそろえる読経《どきょう》のようにも聞こえる。自分の声が堂内に反響し、耳をつんざく。全身の筋肉がこわばり、少しでも動くと針で突き刺すような激痛が襲いかかる。

最初の二、三日は、頭の中をさまざまな情景が駆け巡り、流れていった。自分がかつてこの目で見た光景だ。いつのことか、忘れているものもある。誰か自分ではない他人の目で見た光景のような気がするものもある。

いろいろな人の顔が浮かび、声にならない声で語りかけてくる。猪熊《いのくま》、喜《き》界坊《かいぼう》、仲間だった男たち、道盛《みちもり》、阿古《あこ》、秦命婦《はたのみょうぶ》、悦良《えつりょう》、宇多法皇、顔も知らぬ父帝醍醐《だいご》、幼い女児は阿古が生んだ子か。死者もいれば、生きている人もいる。言葉の切れ端だけ残して、闇《やみ》の中へ消えていく。

現在から過去へ、過去から現在へ。記憶が巻きもどされ、波打ち、ねじれ、ゆがみ、やがてばらばらになっていく。

経文や真言の断片が飛ぶように流れていく。くぐもった読経の声が虚空《こくう》から湧きたち、追いかける。

オン　ア　ソ　ワ　カ
オン　ア　ミ　リ　タ　テイ　ゼイ　カ　ラ　ウン
ナム　アミダブツ
山の念仏も聞こえる。耳の中でこだまし、鼓膜が破れんばかりにつんざいて響く。

三日三夜が過ぎた頃、不意に、何も聞こえなくなった。

頭の中の幻影も消え失《う》せた。

からだの感覚がなくなり、香を焚く腕の激痛だけが自分が生きていることを教えた。

「オンバラダハンドメイウン、オンバラダ……」

十一面観音の姿がぼやけて見える。微笑《ほほえ》んでいる。

だが、頭頂の面はどれも怒りと嘲《あざけ》りを浮かべている。

七日目の夜、満願の夜。頑魯に外に出ていろと命じ、最後の行に没頭した。

観世音菩薩は現れない。

（もう、だめか……）

張り詰めつづけていた気持が一瞬、ゆらいだ。

（観世音菩薩の信認は得られなかった）

きつく目を瞑《つむ》った。瞼《まぶた》の裏に涙の膜が引かれていく。

（常啼《じょうたい》菩薩にも、なれなかった……）

そう思った瞬間、ぐらり、とからだが傾き、腕上の抹香が燃えながらばらばらとこぼれ落ち、煙が激しく揺れ騒いだ。

そのとき、瞑った両目の瞼裏が次第に明るみ始め、白く輝くまばゆい光に変わった。

驚いて無意識に目を開けると、その光は消え、もとの薄暗い堂内の空間があるだけだ。

また目を瞑ると、光はいっそう強く明るくなり、それが少しずつ集まって、人のかたちになった。

――結跏趺坐《けっかふざ》して、腿《もも》の上で右の手と左の手を重ね合わせ、静かに瞑想《めいそう》する仏の姿。

（阿弥陀如来《あみだにょらい》……）

幻でも、夢でもない。その姿は目を閉じるとたしかに見え、目を開けると消え失せる。

まばゆい白光は仏身から発し、背後から照らす金色の光がその姿を浮びあがらせている。

周囲には、赤、青、黄、紫、緑、朱、さまざまな色がやわらかな光を発し、それがいくつもの蓮華の形をかたちづくっている。しかも、その一つ一つの台座に金色に輝く菩薩が立ち、阿弥陀如来をうやうやしく拝礼していた。

――阿弥陀如来に見《まみ》えるとも、極楽世界を見るとも、望みのままに。

「ああ、ああ……」

われ知らず声を発していた。言葉にならない叫びが迸《ほとばし》り出た。

「ああ、あああ……」

床にひれ伏し、額《ぬか》ずいて号泣した。

外にいた頑魯が扉を蹴破《けやぶ》って飛び込んできた。

そのまま気を失ってしまったらしい。気がつくと、床に寝かされ、頑魯が腕の手当をしてくれていた。水を掛けて火傷《やけど》を冷やしながら、

「ひでえ火傷だ。しばらく痛む」

頑魯は怒った顔で口を尖らして言い、そのくせ、涙をぼろぼろこぼしていた。

「きっと痕《あと》が残っちまうだ」

すりつぶした薬草と、おそらく海草を練り混ぜたものを厚く塗ってもらうと、ひんやりして、不思議と痛みが引く。どうして知っているのかと訊《き》くと、

「里の者に教えてもらった。薬になる草、食える草、毒草、きのこ、木の実、なんでも教えてくれる。皆、親切だ。誰もおらを馬鹿《ばか》にしねえ。笑いかけてくれる。いいだ。すんごくいいだ」

いつになく饒舌《じょうぜつ》で、泣き笑いしながらしゃべりつづけた。

「世話になったな」

「そうじゃねえ。おまえさまが死んじまったら、おらはどうしたらええか、わからねえだ。どうしたらええか……」

しんそこ途方にくれたという顔で言い、いきなり空也の背中にしがみついて泣きじゃくった。

「死んじゃなんにもなんねえ。お釈迦《しゃか》さまだってそうおっしゃる」

「ああ、そうだな。おまえの言うとおりだ。ほんとうだ」

空也もおもわず泣き笑いして、何度もうなずいた。

それから一月余、体力の回復を待ちながら、霊験で見た阿弥陀仏と十一面観音の像を木に刻んだ。

あれから、目を瞑れば見ることができる。けっして荒行の極限状態での幻覚ではなかったと信じられる。見るというより、自分のからだの中に阿弥陀仏と観世音菩薩が入り込んできた気がする。像を刻むのは、それを無心に写しとるだけだ。

黙々と手を動かしながら、春になって海がおだやかになったら、島を出てその足で尾張へ行き、国分寺の悦良を訪ねると決心した。悦良に自分がいま考えていることを話したい。悦良に出会い、彼から教えられた空の思想が、いまも自分の根底になっている。それをもとに、阿弥陀仏の浄土へ人々を導く活動を始める。やっとその決意と自信ができた。

やがて、崖上が一面、水仙の花で縁取られ、まだ冬枯れの木立ごしに里の畠《はたけ》が菜の花の黄に埋め尽くされた。陽射《ひざ》しは見違えるばかりに明るく、海面はおだやかで、小《さ》波《なみ》がきらめいている。

いよいよ出立だ。思いもかけず海賊が船に乗せてくれることになった。

海賊は紀州の漁師に脅かされたほどには島を蹂躙《じゅうりん》して略奪するわけではなかったが、

それでも島人にとっては恐ろしい存在である。なのに、頑魯はいつの間にか海賊連中とも親しくなっており、頑魯が頼み込むと、いとも簡単に一文無しのふたりを乗せていってくれるというのだ。

「坊主《ぼうず》を大事にすれば死んだ者の供養になるというでな。海で死んだ親族や仲間のために祈ってやってくれや」

赤銅色《しゃくどういろ》に日焼けした男たちは口々に言い、船屋形に寝場所をつくってくれた。

「いよいよこの島ともお別れだ」

船の甲板から遠ざかる島影に掌《て》を合わせて拝んだ。直立にそそり立つ卒塔婆崖から突きだした先端、野尾辺岬に十一面観音がおわす。

隣で小手を翳《かざ》してじっと島を見つめている頑魯をしばらく眺めてから、切り出した。

「前から考えていたことだが、おまえをいまとは違う別の名で呼ぼうと思う」

頑魯は「頑《かたく》なで愚か」という意味である。寺僧たちが馬鹿にしてつけた名だ。だが、共にいてつくづくわかったのは、この若者が愚鈍どころかたいそう智慧《ちえ》のある人間だということである。学問や経験から得た知識ではなく、自然や生きものたちから教えられた智慧だ。

最初に言葉を交わしたとき、彼は、谷川の水も、木々も、空も、風も、みな仏だと言った。昨年の冬、荒海を渡ったときには、海も仏だと言った。誰に教えられたわけではなく、頑魯自身がごく自然にそう思っているのだ。

それは仏性に相通じるもののように、空也には思える。頑魯自身の内側に仏性が存在しているのではないか、とも思う。

「本当の名はなんという。憶《おぼ》えておらぬか?」

だが、頑魯は不思議なものでも見るような目つきでしきりにかぶりを振った。

「そうか。ならばいっそ、あらたな名を考えよう」

——おまえにふさわしい名を。

そう言いかけた空也は、だが、頑魯が怒った顔でまだかぶりを振っているのに気づいた。

「いやなのか?」

頑魯はむすっとした顔でしばらく黙りこくった後、しぶしぶこたえた。

「おらはずっと頑魯と呼ばれとる。呼ばれ馴れとる。だから、頑魯でいい」

「しかし……」

まさか意味を知らぬわけではなかろうに、馴れ親しんだ名だから変えたくないというのか。

「名前なんぞ、どうだってええ。犬は、犬と呼ばれて怒ったりしねえだ。馬だって、蛇だってそうだ。なんと呼ばれようが、関係ねえことだ」

「しかし、獣と人は違う」

「違わねえ。頑魯っちゅうのが馬鹿にした意味だってことくれえ、おらだってとっくに知っとる。だけんど、それがなんだ。人がなんと呼ぼうが、おらはおらだ。名前を変えて、おらが別の人間になるっちゅうだか」

頑魯はぷいと顔をそむけて立ちあがり、

「おまえさまも、おらを見下すやつらとおなじだ。なんだ、くだらねえ」

吐き捨てると、足音荒く船首のほうへ行ってしまった。その後姿が春のやわらかな陽射しを浴びて、赤茶けた束ね髪が燃えるように輝いている。

それを茫然と見送り、空也は言葉もなく立ちつくした。

（愚かなのはわたしのほうだ）

拳《こぶし》で頰を殴られた気がした。彼のいうとおりだ。自分だけが彼の真の価値を知っている。そういう驕《おご》りがあったのだ。無意識に見下していたのだ。

自分を恥じていた。空也という名を自分でつけた。空の真理を忘れぬために、自分のよりどころを忘れぬためにつけた法名だ。それをいきなり否定された気がした。

——人がなんと呼ぼうが、自分は自分。名など意味がない。名前だけではない。肩書や尊称がその人間の価値を決めるか。そんなものは世俗の価値観にすぎぬ。まだそんなものにこだわっているのか。そうつきつけられたのだ。船縁《ふなべり》をきつく握りしめ、遠く白い波濤《はとう》が逆巻く渦潮に目を凝らした。引き寄せられて渦に飲み込まれぬよう、巧みに避けながら船は進んでいる。

いつの間にか、頑魯が横に立っていた。

「もうじき港に着くだよ。尾張ってとこは遠いだか？」

「おまえ、一緒に行ってくれるのか？」

「あたりめえだ。おまえさま一人じゃ、危なっかしくてなんねえ」

照れ臭そうに横鬢《びん》を掻きながら、とろけそうな笑顔で言った。

四

尾張の国分寺に、悦良はいなかった。

「陸奥《むつ》へ行くと、昨年の秋、出ていったきりだ。なんでもここ数年、陸奥はひどい飢《き》饉《きん》で民の多くが餓死しているとかで、寺で手をこまぬいているのは我慢ならぬとそれ

は国分寺僧の身分は剝奪《はくだつ》したから、彼がもどれる場所はないと匂《にお》わせた。

顔見知りの寺僧は侮蔑《ぶべつ》しきった表情で言い、言外に、帰ってきたとしてもすでにはえらい剣幕だったが、身をわきまえぬ所業というしかない」

（※）


「陸奥のどこへ行くと？」

「さあ、聞いておらぬな。中でも会津あたりがひどいらしいというようなことを言っていたような気はするが、当寺とは一切関わりなき者ゆえ」

あからさまな口ぶりに、何かよほどのことがあったのだと察した。腐りきった寺を内側から正していく、それが自分自身に課した使命だと言っていた悦良だが、そのことで居づらくなって飛び出したのか。悦良らしくもないと思いつつ、陸奥へ行ったのは間違いないと思った。もとよりもどってこようとは考えてないであろう。すべてを振り捨てて出ていったのだ。

追いたてられるように寺を出て、頑魯とふたり、あてもなく歩いた。周辺は繁華な町筋で、人や荷馬車でにぎわっている。乾ききった地べたから土埃《つちぼこり》が舞い上がり、道端には街路樹の柳が風に枝をゆすらせ、さわさわと涼しげな音をたてている。木陰にしなびた菜っ葉や芋や木の椀《わん》や竹籠《たけかご》を売る物売りが立ち、日陰を求めて休む通行人らと声高にしゃべりあっている。

「一雨来てくれねえと、田畑が干からびちまう。今年もまた凶作かいな」

「そうなったらもう、子供を売っぱらって逃げるしかねえだな。売りものにならん赤子は絞《し》めるか」

悲惨なことをあっけらかんとしゃべりたてる声を、空也は耳をふさぎたくなる思いで聞いた。

「ねえ、坊さま、この瓜《うり》、買っておくれよ」

寺僧相手に春をひさぐ女が瓜売りを装《よそお》ってまとわりついてきた。金色に熟れた瓜を山盛りにした笊《ざる》を大きくはだけた胸に抱え、袖《そで》をまくりあげて白い二の腕を見せびらかすようにひらつかせて、僧衣の袖をつかんだ。

「寄るなっ」

自分でも驚くほど尖った声を放って払いのけた拍子に、笊が傾いて瓜が転がり落ち、地べたをころころと転がった。

「おっとと……」

頑魯が慌《あわ》てて追いかけて拾い集めた。

「すまぬ。そんなつもりではなかった」

空也も瓜を拾い、ついた泥を丁寧に袖で拭《ぬぐ》ってから女に手渡すと、

「けがらわしいってかっ。気取りやがって。坊主がどれだけ偉いってか」

女は罵声《ばせい》を浴びせかけ、空也の顔めがけて瓜を投げつけた。

瓜は頰を直撃し、地べたに落ちて、ぐしゃっと割れた。

地面に果汁の黒い染《し》みがひろがっていく。

「拾って食いな。恵んでやるよ」

憎々しげに言いたてる女の声に、人が集まってきた。どの顔もにやにやとうすら笑いを浮かべ、旅姿の貧しげな主従がどうするか見つめている。

「うぉっほ、ありがてえっ」

頑魯が奇声をあげて瓜を拾い上げ、頰まで泥だらけにしてかぶりついた。

「うめえっ。うめえよ、ねえさん。もっと食いてえ。も一つくれろ」

心底、嬉《うれ》しげな声をあげた。

「ただでくれとか？　あつかましい小僧だね」

女はそれでもまんざらでもなさそうな顔で瓜を一つ、頑魯に投げてよこした。

「そっちの坊さんも食いな。喉が渇いてるんだろ。銭はいらないよ」

「ありがたくいただく」

「あんたら、悦良さんを訪ねてきたんだろ。あの人はいい人だった。あたいらを買ってくれたことは一度もないけど、よく売れ残りの瓜を買ってくれた。皆、自分が死んだら、あの人に閻魔《えんま》さまに頼んでもらおうって言ってたのにさ」

「閻魔大王さんに、ねえさん、何を頼むんだい？」

頑魯が指を舐《な》めながら訊くと、女は鼻で嘲《わら》った。

「きまってるじゃないか。もう二度と女になんかに生まれさせないでくれ、とお頼みするんだよ。ミミズでもトカゲでもいい。畜生でもいいから、人間の女はもうこりごりさ」

「だけど、姫さまかお大尽の娘なら、きれいに着飾って、うまいもんたらふく食って、面白おかしく暮らせるじゃろ」

「馬鹿だね、あんた。女はどんな高貴な身分に生まれつこうが、おんなじなんだよ。どこの姫君だろうが、男にからだを売って赤子をひり出す、そのためだけに生まれてくるんだ」

「そういうもんかね」

「ああ、そうさ。自分で好きに外を出歩けるあたいらのほうが、まだましってもんさ。どこでのたれ死んだって、誰も悲しませずにすむしさ」

女の言葉に、空也は息を吞《の》んだ。

自分が死んだら誰かが悲しむ。だから生きていたい。人はその思いに支えられる。だがこの女は、死んでも人を悲しませずにすむというのだ。

空也の目から思わず涙が迸り出た。この女が孤独と絶望を通り越してこんな気持になるまでに、どれだけの涙を流したか。おのれの境遇を呪《のろ》い、世間を恨み、人を憎んだであろう。何度も死にたいと思ったであろう。そう思うと涙がとまらなかった。

「なんだよ。あたいがなんか悪いこと言ったか」

女はたじろいだ顔で睨《にら》みつけたが、空也が黙ってかぶりを振ると不意に真剣な顔になり、自分たち仲間がねぐらにしている家に一緒に行ってくれと言い出した。

「重病でいまにも死にそうな女がいてさ。その子も身寄りがないから、いつ死んでもいいっちゃいいんだけども、死ぬのが怖いと怯えて、見てられないんだ。なんでもいいから、安心させてやっておくれな」

女は夜叉丸《やしゃまる》と名乗った。このあたりの遊女は男童名《おとこわらわ》を名乗るのだという。

連れていかれたのは、寺からさほど遠くない町はずれのあばら家だった。瀕死《ひんし》の女はまだ二十歳にもなっていない若い女で、名は喜勢丸《きせまる》。莫蓙筵《ござむしろ》の寝床に、薄汚れた夜着を掛けて横たわっていた。夜着ごしにも骨がわかるほど痩《や》せ衰え、青黒い顔にはすでに死相が現れている。寝床の側に五、六人の遊女がつきそい、不安げな顔でかわるがわる脚や腰をさすっている。

「死にたくない。助けて」

喜勢丸は熱で白くけば立った唇を震わせ、枯木のような両手を合わせて拝むと、怖い、怖いとうわ言のようにつぶやきつづけた。

空也はその手を握り、両手に包み込んでさすりながら、顔を寄せてささやいた。

「怖がることはない。南無阿弥陀仏《なむあみだぶつ》と言ってごらん。それだけで、阿弥陀さまのところへ行ける。たった一度、言うだけでいいのだよ」

すると喜勢丸は、目を大きく見開き、いやいや、とかぶりを振った。

空也は頬に笑みを浮かべてうなずき、女のそそけだった頭髪を優しく撫《な》でた。

「ああ、信じられぬだろうね。それでもかまわないよ。信じなくても、御仏《みほとけ》は救ってくださる。おまえさんを迎えに来てくださるからね」

「ふざけんじゃないよっ。死神を追い払う呪《まじな》いの一つもやってくれるかとおもえば」

夜叉丸が憎々しげに叫び、いきなり空也の胸倉につかみかかった。

「仏が救ってくれるだって？　迎えに来てくれるだって？　嘘っぱちはよしとくれ。あたいらみたいな賤《いや》しい女を救う仏なんかいるもんか。財物を布施して拝む者しか、相手にしやしないんだよ」

「そうではない。布施をしなくても、経を読まなくても、仏が差別なさることはない」

「信じなくてもいいなんて、それこそまやかしじゃないか」

「信じられぬものを信じよというほうがまやかしではないか」

「だから信じなくてもいいと言うのかえ？」

「ああ、そうだ。信じられるなら信じればいい。信じられぬならそれでもよい」

「馬鹿馬鹿しい。そんな世迷言《よまいごと》しか言えないなら、とっとと出てっておくれ」

夜叉丸は声を震わせて言いつのったが、不意にぎょっと身を硬くした。

「な……む」

喜勢丸の口から途切れ途切れの声が洩《も》れ出た。

「……あみ、だ、ぶつ……」

大きく一つ、胸を喘《あえ》がせ、そのまま息が止まった。

うっすらと開いたままのその目から涙が一筋、流れ落ちた。その涙を袖で拭ってやりながら、夜叉丸が小声でささやきかけた。

「馬鹿だねえ。こんな嘘っぱちに乗せられるなんて、あんたはほんとに馬鹿だよ。……でも、でも少しは、怖くなくなったかえ？」

「こんなやすらかな顔して死んだんだから、そうなんじゃないか。ねえさん」

頑魯がぽつりとつぶやくと、夜叉丸は顔をくしゃくしゃにしてうなずいた。

「ああ、そう思うことにするよ。せめてそう思ってやらなきゃ、あんまり可哀そうだ」

その言葉でまわりの女たちが皆、すすり泣き始めた。

骸《むくろ》を遊女たちと町から半里ほど離れた川まで運び、荼毘《だび》にふした。のびやかに平野の中にうねるように流れる大きな川で、広い河川敷がある。白鷺《しらさぎ》や川鵜《かわう》が浅瀬で餌《えさ》をついばみ、川面《かわも》を滑るように飛び立っていく。水蒸気をふくんで淡々とした晩春の空が西から次第に茜色《あかねいろ》に染まっていく中、薄灰色の煙がゆるゆると昇って消えていくのを女たちは皆、無言で見つめていたが、やがて夜叉丸がぽつりとつぶやいた。

「あの子、阿弥陀さまのもとへ行けたかねえ……。どんなとこかねえ……」

五

「行くあてがないなら、ここにいたらどうだい。あたいらが養ってやるよ。ねえ、みんな」

夜叉丸が言うと、遊女たちがいっせいにうなずき、口々に言った。

「どうせあたいらもじきに死ぬ身だ。喜勢丸みたいにお浄土へ送っておくれな」

「お浄土へ行けると思えれば、死ぬのも怖くなるだろ。かえって楽しみってもんさね」

「でも、一遍だけ南無阿弥陀仏と唱えればいいといわれたって、いざその時になったら、苦しいのと怖いのが先で、きっと無理だよ。心細いよ」

だから、空也にここにいて看取《みと》ってくれというのだ。

だが、空也は夜叉丸の言葉が胸に突き刺さったまま離れないでいる。

――仏は貧者や身分賤しい者は相手にしない。すがっても無駄だ。

彼女のいうとおりだ。仏の教えと救いは、僧から経典を学んで自分も写経や読経をし、多額の布施をすることができる貴族や大尽のためだけのもので、読み書きもできず、食うのがやっとの民たちには無縁の存在だ。第一、寺への出入りも許されず、仏の姿を拝むことすらできないのに、信じろというほうがどだい無理な話だ。浄土がどんなところか想像できないのはあたりまえだ。

彼女たちだけではない。真に苦しみ喘いでいる民たちを置き去りにして、なにが仏か。仏の救いか。

――陸奥へ行く。

そう決心していた。陸奥と出羽の国は、蝦夷《えみし》と蔑《さげす》まれ、朝廷にまつろわぬ民たちの国で、まだ仏の教えが定着していないと聞く。悦良も、陸奥の民たちが苦しんでいると知り、やむにやまれぬ思いで向かったのであろう。国分寺僧として、安閑と学問に埋没していることに耐えられなかったに違いない。民たちのために自分に何ができるか。すべきか。悦良の決意を痛いほど感じる。

「わたしも行かねば。だが安心しておくれ。おまえさんたちに阿弥陀仏を残していくからね」

阿波の湯島で目《ま》の当たりにした阿弥陀仏のお姿はいまも、脳裏にはっきり焼きついている。その御仏が自分の代わりにこの女たちを見守り、死の不安から救ってくださるであろう。

女たちはねぐらの一室、水屋につづくがらんとした大部屋を二人にあてがってくれた。女たちに元締めはおらず、客の寺僧がしのんでくるのは数軒先の貸家で、この家には客も間男も一切引き入れないのが掟《おきて》なのだという。

薄い板戸を隔てた隣の大部屋に女たちが雑魚寝《ざこね》している。むせかえるような女たちの体臭と、いぎたなく眠りこける寝息と鼾《いびき》が耳についてなかなか眠れなかったが、それもすぐに馴《な》れた。

明け方、客に呼ばれて出かけて行った女が足音を忍ばせて帰ってくる。仲間の間にもぐり込み、疲れたからだを横たえて深々と吐息をつくのを聞くたびに、いいようのない哀《かな》しみと愛《いと》おしさが胸に込み上げ、抱きしめてやりたい衝動に駆られた。

昼間はその部屋で女たちが飯を食ったり、にぎやかにしゃべりながら繕いものをしたり、サイコロ遊びで暇をつぶしたりする横で、黙々と尊像を彫った。頑魯は水汲みや掃除を嬉々《きき》として手伝い、女たちと笑い合っている。ふだんは滅多に口をきかないのに、女たちとはよくしゃべる。

一刀刻むたびに南無阿弥陀仏と唱え、思いを込めた。十日後、一尺ほどの阿弥陀仏の座像が完成した。むろん仏師が造る精巧な像にはほど遠いが、柔和な笑みをたたえたお顔にできた。

仕上げに遊女たちから白粉《おしろい》を借り、それに油と紅を混ぜて御身に塗った。全身からまばゆい金色の光を放っているのが仏の証《あか》しだが、彼女たちには生身の人間に近い肌色のお姿のほうが、近しい存在と思えるであろう。邪道だろうがかまうものか。

「まるで生きておられるようだろう」

遊女たちに見せると、率直な言葉が返ってきた。

「なんだかね、あたいらとおなじ売女《ばいた》みたいだ」

「だから、あたいらの気持をわかってくれそうだよ。金ぴかの仏さんは厳《いか》めしくて恐《こわ》いけども」

寺僧に頼んでこっそり金堂の諸像を見せてもらったことがあるという女が顔をしかめて言い、目の前の阿弥陀仏にそっと手を合わせてつぶやいた。

「この仏さんなら、お声をかけてくださりそうな気がするもの」

女たちは代わる代わる拝み、空也が棚に安置して拝している観音像に目をやって尋ねた。

「このお像はどういうものなんだい」

「西海の湯島という島におわす十一面観音で、わたしに力を与えてくださった御仏だよ。陸奥へお連れする。民たちを苦しみから救い出していただくのだ」

「ほんとうに行ってしまうのかえ。何ヶ月もかかるし、街道は物騒だ。途中で山賊に襲われるよ」

「大丈夫さ。こんな乞食《こつじき》坊主の二人連れを襲やしない。奪うものなんかないからね」

「殺されちまうよ。命をとられるかもしれないのに、悦良さんもあんたもどうかしてるよ」

「そうだよ。京へ行き来する馬商人から聞いたことがあるけど、陸奥は蝦夷の国だっていうじゃないか。そんなところで仏法なんか説いたって、誰もまともに聞きゃしないよ」

「だから行くのだよ。悦良さんもそうだと思う」

女たちと空也のやりとりを、頑魯はただにやにや笑って聞いている。

翌朝、女たちが口々に引き止めるのを振りきって発った。女たちは町のはずれまで見送ってくれた。朝日がまばゆく輝き、木々の新緑をきらめかす初夏の朝だった。

六

十一面観音像を安置した厨子《ずし》を背負い、曲がった左肘《ひだりひじ》に金鼓《こんく》を掛けて、右手に錫杖《しゃくじょう》と打ち棒。頑魯は経典類を詰めた笈《おい》を背負い、法螺《ほら》を吹きながら歩いた。

東海道を下り、遠江《とおとうみ》に入って天竜川を渡った高台で、初めて富士の山が見えた。山頂にわずかに白い雪を残した青く優美な姿だったが、大井川を渡って駿府《すんぷ》に入り、近づくにつれ、富士は雄々しさと荒々しさを増してそそり立っていた。

行く先々で尾張から来た壮年の僧を知らないかと尋ねたが、どの人もかぶりをふるばかりで、やはり会津へ行ったのだと考えざるをえなかった。

白河の関を越えて陸奥に入った。北に安達太良山《あだたらやま》を見て西へ向かうと、行く手に磐《ばん》梯山《だいさん》が見えてきた。山頂が鋭い四峰に分かれて、見る方角によって姿がまったく違う。荒々しく、無骨な山だ。

昔は富士に似た円錐形《えんすいけい》の美しい山容で、噴火で噴出した溶岩が堆積《たいせき》して天に向かってそびえ立つ姿を神の国へ昇る石の梯《かけはし》になぞらえて石梯山《いわはしやま》と呼ばれ、神山と崇《あが》められていた。

裾野《すその》が近づくにつれて異様な光景に息を呑んだ。径四、五尺はあろうかという巨岩がいたるところに転がっている。田畑、山の斜面、川岸、牛馬の放牧地にも無数に散らばり、半ば埋もれて道を塞《ふさ》ぎ、民家の軒先にまで鎮座している。

茫然《ぼうぜん》と眺めていると、荷車を引いて通りがかった年寄が立ちどまり、磐梯山を振り仰いで指差した。

「わしの曾祖父《ひいじい》さが子供ん頃、真っ赤に燃えて降ってきたげな。何千人も死んだそうじゃ」

百三十年ほど前の大同元年（八〇六）、磐梯山は大爆発して山頂が吹き飛び、大きく抉《えぐ》れていまの四峰になった。裾野の村々は一夜のうちに溶岩流にのみ込まれ、田畑は降り注いだ灰に埋まった。無数の巨岩はそのとき飛んできた溶岩石で、撤去もできず放置されているのだという。

「それを、徳一《とくいつ》菩薩が来らしゃって山を鎮《しず》めてくださった。ほれ、あそこが徳一菩薩が造られた寺じゃ」

老人は山の西南麓《せいなんろく》、木立の中に見え隠れしている堂宇《どうう》を指差した。

「その大寺というのは慧日寺《えにちじ》のことかね。われらはそこを訪ねてきたのだが」

「そうじゃよ。昔は清水寺《きよみずでら》といったが、いまは慧日寺じゃな。わしらはもっぱら大寺《おおでら》と呼ぶが」

法相宗の学僧徳一のことは、むかし、宇多法皇の御所で講義してくれた興福寺の僧たちからよく聞かされた。

常陸国《ひたちのくに》の筑波《つくば》山中に中禅寺《ちゅうぜんじ》を創建し、そこを拠点に東国各地の霊山を歴訪して神仏混淆《こんこう》の山林修行をしていた徳一は、磐梯山噴火の大災害を知るや、この地に入り、清水寺を創建した。その資金を援助したのが蝦夷討伐に活躍していた征夷《せいい》大将軍坂上《さかのうえの》田村麻呂《たむらまろ》で、彼はその数年前、京の東山に陸奥平定を祈願して清水寺を創建しており、その誼《よしみ》で徳一を支援し、同名の寺を建てさせたのだった。

徳一は他にも会津一帯に多くの寺を立て、菩薩と崇められた。長生七十余歳でこの地で没したと伝えられている。

徳一が会津に入った十一年後の弘仁《こうにん》八年（八一七）、天台宗の最澄も東国を巡錫《じゅんしゃく》。下野《しもつけ》の大慈寺《だいじじ》と上野《こうずけ》の緑野寺《みどのじ》に輪塔を建立《こんりゅう》し、それぞれに法華経千部を安置して東国の安寧と鎮護国家を祈念したのだが、やがて、徳一と最澄、両者の間で大論争がくり広げられることになった。

最澄が法華経をよりどころに、仏の教えはつきつめれば一つ、すなわち一乗でありすべての人が等しく成仏《じょうぶつ》することができると主張したのに対して、徳一は仏の教えには三乗の別があり、すべての者が成仏できるわけではないと反駁《はんばく》したのである。

――三乗と一乗、いずれが権《かり》の教えで、いずれが真実の教えか。

三一権実《さんいちごんじつ》論争である。両者の激しい論争は最澄が亡《な》くなる前年まで約五年間におよんだが、ついに決着はつかなかった。

――人間は誰でも仏の教えに導かれて悟りに至り、いずれは成仏することができるのか。

日々、法華経を読み、常に心のよりどころとしている空也だが、それでもそう容易《たやす》くこたえが出る問題ではないと思っている。

たとえば、浄土経典でも、父親殺し、母親殺し、聖者である阿羅漢《あらかん》殺し、仏を傷つけ、その血を流させる悪業《あくごう》、僧団の破壊行為、以上五つの大罪、五逆《ごぎゃく》を犯した者は除くとするものもあり、かならずしも明確ではないのである。

心ならずも父親や母親を殺《あや》めてしまった場合はどうなのか。そんなことは絶対にわが身には起こらぬと、誰が言いきれるか。

徳一が亡くなって九十年、慧日寺は会津を代表する仏教拠点になっており、多くの山岳修行者や布教の僧が訪れる。悦良もまずここへ立ち寄ったに違いないと思ったのだが、彼はいなかった。いや、一年ほど前にやってきて、救済活動に加わった。巨岩を撤去して農耕地を開墾するという、寺僧や堂衆ですら嫌がる重労働を率先してやっていたが、三月ほど前、何処《どこ》へ行くとも言わず出ていったのだという。

「なにやら思いつめた様子で、わしらともほとんど交わろうとはしませなんだが、徳一菩薩に倣《なら》って山を鎮めると言っておりましたで、山に入って荒行をしておられるのではないかと」

意外だった。幼くして国分寺に入り、ずっと学究に専念してきた悦良だ。激しい肉体労働など一度もしたことがないはずなのに、荒行とはよほどの決意なのであろう。

「冬になったらもどってこられるでしょう。このあたりは雪が深うて、山中は凍え死ぬほどの厳寒。この地で生まれ育って慣れたわれらでもほとほと難儀ですで、温暖な尾張のお人にはとても耐えられますまい」

かすかに侮蔑を滲《にじ》ませながらも、人のよさそうな住持《じゅうじ》は、しばらく逗留《とうりゅう》する気なら悦良のいた小堂の房舎に住んではどうかと勧めてくれた。

七

そこは慧日寺から西へ一里ほどの、比較的人里に近いところだった。房舎といっても悦良が住みつく前はずっと無住であったとみえて、茅葺《かやぶき》屋根が朽ちかけた古堂に、一間きりの掘立小屋の僧房が一つあるだけの殺風景なものだが、雨露をしのぐことはできる。それに、十町ほど南に会津郡の郡衙《ぐんが》があり、物資と人が集まる中心地である。裏山に昇って見渡せば、北に出羽との国境いの吾妻《あづま》連峰が屏風《びょうぶ》のように蒼《あお》く連なり、西から南の方角には会津盆地が一望できる。

「ここならば布教に格好だ。わたしが初めて開く念仏道場だ。明日から里をまわって、ここにきてともに念仏せよと村人たちに触れまわって歩く。忙しゅうなるぞ」

空也がいつになく興奮したおももちで宣言すると、頑魯はさっそく納戸《なんど》から竹箒《たけぼうき》と雑巾《ぞうきん》を探し出してきて掃除を始めた。

堂の横手の斜面から地下水が湧《わ》き出ており、溢《あふ》れた水が境内を横切って流れている。口に含んでみると、かすかに甘味を感じる清冽《せいれつ》な冷水だった。

「これはありがたい。申し分ない甘露だ」

このあたりもかつての大噴火で溶岩が流れ、灰が降り積もったのであろうか。歳月はその下に豊富な雪解け水を蓄えさせ、人々を潤《うるお》してくれているのだ。

翌日から厨子を背負って村々を訪ね歩いた。

どこの村でも飢饉によって亡くなった者が少なくないと聞かされた。

「死んだ者はあの山に行くんじゃ」

家族を失った者は皆、一様に周囲の里山を指差して口をそろえる。畿内あたりでは古来、死後の世界は黄泉《よみ》の国、根の国、あるいは常世《とこよ》と呼ばれ、この世とは深い山や海で隔てられているか、地下にあると考えられてきた。そこは穢《けが》れた忌《い》まわしい他界であり、隠国《こもりく》とも呼ばれた。だがこの地では、死者の魂は肉体を離れて里を見下ろす山に行くと考えられている。

「餓え死にしたうちの子はいまも腹を空《す》かして泣いておろうから、ときおり、食べものを持っていってやるんだ。でないと悪さしよるで」

泣き笑いの顔でつぶやく若い母親もいる。苦しんで死んだ者の魂はいつまでもこの世をさまよい、災いをもたらすというのだ。

「わしらも死んだら山に行く。ご先祖も皆、そこにいるで」

年寄りたちは当然という顔でいいきる。そこに仏教の死生観が入り込む余地はない。

「いや、そうではないのだよ。人はこの世でのおこないによって、死んだら生まれ変わって六道《ろくどう》を輪廻《りんね》転生する。悪業を積んだり、貪《むさぼ》り奪い、人を妬《ねた》んで陥《おとし》いれたりした者は、地獄、餓鬼、畜生の三悪道へ堕《お》ちて、気の遠くなるほど長い年月、苦を受けつづけねばならぬのだ。仮に善業を積んで天人の国に生まれ変わることができても、いずれは死に、また六道をさまよう。永遠に心安らかになるには、仏を信じて、仏の世界へ行くしかないのだよ」

そう説いても、腑《ふ》に落ちぬという顔でかぶりを振るばかりで、聞く耳を持たない。

それより今年もまた凶作になるのではないかと、暗いおもちで照りつける空を仰ぎ、乾ききった土を手ですくって重い吐息をつくのである。長雨から一転してひどい日照りになり、田畑は干上がって稲も野菜も黄色く枯れ始めている。

「井戸を掘ろう。地下水は豊富にあるのだ。井戸さえあれば、田畑に引いて作物を救える。諦《あきら》めるのはまだ早い」

喜界坊らの集団に入って各地を渡り歩いていた頃、井戸掘りや架橋の工法を教え込まれた。豊富な経験を持つ熟練者たちが叩《たた》き込んでくれたおかげで、まだ忘れてはいない。自分と頑魯だけでは無理だが、村人たちが力を合わせればやれる。

半信半疑の村人たちを集め、いろいろなところで井戸を掘った。思ったとおり、どこもすぐに溢れるほどの水が出た。

歩いてみてわかった。どの村にも集落から離れた山際《やまぎわ》に遺骸を野棄《のずて》にする場所がある。飢饉や疫病《えきびょう》で死んだ遺骸は穢れを恐れて、弔いもせずそのまま破棄している。

「せめて丁重に弔ってしんぜよう」

むかし喜界坊の集団でやっていたのとおなじように油を掛けて荼毘にふした。白骨化して髑髏《どくろ》に頭髪がからまって風になびいているもの、熊《くま》か狼《おおかみ》か、無惨《むざん》に食い荒らして、ばらばらになっているものも、腐敗が進んで青黒く膨れ上がり、蛆虫《うじむし》が真っ白にたかっているものもある。

気味が悪いとも恐ろしいとも思わない。むかしもそうは思わなかったが、ただ無我夢中だった。いまは、死んだ人体がどう朽ちていくか観察することで生への執着と愛執を絶つ九相観《くそうかん》を、実感としてとらえることができるようになった。その違いだ。

だが、その遺骸の一つ一つ、一人ひとりの生きていたときの姿や思いを想像しないではいられない。それが思いの外こたえる。その喜びや悲しみが自分の中に入り込んできてしまうようで、息がつまって苦しくなる。気づかぬうちに涙が出て、とめようにもとまらないこともある。

自分でさえそうなのだから、頑魯にとってはさらに過酷であろう。そう案じて、

「おまえはやらなくてよい。井戸の指図のほうを頼む」

言いつけたが、頑魯は涙で汚れた顔を拭《ふ》こうともせず、遺骸を抱いて運ぶのをやめようとしなかった。その姿にむかしの自分を重ね合わせ、空也はまた涙を溢れさせた。

やがて、短い夏が去り、周囲の山々が紅葉に彩《いろど》られる秋になると、例年よりだいぶ少ないがそれでもなんとか収穫でき、村人たちはようやく愁眉《しゅうび》をひらいた。

里も山もうっすらと雪に覆《おお》われた朝、村人たちがぞくぞくと空也の堂に集まってきた。

「死んだ者たちの魂鎮《たましず》めをしてやりたい。どうかお頼みいたします」

中の一人がおそるおそる尋ねた。わが子を亡くしたという若い母親だ。

「念仏を唱えれば死んだ者の供養《くよう》になるというのは、本当だかね」

「ああ、そうだよ。だが、南無阿弥陀仏と唱えるのは死者のためだけではない。おまえさんたち自身のためでもあるのだよ」

「わしらのため？」

「阿弥陀仏の浄土へお導きくださいとお頼みするのだ。観音さまには、南無観世音菩薩と呼びかけて、犯してしまった罪を消して病や困難から救ってください、とお頼みする」

雪に閉ざされて村々への行脚《あんぎゃ》ができない間、堂で村人たちが訪ねてくるのを待ちながら、阿弥陀仏の尊像を彫った。

「それをどうなさるので？」

村人に訊《き》かれてこたえた。

「ここへ残していく。わたしが去った後、いつの日にか、おまえさんたちのよりどころになってくれるよう、願っている」

古来の死の概念から抜け出していないこの地の人々に布教する難しさを痛感している。仏教のおのれのおこないが次の生の因となるという概念は、人が自分の生き方を自発的に、一個人として考えるようにならなくては理解できない。おのれのおこないを正し、善業を積む努力をし、その上でおのれの弱さにうちのめされて、初めて仏の慈悲に委《ゆだ》ねるしかないと思い定めるのである。

「南無阿弥陀仏は死んだ者のためだけではないというのは、少しわかったけども」

誰でも救ってくれるというのは信じられぬという。この地の人々も尾張の遊女たちとおなじだ。

「ああ、それでいい。いつか信じられるようになればいいのだよ」

言いながら、忸怩《じくじ》たる思いに苦しめられる。尾張の遊女たちにも、信じられないなら信じなくてもいいと言った。決してその場しのぎの詭弁《きべん》や偽りではないが、しかしはたして本当に、信じる心のない者も救われるのか。徳一と最澄の決着がつかなかった論争とも相通じる問題だ。

ようやく少しずつ陽射《ひざ》しが明るくなって雪がゆるんでくると、小鳥のさえずりがしきりに聞こえるようになった。房で寝ていても、堂で読経《どきょう》していても、よく聞こえる。

チィリリリリ、チャヒチリチリリリリリ。チリッ、チリッ、チリリリリリ。

高く澄んだ美声だ。

「まるで天女が金の鈴を振っているようだな。どんな鳥か。どこで啼《な》いているのか」

「ミソサザイだよ。ちっこくて味噌《みそ》みたくさえない色で、しごくありふれたやつさ」

頑魯の弁では、冬の間、堂の軒下に巣をつくって棲《す》みついていたのが、そろそろ繁殖期だから雄鳥が縄張を宣言しているのだという。そういえば、朝、堂の扉を開けると茅葺屋根の下から小さな鳥が数羽、いきなり飛び出してきて驚かされる。たしかに、雀《すずめ》よりも小さく、茶色一色の地味な鳥だ。

「そうか。目立たずとも、春を教える役目があるのだな。わたしもそれでよいのだな」

心を尽くして仏の救済を説いているのに理解されない、受け入れられない。無力感に悩み、焦《じ》れ、ともすれば気持が萎《な》える日々だ。だが、それでも、ミソサザイに役目があるように、自分も役目を与えられているのだと思いたい。この地にやってきたのにも意味があると思いたい。

空也は完成した阿弥陀仏の像を堂に安置し、村人たちに諭した。

「ここを八葉寺《はちようじ》と名づけよう。周囲の山々を阿弥陀浄土に咲く蓮《はす》の八枚の花弁にみたてて八葉寺。死んでいった者たちと浄土でまた会えると思えば、おだやかな気持で日々、生きられる。そのよりどころとして守っていってほしい」

その言葉は空也自身の祈りでもある。数日前、悦良が遺体で発見された。冬眠明けの熊を狙《ねら》って山に入った猟師が、半ば雪に埋もれた凍死体を見つけたのである。悦良は餓死と見紛《みまが》うほど痩せさらばえた姿で、坐禅《ざぜん》したまま死んでいた。

八

承平七年（九三七）四月。のびやかに広がる北関東の野が一面、みずみずしい新緑に彩られる頃、会津を発《た》った空也と頑魯は筑波山を目指した。

筑波山の西二里（八キロ）に広大な湖沼があり、鳥羽《とば》の淡海《おうみ》と呼ばれている。原野から湧き出したような筑波山を背に、鳥羽の淡海は人の背丈ほどもある葦《あし》の群生に縁どられて隠されていた。その東岸の赤浜の地に、百年ほど前、天台宗延暦寺第三代座主《ざす》・慈覚大師円仁《じかくだいしえんにん》が創建した東睿山承和寺《とうえいざんじょうわじ》があると慧日寺の僧に聞いてやってきた。

円仁は天台宗の顕教と密教を融合させ、台密教学を確立した人物であり、阿弥陀信仰を唐から請来《しょうらい》した人物でもある。空也が少年の頃、不断念仏行を見せてくれた相応和尚は円仁から直伝された高弟だったから、以前から縁を感じていた。

下野国壬生《みぶ》郷の土豪の子に生まれた円仁は、九歳で地元の大慈寺に入って出家。十五歳で比叡山に昇って最澄の弟子になった。最澄の東国布教の際、供僧《ぐそう》として同行し、天長六年（八二九）三十六歳の時にも、師の遺志を継いでふたたび下向。その後数年間にわたって布教に邁進《まいしん》した。

中でも、常陸・下総《しもうさ》・下野にまたがる筑波山一帯を東国における護国鎮護の拠点とすべく、大伽藍《だいがらん》を造立したのが、東睿山承和寺である。

東の比叡山という意味で東睿山、年号にちなんで承和寺。その後、比叡山の守護神山王日吉《さんのうひよし》神社から山王二十一社大権現《だいごんげん》を勧請《かんじょう》し、以来、近隣諸国の豪族たちの崇拝を集めてきた。

筑波山西麓の石田《しだ》郷に居館を構えて勢力を誇っていた常陸大掾平国香《だいじょうたいらのくにか》もその一人だった。国香は鳥羽の淡海を琵琶湖になぞらえ、赤浜を比叡山東麓の坂本に模して繁華な門前町を造り上げ、自ら盟主を気取っている。慧日寺の僧からそう聞かされた。

だが、堀割に囲まれた町並は、火災の痕跡《こんせき》をなまなましく残して無人の廃墟《はいきょ》と化していた。黒く焼け焦《こ》げた柱や土壁が傾いたまま残り、それを覆い尽くさんばかりに雑草が繁《しげ》っている。

道とおぼしき筋をたどっていくと、焼け落ちた山門と崩れた築地塀《ついじべい》が延々と連なっている場所に出た。ここが承和寺か。草の中に堂宇の基壇が点々とまるで浮島のように浮かび、黒焦げの柱が骨組を晒《さら》して突っ立っている。かなりの大伽藍と思われるのに、一堂も残さず灰燼《かいじん》に帰してしまっている。どうみてもただの火災ではない。焼き打ちにあったとしか思えない。

（どこの誰が、こんな非道を）

笈《おい》を下ろして茫然としていると、突然、騎馬の一団が疾走してくるのが目に入った。みるみる近づいてきた一団は、空也たちに気づいて、馬を止めた。

「御坊、ここで何をしておられる」

先頭は若い女だ。

いきなり、後襟《うしろえり》を摑《つか》まれて馬上に引きずり上げられた。あっという間もなかった。

周囲を取り囲んだ男たちが空也を獣皮と分厚い織物を重ねた鞍上《あんじょう》、女の背後にまたがらせると、女は慌《あわ》てて手綱に取りすがろうとした頑魯に、

「案ずるな。攫《さら》いはせぬ。おまえはその者たちと共にまいれ」

言い捨て、はっ、と鋭く声を発して馬の横腹を蹴《け》った。

「御坊、しっかりつかまっておられよ。落ちると無事ではすまぬぞ」

後手に空也の手をつかむと、自分の胴にまわさせた。

女の後頭部で束ねた髪が風に巻き上げられ、空也の顔にまとわりつく。顔をそむけて避け、背中にしがみついた。衣の後襟からのぞく首筋とうなじが汗ばみ、ほてりが伝わってている。

（南無《なむ》三《さん》）

思わず念じた。南無三宝《さんぼう》。助け給《たま》え。

女の背に必死にしがみついている自分が信じられない。さぞ滑稽《こっけい》な無様さであろう。

背後を振り返ると、頑魯も馬に乗せられ、屈強な男の背にしがみついている。

どれほど走ったか。二里か三里、いや、もっとか。一度も休まず、一気に駆け抜けた。馬は荒い息を吐き、危なげない手綱さばきの女の背も汗ばんでいる。

葦原と沼地の中に自然の雑木林とはあきらかに違う欅《けやき》の林があれば、そこは人が住み着いて植えた防風林で、集落がある。ひときわ若い緑が明るい陽射しに照り映えた大きな林があり、それに囲まれて五十戸ほどの集落があった。

集落の前の道を駆け抜けて着いたのは、豪壮な館《やかた》だった。人の背丈の倍はある石垣と空堀《からぼり》で囲まれ、鋲《びょう》を打った堅固な扉の表門がある。一団が騎馬のまま門を入ると、そこは柵《さく》で囲った馬場で、数十頭の馬がのんびりと飼葉《は》を食んでいた。それを囲むように厩《うまや》があり、穀物倉か武器庫とおぼしき土倉も整然と並んでいる。

その奥、内塀を隔てて大小幾棟もの建物の屋根が連なっているのは住居部分か、どれもぶ厚い杉板葺屋根の豪壮な建物だ。

「客殿にお通しせよ。丁重にな」

女は迎えに出てきた男たちに命じると、後も見ずさっさと姿を消した。

運ばれた手桶《ておけ》の水で手足を濯《すす》いで通された建物は都ふうの寝殿造りの対屋《たいのや》で、主殿と渡り廊下で結ばれ、主殿の前には池庭園。内部は柱も梁《はり》も太く、床板や板戸も厚板の見るからに頑丈で無骨な造りだが、室内に配された几帳《きちょう》や置棚は優美な装飾が施された良品ばかりだ。

待つまでもなく、さきほどの女が現れた。

野袴《のばかま》姿とは見違えるばかりのあでやかさだ。水浅葱《みずあさぎ》色《いろ》の小袖《こそで》に錆朱色《さびしゅいろ》の打掛をまとい、髪もきれいに梳《す》いて背に垂らして束ねている。艶《つや》のある漆黒の髪は片手で握れば余りそうに豊かで、紅白粉の化粧はいっさいしていないのに、血色のいい眼鼻立ちのくっきりした顔や桜色に透ける耳たぶから、若さが匂《にお》い立っている。

「さきほどはいささか手荒な真似《まね》で、ご無礼しました。御坊たちは気づいておられなかったが、あんな物騒なところにおってはいつ襲われるか知れたものではないゆえ、お連れいたしました」

自分が襲ったくせにしれしれと言ってのけ、そのくせ、少しも悪びれたふうはなかった。

「ここならば安全、安心めされよ」

「失礼だが、ここはどなたのお館かな。おまえさまは？」

少しばかり憮然《ぶぜん》と尋ねた空也に、女は弾《はじ》けるように笑った。

「これは迂闊《うかつ》な。重ね重ねのご無礼、お赦《ゆる》しあれ」

気性がそのまま現れ出た、張りのある明るい声だ。

「わたしの名は桔梗《ききょう》。この館の主《あるじ》は平将門《たいらのまさかど》」

その将門はいま上京していて留守であること、正室の君《きみ》の前《まえ》が赤子を産んだばかりで動けないので、側妻《そばめ》の自分が館に住む将門の弟たちや郎党や奴婢《ぬひ》たちを仕切っていること、毎日郎党を引きつれて領内の牧《まき》を見廻り、最近このあたりを荒らしまわっている馬泥棒を警戒していること、などを快活な口調で説明した。

「馬の数は各牧合わせて数百頭。どれもよう肥えた名馬。都へ引いていけば金より高値で売れるゆえ、馬泥棒が絶えぬのです。でも、坂東馬は武者を乗せてこそ。お公家《くげ》の飾りものではもったいない。馬も情けながります」

「心底、馬がお好きなのですな。なるほど、さきほども、それはそれは見事な手綱さばきで」

皮肉を込めたつもりだったが、桔梗は意に介したふうもなく、

「女だてらにとお思いでしょうが、おなごも一人前に働くのが坂東の慣習《ならい》。いえ、気

概なれば」

誇らしげに顎《あご》を上げて笑った。

「なるほど。いかにも、そうでありましょう」

会津や東国の各地で出会った女たちの顔を脳裏に思い浮かべ、空也はやわらかく微笑《ほほえ》んだ。

「女人たちは皆、おおらかで、頼もしゅうて、どの家でも要《かなめ》でありました。男を活《い》かすも殺すも女人次第。太古の昔からそういうことのようで」

「なのに、おなごは強欲で意地汚く、五障《ごしょう》あるゆえ救われぬ。ここにおる坊主《ぼうず》はそう言って脅す。だから、わたしは坊主は大嫌いじゃ」

ずけずけ言い、そのくせ大きな目は好奇心で輝いている。

「これは手厳しい。愚僧は、女人が救われずして男だけが救われるとは、断じて思いませぬが」

空也が笑いながらこたえると、桔梗はなおも疑わしげにじろじろ見まわしながらも、

「間もなく主がもどってくるゆえ、遠慮無う逗留なされよ。坊主嫌いだからといって、追い出したりはせぬゆえ、ご安心めされ」

寄人《よりうど》用の平棟の一室をあてがってくれた。

九

館にはさまざまな逗留者たちがいた。陸奥《むつ》へ行く途中の商人や職人、中には常陸《ひたち》や下野に土着したものの食いつめた元下級官人といった輩《やから》もいて、そういう連中は客というより勝手にやってきて居着いた寄人か、保護を請われれば拒《こ》まぬのがこの館の掟《おきて》であるらしい。主の将門という男の気性ゆえか、それともこの地の風習なのか、どちらともわかりかねた。

中でも、いっぷう変わった一人の僧がいた。空也とほぼ同年輩の目付の鋭い痩《や》せた男で、どことなく剣呑《けんのん》な雰囲気を漂わせている男だが、おなじ僧体だからか、馴れ馴れしく近づいてきて、訊きもしないのにいろいろなことを語り始めた。

「拙僧がここに居着いておるのには、深いわけがありましてな」

名は増円《ぞうえん》、驚いたことに彼は承和寺の僧で、承和寺と赤浜の集落を焼き払ったのはこの館の主の将門なのだという。

「あやつに食らいついて、あやつがしでかした非道がどれほどの悪業か、いやというほど思い知らせてやるためでして。仏法を犯せばかならずや悪報に苦しむ。それをこの目でしかと見届けてやるのです。あやつがどれほど疎ましがろうが、わしを追い出せるものか。わしは獅子《しし》身中の虫となり、はらわたからあやつの血を啜《すす》り、肉を食い破ってやるのですよ」

目をぎらつかせて言い、頬をゆがませて不敵に笑いながら、その実、将門に対して奇妙な執着を抱いているらしい。少し話しただけでかなりの学識の持ち主で漢学の造《ぞう》詣《けい》も深いとわかるほどだから、承和寺ではさぞ嘱望されていたであろう。その分自負心が強く、おのれの将来を一瞬にして打ち砕かれた絶望感が屈辱と憎悪《ぞうお》に変わるのに、さして時間はかからなかったろう。

「あやつのことは、氏素性からこうなったいきさつまで、誰よりよく知っておるのです。おそらくあやつ自身より」

増円は得意げに鼻をうごめかした。

この坂東平氏の祖は桓武天皇の第五皇子葛原《くずはら》親王。葛原親王の孫高望《たかもち》王は、寛平《かんぴょう》二年（八九〇）平朝臣《あそん》の姓を賜って臣籍降下、上総介《かずさのすけ》に任じられ、一族郎党を引き連れてこの地に下り住み着いた。

当時、東国一帯は桓武平氏や嵯峨《さが》源氏など王臣の子孫が国司という名目で下り、原野を開墾して領主化していた。その頃の関東は蝦夷の反乱で兵士千人をもってようやく鎮圧したほど乱れていたから、高望王は長男国香、二男良兼《よしかね》、三男良将《よしまさ》ら息子たちを国内の要所に分置して治安維持を図り、さらに、近隣諸国の有力氏族との婚姻によって地盤を固めていった。

良将は事実上の下総介となって国府台《こうのだい》へ入り、そこから北西部の豊田郡への進出を図った。広大な原野が広がる豊田郡は牧場を営むのにうってつけの土地だった。

将門はその良将の二男。母方の里の相馬郡で生まれたので相馬小次郎《そうまのこじろう》と名づけられたが、兄が早くに死んだため嫡男《ちゃくなん》となった。その頃、良将は豊田郡に進出して国生の地に本拠地を移していた。

増円と将門の関係はそれからである。増円の父親は鍛冶《かじ》職人で、豊田郡の良将の館の近くで工房を営み、館に馬具や武器を納めるようになったのである。

「あやつは、御子《みこ》だの御曹司《おんぞうし》だのとごたいそうに呼ばれて、大事に育てられていましたがね、どういうわけだかひどく無愛想で、人より馬のほうが性《しょう》に合うという、変わった餓鬼でしてな」

七歳から自分の馬を持ち、増円の父親の工房に入りびたって難しい注文をつける子供だった。二歳年上の増円とはすぐに肝胆相照らす仲になったが、増円のほうは家業を嫌い、生来聡敏《そうびん》でもあったので、十五歳のとき、良将が口利《くちき》きして承和寺へ入った。

いわば良将は増円父子にとって恩人であり、雇い主でもあったのだが、その良将は小次郎が十五歳のときに亡くなった。

「あやつにとっては、それが運命の分かれ道。苦難の始まりでしたな」

あとには小次郎とまだ幼い弟が五、六人もおり、その他家族や大勢の郎党が残された。父の遺言によって伯父たちが後見になったが、彼らは良将の遺領をわがものにせんと謀《はか》り、小次郎を元服させて将門と名乗らせると、すぐさま都へ上がらせた。地方領主の子弟が有力貴族と誼《よしみ》を通じるため、都に昇って舎人《とねり》勤めをするのはよくあることだから、将門は伯父たちの言葉をすなおに信じ、喜んで上京した。

「そうですか。十六で都へ」

空也は思った。十六歳といえば、自分が母も皇子の身分も捨てて出奔した年だ。京で彼は何を見、どんな体験をしたのか。

「あやつが帰ってきたのは八年前、すでに二十七歳になっていました。まさか十余年も京にいることになろうとは、あやつ自身思いもしなかったでしょうが、帰ってみれば、父の遺領はことごとく伯父たちに横領され、弟らと郎党はやっとのことで糊口《ここう》をしのいでおるありさま。さすがに気の毒ではありましたな」

増円は、うなじを撫《な》でながら妙にしみじみと語った。

悪態をつき、威張り散らして家人たちから憎まれているのに、それでも傲然《ごうぜん》としていられるのは、将門の正室君の前が夫の非を嘆き、仏罰が下るのを怖《おそ》れて増円を丁重に扱うせいである。彼女は増円を導師にして館内に持仏堂を建て、日々、犠牲になった民たちや平国香の菩提《ぼだい》を弔っている。

「空也さまとおっしゃいますか。あなたさまもどうか、この館にお留まりくださり、わたくしどもに仏の道をお教えくださいませ。どうしたらわが夫の罪障を消すことができましょうか。犠牲になった人々の無念を慰められましょうか」

品のよいやさしげな女人で、実は良兼の娘なのだという。良兼が舅《しゅうと》源護《まもる》との連携を強化するため孫と娶《めあわ》せようとしていたのに、将門が強引に奪って妻にしたのだった。以来、伯父と甥《おい》は犬猿の仲になり、始終いがみ合っていたが、ついに昨年七月、良兼は源護らと謀り、先年の国香の敵討と称して大軍勢を率いて攻め入った。

だが、わずか百余の手勢を率いて下野国境で応戦した将門は、千騎をうわまわる敵兵をさんざんに蹴散らした。なのになぜか良兼を討ち取ろうとせず、遁走《とんそう》するままにしたのだという。

「そこがあやつの甘いところ。妻を巡る不和で義父でもある伯父を殺したとあっては大義を欠くなどと、格好つけよったのですよ」

増円は鼻先で嘲笑《あざわら》ったが、実のところは、将門と君の前は周囲が驚くほど仲睦《なかむつ》まじく、妻を悲しませたくない、妻に怨《うら》まれるのが怖いというのが彼の本音なのだとつけくわえた。

「その女々《めめ》しさがいずれ命とりになるでしょうよ」

見ものですぞ、と増円は片頬をゆがませて笑ってみせた。

将門はわざわざ下野の国庁に出向き、相手が無道にしかけてきたのでやむなく応戦した事情を詳しく記録させ、意気揚々と引きあげてきた。ところがそれが都へ報告される前、源護らは先手を打って、将門が暴逆を企てて国香を殺害し、護の三人の息子もその犠牲になったと都へ告発したのだった。

ただちに召喚を命じられた将門は、昨年十月、十数名の郎党を従えて出かけて行ったまま、早や九ヶ月が過ぎようというのにまだ帰ってきていない。家族がさすがに不安を募らせていたところ、つい先日馳《は》せ帰った郎党の報告によれば、ようやく決着がついて帰国の途についているという。

桔梗らが領内を隈《くま》なく巡察していたのは、護と良兼の手勢がまたぞろ途中で待ち伏せして襲撃するやもしれぬと警戒していたというのである。

数日後、館の中がにわかに慌ただしく騒がしくなり、半刻《はんとき》ほどして、葦原の中の道を土煙を上げて疾走してくる騎馬の一群が姿を現した。

「お屋形さまがもどられたぞっ」

先触れの一騎が飛び込んでくると同時に、館中の者がわらわらと広場の馬場へと駆け集まっていった。どの顔も歓喜に溢れ、興奮しきっている。

「さて、われらも見物に行くとしますか。あやつの得意面《とくいづら》など見たくもないが」

憎まれ口を叩きつつ、増円も浮足立っている。

「無事にもどってきたからには、無罪放免ということなのでしょうな」

空也が訊くと、

「当然です。こと此度《こたび》の件に関しては、あやつに非はないのですからな」

いまいましげに舌打ちしながら言うのには苦笑させられた。

将門は馬場の中央で人垣に囲まれ、馬の鐙《あぶみ》に立ちあがって歓呼に応《こた》えていた。

「皆の者、留守中、大儀であった。わしはもどったぞっ」

野太い声で吠《ほ》えたて、天に向かって拳《こぶし》を突きあげるさまは、まさに戦の勝関《かちどき》だ。

それに応えて男たちが雄叫《おたけ》びを上げ、女たちは二の腕まで露《あら》わにして手を打ち鳴らした。

「いざ、祝宴じゃ。今宵はとことん飲み明かそうぞっ」

将門がまた吠えたて、ひらりと馬から降りたつと、桔梗がその胸に飛び込んでいった。

「英雄気取りか。いい気なものだ。いまいましい」

横で増円がぽつりとつぶやくのが聞こえた。

大広間で始まった酒宴は、猛々《たけだけ》しいほどの乱痴気騒ぎになった。驚いたことに、ここでは女たちも御簾《みす》も隔てず同席し、男どもと一緒になって騒ぐのである。

さすがに君の前は畳敷きの上段に行儀よく坐しておだやかな笑顔を見せているが、そのうちに男衆が野太い声で歌いだすと、合わせて楽しげに手拍子している。歌詞は土地訛《とちなま》りがひどくてよく聞き取れないが、どうやら筑波山麓《さんろく》で古代からおこなわれていた嬥歌《かがい》のなごりか、女たちが声を合わせて掛け合いになった。

歌声は大波のように寄せては返し、誰もが顔を真っ赤に火照《ほて》らせ、酔ったように声を張り上げている。ひときわ高い、張りのある声で歌っているのは、桔梗だ。

その様子を空也は言葉もなく見つめた。男と女が自由に手を取り合い、抱き合って歌い踊るなど、野卑で下賤《げせん》な風俗と蔑《さげす》んでいたが、しかし、なんとおおらかな歓喜に満ちていることか。人が生きている証《あか》し、生命を燃やす姿そのものだ。

増円までが大酒をくらい、女と抱き合って大声でがなりたてている。僧侶《そうりょ》の身にあるまじき破戒だが、いつもの皮肉めいた態度よりはるかに好感がもてる。

将門はといえば、上段にだらしなく足を伸ばして腰かけ、ときおり、君の前を振返って何やら話しかけ、満面の笑みを浮かべている。

肉厚のからだは、さほど大兵《だいひょう》ではないのに、肩にめり込む猪首《いくび》と厚い胸板のせいか、ずしりと重量感がある。見るからに硬そうな黒い頭髪を無造作に束ね、無作法にも烏帽子《えぼし》を脱ぎ棄《す》て、ときおり、太い指で地肌を掻《か》く。ぎょろりとした二重瞼《ふたえまぶた》の大きな目に、顔の真ん中に居座った太い鼻。拳を呑《の》めそうに大きな口。顎から耳にかけて頬の下半分は、黒々とした縮れ毛の髭《ひげ》に埋もれている。さすがに都では剃《そ》っていたろうが、旅の間は伸び放題にしていたのであろう。

こんな田舎臭い風体では、京ではさぞ小馬鹿《こばか》にされたであろう。白粉《おしろい》を塗りたくった化粧《けわい》顔のお歯黒の口元を扇で隠し、目配せし合いながら意地悪い笑いを浮かべる公家たちの顔を思い浮かべ、空也は胸の中で嘆息した。

視線に気づいたか、将門は不意に立ちあがって空也の前へやってくると、どかりと腰を据え、まじまじと空也の顔を覗《のぞ》き込んだ。

「見かけぬ顔だが、何者だ。正体を言え」

ずいと顔を寄せ、有無を言わせぬ横柄《おうへい》な口調だ。

「ただの旅の僧にござる。桔梗どのに拉致《らち》されて連れてこられました」

「ほほう、桔梗が無体なことをしよったか」

酒臭い息を吐きかけて笑い、乱杭歯《らんぐいば》をむき出しにしてにやついた。

「助けたつもりらしゅうござる」

「ふむ、そうであろうとも。して、どこから流れてきた」

傍若無人なもの言いだが、不思議と腹は立たない。

「畿内にござります」

都とは言いたくない。詮索《せんさく》されるのは面倒だ。

「言っておくが、わしは坊主は好かぬ。まやかしばかりほざきよる」

桔梗とおなじことを言い、ぎろりと増円を睨《にら》みすえたが、君の前の咎《とが》めるような視線に気づくと、慌てて首をすくめた。

「室の前では言えぬが、ことにあいつは虫酸《むしず》が走る」

同意を求めるような顔をしてみせ、近いうちに都の話をしてやると偉そうに胸をそらした。

「おぬしなどは顔も知らぬであろうが、わしは昔から摂政太政大臣忠平公の恩顧に与《あずか》っておる。此度もたいそうよくしていただいた。一の御曹司の中納言さまとも近しいのだぞ」

実頼のことだ。迂闊なことを言うと面倒なことになると思ったが、つい口にしてしまった。

「息災でおられますか」

「おおよ、腹違いの弟君の師輔《もろすけ》さまと競《せ》り合っておられる。いずれ劣らぬ出来物《できぶつ》と評判だ。中納言さまは堅物だが、あれで案外、歌道や有職故実《ゆうそくこじつ》に通じておられてな。上《うえ》つ方《かた》というのは、得手の一つも無《の》うてはいっぱしの顔はできんのだ」

半分は羨《うらや》ましげな、あとの半分はくだらんという顔で言い、また、にやりと笑った。

将門は空也の曲がったままの左肘《ひだりひじ》を目に止めた。

「その腕はどうした。生まれつきか、それとも後からか」

「それがどうだと?」

詮索されたくない気持が顔に出たか、将門はしきりににやついた。

「そのからだでは武士にはなれぬ。百姓も荷役もできぬ。この坂東では役立たずの穀《ごく》つぶしだ。どうせ坊主になるしか、能はなかったな」

「だから、それが何だと?」

「不具など珍しくもない。片腕がない者も、歩けぬ者もおる。おぬし、むきになるところをみると、不幸を一身に背負っているとでも思っておるのであろうが、わしに言わせればくだらぬ」

「そんなふうに考えたことは、一度もありませぬ」

「ほう、そうかな。おのれの心底に目をそむけて、それで坊主とは噴飯《ふんぱん》。真実《じつ》のない口先だけで世を渡り、人を惑わす極悪人と誹《そし》られてもしかたあるまい。図星じゃろう。せいぜい怒れ」

言いたい放題言ってのけ、じろりと空也を睨み据えた。

視線を斬《き》り結び、どちらも口をきかなかったが、先に視線を外したのは将門のほうだった。

「ちと言いすぎた。謝る」

「いえ、極悪人は心外なれど、おっしゃることは図星。肝に銘じましょう」

「それ、またそのように、わかったふうなことをほざく。それをきれいごとというのじゃ」

苦虫を嚙《か》みつぶした顔で舌打ちすると、足音荒く去っていった。

空也が茫然《ぼうぜん》としていると、

「こっぴどくやられたこと」

桔梗が、いつから聞いていたのか、からからと笑った。

「ここでは、不具とうとまれようが、穀つぶしの厄介者と誹られようが、皆、平気な顔で生きている。主はそう言いたかったのじゃ。ああやって手あたり次第憎まれ口を叩《たた》くのが、坂東者の悪い癖。口先三寸の坊主といい勝負じゃ。馬鹿馬鹿しい」

こちらもずけずけ言ってのけ、気にするな、とつけくわえた。

「なぜだか御坊を気に入って、気を引きたくてしかたないのじゃ。ほんに男というのは、おなごから見るといくつになっても子供じみておるわ」

はたして、将門はしょっちゅう空也を呼びつけるようになった。増円へのあてつけか、君の前の歓心を買うため仏法に理解があるふりをしたい魂胆か。いずれにせよいい迷惑だが、出ていかないと大声で呼ばわって館中捜しまわるしつこさに、辟易《へきえき》しつつも相手させられるはめになる。

十

ある朝、どういう風の吹きまわしか、将門が牧場の見廻りに同行せよと言い出した。

「見せたいものがある。行くぞ。ぐずぐずするな」

否《いや》も応《おう》もない。前庭にはすでに二頭の馬が引き出され、鞍《くら》が据えられていた。おとなしくて扱いやすそうな牝馬《めうま》をあてがってくれるあたり、案外、気づかいはできるらしいが、本人の乗馬は惚《ほ》れ惚《ぼ》れするほど見事な巨体の鹿毛《かげ》の牡馬《おうま》だ。

明け始めたばかりの野は薄紫色の靄《もや》がたなびき、筑波山が朝陽を浴びて頂だけ朱金に染まり、裾《すそ》の方はまだ黒々と大地を噛むような無骨さでそそり立っている。頬をなぶる風がいつの間にか秋の気配をふくんでいる。

いつの間にか滞在も一月余になっていることに、空也はいまさらながら驚いていた。君の前がしきりに念仏の功徳《くどく》を聞きたがって熱心に引きとめるせいばかりではなく、立ち去りがたい何かがここにはある。ゆうゆうと先を行く将門の逞《たくま》しい背を眺めながら、そう思わざるを得なかった。

豊田郷は、鬼怒川《きぬがわ》と小貝川《こかいがわ》、それに網の目のように交差する幾筋もの支流と湖沼と湿原とで仕切られ、柵を設ける必要のない天然の牧場《まきば》である。その合間合間に牧草地と畑があり、遠くからはうねうねと地面がよじれて波立っているように見える台地の上に、集落が点在している。

将門は広河《ひろかわ》の江《え》という大きな湖沼近くの高台へ、空也を伴った。

そこには社《やしろ》があり、さほど大きくはないが丁重に祀《まつ》られていた。

「ここは菅原道真公の御霊を祀っている。御遺骨を葬《ほうむ》った奥城《おくつき》だ」

「菅公？」

まさかここで菅原道真の名を聞こうとは、思ってもみなかった。

将門は、社殿の横に建てられた一基の石碑を指し示した。そこには、道真の三人の息子が父の菩提を弔うため常陸国羽鳥に創建した社を、延長七年の二月二十五日、祥月命日を以《もっ》てこの地に移した、と記されていた。延長七年といえば八年前。将門が京での舎人勤めを終えて帰郷した年だ。

「しかし、菅公の墓がなにゆえ、ここに？」

大宰府《だざいふ》で没した道真の墓がここにあるのは解《げ》せない。首を傾《かし》げた空也だったが、

「わしは、菅公と深い因縁がある。わしにとっては、父祖以上に大事なお方なのだ」

将門は空也の顔をじっと見据え、いつになく厳《おごそ》かな声音で語った。

「菅公の子息のうち、嫡男はともに大宰府に送られたが、下の三人は連座を免れた。三男景行《かげゆき》どのを筆頭に兼茂《かねしげ》と景茂《かげしげ》。彼らは母御の親族に庇護《ひご》されたものの永《なが》く不遇をかこっておられたが、十四年前の延長元年、菅公の怨霊《おんりょう》が恐れられて本官を復されると、ようやく晴れて叙任を許された。景行どのは常陸介に任じられ、弟御も常陸の国

庁勤めを任じられて、ともに下ってきた。だが菅公の怨霊はその後も鎮まる気配がなかったから、ご兄弟は常陸の羽鳥の地に父君の遺骨を葬り、御魂《みたま》を祀って菅原神社としたのだ」

羽鳥は良兼の領地だったから、少年だった将門は良兼の館で兄弟と知り合った。

「景行どのから教えられた。菅公が大宰府で憤死なされたのは、わしがこの世に生を受けた、その年のその月。延喜三年二月であったと」

「延喜三年の二月？」

空也はぞっと総毛立った。自分がこの世に生まれ出たのも、その年のその月だ。

「わしが生まれたのはすさまじい嵐《あらし》の夜だったと死んだ母から聞いていた。耳をつんざく雷鳴がとどろき、稲妻が空を切り裂いて、産屋《うぶや》の外の楢《なら》の大木に落ちた。燃え上がる火柱を見ながら、母はわしを産み落としたそうじゃ」

将門の言葉に、空也は耳を疑った。自分が生まれたときの状況と瓜《うり》二つだ。

これはただの偶然か。言葉に出しはしなかったのに、将門は言葉を継いだ。

「驚いた。これは偶然などではない。わしは菅公の生まれ変わりだ。そう思った」

「生まれ変わりですと？」

「都におる頃、菅公の怨霊が時平公を祟《たた》り殺し、わが主である弟君の忠平公が後を襲って権勢を握られた。これも因縁めいていた」

それがあったから、帰郷してすぐ常陸の菅原神社のことを知ると、景行に懇願して自分の領地に移転したのだという。

「しかし、なにゆえそこまで」

将門の真意がつかめない。思い込みといってしまえばそれまでだが、そこまで信じ込む理由がわからない。だが、将門の次の言葉に、さらに愕然《がくぜん》とさせられた。

「わしは、菅公がおいたわしゅうてならぬ。誠心誠意尽くしたあげく、無慈悲に切り捨てられた。信じきっていたものに無惨《むざん》に裏切られたのだ。怨霊となるのは当然ではないか」

将門は握りしめた拳を震わせ、涙を噴き出させた。

空也はようやく悟った。この男は道真にわが身を重ね合わせているのだ。伯父たちに裏切られ、寄ってたかって領地を略奪されて、家族ともども苦境に落された。自分一人悪者にされて官に糾弾されているおのれの悔しさを、道真に仮託しているのだ。

「菅公の御霊はわしがお守りせねばならぬ。ご無念を慰め、安らかに鎮《しず》まっていただく。わしにしかできぬ使命じゃ。さすれば、この将門とわが家族とこの地を、未来永《えい》劫《ごう》守ってくださる」

将門は涙をぬぐおうともせず、のびやかに広がる丘陵を指差して言った。

「見よ。野も丘も、湖沼も川も、どこを見ても美しい。これほど美しい地が他にあるか。馬が産まれ、人が暮らし、鳥や獣ものびのびと生きている。都にいた間、何度も夢に見た。わしはここを離れては生きていけぬ。ここはわしの血肉そのものだ」

真夏の空に湧《わ》き立つ入道雲、夏草の原、梢《こずえ》を渡る風の音、蟬《せみ》しぐれ、夕陽に燃える筑波の峰。将門の言葉がすなおに胸に沁《し》みた。

「しかし、なぜ、縁もゆかりもない愚僧に、そんな大事なことを？」

彼は、空也の出自も、生まれた時のことも、知らない。まして、空也が少年の頃、自分が道真の怨念を背負って生まれ、そのせいで父帝に疎まれたのではないかと悩んだことなど、知る由《よし》もない。

「別に理由はない。ただ、おまえに話してみたくなった。それだけだ」

そっけなくこたえ、声をあげて笑った。傲岸さは微塵《みじん》もない、人なつっこい笑顔だった。

君の前は栗栖《くるす》院《いん》の薬師如来《にょらい》に深く帰依《きえ》し、境内の一角に観音堂を創建している。空也が十一面観音を奉じていると知ると、同行して供養《くよう》してもらえないかと頼み込んだ。

「わたくしのことで父と夫が敵対し、身内同士が殺し合っておりますのは、わたくしの前世からの因果でしょうか。そのせいで民を苦しめていると思うと、罪の重さに押しつぶされそうになります。せめて、観音さまに人々を救っていただくようお頼みするしかできません」

君の前が言うと、八つかそこらの少女が君の前にそっと寄り添い、空也に向かって手を合わせた。徳姫という名で、将門が家女房との間にもうけた娘だが、母親がすぐに亡《な》くなり、君の前が育てている。その影響で地蔵菩薩《ぼさつ》を守本尊にしているそうで、館の中で増円を慕う数少ない一人である。

「わたくしからもお願い申します。母上のお気持を楽にしてさしあげてくださいまし」

利発な子だ。大きな目でしっかり空也をとらえ、空也が笑みを浮かべてうなずいてみせると、やっと安心したのか、ぱっと明るい笑顔になった。

桔梗は仏道にはとんと無関心で、館の持仏堂にも栗栖院の観音堂にもほとんど顔を出さず、毎日、将門とともに領内の牧へ出かけていく。心底馬が好きとみえて、あとはほとんど館の中の厩舎で過ごしている。郎党たちは主の愛妾《あいしょう》というより家政をとりしきる存在と認めているらしく、きびきびした口調で指示されると、桔梗さまはきつうてかなわぬとぼやきながらも、素直に従っている。

桔梗は空也に対してもすぐに遠慮のない口をきくようになり、頑魯を自分の子分のように連れまわしている。

「馬の世話をさせられるが、ちっとも嫌じゃねえ。おら、馬は好きだ。人よりずっと情がある」

桔梗に馬の乗りかたを仕込まれ、ときおり一緒に遠出に出かけていく。郎党たちと一緒になって歌い、踊る。坂東の夏を楽しんでいるのは空也より頑魯だった。

十一

あとで思えば、その夏は将門や館の者たちにとっても、つかの間の平和だった。

秋が深まりだした八月六日、将門が無罪放免になって意気揚々と帰ってきたのを腹にすえかねた良兼が突然、軍勢を率いて将門の領地と常陸の境の小飼《こかい》の渡しへ攻め寄せたのである。

「おのれ、わしはおとなしゅう謹慎しておるのに、伯父貴はまたしてもわしを怒らす気か。わが領に攻め入らせてなるものか、いざ、者どもっ」

将門は大声でおめきたてると、手勢を率いて小貝川の西岸に布陣、広い砂洲《さす》を挟んで両軍睨み合いとなったが、良兼勢は思いもよらぬ奇策を用意していた。

どこから持ち出したものか、平一門の祖高望王と将門の亡父良将の木像を陣頭に高々と掲げていたのである。衣冠束帯《いかんそくたい》姿の見るからに厳《いか》めしい座像の台座には、それぞれ墨痕《ぼっこん》鮮やかに、「高望王尊霊」「鎮守府将軍平良将尊霊」と麗々しく記している。

「ほれ、将門。射れるものなら射てみよ」

将門は困惑した。手を出せば、尊族を誅《ちゅう》する不孝の烙印《らくいん》をおされる。

「おのれ、卑劣な真似《まね》を」

はらわたを煮えくり返らせながら、兵を引いてすごすごと引き下がるしかなかった。

図に乗った良兼勢はそのまま将門の領地へ攻め入った。常羽御厩や官牧を次々に焼き払い、点在する集落でも逃げまどう民を殺戮《さつりく》し、略奪、放火と暴虐《ぼうぎゃく》のかぎりを尽くした。

焼き打ちの煙は黒々と空を覆《おお》い、将門の館からもはっきり望めた。夜になっても闇《やみ》の中に野営の火がまるで夜天に星がちりばめられているかのごとく、ちらちらと瞬《また》いていた。

「栗栖院も焼かれた。観音堂もやられた」

増円は歯噛みしてくやしがったが、将門は茫然とした顔でつぶやいた。

「菅公の墓所は無事か。もしもあそこがやられたら……」

その言葉に、空也はあやうさを感じた。

——道真の魂が自分に霊力をくれる。墓所が蹂躙《じゅうりん》されでもしたら、自分の力も消えてしまう。

そう信じているのだとしたら、あまりにも脆《もろ》く、弱い。

思うがまま存分に荒らしまわった良兼勢は、長居は無用とばかり、翌日、さっと引きあげた。

領内を見てまわった将門は、黒焦《くろこ》げの柱が林立する集落の惨状を目《ま》のあたりにした。野や丘陵の窪《くぼ》みに逃げ込んで殺戮を免れた村人たちは、何もかも失い、茫然としゃがみ込んでいる。

道真の墓所はさいわい焼き打ちされてはいなかったが、兵馬が蹴《け》散《ち》らしたか、木柵《もくさく》の断片が散乱し、礼拝所も打ち壊されて惨いありさまになっていた。

「領地を蹂躙された恥辱、聖廟《せいびょう》を侵された遺恨、骨髄に達する。断じてこのままにはできぬ。この上はひとえに兵名を後代に揚げてくれよう」

拳を振り上げて郎党たちを鼓舞すると、鉄盾三百七十枚、領民をかき集めて兵を倍増し、良兼の本拠地にもっとも近い堀越の渡しに陣を張った。

しかし、なぜか防禦《ぼうぎょ》を固めるだけで、川を渡って伯父の領地へ攻め入ろうとはしなかった。

「この期《ご》におよんでまだ、尊族討ちと非難されるのをためらっておるか。甘いにもほどがある。この上まだ犠牲を出す気か。民を殺させる気か」

軍師気取りで将門についていた増円は激しく叱咤《しった》したが、そのとき、将門の虚《うつ》ろな表情に気づいてぎくりとした。

「おい、どうした。しっかりしろ」

「ああ、わかっておる。そうがなりたてるな」

返す声も力がなかった。将門は急な病に襲われていたのである。両脚が倍以上にむくみ、馬に乗っていることさえ耐え難いほどの脱力感に見舞われていた。

将門はほとんど意識朦朧《もうろう》の状態で、館《やかた》へかつぎ込まれてきた。

その隙《すき》に敵勢は一気呵成《かせい》に攻め込んだ。怒濤《どとう》のごとく押し寄せ、片端から村々を焼き打ちして略奪と殺戮をくり返した。大将を欠いた将門勢はろくに闘うこともできぬまま蹴散らされ、ちりぢりに逃げ帰ってくるしかなかった。

「いかにも口惜しいが、いまはどうにもならぬ。からだが癒《い》えるまでの間、館を捨てて蟄伏《ちっぷく》する」

涙ぐみつつ、将門は館の者たちに避難を命じた。もう一つの本拠地の猿島《さしま》郡の広河の江に身を隠す。

「いったんちりぢりに身をひそめて難を逃れ、再起を期す。おまえたちは船で沼の葦《あし》間《ま》に隠れよ。皆、こらえてくれ。なんとしても生きのびるのだ」

声を出すのもつらそうに告げると、桔梗が立ち上がって将門の膝《ひざ》にすがりついた。

「いやじゃ。わたしは主と共にいく」

「桔梗よ、勝手は許さぬ。おまえには室と子らを守ってもらわねばならぬ」

妻子と侍女たちは郎党が護《まも》って船に分乗し、広河の江に隠れる。財物もできるだけ持ち出す。

広河の江は周囲十数里、大きな湖沼である。複雑に入り組んだ入江は人の背丈より高い葦や薄《すすき》が群生する湿地で、真ん中は十尺余の水深があり、濃い緑色を呈している。沼の主の大蛇が人を引きずり込んだとか、雨をもたらす見返りに生贄《いけにえ》を要求したという言い伝えがあり、周囲は里人もめったに足を踏み入れぬ深い雑木林で、狐狸《こり》や狼《おおかみ》などが棲《す》みついている。

水面と岸辺は雉《きじ》や山鳥や渡り鳥の水鳥たちが群れをなしているから、万が一、敵がひそかに近づいても、羽ばたきたって教えてくれる。葦間に船を潜めて隠れているのには好都合だ。

「もはや一刻の猶予《ゆうよ》もない。急げ。支度にかかれ」

将門は館の者たちを追いたてると、空也と増円を呼んだ。

「空也どの、御坊も早々に発《た》たれよ。ここにおっては、巻き添えをくうばかりぞ」

いつになく気弱な声音で空也に言い渡し、増円に向かって片頬をゆがませた。

「おぬしもとっとと去れ。また焼け出されることになるぞ。承和寺を焼いたわしを憎み怨んでおるおまえが、まさか命運を共にする気はなかろう」

「なにをほざくか。追い出そうとしてもそうはいかぬ。わしはおまえから絶対に離れてやらぬぞ。おまえが苦しむ姿を見て、じっくり楽しませてもらう」

「勝手にせい。それほど言うなら、地獄まで道連れにしてやるわ」

いがみ合いながら執着する関係もまた、絆《きずな》なのかもしれない。空也はふたりを交互に見て、両者の縁の深さを思わずにはいられなかった。

翌朝、出立の支度をととのえて館を出た。支度といっても特別なものがあるわけではない。経の笈《おい》と観音の厨子《ずし》、錫杖《しゃくじょう》と法螺《ほら》。あとは立ち去りがたい思いを抱えての出立だ。

あれほど大勢いた寄人《よりうど》たちはすでに大半が立ち去った。ここも間もなく焼き打ちされると噂《うわさ》が広がり、さっさと逃げ出したのだ。中には夜闇にまぎれて姿を消し、行きがけの駄賃とばかり蔵の中の財物を盗んでいく不埒《ふらち》な輩《やから》もいたが、館の者たちは追うどころではなかった。

「御仏のご加護がありますように」

君の前が路銀にと銭を渡してくれようとしたが、丁重に断った。仏の加護を必要としているのは彼らのほうだ。

裏手の土手を歩いていくと、崖下《がけした》の川で女がひとり、行水しているのが見えた。桔梗《ききょう》だ。秋の明るい陽射《ひざ》しに裸身をさらし、黒髪を川面になびかせて、楽しげに泳ぎまわっている。盛大に水しぶきを上げるたびに、水面が乱れてきらめく。

「おーい」

声をかけると、気づいた桔梗は裸身を見られていたことを気にするふうもなく、笑顔で手を振ってみせた。

「そんなことをしておってよいのか」

女子供らは一刻も早く郎党に守られて逃げるよう、将門から命じられている。館中が脱出の準備に追われている最中、桔梗はまるで何事もないかのように、のうのうと水浴びしているのだ。

「御坊も泳げ。水は冷たいが気持いいぞ」

「なにを、のんびりしたことを」

呆《あき》れて、早く上がるよう手招きしながら、不意に、強い感動が胸を突きあげた。

なんとすばらしい命か。なんと力強いいきものか。天へ向かって幹を突きあげる巨木に出会ったとき、鱗《うろこ》を光らせて水面から跳ねる魚を見たとき、風を切って疾走する馬の背に身を委《ゆだ》ねているとき、からだの奥から湧き出してくる歓喜に似ていた。

ほれぼれと桔梗の裸身を見つめた。肉欲ではない。淫《みだ》らな気持は微塵もなかった。

「おまえはすばらしいな。本当にすばらしい」

感極まった声をあげた。

「抱きたいか」

岸辺へ泳ぎ寄ってきた桔梗はなんのてらいもなく言った。

「いいや、そうではない。美しいと思ったのだ」

「だから坊主《ぼうず》はきらいだ。きれいごとばかり言う。抱きたいなら抱きたいと、なぜ言わぬ。まぐわうのは自然なことだ。人も馬もおなじだ」

わざと裸身を見せびらかすように空也の前に立ち、腰に手を当てて、にっと笑ってみせた。

「見たいだけ見よ。つまらぬ男だ」

「そうだな。おまえの言うとおりだ。つまらぬ男だ」

「なんだ。わかっているなら世話はない。ますますつまらぬ」

不満げに鼻を鳴らした桔梗は空也を軽く睨み、小袖《こそで》を肩に引きかけてゆうゆうと歩み去った。

その後ろ姿を飽かずに眺め、空也は思った。この明るい気持は一体なんなのだ。自分はいま、ひどく満たされている。若い野生の獣のような女の肢体に見惚れ、胸が熱くなっている。自分が生きていることを実感している。この気持は一体なんなのか。

「おーい、桔梗っ」

大声で呼びかけた。

「死ぬなよ」

生きのびよ。どんなことがあっても生きのびて、思う存分、その命を燃やし尽くせ。

「死んではならぬぞ」

心の欲するまま自由にまぐわい、声をほとばしらせて、男の背に爪《つめ》を立てよ。大声で笑い、大声で泣き叫んで、生き抜け。とことん生き抜け。死ぬな。

「あたりまえだ。くそ坊主」

ふり返らないまま、桔梗は高らかに笑った。

その後ろ姿が館の中へ消えてしまうまで、頑魯はなんともいえぬ寂しげな顔で見送っていた。


十一月末のよく晴れた日、空也と頑魯は甲斐《かい》へ入った。下総を出て赤城へ向かい、村々を行脚《あんぎゃ》してまわった。請《こ》われれば死者供養をした。念仏を説く。野に伏し、山を越える。将門や館の者たちのことを思わぬ日はなかった。皆、無事か。将門の病は癒えたか。

紅葉が終わって葉を落とした木々は山肌を明るく透かし、風にしなる枝が落葉の積もった地面に影模様を躍らせている。あと十日もすれば雪が降り始める。その直前のつかの間の静けさだ。

だが、しきりに胸騒ぎがする。数日来、ひっきりなしに地震がある。さほど大きくはないが、まるで大地の底が鳴動しているかのような、不気味な揺れだ。

「頑魯、先を急ぐぞ」

のんびりと食べられる野草を採っている頑魯をうながした時だった。腹に響く地鳴りが襲い、それとともに、ど、どーん、とすさまじい落雷に似た音がした。

驚いてふり返ると、東南の山並の上に白い上半身を覗かせている富士山が、真っ赤な火柱を噴いていた。みるみるどす黒い噴煙が立ち昇り、笠《かさ》が開くように四方へ広がっていく。

あたりはたちまち暮れどきのように暗くなり、小雪のような細かい灰が降り注いでくる。鼻から口から熱い灰が入り込んで、息が苦しい。鼻と口を布で覆い、峠の大杉の下まで一気に走った。

濃灰色に塗りつぶされた空には稲妻とも違う不思議な燐光《りんこう》が無数に瞬き、揺れ躍っている。初めて見る不気味な光景だ。

「山が怒ったんか？　怒っていなさるだか？」

頑魯が真っ黒い唾《つば》を吐き出しながら訊《き》き、

「ああ、そうやも知れぬな……」

空也は咳《せ》き込みながらこたえた。喉《のど》がひりついてそれ以上はしゃべれなかった。

崖から張り出した大岩の下の窪みに逃げ込み、そこで一夜を明かした。

地鳴りは絶え間なくつづき、震動が突きあげる。灰は何日も降り注いだ。あたり一面、山も里も見渡す限り、鈍色《にびいろ》に覆われている。足首が埋まるほど積もった灰は、歩くと煙のように舞い上がる。風に巻き上げられてつむじ風になり、大蛇が身をくねらすように大地を躍り狂った。日に何度も地震があり、その度に噴煙が空高く立ち昇る。不気味な地鳴りが止《や》まない。いたるところで崖が崩れて道を塞《ふさ》ぎ、川の流れが変わってしまっている。

人間は逃げまどい、怖《おそ》れおののくだけの無力な存在だ。大地が愚かな人間どもを試している。そう思えてならなかった。

十二

師走《しわす》も半ばになってようやく京にたどりついた。

七年ぶりの都は様変わりしていた。いたるところで検非違使《けびいし》や衛兵の姿が目立つ。軍馬や武器を満載した荷車が列をなし、大路に土埃《つちぼこり》を巻きあげて通り過ぎていく。

商家も表戸を閉ざしてひっそりしている。それでも左京はまだ人影があったのに、朱雀《すざく》大路を横切って右京へ入ると人家はほとんどなく、草茫々の空地ばかり目立った。以前よりいっそう荒廃が進んでいる。

寒風が吹きすさぶ中をとぼとぼ歩いているうちに、不意に、頑魯がくたくたとその場にしゃがみこんでしまった。

「どうした。疲れたか？　ここで少し休むとしよう」

竹筒の水を飲ませたが吐き出してしまうし、顔を真っ赤に火照《ほて》らせ、額に冷汗をかいている。

「ひどい熱だ。薬があればよいのだが」

あいにく、昨日、路傍で苦しんでいた子連れの女に与えてしまったばかりだ。

「これでは動けぬな。どこかでちゃんと休まねば」

しかし、あたりを見渡しても、目ぼしい人家はない。途方に暮れていると、

「もし」

前から歩いてきた市女《いちめ》笠《がさ》の女が声をかけてきた。空の荷車を引いた老僕を従えている。

「お見受けいたしますと、お困りのご様子。粗末なところですけれど、それでもよろしければ、拙宅で休まれてはいかがでしょうか。さいわい車もありますし、すぐ近くですから」

「それはありがたい。迷惑かけてすまぬが、あまえさせていただく」

「夫も行者で長く旅をしておりますので、他人事《ひとごと》とはおもえなくて」

女はおっとり言ってやさしげな笑みを浮かべ、さあお早く、とうながした。

空也は老僕とふたりがかりで頑魯を荷車に載せ、女の後をついていった。頑魯は意識が薄れかけているのか、ときおり、震えながら呻《うめ》き声をあげるばかりだ。

女の家は言葉どおり、けっして富裕とはいえない小宅だった。こぎれいに片づけてあるが、調度はどれも古び、建具は皆ささくれ立って、動かそうとするとぎしぎし音をたてる。

女はてきぱき動いた。火桶《ひおけ》の炭を掻《か》きたてて温め、薄縁《うすべり》を二重に敷いて頑魯を横にならせると、水で濡《ぬ》らした布で火照った首筋や顔を拭《ふ》いてやり、老婢《ろうひ》に煎《せん》じさせた薬湯を飲ませた。

「風邪をこじらせたようですわ。これで熱が引いてくれれば楽になりましょうが、しばらくは動かさぬほうがよいかと」

空也にも白湯《さゆ》を出し、埃と汗まみれのからだを拭くよう、水を張った桶と麻布をさし出した。

「ご遠慮にはおよびません。ささ、どうぞ」

まさか女人の前で裸になるわけにはいかないから、顔と首筋を拭き、法衣の袖をまくりあげて脇《わき》の下まで拭き清めた。水は手がしびれるほど冷たかったが、おかげでせいせいした。

礼を言って手桶を返しながら、さきほどから気になっていたことを訊いた。

「ぶしつけだが、以前、どこかでお会いしたか」

「お気づきですか。はい。一度だけですけれど、お目にかかったことがございます。五宮《ごのみや》さま」

自分でも忘れかけていた昔の呼び名を、女は口にした。

「おなつかしゅうございます。わたくしは秦道盛《はたのみちもり》の後家にございます」

思いもかけなかった言葉に虚を衝《つ》かれた。

「すると、あのときの？」

「はい、夫があなたさまをお連れして、三日ほどこの家におられました。わたくしの名は草笛」

「そうだ、草笛だ。思い出したぞ」

思わず手を打った。

「あの折は、たいそう世話になった」

まじまじと女の顔を見たが、記憶はおぼろげで、はっきりしなかった。あれからもう二十年だ。自身の変わりようを思えば、女の上にもおなじだけの歳月が降り積もったのだと思う。それでも愛嬌《あいきょう》のある顔立ちに往時のおもかげがあるし、はきはきしたもの言いと甲斐甲斐しい立居振舞は昔と変わっていないようだ。それと室内の様子になんとなく見憶《みおぼ》えがある。

草笛は、最初はむろんわからなかったが、腕まくりしたとき左の肘《ひじ》を見て、はじめて気づいたのだと言った。

「まさかまたお目にかかれるとは、思ってもおりませんでした。これは亡き夫の引き合わせ。お礼を申し上げたいと願っておりましたので」

「礼などと何を言う。わたしがそなたから夫を奪い、そのはてに死なせてしまったのだ。わたしのほうが詫《わ》びねばならぬ」

「いいえ、夫の最期をお報《しら》せいただき、そのうえ形見まで届けさせてくださって、わたくしはそのおかげで救われました」

「救われた？」

道盛が死んだとき、母親の命婦《みょうぶ》と草笛に報せてやらねばと思い、帰京する仲間に文と形見の火打石を託した。その後、何度か彼女が火打石を打って火花を散らす夢を見た。いつも、闇の中で火花の閃光《せんこう》に一瞬、涙に濡れた女の頬が浮かび上がる夢だ。

それにしても、救われたというのはどういうことか。

「はい。自分が捨てられたのでないと知って、心が鎮まりました。お笑いください。捨てられたのではないなら、待ちつづけることができます。いつか帰ってくる。そう思えます。いまも」

草笛はそう言うと白い歯を見せて笑った。笑うと片頰にえくぼが浮かぶ。昔とおなじだ。

「帰りを待っている、か」

「はい。でも、それは胸の中だけのこと」

草笛はつらそうに目を伏せた。

「恥をしのんで申し上げます。生きるために、けがらわしい生業《なりわい》をしております」

道盛は出ていくとき、いつ帰るともどこへ行くとも言わなかったから、たまに届く文だけが頼りだった。まとまった金子《きんす》を置いていってくれたが、数年で使い果たしてしまった。いつ帰ってきてもいいようにこの家を守っていようと心に決めていたから、困窮したからと他所《よそ》へ移る気にも、女房勤めに出る気にもなれなかった。春をひさいで日々の糧《かて》を得るしかなかった。

「それでも」

女はひとつ大きく息をつくと、一気に胸の内を吐き出した。

「自分も死のうとは思わないのです。生きていたい。身を売ってでも生きたい。生きていたいのです。わが身のあさましさ、汚らわしさを思って、眠れぬ夜がございます。もう死んでしまおう。夫のもとへ行こう。そう決心いたします。それなのに、朝になれば、生きていたいと思うのです。もっと生きていたい、死ぬのはいやだと。朝陽の下で盥《たらい》を庭に持ちだして洗濯して、棹《さお》に干したそれが風になびくのを見れば、楽しいと思います。からりと乾くと嬉《うれ》しくて、頬ずりしたくなります。こんな古家でもせっせと磨けば、気持までせいせいします。棚懸けの瓢簞《ひょうたん》の蔓《つる》が日ごとに伸び、実が大きくなっていくのを心待ちにします。飯がうまく炊《た》ければ、贅沢《ぜいたく》な菜はなくとも、心底おいしいと思っていただきます。花を咲かせ、夏の夕に蛍を追い、月を眺め、霜柱をそっと踏む。そんなささいな喜びがあるだけなのに、それでも生きていたい。死にたくないのです」

その目がきらきら光っていた。それは涙のせいではなく、彼女自身の内側からみなぎりだす生命の輝きだった。

「銭で買われた男にしがみついてみだらな声をあげ、その腕の中で安らいで眠ります。その銭で餅《もち》を買い、仏壇に供えるのです。こんな愚かな女、あなたさまはさぞお蔑《さげす》みなさるでしょうね」

「そんなことはない。あたりまえではないか。そなたは生きているのだ。日々の喜びを味わい、もっと生きたいと思うのはあたりまえのことだよ」

「われながらあさましい妄執と、末恐ろしゅうございます。日々、夫の菩提《ぼだい》のために経を読んでおりますが、わたくしが死んでも夫のもとには行けぬであろうと思うと、心がつぶれそうで」

「いいや、それは違う。少しも案ずることはない」

目を潤《うる》ませてかぶりを振り、草笛の手をとってやさしくさすった。

「人は誰しも弱いのだ。弱く、欲望に負けてしまうものなのだ。わたしとてそうだ。修行者とて煩悩《ぼんのう》から離れることはできぬ。肉欲に負けそうにもなる。皆、愚かで弱い。日々、心乱れ、悩み苦しむ。だからこそ、だからこそ、仏のほうから手を差し伸べてくださる」

言いながら涙をしたたらせた。同情や憐《あわ》れみではない。ただ、ここにも苦しみながら生きている女がいると思うと、涙がとまらない。

「もったいないこと。わたくしごときのために泣いてくださる」

草笛は放心したような声音でつぶやいた。

「一つ頼みたいことがあるのだが」

頑魯のほうをふり返りながら言った。

「あの者を、しばらくここで預ってもらえぬか」

あの後、老婆《ろうば》に粥《かゆ》を食べさせてもらった頑魯はやっと落ち着き、鼾《いびき》をかいて寝入っている。

「それはもちろんようございますが、でも、空也さま、ご自身はどうなさいますので？　まさかまた、旅に出るおつもりなのでは」

「いや、愛宕山《あたごやま》に籠《こも》ろうかと思うてな。今朝がた京内へもどり、その足で清水寺へ参ったばかりだが、どこへも寄らず、このまま向かう途中だった」

寄りたい場所はないし、考えてみれば肉親や親族はもう誰ひとりいないが、それを哀《かな》しいとも寂しいとも思わなくなっている。この世の縁はいつかは尽きる。自分だけではない。人は誰しもだ。血の縁も、心の縁も、いつかは切れる。早いか遅いかの違いだけだ。それを認められないことが苦しみの種となるのだ。唯一《ゆいいつ》、道盛の母の秦命婦にだけは会いたいが、会えば甘えが出る。いずれ落ち着いたら会いにいこうと考えている。

「東国行脚でさまざまな人に出会《でお》うた。思うに任せぬことばかりで、もどかしさとおのれの無力さに歯嚙《はが》みするばかりだった」

頰に哀しげな笑みを浮かべて言い、さらに、と言いかけて、しばらく黙り込んだ末、

「坂東ですさまじい男に会うての。その毒気が、ここに」

いまにも泣き出しそうな顔で心《しん》の臓《ぞう》あたりを軽くたたいてみせた。

「わだかまっておって、どうにも重くてならぬ。それを降ろしてしまわぬことには、これから先、どうすればよいのか、見えてこぬのだ」

第四章　乱倫の都

一

承平八年（九三八、天慶《てんぎょう》元年）四月十五日、阿弥陀仏《あみだぶつ》の縁日の夜、空也は愛宕山中の月輪寺《つきのわでら》の道場で阿弥陀経を誦《じゅ》していた。

東と南に拓《ひら》けたここは月がよく見える。満月の光は皓々《こうこう》と輝いて山の稜線《りょうせん》を白く縁取り、眼下に鬱蒼《うっそう》と広がる杉木立の連なりを墨色の濃淡に彩《いろど》っている。

愛宕山は加賀の白山を開いた泰澄《たいちょう》と役行者《えんのぎょうじゃ》が飛鳥時代に開山して以来、行者や密教僧が集まる行場《ぎょうば》になった。霊気によって身心を浄化し、呪力《じゅりょく》を蓄えるのである。

空也も清水寺の千手観音の啓示を受けてやってきた。山は生命に満ち、精霊が蠢《うごめ》いている。精霊を好んで餌にする天狗《てんぐ》も棲《す》みついている。その天狗たちも今宵ばかりは月光に浄《きよ》められておとなしく鳴りをしずめている。

静かだ。阿弥陀経を読誦《どくじゅ》する自分の声がくぐもって聞こえる。

その時、不意に、月がゆらりと揺れた。

目で見たというより、感じた。わが身をくまなく照らし、満たしている光が乱れ、交差した、そんな感覚だ。

見上げると、紫と赤黒い光が斑《まだら》になって渦巻き、月を隠そうとしていた。雲ではない。今の今まで、この季節にしてはめずらしく、まるで秋のように空気が澄みきって、かすかな曇りすらない濃藍《のうらん》一色の清明な夜空だったのだ。

（ただ事ではない……）

胸騒ぎに襲われたそのとき、突然、不気味な地鳴りとともに、床から衝撃が突きあげた。

周囲の木々が左右にしなって揺れ騒ぎ、けたたましい鳴き声とともに鳥がいっせいに飛び立つと、狂ったように乱れ飛んだ。堂はぎしぎし軋《きし》み、下から何度も衝撃が襲う。裸足《はだし》で縁から飛び降りるのがやっとだった。

同宿の行者たちもいっせいに飛び出してきた。

「裏の崖《がけ》が崩れるやもしれぬ。ここにおっては危ない。逃げようぞ」

まずは状況をみようと、皆で崖崩れを恐れながら行者道を駆け昇った。

杉木立が切れた高みから眼下に広がる都の方角を透かし見たが、あたり一面真っ暗で灯火の瞬《またた》き一つなく、何も見えない。その間も揺れは幾度となく襲い、足裏に地鳴りが伝わる。

「都は無事か」

誰かがつぶやいた。ふだんは寝静まった深夜でも官衙《かんが》や御所や大貴族の邸宅があるあたりは衛兵の篝火《かがりび》がちらちら見えるのに、今は黄ばんだ灰色のもやの中にすっぽり沈んでいる。

「家屋が倒壊して舞い上がった砂塵《さじん》に覆《おお》われているのだ」

「京の町が潰滅《かいめつ》したのか！」

「見ろ、空がおかしいぞ」

誰かが声をあげ、見上げると、不気味な赤と紫の渦の中に黄色の閃光《せんこう》が縦横に走っている。半年前、富士山の噴火に遭遇したとき、空がやはりこんな異様なものだった。

その間もほとんど絶え間なく揺れる。その度に唸《うな》りのような地鳴りがある。

頑魯《がんろ》や草笛のことが案じられた。草笛の家は他には老僕と老婢《ろうひ》がいるだけで、頑魯一人では彼らを助けて逃げるのはとうてい無理だ。もしや家ごと押し潰《つぶ》されて、皆、大怪我《おおけが》を負い、どうにも動けずもがき苦しんでいるのではないか。血まみれの姿が頭に浮かび、膝《ひざ》が震えた。

(待っておれ。すぐ助けにいく)

念じながら明け方を待ち、四、五人の行者とともに都へ向かうべく下山しようとしたが、案じたとおり山道は寸断され、そこかしこでひと抱えもある大木が根こそぎ倒れて散乱していた。崩れた山肌から水が噴き出して斜面の土砂を押し流し、いつもは澄み切った渓流も濁った茶色の水がごうごうと激しい勢いで流れ下っている。水量は通常の比ではなく、次々に倒木を巻き込み、バキバキと裂き砕きながら奔流するさまに、おもわず足がすくんだ。足を滑らせでもしたら、たちまち巻き込まれて命を失う。

それでも進もうとした空也を、誰かが後から抱きとめた。

「命を粗末になさるなっ」

怒鳴られ、我に返った。ふり返ると皆それぞれ近くの木にすがりつき、やっとのことで滑り落ちそうな身体《からだ》を支えている。足元からぐずぐず崩れ、いまにも身体ごともっていかれそうだ。

「これではとても下れぬ。とりあえずもどるしかない」

「待て。北へ下りる道なら行けるやもしれぬ」

「いや、あちらのほうがもっと急斜面だ。さきほど見たら、ここよりひどく崩れていたぞ」

「西と南はどうだ。南に下る道はないが、傾斜はきつくない」

「いや、無理だ。その分、砂気が多くて地盤が緩《ゆる》い。西は大岩が露出している。あんなのが落ちてきたら、それこそひとたまりもない」

長年山行に専念して山の地形と地質に精通している者たちだ。危険を冒す愚を知り抜いている。言いあっている間にも立っていられぬほどの揺れがきて、木にしがみつくのがやっとというありさまでは、諦《あきら》めるしかなかった。

ようやく下山できたのは三日後。

いたるところ崖崩れで大量の土砂が斜面を覆い、一抱えもある大岩が散乱している。ぐずぐずと流れるように崩れてくる土砂に足をとられつつ、根ごとなぎ倒された木を乗り越え、何度も滑り落ちながら、やっとのことで山を下った。

京内に入ると、あまりのすさまじさに目を疑った。礎石造りの官衙の建物や寺の堂宇は重い瓦《かわら》屋根が建物ごと押しつぶし、築地塀《ついじべい》はこなごなに砕けて崩れ落ちている。掘立柱の民家はほとんど元の姿をとどめず残骸《ざんがい》になっており、大地が裂けたような地割れが縦横に走っている。倒れて道を塞《ふさ》いでいる築地塀や板垣を踏み越えて歩かねばならなかった。

そこかしこで下敷きになった骸《むくろ》を懸命に掘り起こしている。瓦礫《がれき》の下からかすかに音がして、

「まだ生きているぞ。誰かきてくれっ」

叫ぶ声に駆け寄ってみれば、瓦礫の間から片腕だけ突き出した女がしぼり出すように呻《うめ》いている。

「いま出してやる。あと少しの辛抱ぞ」

だが、皆で瓦礫をとり除いて掘り出そうとしている間にも声は弱くなり、懸命に伸ばしていた手がふっと落ちて、息絶えてしまうのである。

「なむあみだぶつ、南無阿弥陀仏《なむあみだぶつ》」

合掌して小声で唱えると、

「やめやがれっ」

いきなり怒声を浴びせかけられた。

「わしの娘じゃ。助けもできん仏なんざ糞喰《くそく》らえじゃ」

泥まみれの真っ黒な顔に目ばかりぎらつかせた男が、いきなり空也の襟首《えりくび》をつかむ

と、激しく揺すぶりたてた。

「ちくしょうっ。てめえが縁起でもない念仏なんざ唱えやがるせいで死んでしもうたんじゃぞ。娘を返せ、返しやがれっ」

襟首をつかまれたまま空也がじっとしていると、男の罵《ののし》る声は嗚咽《おえつ》に変わり、母親らしき女がぬかるんだ地べたにつっ伏して号泣しはじめた。

空也は返す言葉もなく、茫然《ぼうぜん》としたまま「南無阿弥陀仏」とつぶやいた。

彼らにとっては、念仏は死を招きよせる、おぞましい呪文《じゅもん》なのだ。

——そうではない、そうではないのだ。念仏を唱えるのは、死者を阿弥陀仏のもとへ送りだしてやるためなのだ。

そう言いたいのに、だがそれをわからせるすべは、いまの自分にはない。何をどう言っても通じない。

どうしようもない無力感に、空也はぬかるみに膝をついてうなだれるしかなかった。

日暮れ近くなって、ようやく草笛の家があったあたりへたどり着いた。右京七条、ただでさえ低湿地で地盤が軟弱な地域だから、あたり一面、瓦礫と倒木だらけで、すぐにはどこかわからなかった。このあたりには珍しい貴家の別邸の築地塀を目当てにやっとのことで探し当てた家は、やはりあらかた倒壊し、わずかに残った部分も大きく傾いていた。

裏庭のほうへまわってみると、頑魯がひとり、倒れた板壁から木切れを引き剝《は》がして燃やしていた。木枝を組んで鍋《なべ》を掛け、煮炊《にた》きをしているらしい。

夕焼け空を背に、俯《うつむ》いて黙々と木切れを投げ入れているその横顔は、いままで見たことのない凄愴《せいそう》さに隈《くま》どられていて、空也は声をかけるのをためらった。

気配を感じたか、頑魯が顔をめぐらして空也を見た。

驚いたように目を見張り、顔をくしゃくしゃにゆがめると、次の瞬間、からだごとぶつかってきた。

「なんでだ！　なんで、もっと早く来なんだ。見捨てたかと思ったぞ！」

胸に抱きとめ、ぼさぼさの頭髪を荒々しくもみしだきながら、空也は強い声音で言った。

「見捨てるはずがないではないか。皆は無事か」

だが、頑魯はこたえようとせず激しくかぶりを振った。

「どうした。草笛はどこだ」

「わたくしなら……ここに」

女の声がしてふり返ると、まるで薄闇《うすやみ》から湧《わ》き出してきたような草笛の姿があった。

「頑魯さんは待ちかねておりましたが、わたくしは、山を降りてこられるとは思えませなんだ。もったいのうございます」

草笛の声は震えていた。

突っかい棒で補強した家の中へ案内され、頑魯が縁の欠けた碗《わん》に水を汲《く》んできてくれて、乾ききった喉《のど》をようやく潤《うるお》した。泥の臭《にお》いのする濁り水だったが、井戸水が汲めるだけましなのだと草笛は申し訳なさそうに言った。地下の水脈が変わってしまったのか、このあたりは涸《か》れてしまった井戸が多いのだという。

さいわい草笛と頑魯、老僕の三人はかすり傷程度ですんだが、老婢は落ちてきた梁《はり》の下敷きになり、翌日息を引き取ったという。頑魯が骸を背負って洛西《らくせい》の蓮台野《れんだいの》へ捨てに行ったが、折り重なるように死骸がうち棄《す》てられており、足の踏み場もなかったと泣きじゃくった。

「烏《からす》どもが群がって骸の目ん玉をついばんでるんだ。追っ払っても追っ払っても、すぐもどってきやがる。まるで地獄だ。御坊の真似《まね》して念仏を唱えてやったけども、婆《ばば》は往生できただか？　他の死人《しびと》たちも阿弥陀さまの浄土へ行けただか？　惨い死に方でも往生できるだか？」

敵意すら感じるきつい日つきで空也を睨《にら》みすえ、本当か、本当にそうか、とくり返した。

「むろんだとも。阿弥陀さまは誰でもかならず迎えてくださる」

うなずき返しながら、空也もぼろぼろと涙をこぼした。胸に頑魯を抱きかかえ、頭を撫《な》でてやりながら、懸命に嗚咽をこらえた。

「お泣きにならないでくださいまし」

草笛がしぼり出すような声をあげた。

「いま、あなたさまに泣かれたら、わたくしたちは何を信じればいいのか、わからなくなります。あなたさまがしっかり受け止めてくださらなかったら、皆、生きる気力を失ってしまいます。お泣きになってはいけません。誰よりも強く、誰よりも毅然《きぜん》としていてくださらなくては」

責める声音ではなかったが、その言葉は空也の胸に突き刺さった。心の揺らぎを見透されたと思った。

二

翌朝から、頑魯を連れて周辺の井戸の状況を見てまわった。

地下の水脈を探る方法さえ知っていれば、あとは人手があれば、水は出る。どんな荒地でも、水さえあれば人は生きられる。どこでも仏の教えより井戸の方がありがたがられた。陸奥《むつ》でも、坂東でも、水不足に苦しむ土地で井戸を掘るすべを教えた。どこでも仏の教えより井戸の方がありがたがられた。歯《は》痒《がゆ》さを嚙《か》みしめることもあったが、それでも、汲み出した水を掌《てのひら》に受けて涙を流す人々を見れば、これでよいのだと思えた。

喜界坊たちは今頃どこにいるのか。猪熊《いのくま》はどうしているか。きっといまもあの頃とおなじように畿内各地を転々として、井戸を掘り、橋を架け、堤を築き、灌漑《かんがい》池を造り、民たちのために働いているのであろう。

考えてみれば、彼らと別れてからすでに十五年の歳月が流れている。あらためて考えることもなかったが、自分の身にはさまざまなことがあった。

尾張の願興寺で悦良《えつりょう》と出会い、彼に学んで出家した。播磨国《はりまのくに》の峰合寺《みねあいでら》でひとり、孤独に耐えて一切経《いっさいきょう》を耽読《たんどく》し、自分が進むべき念仏の道を見出した。布教者たる確信を求めて孤島での苦行。そして東国への布教の旅。夢中で歩いてきた十五年間だ。二十歳かそこらだった自分がすでに齢《よわい》三十六なのだから、彼らにもさまざまな変化があったに違いない。喜界坊はまだ壮健であろうが、すでに初老。猪熊が後を継いで頭目になっていてもおかしくない。猪熊なら皆を率いてやっていける。無骨だが情に厚い男で、人望もある。

しかし、妙なことに、いまは都にいないのか、彼らの噂《うわさ》はいっこうに聞かない。草笛や頑魯も聞いたことがないという。こんな惨状のときに活動しないはずはないのだが……。

「この井戸も駄目だ。出るのは泥水ばかりで、とても飲めたもんじゃねえ」

住人たちは煮炊きにも不自由していると、疲れ切った顔でかぶりを振った。

空也は頑魯が桶《おけ》で汲みあげた水を手ですくい、一口含んで、ぺっと吐き出した。泥だけならまだしも、肥溜《こえだ》めから溢《あふ》れ出した糞尿《ふんにょう》や動物の死骸が腐った汚水だ。こんな水を飲んでいたら、疫病《えきびょう》が蔓延《まんえん》するのは目に見えている。

「溜まった水を掻《か》い出す。皆も手伝ってくれ」

腰に縄をくくりつけ、頑魯に支えさせて井戸底へ降りた。井戸は案外深く、腰まで水に浸《つ》かった。

「よし、桶を降ろしてくれ」

　頑魯が上から桶を下ろし、一杯ずつ水を掻い出す。

　誰も手伝おうとしない。遠巻きにしたまま、疑わしげに顔を見交しているだけだったが、

「あの、坊さま」

　しなびた幼児を背にくくりつけた若い母親がおそるおそる近づいてくると、井桁《いげた》から身を乗り出して覗《のぞ》き込んだ。

「腐り水をぜんぶ湲《さら》い取ってしまえば、井戸は使えるようになるのかえ?」

　頑魯は引き上げた桶の泥水をわざと人垣に浴びせるように捨てながら、大声をはりあげた。

「空也さまがそう言うとるんじゃっ」

「ほんまか? ほんまに飲める水になるんか?」

「うるさいっ。手伝う気がないならどけ。邪魔だっ」

「あたえはやるよ」

　額からしたたり落ちる汗を拳《こぶし》で拭《ぬぐ》い、息を切らしながら叫んだ。

「あたえもやる。駄目でもともとだよ。この坊さまを信じて、やってみる」

「そうさ。おまえたち、桶をもっと集めてくるんだよ」

子らをせき立てて女たちがまず手伝いはじめ、それを見て男たちもしぶしぶ動き出した。

「しかたねえ。女子供がやっておるに、わしら男がただ見ておるわけにはいかぬ」

「どうせ駄目じゃろうが、他にやれることはねえしな」

「水さえありゃなんとかなる。家直しなんざ後まわしでええ」

口々に言い、全員、汗みどろの泥まみれになって働きつづけた。水をすくい終わると底に溜まった汚泥《おでい》を浚い取り、その上に炭と松葉を焼いた灰を分厚く敷き詰めた。

「これでいい。しばらくすればまた飲める水が出るようになる。だがそれまでは、嵯《さ》峨《が》野《の》の松尾山へ湧水を汲みに行け。松尾山はもともと湧水が豊富だし、岩が多い山だから山崩れもなく、いまも変わらず清冽《せいれつ》な水が出ている。半刻《はんとき》はかかる距離ゆえ難儀だが、皆が力を合わせて荷車に水桶を積んで運ぶのだ。よいか。命が惜しくば、けっしてこんな水を飲んではならぬ。命がいくつあっても足りぬ毒の水なのだぞ」

脅すような口調になったのは、これから本格的に夏になり、ただでさえ蚊や蠅《はえ》が発生して不衛生になる季節だからだ。

「その前に、京中の井戸を直す」

空也は皆の前に立って宣言した。心ある者は手伝ってほしい。

「京中じゃと？　いくつあると思っておるんじゃ。自分のところだけで手一杯じゃのに」

「水脈は地下で繋《つな》がっているのだ。自分らのところだけ直しても、他が汚れていれば、また毒水に汚染される。皆、同じ根の一本の木。一つの命なのだ。自分らだけ助かることはできぬ。生きたいなら、皆が一緒になって力を合わせるしかないのだ。他人はどうでもいい、自分らだけ助かればいいと考えておったら、皆、死ぬことになる。それでもいいのか」

「一蓮托生《いちれんたくしょう》か。この聖《ひじり》の言うとおりかもしれぬ。よし、わしはやるぞ」

「おたがいさまじゃな。のうみんな、松尾山へ水汲みに行くのも力を合わせようぞ」

「そうじゃとも。嬶《かか》や子らを死なしてなるものかや。いや、京の民草は皆、おなじ根っこの雑草じゃ。繁《しげ》るも枯れるも一緒じゃ」

「いや、枯れてなるか。繁って繁って繁りぬいてやるわ」

噴き出す汗を拭いながら言い交わし、いっせいに空也をとり囲んだ。

「聖、わしらを遠慮のう使ってくれ。手弁当でやる。おまえさまの言わしゃるとおりに働く」

「ありがたい。わたしと頑魯だけでは途方もない法螺《ほら》と相手にされぬところだった」

つぶやきながら、草笛の顔を思い浮かべた。

誰よりも強く、誰よりも毅然と、おのれの信じることを貫き、貫くことではじめて人の心に響く。そのことを教えられた気がした。むろん、京中の井戸を直すのは無理だ。だが、誰かの心に残れば、やがて誰かしらが引き継ぐ。そうやって思いはつながり、広がっていく。それでいいのだ。

翌日から手分けして井戸を探して歩き、住人たちとともに泥を掻き出す作業に没頭した。次第に、男たちが自発的についてきて手伝うようになった。壊れた家を建て直す話もぽつぽつ出るようになり、目にもようやくふだんの力がもどりつつある。だが、その間にもしばしば強い地震があり、そのたびに不安に怯《おび》えおののくのである。

「どけ、どけ、どけっ」

二頭立ての牛車《ぎっしゃ》が一台、騎馬武官が警護し、周囲を威嚇《いかく》しながらこちらへ向かって来た。

だが、牛はぬかるみに足をとられ、車輪が轍《わだち》にはまって動きが取れなくなった。舎人《とねり》たちが汗みどろで引っ張るが、ますます深みにはまり、どうにも動けず立往生するばかりだ。

「ええい、早うなんとかせい」

御簾《みす》が引きあげられ、乗り込んでいた公卿《くぎょう》が身を乗り出していらだった声を上げた。

麗々しく正装をまとった恰幅《かっぷく》のいい中年の公卿だ。

「今日中にあと三ヶ所廻らねばならぬ。一刻の猶予《ゆうよ》もないのじゃぞ」

その声に聞き憶《おぼ》えがあった。

顔をあげると、険しい表情で周囲を見まわしていた公卿と目が合った。藤原実頼だった。

「これは……なんと」

実頼は目を剝《む》き、

「こんなところでいったい、何をしておられますのか」

声高に話しかけてきた。面倒なことになったと思ったが、無視もできない。

「見てのとおりだ。そちらこそ、わざわざどこへ行かれる」

やむなくこたえると、

「これでは話もできませぬ。お乗りくだされ。人目につきます、ささ、お早く」

しきりに手招きする。たしかに、泥まみれの粗末な衣に裸足の行者と、威儀をただした高位高官が往来で親しげに会話しているのはいかにも異様な光景だ。験力《げんりき》ある山の聖か、呪術法師とでも思ったか、従者たちはおどおどと目を伏せているが、民たちは胡乱《うろん》な目つきで窺《うかが》っている。

しかたなく乗り込むと、実頼はすばやく御簾を下ろし、先を急ぐので移動しながらでご容赦をと詫《わ》び、従者に「行け」と命じた。

「都にお帰りになったらしいと秦命婦《はたのみょうぶ》から伺っておりましたが、いずこにおわしましたので」

「それより、帝《みかど》は無事か？」

尋ねると、実頼は暗い顔でかぶりを振った。

「寝込んでしまわれました。中宮《ちゅうぐう》さまがお宥《なだ》めしておりますが、心身ともにひ弱であらせられますゆえ」

朱雀帝《すざくてい》は当年十六。三歳まで几帳《きちょう》の中で育てられたほど虚弱だから、生母の中宮の穏子《やすこ》とその実兄で実頼の父の太政大臣忠平が、万が一のことがあってはと慌《あわ》てているという。

宮城では内膳司《ないぜんし》の建物が倒壊して圧死者が四人。夜間でわずかな宿直の者だけだったからこれだけの被害ですんだが、これがもしも昼間だったらもっと甚大《じんだい》な死傷者が出たであろうし、火事も発生していたであろう。ただでさえ混乱しているところへ、二十日後の五月五日、右大臣の藤原恒佐《つねすけ》が突然、薨《こう》じるにいたって、政局は完全に停止状態に陥っている。

実頼は頭が痛むのか、しきりにこめかみを揉《も》み、眉をしかめながらうち明けた。

「陰陽寮《おんようりょう》に占わせましたところ、こたびの地震は、東西で兵乱が起こる予兆であると」

「東西とは？」

「東は、常陸《ひたち》、下総《しもうさ》の騒乱と察しがつきますが、さらに西でも兵乱が起こるというのです。西海では近年、海賊が暴れておりますので、朝廷も手をこまぬいていたわけではないのですが」

五年前の承平三年、空也が会津にいた頃、朝廷は南海道諸国に警固使を派遣し、翌年には神泉苑《しんせんえん》で矢や石礫《せきれき》を投射する弩《いしゆみ》の試射をおこないもしたが、その年の冬には伊予国で海賊が非常用備蓄の不動倉の穀物三千石余を略奪する事件が起こった。

危機感を抱いた朝廷は、承平六年三月、鎮護国家を祈念する太元帥法《たいげんほう》を宮中の豊楽院《ぶらくいん》で修し、六月には追捕南海道使《ついぶなんかいどうし》を派遣して取り締まりを強化、二千五百人余を投降させた。この際、奮戦して頭角をあらわしたのが、前伊予掾《さきのいよのじょう》の藤原純友《ふじわらのすみとも》という男だった。

「これでとりあえずおさまったと胸を撫でおろしておりましたので、まさかまた兵乱とは、まさに青天の霹靂《へきれき》でして」

瀬戸内諸国の国庁に至急、情報を集めるよう命じているが、詳しいことは未《いま》だ不明だという。

「東国の騒乱にいたしましても、昨年、将門《まさかど》を喚問して罪科なしと帰国させて以来、またぞろ小競《こぜ》り合いが起きていると聞いてはおりましたが」

まさか空也がその渦中《かちゅう》から脱出してきたとは、実頼はむろん思ってもいない。空也がいきさつをうち明けると、のけぞらんばかりに驚いた。

「なんと、あの男とそんな縁がおありとは。すんでのところでお命まで危ういところでしたな」

今年三月、将門の従兄《いとこ》の平貞盛《さだもり》が上京し、将門の罪状を訴えたのだという。それによれば、空也が去った直後、平良兼が将門領へ攻め入り、館《やかた》を脱出して湖沼の船中に隠れていた妻妾《さいしょう》や子らは捕えられ、無惨《むざん》に殺害されたり、連れ去られたというのだ。

「なんとむごいことを。身内同士なのにそこまで」

君の前は敵兵に凌辱《りょうじょく》される前に自ら死を選んだのかもしれない。おだやかだが芯《しん》の強い女性だ。面影を思い浮かべ、空也は胸の中で歯ぎしりした。犠牲になるのはいつも女子供だ。

「なんでも妾のひとりは逃げのびたとか」

「その女の名は？」

実頼が知っているはずがないと思いつつ、訊《き》かずにいられなかった。もしや桔梗《ききょう》ではないか。野性的で奔放な桔梗。せめて彼女はたとえ凌辱されてでも生きのびていてほしい、そう思うのは残酷なことか。

「さて、名前までは」

案の定、実頼は関係ないといわんばかりの顔でかぶりをふり、肩をすくめてつけくわえた。

「将門のやつめは狂乱して泣き叫んだとか。さしものあの男も、さすがにこたえたようで」

「そうか……」

空也は重い溜息をついた。病の身で気弱になっていた将門だ。その悲嘆はいかばかりか。

「しばらくは腑抜《ふぬ》けのようになっておったそうですが、わずかひと月後、将門のやつめ、ふたたび兵を集めて報復に挑み、良兼を破ったと」

　この事態に朝廷は、武蔵《むさし》・安房《あわ》・上総《かずさ》・下野《しもつけ》などの諸国に将門の追捕を命じた。晴れて大義を得た良兼は、十二月の半ば、石井《いわい》の将門の館を夜襲したが、将門軍の必死の応戦の前に敗退した。将門はさらに上京を目指した貞盛を追撃し、信濃《しなの》の千曲川《ちくまがわ》で激闘になった。貞盛は従者をことごとく失い、単身、命からがら京へたどり着いて報告したというのだ。

　話を聞きながら、空也の脳裏に、豊田の里が一面、火の海になる光景が思い浮かんだ。三年前、将門は貞盛の父であり伯父である国香の館を襲って国香を自害に追い込み、里を焼き払った。里人は焼け出され、逃げ遅れた者たちが大勢焼死した。

　承和寺の大伽藍《だいがらん》も灰燼《かいじん》に帰した。それが発端になり、血を分けた一門が果てしない報復をくり返しているのだ。

　火の海の中で、将門は何を思ったか。増円は何を思ったか。空也はおもわず身震いした。

「憎悪《ぞうお》の連鎖が、やがて怨念《おんねん》になる。あの男、まさか……」

　将門は自分の領内に道真の墓所を祀《まつ》り、自らをその生まれ変わりと信じたがっていた。それは道真の怨霊に仮託して朝廷への敵愾心《てきがいしん》を奮い立たせるというようなものではなく、ただ単純に、無念のうちに憤死した道真の魂を鎮《しず》めて、その霊力を授けられたいという素朴な願望にすぎないようにみえたが、しかし、いまやその素朴な俠気《きょうき》が暴走し始めたのではあるまいか。陰陽寮の占告はそのことを暗示しているのだとしたら……。

「空也さま、どうかなされましたか」

実頼の声に我に返った。

「いや、なんでもない。わたしの考えすぎであればよいが」

「将門という男、以前はわが父を主と仰ぎ、わたくしとも連れだって悪所通いをしたこともございます。いっぱしに滝口の武者を真似るのですが、いっかなむさくるしい田舎臭さが抜けず」

実頼は何を思い出したか、うすら笑いを浮かべた。将門はいまをときめく権門《ごんもん》にとり入ろうと、精一杯努めていたにちがいないが、忠平父子にとっては滑稽《こっけい》な道化にしか見えなかったであろう。それでも、先年、召喚された際、将門に罪科はないと擁護し、無罪放免で帰国させてやったのは忠平だった。

「なのに、恩を仇《あだ》で返すとは」

実頼はいまいましげに舌打ちした。彼に言わせれば、片や従兄《いとこ》の平貞盛はいたってそつがなく、すぐに都に馴染《なじ》み、滝口の武者にもなって立居振舞も洗練されていた。有能な男だから、将門を小馬鹿《こげか》にして疎《うと》むふうがあったというが、その貞盛の弁舌によって将門はいまや完全に朝敵になり、あまつさえ、此度《こたび》の大地震までそのせいにされているのである。

「東国でどこの誰が勝とうが負けようが、都に累《るい》が及ばぬ限り、知ったことではありませぬ。されど、この地震が一刻も早く終息してくれぬことには、容易ならぬ事態になりかねませぬ」

朝廷は急遽《きゅうきょ》、天皇宣下を発し、元興寺、醍醐寺、仁和寺など十三寺と、石清水《いわしみず》、賀茂、松尾など八社で、除災・抜魔の修法と、仁王般若経《にんのうはんにゃきょう》一万部を読誦させることにした。

「こうなればもはや、仁王経の絶大なる呪力をもって調伏《ちょうぶく》するしか、方策はないと」

実頼は各寺社に赴いて、天皇宣下を通達してまわっているところだというのだ。さらに宮中でも内供奉《ないぐぶ》の僧侶《そうりょ》たちが昼夜をおかず懸命に修法しているという。

「空也さまもどうか、愛宕山で修法をなさってくださりませ」

実頼は空也を伏し拝んだ。彼はすでに空也を験者《げんざ》と認めているのである。そのことに違和感と、いいようのない重さをおぼえながら、空也は黙ってうなずいた。

空也が愛宕山へもどった後も、地震はおさまる気配をみせなかった。

朝廷はついにたまりかねて、五月二十二日、「厄運地震兵革の慎」により、年号の承平を天慶と改め、天慶元年と改元。

――天が慶《よろこ》びたまう世となるように。天の慶《めぐみ》をもって天変地異が終息するように。

切なる願いをこめた元号だったが、しかし、それを嘲笑《あざわら》うかに、そのわずか四日後、すさまじい豪雨が畿内を襲った。鴨川と桂川が氾濫《はんらん》して京内に流れ込み、屋根の上に逃げた人々も次々に家屋ごと流され、濁流にのみ込まれた。貴族の邸宅まで押し流され、かろうじて難を免れた屋敷は群盗が襲い、倒壊した建物から目ぼしい家具調度を片っ端から奪い、厩《うまや》から馬を盗んでいく。

水は五日過ぎても引かなかった。人々は腿《もも》まで水につかったまま、あちこちで漂って堰《せき》をつくっている木切れを拾い集め、それを燃やして冷えたからだを温めるしかなかった。その最中にも襲ってくる大きい揺れに怯えるのだ。

六月に入ると、帝の介護疲れと心労で母后穏子が不予《ふよ》になった。梅雨の時期とはいえ、連日、地面を叩《たた》きつける豪雨がつづき、地震もやまない。

夏の間も地震は断続的につづいた。いつになったら落ちついて眠れるのか。もとの暮らしにもどれるのか。猛暑と日照り、すさまじい豪雨がくりかえし襲い、そのたびに京内は洪水と渇水《かっすい》に苦しめられる。木桶に雨水を溜めておくと蚊が大量発生し、蚊柱が人や家畜に襲いかかる。食べものはたちまち饐《す》え、蠅《はえ》が真っ黒に集《たか》って、それを食べた者たちは高熱と下痢に苦しんだあげく、どす黒い枯木のような無惨な姿になって死んでいくのである。

不安にかられた民たちがすがりついたのは、怪しげな新興宗教だった。

秋、前代未聞《みもん》の事件が起こった。石清水八幡宮の僧俗数千人が大挙して山科《やましな》の小寺を襲撃し、一人の尼を捕えた。尼は石清水八幡の大菩薩《だいぼさつ》像の分身と称する像を奉《たてまつ》って新宮と称し、これに結縁《けちえん》すればあらゆる災厄を免れ、不思議な霊験を得られるといいふらし、大地震以来、門前市をなす賑《にぎ》わいになっていた。突然、現れた一人の狂信者に、朝廷が信奉する石清水八幡宮がさんざん翻弄《ほんろう》され、強硬手段を用いて排除するしかなかったのである。

三

それから二月ほど後の十月半ば、空也は愛宕山を下り、都へまいもどった。

コーン、コーン、コーン。

ねじ曲がった左の肘《ひじ》に径五寸ほどの金鼓《こんく》を掛け、右手に細い打具を手にしている。

破れほころびた衣に包んだからだは、もともと華奢《きゃしゃ》なうえにまたひとまわり痩《や》せた。草鞋《わらじ》を履いた足も脛《すね》も埃《ほこり》にまみれ、だが細い脛にはしなやかな筋肉がついている。大きくはだけた襟元から覗く胸元は、肉がそげ落ちてごつごつと肋骨《ろっこつ》が浮き出ており、すべてが厳しい山行を物語っている。

落ちくぼんだ眼窩《がんか》に削《そ》げた頬、突き出した頬骨。目には見えぬ何かを仰ぎ見てでもいるのか、顎《あご》を突き出して虚空《こくう》を見上げ、前かがみの姿勢は錫杖《しゃくじょう》にすがってようやっと立っているようにも見える。

コーン、コーン、コーン。

金鼓を打ち鳴らしながら京内の街路を歩く空也が、辻《つじ》や裏町のそここで見たものは、ひどく異様な光景だった。

祭壇のような台が設けられ、奇妙な木像が奉られている。男女二体の対で、いずれも身体《からだ》も衣も全身毒々しいばかりに真っ赤に塗りたくられている。男神は冠をかぶって後ろに纓《えい》を垂らした官人姿、女神は小袖《こそで》をゆったりまとっている。

異様なのは男女とも下半身に男根と女陰が刻まれ、そこだけことさら目立つように彩色されているのだ。しかも性交をあらわしているのか、向かい合わせで安置されている。像の前には、酒や水の杯器が置かれ、香や花を供える者、幣帛《へいはく》を捧《ささ》げる者が押し寄せ、列をなしている。

「尋ねるが、これはなんなのか」

線香を供えて拝んでいる老婆《ろうば》に声をかけると、老婆は無遠慮に空也を眺めまわしてから、やおら嚙みつくような口調でこたえた。

「坊主《ぼうず》のくせに知らんのか。厄病《えやみ》を追い払うありがたい神さんじゃ。孫がいまにも死にそうなんじゃ。薬も食べものもない。すがれるのはここだけじゃ。頼んます、頼んます」

言いながらぼろぼろと涙をこぼし、鼻水をすすり上げて、ぼさぼさの白髪頭を祭壇にこすりつけて伏し拝むのである。

「御坊」

人垣の外にいた男が声をかけてきた。

「初めてご覧になったか。気味の悪いしろものでござろう」

逆光で顔は見えないが、富裕な商人のような風体の、黒っぽい水干《すいかん》に萎烏帽子《なええぼし》をかぶった中年の男で、供者か屈強の若者が馬の口綱を引いて控えている。

「岐神《ちまたのかみ》とか御霊《ごりょう》と呼ばれておりましてな。どこもかしこも先を競って奉る始末です」

神とも仏ともつかぬこの異様な像はひと月ほど前から現れた。子らが集まってにぎやかにしゃべり笑いさざめき、楽しげにお祭りしているところもある。地蔵盆《じぞうぼん》を思わせる光景だが、しかしこれが一体何なのか、どういういきさつで出現したのか、どこが初めともわからず、突然現れ、伝染病のように瞬《また》く間に京内いたるところに広まったというのだ。

疾病《しっぺい》や災いが侵入せぬよう、あるいは追い出すために、地域の入口や辻に道祖神《どうそじん》を祀《まつ》る風習は各地にあり、それに似ている。生殖をあらわす性器をかたどり、生殖の豊《ほう》饒《じょう》によって米や農作物の豊作を祈る風習も各地にあるが、しかし、こうまでどぎつい異様な性神を祀る風習はない。

世の中に怪異な現象が現れるのは、天変地異が起こる予兆と信じられている。大地震、洪水、飢饉《ききん》、旱魃《かんばつ》、疫病。加えて現在の大きな恐怖は、東西から呼応するかに勃《ぼっ》発《ぱつ》している兵乱である。

「さて、次は何が起こるか。朝廷《おかみ》はさぞ震えあがっておりましょうよ。陰陽博士に占わせておりますかな。せいぜい楽しませてもらうとしましょうぞ」

男は言い放つと、高らかな笑い声を残し、すばやく人垣にまぎれて姿を消した。

（何者だ？　以前どこかで会ったことがある）

そんな気がしたが、確かめるすべはなかった。

「婆《ばあ》さん、まだかいな。あとがつかえとるんじゃ」

老婆の背後に並んだ男が居丈高に言いつのり、力ずくで老婆を突き退《の》けようとするのを、

「ゆっくり拝ませてやらんか」

錫杖でさえぎって庇《かば》った。

「なんじゃと？　坊主なんぞに用はない。さっさと退きやがれ」

歯を剝きだして悪態をつき、胸倉をつかんで打ち据えようとした男は、だが、空也の目がひどく悲しげな色をたたえているのに気づいて、はっと手をとめ、まじまじと顔を覗き込んだ。

「なーむあーみーだーぶ」

空也の口から、小さなつぶやきが漏れ出た。

胸の奥から溢《あふ》れ出した吐息のような、祈りの言葉が嗚咽《おえつ》に変わる直前のような、かすかに慄《ふる》える声である。魂を慄わすようなその響きに、居合わせた者たちは顔を見合わせて静まり返った。

「なーむあーみだー」

つぶやきながら、金鼓をそっと打ち鳴らす。

コーン、コーン……。

風のそよぎにも似たかそけき音色である。決して甲高く響く音ではない。むしろ、やわらかく耳に沁《し》み入ってくる音である。

「なーむー」

コーン……。

「あーみーだー」

コーン……。

一つ打ち鳴らし、一つ唱える。

だが、群衆は気味悪げに顔をゆがませ、

「うす気味悪い坊主じゃ。とっとと去《い》ね。二度と来やがるな」

邪険に追い払おうとした。中には鉦《かね》の音に耳をすまして聞き入り、空也に向かって掌を合わせる者もいるが、ほとんどは憎悪に似た怒りと蔑《さげす》みの色を浮かべて目をそらしている。

「そやつは死神じゃ。いや、地獄の番卒じゃ」

の者。
──人を死の世界へ追いやる呪文《じゅもん》を吐き散らす、不気味な乞食《こつじき》坊主。禍々《まがまが》しい異形
突き刺すような視線を背に、空也は立ち去った。その後ろ姿に視線が注がれている
ことには気づかなかった。足下で大地がまた揺れ騒いだ。

四

五条から鴨川を渡れば、東山の清水寺へ至るまで、ゆるやかな上り坂がつづく。
そのなかほど、六道《ろくどう》の辻《つじ》と呼ばれているところがある。鳥辺野《とりべの》の入口だから、この
世と冥界《めいかい》との境とされている。死者はそれぞれ生前になした業《ごう》によって、地獄道・餓
鬼道・畜生道・修羅道・人間道・天道の六つの世界、六道へ輪廻《りんね》転生する。
六道の辻から少し上がったところに小さな堂があり、小野 篁《おののたかむら》が冥界へ通ったとい
う伝説の井戸がある。篁は夜な夜な冥界で閻魔《えんま》大王の補佐をしたという。文武に秀《ひい》で
た官人だったが、遣唐副使に選ばれたのに渡航を拒否。時の嵯峨《さが》帝の治政を批判して
隠岐《おき》へ流罪《るざい》になり、その後赦《ゆる》されて参議にまで昇ったが、その不羈《ふき》の性を世人は野狂
と憎んだ。

そろそろ日が暮れる。真冬の乾風が地を這《は》って吹き抜け、あたり一面生い繁《しげ》る枯れ草をざわめかせている。枯れ草の合間から、野ざらしの髑髏《どくろ》がぽっかり空いた眼窩《がんか》でじっと虚空を睨んでいるはずだ。うかつに足で踏めば、ザクッ、と音を立てて崩れる。南無阿弥陀仏。小声で唱えながら、骨を踏まぬよう慎重に歩いていた空也は、ふと足をとめた。

人の気配がある。こんな黄昏《たそがれ》どきに、このあたりをうろつく者があるとは思えぬが。

――魔か、悪鬼。

気のせいか、なまぐさい風が漂っている。周囲を見まわすと、辻から半町ほど離れたあたり、二、三本の雑木が枝を鳴らしている根元に、うずくまる人影があった。

人影は二つ、黒い僧体の男と横たわる白っぽい衣の女、いや、少し離れたところに、子供とおぼしきちいさい影がもう一つ。

こんなところで何をしているのか。目を凝らして見つめると、男がしきりに手を動かしている。なにかはわからぬがただならぬ気配だ。そろそろと近づいていった。

男はぼろぼろの僧衣をまとい、脛を剝きだしにして、草履を引っかけている。頭髪が伸びかけているところを見ると、自分とおなじような乞食僧か、かたちだけの偽《にせ》坊主か。いずれにせよ正式な僧ではない。六十がらみで痩せて骨ばった背を丸めて屈《かが》み込み、女の身体に向かって何やらしきりに手を動かしている。

女は粗末な帷子《かたびら》一枚の姿で、三十がらみか、まだそれほど年をとっているわけではなさそうなのに、頬も首筋も、袖と裾《すそ》から突き出た手足も、骨と皮ばかりに瘦せ衰え、皮膚の色は薄闇《うすやみ》にもわかるほど灰色をおびている。どうみても死骸《しがい》だ。

破棄された骸《むくろ》から衣服を剝《は》ぎ取っているのだと思った。身ぐるみ、下着まで剝ぎ、その上、若い女だと骸を犯すやからもいる。

声をかけようとして、おもわず息を吞《の》んだ。

男は女の頭髪を丁寧に抜き取っているのだった。膝《ひざ》と片手で女の頭を押さえつけ、片方の手で女の髪を掻き分り、細い束にして手指にしっかと絡《から》め、力を込めて引きむしる。

その度に女の骸はまるで生きているかのように首をもたげ、ぐらりと傾いて落ちる。

「おい、なにゆえかような無体を」

空也はきつい声でとがめたが、男はたじろぐ様子もなくふてぶてしく鼻で嘲《わら》い、手を休めずつづけながら応《こた》えた。

「無体なものか。わしはこの女に頼まれたのじゃ」

「頼まれただと？」

「そうともよ。この哀れな女の、この世で最後の頼みじゃ。自分が死んでも、ここまで運んでくれる身寄りも、人に頼む銭もない。家財も衣類も売れるものはすべて、とうに売り払うてしもうた。あるのはこの髪の毛だけだ。黒々とたっぷりしているのが自慢で、これだけは売らぬと大事にしてきたが、もはや無用。こんなにやつれて艶《つや》も無《の》うなってしもうたが、それでも髢屋《かもじ》に売れば多少の銭になりましょう、だからそれで、と手を合わせて頼まれたのじゃ」

京内から死骸を野棄《のずて》の場所まで運び、怪しげな経文を唱えて銭金をもらう弔い坊主がいる。都ができた最初の頃は、鴨川や桂川の河川敷に棄ててすませており、川原はどこも白骨と骸が散乱していたが、死穢《しえ》をことさら厭《いと》うようになった近年は、それよりさらに遠くにまで運ぶようになった。東山の鳥辺野、大谷、西は嵯峨野、その奥の化野《あだしの》、南は羅城門外の鳥羽道、どこでも荷車に菰包《こもづつ》みの骸を乗せた野辺送りの列を見かけぬ日はない。

だが、疫病が蔓延しているときには、親族や家人でさえ感染を恐れて運びたがらず、弔い坊主が銭で請け負うのである。まして身寄りのない者は、生前に金品を渡して頼んでおくしかないのだ。この女がなんで死んだのかはわからないが、これほどひどく痩せ衰えているところをみると、よほど貧しかったのだろうと察しはつく。男の言葉はまんざら嘘《うそ》ではあるまい。

「死ぬ間際《まぎわ》に打ち明けられたが、哀れな女じゃよ。さる貴家の下端女房をやっておったが、伯耆《ほうき》あたりから出てきて家人《けにん》になった男と懇《ねんご》ろになった。物置小屋や家人溜《だま》りで人目をしのんで乳繰り合い、しかし、どういうわけがあったか、男は国へ帰ってしまった。その後、身籠《みごも》っているのに気づいたってわけよ。おさだまりの話さ」

「あの子が？」

二丈（六メートル）ほど離れたところにいる子をふり返った。垢《あか》じみた薄衣を寒そうに纏《まと》っている。五つか六つほどの小柄で痩せこけた男の子だ。からだを埋めるように枯れた草むらにしゃがみ込み、呆《ほう》けた顔でこちらを見ている。話を聞いているふうでもなく、とうに泣き枯らしたか、その頬に涙の筋もない。

「ついてくるなと言うたに、どうにも離れようらん。愚かな女さ。ひり出してすぐ、塗れ紙を鼻と口に押し当てて間引いちまえばいいもんを、後生大事に育てたんだとよ。まさか男がもどってくると信じていたわけではあるまいに」

女はどんな思いで身の上話を話して聞かせたのか。せめて誰かに聞いてほしかったのか。

「あのあばら家にひとり残されたんでは、早晩、飢え死にじゃ。むごい母親よ。どうせなら、あの世へ一緒に連れて行けばよいものを。それぱっかりは、わしとて請け合うわけにはいかぬ」

仮にも坊主、いや、なりだけの似非《えせ》坊主だが、それでも殺生《せっしょう》はできぬ、と男は殊勝なおももちでしきりにかぶりをふった。

「この世に生まれて最後に残したのが、赤茶けた髪の毛と、瘦せこけた餓鬼一匹。人間なんざみじめなもんよ。いんや、この女に限らぬ。あの餓鬼にしたって、このわしとて、似たようなもんじゃ。みじめに生きて、みじめに死ぬ。それしかねえのじゃ」

独り言《ご》ちると、髪を引き抜きながら口の中で唱え始めた。

「なんまいだー。なんまいだー」

それがどう死者の供養《くよう》になるのか、この弔い坊主はわかっていないであろう。ただの口真似《くちまね》、見よう見真似の念仏にすぎない。阿弥陀の浄土も信じてはおるまい。それでも、この男が死んだ女を哀れみ悼《いた》んでいることだけは伝わってきた。

「のう、次は人間なんぞに生まれてくるなよ。犬か鳥に生まれるがいい。そうせい。のう、そうせいよ。のう、のう、のう」

力まかせに引き抜きながら、女に向かって幾度もつぶやくのである。それはまるで励ましの言葉のようで、骸もその度にうなずいているように見える。

空也は溜息をつき、立ち去ろうと歩きだした。あたりはますます薄暗く、もののかたちもおぼろげにしか見えなくなっている。ふり返れば、西の空を寂しげに染めていた残照は灰黄色に変わり、愛宕の山の稜線《りょうせん》を黒くくっきりと浮かび上がらせている。女はもう西方浄土へ行けたか。

枯れ草を踏みしだく足音が追いすがってくると、子供の声が呼びとめた。

「坊さま」

「どうした」

ふり返って聞いた。

「教えてくれろ。どうやったら死ねるか、おらに教えてくれろ」

歯の間から絞り出すような軋《きし》んだ声音だ。話を聞いていたのか、子供は滂沱《ぼうだ》の涙を流していた。最後の残照がその両頰を光らせている。

「わしも、母《かか》が行ったところへ行く。犬でも、鳥でもいい。また母《かか》の子に生まれるんじゃ」

「それはな」

——無理なことだ。

言いかけた言葉を呑み込んだ。いまのこの子に何をどう言えば伝わるか。

「ついてこい。死にかたを教えてやろう」

言い捨てて、歩き出した。子供は袖でぐいと頬を拭《ぬぐ》ってついてきた。

清水寺へ伴って顔なじみの堂守に事情を話し、腹いっぱい食べさせて厨《くりや》の片隅で寝かせてやってくれるよう頼んだ。

「この子を預かってもらいたい。掃除でも薪割《まきわ》りでも水汲《みずく》みでも、なんなりとこき使って、そのかわり、腹いっぱい食わせてやってくれ」

「それはようございますが、いずれ出家させるので？」

人のいい堂守は怪訝《けげん》なおももちで尋ねたが、空也は笑ってかぶりを振った。

「それは、あの子が自分で決める」

「では、逃げ出してもかまわぬと？」

「ああ、厨の竈《かまど》の火に温められて灰まみれで眠れば、生きたい気持が湧《わ》いてくる。飛び出してひとりで生きようというなら、それでもいい」

「地震と洪水以来、孤児が増えました。それをかき集めて奥州あたりへ連れて行き、奴隷《どれい》に売り飛ばす人買いが横行しておるそうで」

奥州には金鉱があり、砂金が採れる。奥州馬を運んできた商人たちが、帰りに孤児を連れて行くのである。縄で数珠《じゅず》繋《つな》ぎにされた子供の列が通らぬ日はないのだと、堂守は溜息をついた。西国の塩田へ売り飛ばされる子供も少なくない。まだ骨も固まらぬ童《わらわ》がいつ果てるともなく重労働を強いられ、弱ればぼろ屑《くず》のように捨てられて死んでいくのである。

「坂東も西国も、兵乱がますますひどくなっておるとか。子らも雑兵にされるでしょう。馬や牛より値打ちのない使い捨てにされ、苦しむだけ苦しんだあげくに殺される。いっそ早く死ぬほうがましという気にもなるでしょうな」

堂守はまた重い溜息をつき、

「いよいよ末法《まっぽう》の世が近くなったということなのでしょうか。これから先、釣瓶《つるべ》落《お》としに悪くなっていくばかりかと思うと」

顔をゆがめて肩を震わせた。

仏法が正しく伝えられ、人々はそれによって悟りを得て救われる正法《しょうぼう》の世は、釈迦《しゃか》入滅から千年。その後の千年は、仏法は伝わっていてもそれを信じておこないを正し、修行する者が次第に少なくなっていく像法《ぞうぼう》の世。そして、それが終わると末法の世。仏法が廃《すた》れ、人の心が荒廃する世の中である。経典によっては、正法千年・像法五百年ということもあるが、日本ではいまは像法の世とされており、あと百年足らずで末法の世に入ると怖《おそ》れられている。

「それというのも、世の仏法者たちが学問や、朝廷と貴家のための加持祈禱《きとう》に安住しているだけだからだ。律令《りつりょう》時代のまま、いまだに唯々《いい》諾々《だくだく》と僧位をもらい、民の上に傲然《ごうぜん》と居座っている。いまや学問すらろくに修めず、特権を貪《むさぼ》るだけではないか」

悦良《えつりょう》のことが脳裏をよぎった。内側から変えていくと燃えていた悦良は阻《はば》まれ、うとまれて、会津の雪の中で死んでいった。純粋な者ほど追い詰められ、無力感にさいなまれて力尽きる。

「民を置き去りにすれば、仏法は廃れる。無用の長物にすぎぬ。末法の世は自明の理だ。仏法者たちが権力の飼い犬に堕し、おのれのことしか考えておらぬがために、自らその道へつき進んでいるとしか、わたしには思えぬ」

いつになくきびしい口調できめつけながら、空也は京内のいたるところで目撃した岐神《ちまたのかみ》のことを思い出していた。得体《えたい》の知れぬ性神が出現し、人々は群がり、熱狂している。石清水八幡の新宮の霊験を騙った尼の事件にしても、民衆はすがりつく対象を求めているのだ。仏法は民を救う力もすべもないのである。

「わたしはそのために帰ってきたのだが」

民を救うすべを求め、そのための力を蓄えんと、愛宕山で厳しい修行にうち込んだ。やっと山を下りて帰ってきてみれば、想像以上に人々の心は荒れはてている。

五

「おい、乞食坊主、またいやがったな」

東市の市門近く、空《あ》き店《だな》の軒先に菰《こも》を掛けめぐらして風除《かぜよ》けにし、地べたに坐《ざ》して瞑想《めいそう》していると、いきなり罵声《ばせい》を浴びせかけられた。

市司の衛士《えじ》の見廻りだ。

「何度追い出しても、性懲《しょうこ》りなくもどってきやがる。しつこいやつめ。とっとと去れ。去らぬと今度こそ検非違使《けびいし》に引き渡すぞ」

「それほど獄に入りたいか。獄はすぐそこだ。いっそいますぐぶち込んでやるか」

市は市司が管理し、市見世《みせ》を営む者は毎年戸籍に登録して地代を納めるきまりである。許可なく居すわれば検非違使に捕えられ、市内にある獄舎送りになる。

「どうせこやつも、坊主のなりで盗みをはたらく輩《やから》じゃろう。先般捕えた群れの一味やもしれぬ」

いまにも霙《みぞれ》になりそうな湿った寒風が吹きすさんでいる。どの顔も萎烏帽子から頭髪がそそけだち、目を赤く濁らせて殺気立っている。

「よし、ひっくくってくれよう。立て、立て」

「いんや、獄は盗人どもで満杯じゃ。叩きのめして鴨川へ流してくれようぞ。手間が省ける」

空也の襟首《えりくび》を摑《つか》んで引きずり立たせ、布施《ふせ》の麦の入った木椀《もくわん》を蹴散《けち》らすと、菰を引きむしった。

「あいや、お見逃しを」

見かねて隣の麻布を商う見世の男が駆け寄ってきて、

「この御坊は小声で念仏を唱えるだけで、悪さはいたしませぬ」

空也を庇い、衛士の一人にそっと小銭を握らせた。

「ふうむ。こやつが噂《うわさ》の念仏聖《ねんぶつひじり》か」

「みだりに財福を説いて人を惑わしたり、災厄を叫んで恐怖心を煽《あお》りたてるようなことは、一切ありませぬ。それどころか、布施された食べものをすべて、貧者に与えておりまして」

地べたに散らばった麦を這いずって一粒一粒拾い集めている空也を、目で示してみせた。

「飢饉つづきで浮浪者が増えておりますゆえ、それでかろうじて飢え死にを免れている者たちもおりますので」

暗に官の無策をほのめかし、自分も一緒に拾い始めると、不安げに見守っていた他の見世の者たちも集まってきて、無言で拾い始めた。

その姿に衛士たちは気圧《けお》され、顔をひきつらせて引き下がっていった。

「すまぬ。市司に目をつけられては商いがやりにくうなるな」

空也が麦粒に息を吹きかけて塵《ちり》を払いながら詫《わ》びると、

「なんの、あの連中とはとうに慣れ合い。こちとらが律儀《りちぎ》に地代を払うおかげでなりたっておるのです。それにしても、このところめっきり空見世が増えたのは、闇商いのせいで」

皆、いっせいに重い溜息をついた。東西の市は官立だから価格と品質の統制がとられているが、昨今の飢饉で食糧が不足し、市に品が入りにくくなっている。市の外の闇商いが急増し、裕福な家は高くてもそちらから買い、貧者は飢えている。

「御厨《みくりや》の農民は年貢《ねんぐ》分を横流しし、荘園の地頭もそれで私腹を肥やしておる始末」

「それを高値で買い取り、手広く売りさばく闇商人がおるのです」

「わしも聞いたぞ。たしか銀屋の猪熊とかいうやつじゃと」

「猪熊？」

おもわず訊《き》き返した。

「どんな男か、知っておるかね？」

「いえ、どこの誰やら正体のわからぬ男で、自分はおもてに出ず、手下どもに諸国で買いつけさせておるようで」

「銀屋は西国の海賊とも手を結んで略奪させとるというぞ」

市人らは顔を見合わせ、引きむしられた菰を吊《つる》し直してくれた。

「冷えましょう、せめてこれをお使いになって」

ひとりの女が筵《むしろ》を差し出し、坐《すわ》る場所に敷いてくれた。

「皆に世話をかけるな。ありがたくいただく」

空也は掌《て》を合わせて頭《こうべ》を垂れた。

東市で乞食《こつじき》するようになってほぼ一年。最初は邪険に追い払われた。念仏なんざ縁起でもねえ。けがらわしい死穢《しえ》を持ちこむな。客が寄りつかなくなったらどうしてくれる。二度と来やがるな。そう罵《ののし》られ、汚水を浴びせかけられた。

「そうではない。念仏は生者のためのものだ。観世音菩薩がこの世の苦しみを取り去ってくださり、死んでも阿弥陀仏が浄土に迎え入れてくださる。ただ、観世音菩薩と阿弥陀仏の慈悲にすがればよいのだ」

「まやかしをほざくな。坊主に加持祈禱を頼める貴家はいいが、わしら貧しい下民には関係ない話だ」

「加持祈禱で救われるのではない。心から仏の御名を呼んで願うだけで、どんな者にでも救いの手をさし伸べてくださる。南無阿弥陀仏というのは、阿弥陀仏よ、あなたさまにおすがりします、という叫び声なのだよ」

「どんな者にでもじゃと？　盗みや人殺しをした者でもか？」

「そうだ。非を悔いて、ひたすら仏の慈悲にすがればよいのだ」

「ほう、それはまた、ずいぶんと虫のいい話だ。そんな嘘っぱち、誰が信じるかー　とっとと行きやがれ」

何度追い払われても市の通路を歩きまわって乞食し、辻に立って念仏を唱えた。

コーン、コーン、コーン。

そっと金鼓を打ち、南無阿弥陀仏とつぶやく。それ以外は何も言わず、説法もしない。ただ、そこに居る。土砂降りの雨の日も、店の板壁が吹き飛ぶような嵐《あらし》の日も、ひたすら立ちつづけた。足首まで雪に埋め、感覚のなくなった手指を合わせて唱えつづけた。

やがて、人々はその静かな姿に馴《な》れた。

「妙な聖だ。あんなに薄汚れてみすぼらしい姿なのに、なにやら高貴なお方のように見えるじゃないか」

「何者じゃろうか。なにやらこの世の人ではないような」

「しんと静まりかえっておられるよのう」

しきりに不思議がり、自然と掌を合わせるようになった。

空也自身、市の雑踏の中に身を置き、物売りの声や荷車の車輪の軋みや、牛馬の荒い息遣いや、喧嘩《けんか》のわめき声や子供の泣き叫ぶ声、けたたましい女の笑い声が渦巻きたち昇る喧騒を、不思議と静謐《せいひつ》なものと感じている。

愛宕山で行《ぎょう》に専念していた頃、次第に周囲に行者たちが集まってくるようになり、弟子にしてくれと請《こ》う者も少なくなかった。わたしはただの沙弥《しゃみ》だ。教えることなど何もない。そう断ってもそばを離れようとしないので、やむなく同宿として共に行をしていた。

ところが人数が増えるにつれ、その者たちの中で諍《いさか》いや好悪《こうお》による反目が生じて、空也を悩ませた。人が集まればつきものと溜息をつきながら、なにより、空也自身、いつしか彼らをどう導くかに日々、心を砕き、それが焦燥になって重くのしかかるようになった。静かな山中なのに、俗世そのもののわずらわしさに心乱されるようになってしまったのだ。それと比べれば、市の喧騒のほうがかえって静謐で、心おだやかにいられる。

だが、都内はいまや騒然としている。

「阿波《あわ》、讃岐《さぬき》、淡路、周防《すおう》、九州以外の西国はことごとく純友の兵に乗っ取られた」

「やつらはすでにこの京まで入り込んでいるというぞ。昨夜の火事も一味の付け火じゃと」

「西ばかりではない。東国では常陸《ひたち》国府が将門に焼かれて乗っ取られた。将門の軍勢はすでに信濃にまで攻め上ってきているそうじゃ」

「将門と純友は気脈を通じて兵を挙げたらしい。東と西から同時に攻め寄せる。はさみ撃ちだ」

「お上は何をしとるんや。まさか、自分らだけ都を捨てて逃げようというのではあるまいな」

民たちは疑心暗鬼の視線を交わし、どうやって難を逃れるか、それればかりに必死になっている。

岐神《ちまたのかみ》の祭壇はどこもあいもかわらずすがりつくように伏し拝む人々でごった返し、供物が山積みになっている。そのくせ、夜中になると誰のしわざか、さんざんに踏み荒らされ、けばけばしい神像は地べたに転がされている。

恐怖が興奮を呼び、興奮が絶望を生む。うつろな目で一日中地べたにすわりこんでいる男や女のかたわらで、幼い子らが空腹に泣き叫ぶ光景がいまの日常なのだ。その狂騒を嘲笑《あざわら》うかに略奪が横行し、都中の治安は乱れ切っている。

六

藤原実頼が迎えの牛車を寄こしたのは、天慶二年も残り数日となった十二月末。

「是が非でもお越しを。国家存亡の危機に瀕《ひん》しておりますれば、伏してのお頼みにございまする」

切羽詰まった文《ふみ》を見れば、東西で同時に勃発している兵乱のことと容易に察しがついた。

朝廷ではすでに五月から諸国の名だたる神社に使者を遣わし、幣帛《へいはく》を捧げて鎮定を祈願し、南都と京の寺々でも三日間にわたって一斉に仁王経読誦《にんのうきょうどくじゅ》をおこなった。

比叡山では座主《ざす》の尊意《そんい》が十人の阿闍梨《あじゃり》を率いて将門調伏《ちょうぶく》の降魔邪悪滅の秘法を修《しゅ》した。不動明王を中心に、降三世《ごうざんぜ》・軍荼利《ぐんだり》・大威徳・金剛夜叉《やしゃ》の忿怒尊《ふんぬそん》を四方に配し、三角形の護摩壇の火に怨敵《おんてき》や悪魔の名を記した形代《かたしろ》を投じて調伏する密教秘法である。

四年前、将門が伯父の国香を攻め滅ぼし、承和寺を焼き払って乱の前哨《ぜんしょう》となったひと月後、奇《く》しくも比叡山では最澄創建の根本中堂はじめ東塔の諸堂が焼亡する悲劇に見舞われた。原因は東国とは無関係の失火だったのに、いまやそれも将門のせいになり、仏敵とののしって憎悪を募らせている。

畿内のおもだった神社でも、将門の名を記した形代を棘《いばら》の木の下に吊り下げて呪詛《じゅそ》をおこない、また、呪文を唱えながら丈三、四寸ほどの藁《わら》と鉄の人形各々《おのおの》四十九体を鉄刀で三つに断ち切り、川中に投げ入れる呪法もおこなっている。神仏あげて将門呪殺に躍起なのだ。

「実を申しますと、帝《みかど》はさらに寛朝《かんちょう》さまを下総へ下らせました」

寛朝は宇多法皇の孫で、空也には十三歳年下の従弟《いとこ》にあたる。空也が出奔した後、法皇のもとで出家して真言僧になり、美声で声明《しょうみょう》を得意としている。醍醐《だいご》父帝の崩御で内裏に駆けつけたときに顔を合わせたが、たがいに声をかけることもなく、そ知らぬふりで別れた。その寛朝が帝の密勅により、高雄山神護寺《たかおさんじんごじ》護摩堂の本尊で弘法大師作と伝わる不動明王を奉じて下総の公津原《こうづがはら》へ下り、将門調伏の護摩行をおこなっているというのだ。

「帝は、あなたさまにも加持祈禱をしていただきたいと仰《おお》せになっておられます」

実頼はそのために来ていただいたのだと、空也の顔色をうかがいながら切り出した。

「断る」

空也は激しい口調で切り捨てた。

「わたしはただの念仏聖、ただの沙弥だ。第一、真言僧ではない。加持祈禱はせぬ」

「しかしながら」

実頼は執拗《しつよう》にくいさがった。

「あなたさまは将門をご存知。あやつがいかに傲慢《ごうまん》で粗暴な手合いか、ようおわかりのはず」

「それをいえば、おまえもあれがどういう男か、ようわかっておろう。たしかに傲慢で粗暴だが、あくどい男ではない。いささか侠気《きょうき》が過ぎるところはあるがな」

その強烈な個性に辟易《へきえき》させられたが、その一方で惹《ひ》きつけられたのも事実だ。強引な言動も、いまになれば愛すべき無邪気とも思える。

だが、実頼は片頰をひくつかせて吐き捨てた。

「いや、だからこそ始末が悪いのです。その侠気を慕って集まり寄る輩が煽《あお》りたてるせいで、天下を傾ける大事を企《たくら》むに至っておるのです」

「天下を傾けるだと？　はて、どういうことだ？」

坂東の戦闘は、いってみれば身内同士の領地争いだ。骨肉の争いの常で陰惨さが増しているが、しかし、天下国家がどうのというような類《たぐ》いのものではなかった。

「実は、つい先日、あやつめ、わが父のもとへかような上奏文を送りつけてまいりました」

実頼は文箱《ふばこ》から分厚い奉書を取り出し、空也の前にさし出すと、憎々しげに顔をゆがめた。

「あやつめ、こともあろうに、自ら新皇《しんのう》と名乗っております」

「新皇だと？」

「追放されて帰京した上野介《こうずけのすけ》が言うには、将門が国府の門を固めて国庁を占拠したところへ、一人の巫女《みこ》が現れ、われは宇佐八幡大菩薩《だいぼさつ》の使いなりと口走って神託を述べたてたというのです」

――朕《ちん》の位を蔭子《おんし》平将門に授け奉《たてまつ》る。その位記《いき》は左大臣正二位菅原朝臣《あそん》が述べる。右八幡大菩薩、八万の軍を起して朕の位を授け奉らん。今、三十二相の音楽を奏し、早く迎へ奉るべし。

「巫女がおごそかに位記を将門に授け、将門が頭上にうやうやしく捧《ささ》げ持って礼拝すると、四門を固めていた軍兵どもが総立ちになって歓声をあげ、数千の者たちがいっせいに跪《ひざまず》いて伏し拝んだそうで。その巫女とやらはおそらく酒宴にはべる娼妓《しょうぎ》あたりでありましょうが、しかし、位記まで用意してあったからには、あやしげな娼妓風情《ふぜい》が即興でやれるものではございませぬ」

「なるほど、手の込んだ茶番劇だな。おそらく将門自身の思いつきではあるまい。誰ぞ仕組んだ者がいるのであろう」

人心を操ることに精通した者が将門の周囲にいるということか。空也は増円の顔を思い出していた。将門に強い憎悪を抱き、獅子《しし》身中の虫になってやるのだと執拗にまとわりついていたが、まさかあの男が……。

「そもそも位記は、帝が臣に位階を授ける際に与えるもの。仏菩薩が帝位を授けるなど笑止千万」

「さて、それはどうかな」

空也はうっそりと笑った。

「と、おっしゃいますと？」

「いや、いまふと、法華経《ほけきょう》を思い出したのだよ」

「法華経ですと？」

「法華経の五百弟子受記品に、釈迦如来が高弟たちに、おまえたちはいずれ未来世でさとりを開いて仏になれる、と予言する場面がある。弟子たちは躍《おど》りあがって歓喜し、仏の前に跪《ひざまず》いて拝した。それにそっくりではないか」

「というと、仕組んだのは経典に精通した僧侶《そうりょ》だと？」

「いや、なんとなくそう思っただけだ。それより……」

空也は唇を嚙《か》みしめて黙り込んだ。またしても道真だ。将門が道真に心酔していることを熟知している者が巧みに利用したのだ。坂東の地でも道真の怨霊《おんりょう》は怖れられている。その最強の怨霊が守護すれば、将門は最強の男になる。将門自身そう信じ込んだのか。いまやおのれを正当化する手立てにするようになっているのか。

「将門め、新皇僭称《せんしょう》にとどまらず、さっそく諸国の除目《じもく》を発したそうで」

官職叙任である除目は朝廷が奏上し、帝が直々に任命する定めである。それを将門は新皇の特権とばかり、弟らや側近たちを下野・上野・常陸・上総・安房・相模・下総・伊豆の八ヶ国の守《かみ》や介《すけ》に任命したというのだ。

「それはまた、えらく気張りよったな」

将門の得意げな顔を思い浮かべておもわずちいさく笑った空也を、実頼は恨めしげに咎《とが》めた。

「笑いごとではございませぬ。あやつめ、京にならって壮大な王城を築くとぶち上げたそうで」

「ほう、豊田にか？」

「なんでもその地の東方に大きな湖沼があるそうで、それを琵琶湖に見立てて、筑波山を比叡山に模すというのですから、気違いじみております」

「そうか……。たしか鳥羽の淡海《おうみ》といった」

空也の脳裏に豊田郷の風景が鮮やかによみがえった。のびやかに広がる平野、点在する大小の湖沼、うねりながら流れる川、筑波山の雄々しい姿。大地を覆《おお》う緑の光のきらめき、田畑や牧を吹き渡る風の音や、けたたましいヨシキリの鳴き声。

将門はその大地に新しい都城を築き、自分たちの王国を築こうとしている。都の支配を受けることのない自分たちの国だ。

「あの男らしいな。子供じみているが本気なのだ。そういう男なのだ」

「まるで同調なさっておられるように聞こえます」

「そうではない。だが、ただの絵空事ではない。現にあの男は坂東を制圧しておるのだからな。それに、上奏文をみれば、帝にとって代わろうと考えているわけではなさそうだ。日本の半分、東国を支配したい、その権利を認めてくれと言っているだけではないか」

「何を仰せです。そんな非道がどうして認められましょうや。われら廟堂《びょうどう》もけっして手をこまぬいておるわけではございませぬ」

太政大臣忠平や実頼は連日、協議を重ね、信濃国に勅令を発して軍兵を徴発。将門軍をくいとめる体制を整えるとともに、逢坂《おうさか》・不破《ふわ》・鈴鹿の三関を封鎖、東海道・東山道の諸国に要害を固めさせた。

昨夜も武蔵守が逃げ帰ってきたので、真夜中にもかかわらず殿上に呼びつけ、状況を説明させた。それによれば、武蔵権守《ごんのかみ》の興世《おきよ》王《おう》と常陸掾《じょう》の藤原玄明《はるあき》なる連中が謀《む》叛《ほん》の黒幕で、しきりに将門をけしかけているという。興世王は出自こそ皇裔《こうえい》だが祖父の代に武蔵に下り、官職は名目だけのごろつき同然の輩。玄明も官物横領を糾弾されて将門に保護を求めた男だというのである。

（そういう手合いが奉り上げて挙兵させたとしても、しょせんは烏《う》合《ごう》の衆にすぎぬ。それよりも……）

不気味なのは増円の存在だ。そう思えてならなかったが、口には出さなかった。

七

緊迫の中、天慶三年が明けた。朝廷は元旦《がんたん》早々、東海道・東山道に追捕使《ついぶし》を任じ、三日には宮城を襲撃される事態に備えて各門に矢倉を築き、十二日から兵士を配備して防禦《ぼうぎょ》を固めたが、正式に討伐の官符を発したのはその前日の十一日で、討伐軍の編成が決まったのは十九日、ようやく軍勢が京を出発したのは、月も越えた二月八日になってからだった。

すでに一月二十二日頃から「将門軍入京」の噂が都中を駆けまわっていたにもかかわらず、これほど後手後手にまわってしまったのは、征東大将軍の人事が難航したためだった。最初は参議藤原元方《もとかた》を任命しようとしたが、元方は自分だけ責任を押しつけられるのは承服できぬと忠平の子息の誰か一人を副将軍にするよう要求し、さんざん紛糾したあげく、やっと参議藤原忠文《ただふみ》の登用が決まったのである。

「こんなに遅れたのは太政大臣家のせいだ。子息の誰ひとり、進んで自分が行くと申し出る人はおらなんだのだからな。兄弟同士、腹を探り合い、自分のことしか考えておらぬのよ」

長子の実頼はじめ師輔《もろすけ》、師氏《もろうじ》、師尹《もろただ》の兄弟に非難が集まった。ことに師氏は二十八歳で、従四位下《じゅしいげ》左近衛少将《さこんえのしょうしょう》、眉目《びもく》秀麗なうえに闊達《かったつ》な気質で人望があり、武勇にも優れている。それを見込んだ帝の御意によって彼に決まりかけたのに、こともあろうに行方をくらませてしまったのだった。

実をいえば、そのとき師氏は、愛宕山にいた空也のもとに駆け込んできていたのである。

「どうか、お匿《かくま》いくださりませ。どうか、どうか」

師氏は平素の快活な様子は見る影もなく、真っ青な顔で唇をわななかせて懇願した。人目につかず隠れていられるところはここしか思いつかなかった。都中の者が自分を見つけ出して突き出そうとしているように思え、生きた心地がしなかった。

「空也さまのことは長兄から聞いておりました。市におられなければここにおられると。後先考える余裕もなく、無我夢中で逃げ込んでまいりました」

夜陰に乗じて清滝まで馬を飛ばし、炭焼小屋で空が白むのを待って、雪の山道を迷いながら登ってきたというのだ。太政大臣家の御曹司が従者も連れず、単身逃げ込んできたのはよほどのことだと空也は察した。

空也より十歳年下の師氏は師輔の同母弟で、空也が出奔した頃にはまだ六歳の子供だったから、一、二度、顔を合わせたことがある程度である。師輔から異母兄の実頼がいまでも空也と親交があるらしいと聞かされたが、そんな廃《すた》れ皇子とつきあう気がしれぬと小馬鹿《こばか》にしていた。

それなのに、空也なら頼れる。なぜかそう思った。師氏は肩を震わせながらそう語った。

「出家する気でいらしたのか」

空也が真正面から師氏の目を凝視して尋ねた。

「……なんと？」

師氏は大きく目を見張り、一瞬茫然《ぼうぜん》としたが、やおら激しくかぶりを振って声をしぼり出した。

「いやにござります。俗世にいとうござる。この世の楽しみ喜びを心ゆくまで味わいとうござる。妻子もおります。子らはまだ幼うござります。出家など、真っ平御免にござります」

はっきり拒絶しながらも、おどおどと空也の顔色を窺《うかが》っている。

「勘違いなさるな。出家が偉いのではない。出家すれば救われるのでもない。わたしはそうせよと勧めておるわけではないのだよ」

「ああ、そうでしたか」

あからさまに安堵《あんど》の吐息をついた。

「出家するのでなければ、匿えぬ、出ていけ、とおっしゃられるのかと。命が惜しゅうございます。臆病者《おくびょうもの》と誹《そし》られようが、嘲《あざけ》られようが、死にたくない。怖くてなりませぬ」

ぼろぼろと涙を流して鼻水をすすり上げる師氏に、空也はきびしい声音で問うた。

「されど、おまえさまが任を逃れれば、誰か別の者が行くことになる。その者がおまえさまのかわりに死ぬことになるやもしれぬ。それでもよいと申されるのだな」

「それは……」

「他人は死んでもかまわぬ。自分さえ助かればいい。そういうことですな」

「そんなことは……」

「いや、おまえさまの心底はそれであろう。妻や子が大事、だから死ねぬ、出家もできぬというのは、結句、自分可愛さの我欲。そう思われぬか？」

「家族を愛《いと》おしゅう思うのは我欲だと？ それはあまりなおっしゃりよう」

「それはおのれへの体裁のよい言い訳だ。おのれの心を見極めよ。おまえさまは自分のことしか考えぬ身勝手な人間だ」

空也は冷徹な声音できめつけた。

師氏は頭が床につきそうなほど深くうなだれた。

「そのとおりにござります。恥ずかしゅうござりまする」

「恥じよと言うておるのではない。おのれの本性を自覚せねばならぬと言うておるのだ。いや、おまえさまだけではない。誰でもそうだ。我欲ゆえに罪業《ざいごう》を重ねる。そのことを自覚せよ」

「では、わたしは、死んだら地獄に堕《お》ちると？」

「そう思うのなら、そうやもしれぬな」

脅すつもりはないが、おのれの罪の深さ、恐ろしさに気づくことでしか、自分自身を見つめ直すことはできない。

「なれど……」

師氏はしばし言いよどんでいたが、いきなり挑みかかる目つきを向けて言い放った。

「空也さまは、念仏を唱えれば誰でも浄土へ往生できると説いておられる。それは嘘《うそ》にござりますか。まやかしですか！」

自分の激しい言葉に興奮し、膝《ひざ》の上で握りしめた拳《こぶし》をぶるぶる震わせている。

「しかし、おまえさまは信じておらぬではないか。自分の都合のよいときだけ、助けてくれ、救ってくれとすがる。それこそ身勝手きわまりない」

空也は言い捨て、頑魯に師氏の寝床をつくって粥《かゆ》を食べさせるよう言いつけて、席を立った。

外はまた雪が降りだし、凍《い》てつく寒さだ。

「これからどうするかは、自分で決めなされ」

そのまま放っておいた。出ていけとも、ここにいてよいとも言わない。身のまわりの世話は頑魯に任せ、会って話すこともしなかった。いまはたまたま他の行者や弟子は一人もいないから、師氏は誰とも顔を合わせずにすむ。ひとりで頭を冷やして考えるには、ちょうど好都合だ。

頑魯が言うには、数日間は日がな一日、薄暗い房に閉じこもりきりで、頭を抱えて横になっているだけだったが、その後は自分から進んで薪割《まきわ》りをしてみたり、谷への水汲《みずく》みについてきたりするという。

「おかしな男だよ。おらに、おまえも念仏するのかと訊くから、そんなものはしねえとこたえたら、えらい剣幕で、空也さまのお言葉を信じておらぬのか、と怒り出しやがって」

「そうか。それで、おまえはなんと？」

笑いながら訊いた。

「何も言うもんか。馬鹿らしい。ただ、やりたくなったらやる、ほっとけ、と言ってやっただよ」

「それでいい。そのうちに出ていくであろう。放っておけ」

そう言い残し、空也自身はまた京へもどった。もしも流言ではなく本当に将門が軍勢を引き連れて入京する事態にでもなれば、兵火の渦になるのは必至だ。多大の死傷者が出る。骸《むくろ》があちこちに転がり、人や荷車がそれを踏みつけて逃げまどうことになる。せめて骸をかたづけて荼毘《だび》にふしてやり、行き場を失った者たちを京外へ避難させることができないか。

――しかし、わたし一人でどれだけのことができるか。

焦《あせ》りに駆られながら市へもどってみると、大半の市見世はすでにもぬけのからで、市人たちもまばらになっていた。市司《いちのつかさ》まで役人たちは何処《どこ》へ行ったか姿がなく、警護兵がわずかにいるだけだった。

八

「おお、空也さまじゃ、念仏聖がおもどりになられた」

顔なじみの市人たちが次々に集まってきて、空也をとり囲み、目を潤《うる》ませて手を合せた。

「皆、無事でおったか。爺《じい》さん、脚は痛まぬか？　かみさんの中風《ちゅうふう》はどんな具合だ？」

ひとりひとりに声をかけながら、人がひどく少ないのに気づいた。板戸を閉ざした見世も多い。

「他の者たちはどうした。商いをやめて去っていったのか」

「わしらも見世じまいして退去する支度をしておりました。ここで商いはもう無理。米、麦、野菜、芋、布、何もかも入らず底をつきましたし、たまに入っても市司が値を決めてくれぬことには、売ることもできませぬので」

市司は物価の暴騰《ぼうとう》を防ぐため価格や売買数量を調整し、品質管理もおこなっている。すでに役人たちが職務を放棄し、その機能が失われてしまっているというのだ。

「大きな声では言えませぬが、残った品は早いところ闇で売りさばき、南都へでも逃げるしかないと。しかし、南都も無事かどうか。西海も海賊だらけとなれば、いっそ越前《えちぜん》か丹後《たんご》あたりしかないやも」

市人らが口々に訴えるのを聞いていると、

「ほう、また来よったのか」

顔見知りの看督《かど》の男が呆《あき》れ顔で近づいてきて、大げさに顔をしかめてみせた。

「あいにくだが乞食《こつじき》はできぬぞ。なにせ人がおらぬ。それに、近いうちに市を閉ざすことになった。われらは獄舎の見張りにあたっておるが、それもいつまでか」

夜を徹して警備にあたっているのだと疲れ切った顔で嘆いた。

東西両市の一角、市門の近くにはそれぞれ罪人を収容する獄舎がある。罪人たちは市人や買物客が行き交う通りに面した牢獄《ろうごく》で、格子《こうし》越しに痩《や》せ衰え汚れきったぼろ屑のような姿をさらし、蔑《さげす》みと恐怖の入り混じった視線を投げつけられるのである。

「上人《しょうにん》さま、聖の旦那《だんな》よう」

牢格子からやせ細った垢《あか》だらけの腕がいくつも突き出ている。

「後生だ。ここから出してくれ」

罪人の一人が兵の袴《はかま》の裾《すそ》をつかみ、足にすがりついた。

「ええい、離せ！　離さぬか！」

兵たちは手にした撲杖《ぼくじょう》で罪人のからだをさんざん小突きまわし、足蹴《あしげ》にして、地べたについた手を足で踏みつけた。

「うじ虫どもめが。おとなしくせんと、もっと痛い目に遭わせるぞ」

「やめよ。もうよいではないか」

空也は兵と格子の間に割って入った。

「尋ねるが、閉鎖となったら、この者たちはどうする。まさか、獄に繋《つな》いだまま取り残すのではあるまいな」

水と食事も与えられず、餓えと渇きに苦しんだあげく、兵火に巻かれて死ぬのを待つしかないというのか。

「罪人どもを赦免《しゃめん》して市中に放てば、たちまち盗賊になるのが目に見えておる。検非違使や兵衛府《ひょうえふ》は取り締まりどころではない。いずれにせよ、わしら下官が頭を悩ますことではない。お上が裁量なさることだ」

「だったらせめて、食糧を残していってくれぬか。わたしがこの者たちの世話をする」

「聖が？　それは奇特なことじゃが、しかしすでに麦も芋も支給が途絶えておってな。残してやる余裕はないのじゃ」

さすがにうしろめたげな顔でかぶりを振ると、そそくさと姿を消した。

「見殺しにせんでくれ。のう、後生じゃ、のう、のう」

「飢え死にせよとか。牢屋ごと焼け死ねとか。あまりに無体じゃ、囚人は厠《かわや》のうじ虫以下か」

格子にとりつき、涙を迸《ほとばし》らせて叫び立てる老いた罪人の手を握り、空也はおだやかに言った。

「安心せよ。わたしがなんとしても食わせてやるから。いざとなったら、牢を破って出してやるから」

「おまえさまが？　まことか？」

まだ若いぼうぼうの髭面《ひげづら》の罪人が吠《ほ》えたてた。

「一文無しの痩せ聖にそんなことができるもんか。口から出まかせほざきやがって。そんな嘘っぱち、気休めにもならん。馬鹿にしやがって！」

真っ赤に充血した目が憎悪にぎらついている。

「わたしを信じずともよい。ただ阿弥陀仏《あみだぶつ》の慈悲を信じるのだ」

「けっ、阿弥陀仏だかなんだか知らんが、仏が罪人を救ってくれるなど、それこそ笑いぐさだ。よう聴け。わしは人を殺《あや》めた。一人ではないぞ。腹が減ってわずかばかりの飯を盗みに入ったのを、騒ぎたてて抗《あらが》いやがった。だから、親子五人皆殺しにしてやった。それでも赦《ゆる》すとか？」

「ああ、阿弥陀仏はそれでも赦してくださる。浄土へ迎え入れてくださる」

「ふざけるな！　そんな話、誰が信じるか！　信じてほしけりゃ、ほざいたとおり食いものを持ってこい。わしらをここから出してみやがれ」

「そうだな。その時が来たら、かならず」

空也はうなずき、その日から毎日欠かさず乞食に出て、得た米や芋を獄舎へ届けた。

「これだけ集めるのに、空也さまはどれだけご苦労なさったことか」

頑魯から知らされて米を持ってきてくれた草笛は、空也が集めた芋を愛しげに撫《な》でながら何度も溜息《ためいき》をついた。洛中《らくちゅう》は殺気立っており、乞食してもすげなく断られることがほとんどで、一日中歩きまわって鉢一杯がやっとという日も少なくないのだ。

「助かります。しかし、草笛どの、そなたも食べるにも事欠いておられるのではないのか？」

案じた空也だった。頼るべき夫も身寄りもない草笛は、わが身を恥じつつ春をひさいで生きているのに、震災で親を失った孤児たちを引き取って育てている。えくぼが浮かぶ明るい表情は以前のままだが、だいぶ痩せたようだし、目のまわりに陰りが見えるのも困窮のせいであろう。

「いいえ、おなごは存外しぶとうございますから、ご心配にはおよびませぬ。ただ、子らのことを考えますと、京を離れるほうが安全ではないかと、そればかり頭をかすめます。でも、逃げるあてもなく……。やはり、神仏の御加護におすがりするより、ないのでしょうか」

草笛は不安げに言い、重い吐息をついた。

諸寺社は昼夜分かたず修法と呪詛をおこなっている。それにともなって不思議な霊《れい》験《げん》が次々に起こっていると噂《うわさ》されている。そのたびに人々は、半信半疑のまま一縷《いちる》の望みを託すのである。

「ありがたや。神仏が討伐に出動なされた。これで都は無事だ」

「しかし、将門の軍勢はいまや八万以上にふくれあがっている。それが押し寄せてきたら、いかな神仏も防ぎきれるか」

だが、坂東ではその頃、思いがけない展開になっていたのを、都はまだ知る由《よし》もなかった。

下野の藤原秀郷《ひでさと》なる男が将門誅討《ちゅうとう》の兵を挙げたのである。

秀郷の祖は藤原北家《ほっけ》という名門中の名門だが、祖父の代から下野国の在地官人になり、私腹を肥やして田沼郡で豪族化した。

秀郷は将門が下野に侵攻するや、対抗するより通じるほうが得策と将門の陣に参じたものの、あくの強い者同士そりが合わず、秀郷は一転、将門の敵の平貞盛と組み、朝敵となった将門を討つべく挙兵したのだった。

天は秀郷に味方した。春の嵐《あらし》が吹きすさぶ二月十四日、両軍死にもの狂いの激闘の末、将門は流れ矢に額を打ち抜かれて即死。新皇を名乗った男の壮大な夢は一瞬で潰《つい》えたのだった。

京へその第一報が入ったのは十一日後の二月二十五日。信じかねているところへ十日後の三月五日、秀郷から正式に将門誅殺の報告がもたらされた。

その頃になると、京には各地からさまざまな奇瑞《きずい》話が伝わった。伊勢大御神《おおみかみ》が兵を差し向けて滅ぼした、東大寺羂索院《けんさくいん》の三昧《さんまい》堂では良弁《ろうべん》護持の執金剛《しゅうこんごう》神像が蜂《はち》に変化《へんげ》して将門を襲った、住吉大明神は神託を下して誅《ちゅう》した、醍醐寺では五大堂の本尊の剣がじっとり血を滲《にじ》ませた等々、競い合うかに言いたてている。中でも宇佐神宮の八幡大菩薩が白髪《はくはつ》の翁《おきな》の姿で現れ、矢を放って将門の頸《くび》を射たという話に、空也は失笑させられた。

「かの八幡大菩薩は将門に新皇の位を授けた張本人のはずではないか。もっとも、宇佐では一切与《あずか》り知らぬことだろうが。のう実頼」

師氏のことで実頼の邸《やしき》へ呼ばれ、懇談していたときのことである。

「まことに八幡大菩薩も忙しいことで。それにしても、手柄誇りにかけては、神仏も人後に落ちぬようですな。下総に下向なされた寛朝さまからも、護持なされた不動明王の霊験まことに著しくと、たいそう自慢げなご報告がございました」

実頼も苦笑しつつ、だが顔は晴れなかった。

「手柄誇りといえば、秀郷と平貞盛が将門の首を送ると申してまいりました。まあ、将門めが本当に死んだか、実際にこの目で見るまでは安心できぬところゆえ、許しはいたしましたが」

その首がいざ運ばれてきたらどうするのがいいか、頭を悩ませているというのだ。

九

五月初めの着鈦《ちゃくだ》の政《まつりごと》の日、将門の首が東市に梟《さら》された。

梟首《きょうしゅ》は遠く飛鳥時代の崇峻《すしゅん》天皇のとき、叛将《はんしょう》の遺骸《いがい》を八つ裂きにして八ヶ国に曝《さら》したと記録にあるが、律が定められてからは、死刑といえば斬刑《ざんけい》と絞刑《こうけい》だけで、梟首はなくなった。死刑そのものがすでに百年以上もおこなわれていないのである。怨霊になって祟《たた》るのを恐れるのと、死の穢《けが》れが災いをもたらすのを恐れてのことである。

それなのに、

「国を傾けた大逆賊は極刑に値いたします。ここは断固、獄門に処して見せしめとし、朝廷の威厳を示さねばなりませぬ」

強硬に主張したのは藤原師輔だった。

「しかし、律の規定に反して梟首を断行するのは、いかがなものか」

ためらう穏健派の兄実頼を鼻で笑い、

「ここで厳しい態度を見せねば、西海を荒らしまわる藤原純友らがますます増長するのが目に見えております。またぞろ京が襲われかねぬ事態を招いてもよいとおっしゃるか」

一喝し、朱雀《すざく》帝や他の太政官らは唇を青ずませて賛同したのだった。

着鈦の政は毎年五月と十二月、東西の市でおこなわれる公開処刑である。広場に仮設の幄舎《あくしゃ》を設け、衣冠束帯に威儀をただした左右の衛門佐《えもんのすけ》ら上級武官が臨席する中、未決の囚人たちを広場に引き出し、囚獄吏が鉄鎖の鈦《あしかせ》をつけて数珠《じゅず》つなぎで連行し、そのまま遠地へ送るのである。笞《むち》で打つ笞刑《ちけい》や杖《つえ》で打ちすえる杖刑《じょうけい》も見せしめにおこなわれ、見物客が殺到する。

将門の首は塩漬けにして漆塗りの桶《おけ》に収め、厳重に密閉して送られてきたとはいえ、

死亡から三ヶ月近い。季節は春の盛りから初夏も過ぎ、汗ばむ陽気が連日つづいているから、

「これはたまらぬ。ひどい臭《にお》いだ」

市司に運び入れるのもはばかられる有様に、急遽《きゅうきょ》、市門に掲げるのは取りやめにして、門外の柳の大木の幹に釘《くぎ》を打ちつけ、頭髪を縛って架《か》けることになった。

たちまち怖いもの見たさの人垣ができた。

空也は人混みに混じって、その男を見た。

(将門よ、坂東の男よ)

心の中で問いかけた。赤茶けた髪を無造作に束ね、肉厚の顔を火照《ほて》らせて、黒光りする巨大な牡馬《おうま》で草原を疾駆する男。丘に立ち、吹きすさぶ風の中で吠える男。浴びるように酒を呑《の》み、大声で笑い歌う男。妻たちや弟らや郎党や領民たち、皆から慕われ、その太い腕に包み込む男。菅原道真の非業を親族に領地を奪われた自身のそれに重ね、自分がその魂を慰め鎮《しず》めるのだと、墓の前でぼろぼろと涙を流す男。雄々しい男。純情一途な坂東の男よ。

(おまえは命を賭《か》けて、何と闘ったのだ? 何がしたかったのだ?)

将門の首は青黒い塊と化している。半開きの目は灰色に濁り、虚空《こくう》を見つめている。

だが、その顔に苦悶《くもん》の色はなく、むしろ何事か深く考え込んでいるように見える。

（将門よ、おまえは存分に生きたか？　悔いはないか？）

そのとき、不意に、将門の首がちいさく笑ったように見えたのは気のせいか。

塩まみれのそそけだった頭髪が初夏の陽射《ひざ》しを受け、風になびくたびにちかちかと光の粒をまき散らしている。そのさまがまるで仏菩薩が身から放つまばゆい光のように見えて、空也は胸を衝《つ》かれた。

「これが坂東を乗っ取った男の末路ぞ。ざまあみろ」

興奮した男たちがばらばらと小石を投げつけた。

「地獄へ堕ちやがれ！」

小石は木の幹に当たり、首にも命中した。

「やめよ。死者を冒瀆《ぼうとく》してはならぬ」

空也は人垣から飛び出すと、遮る位置に坐《ざ》した。

「阿弥陀上人。どいてくれ。怪我《けが》するぞ！」

男たちの興奮は収まらず、力いっぱい投げてくる。

そのうちの一石が空也のこめかみを直撃した。皮膚が破れ、一筋の血が頰を伝ってしたたり落ちたが、空也は微動だにせず、ひたすら「南無阿弥陀仏」と唱えつづけた。

その声はけっして大きくも激しくもなかったが、皆、気圧《けお》されて投げるのをやめた。

「この死臭を嗅《か》いでいると、穢れが鼻から身中に入ってきそうじゃ」

気味悪げに顔を見合わせ、潮が引くように散っていった。

それでも噂を聞きつけた群衆が次々に押し寄せ、人垣は途切れなくつづいている。

そのとき、一人の僧体の男がよろぼいながら人垣をかきわけて前に出てきた。

ぼろぼろの墨染衣《すみぞめのころも》を痩身《そうしん》にまとい、頭と髭はおそらくふた月は剃《そ》っていないのであろう、ぼさぼさに伸び、垢と日焼けで赤黒い顔は人相もさだかでない。

僧はなにやら奇声を発すると、よろめきながら一歩一歩、首架けの柳の木に向かって進んだ。

「下がれ！　寄ってはならぬ」

衛士《えじ》たちが長杖で押しとどめたが、必死にもがいて木にすがりつこうとしている。

「ええい、下がれというのが聞えぬか。坊主《ぼうず》とて許さぬぞ」

それでも僧は両手を差し出し、

「小次郎！　小次郎！」

軋《きし》んだしゃがれ声で叫ぶと、地べたにつっ伏し、激しく身悶《みもだ》えして号泣し始めた。

「これがおまえか。わしの小次郎か！　違う！　違う！」

その背に旅嚢《りょのう》をくくりつけているのを見て、衛士がひそひそと相談している。

「将門の縁者か残党やも知れぬ。よもや首を奪いとる気ではあるまいな。市司へしょっ引くか」

「お待ちくだされ」

空也は僧の前に立ちふさがった。

「ただの旅の僧にござりましょう。怪しい者ではござりませぬ」

「市の聖《ひじり》、それはたしかなのだな？」

ほっとした顔で念を押し、あとは遠巻きに眺めるだけにしたらしい。

「もし、御坊」

肩に手をかけ、小声で訊《き》いた。

「増円どのではないか？」

僧はびくりと身を固くし、おそるおそる顔を上げた。

まじまじと空也の顔を見つめ、はっとした顔になると激しくかぶりをふった。

「滅相もない。違いまする。人違いにござる」

「いいや、小次郎と呼びかけた。相馬小次郎、将門の幼名を知る者は、この京にはおりませぬ」

「見逃してくだされ、どうか、どうか、空也どの」

「やはりわたしを憶《おぼ》えておられましたな。お立ちなされ。ここにおってはまた怪しまれます」

空也は頑魯に目配せして二人がかりで増円を立たせると、市町の自分の小屋へ連れて行った。

「この菰《こも》掛けがわたしの観念の場。ここにいるときがいちばん静かで心落ち着けるのですよ」

笑いながら増円を地べたに直《じか》に敷いた筵《むしろ》の上に坐《すわ》らせると、頑魯が気を利《き》かせて縁の欠けた木椀《もくわん》に冷たい水をなみなみと汲んで差し出した。よほど渇いていたらしい。たてつづけに三杯飲み干し、ようやっと人心地つくと、増円は涙で目をぎらつかせて空也を上目遣いに見据えた。

「その目なら、気力はおありのようですな。首を追ってこられたのか？」

「気力？　そんなものがいまのわしにあるものか。わしはただ、最後まで見届けたいだけだ。いや、わしには見届けねばならぬ責がある」

「責とは？」

空也が問うと、増円はわなわなと慄《ふる》えて突っ伏した。

「やはり、御坊があの男をそそのかしたのですな？」

　実頼から将門の動向を聞き、忠平に差し出した上奏書を見せられたとき、この男の影が背後にちらついているのを感じた。将門らしいとも、将門らしくもないとも感じたからだ。だが、増円が何を意図してか、それがわからなかった。

「あの男を大罪人に落すために、こんな大それた謀叛《むほん》劇を企てたと？」

「違う！　そうではない！」

　増円は顔を上げて空也を睨《にら》み据え、激しくかぶりを振った。

「断じて、断じてそうではない。わしは夢を見たかった。あやつが坂東の王となり、坂東に新たな国を築くのを、この目で見たかったのじゃ。わしの夢じゃ」

　言いながら背にくくりつけて胸元できつくしばっていた旅嚢の紐《ひも》を震える指で苦労してほどくと、油紙に包んだぶ厚い紙束を取り出し、胸にかき抱いて嗚咽《おえつ》した。

「あやつが討たれるまでをすべて書き記してある。だが、最後がまだ書けておらぬ。あやつの末路まで、そこまでわしは書ききらねばならぬ」

「そのために、ここまで後を追ってこられたのか……」

　空也が太い吐息をつくと、増円は意を決したように紙束を差し出した。

「読ませてくださるのか」

「あやつがどうやって死んでいったか、おまえさまには知ってほしい」

増円は涙をしたたらせ、空也に向かって深々と頭をさげた。

空也は長い時間をかけて目を通した。

それはたしかに、将門の身近にいて、土地勘があり、貞盛や良兼ら敵方の状況も熟知する者でなくては書けぬ内容だった。漢学の典籍から縦横に英雄譚《えいゆうたん》や故事を引き、出家者の立場から罪業と因果を説きつつ、事の次第を詳細に語っている。

だが、将門を悪逆非道の輩《やから》と痛罵《つうば》しているかとおもえば、将門に同情を寄せ、彼が私利私欲で非道を犯したのではなく、領地と家族と郎党と領民を守るためにやむなく反撃したまでだと擁護している部分もある。増円の心の揺れ、将門に対する親愛と憎悪の振幅がそのまま溢《あふ》れ出ている。

目をぎらつかせて筆を走らせる増円の姿が目に浮かんだ。書きながら、ほくそ笑み、ときに憤激に慄えながら、書きつづったのであろう。

増円が切れ切れに言うには、将門が討たれた時、営所にいた増円は旅僧を装《よそお》って鳥羽の淡海《おうみ》を小船で渡って逃げようとした。その途中で葦《あし》の間に隠れている将門の娘の徳姫と侍女を見つけた。着の身着のままで豊田の館《やかた》を脱出したものの、郎党たちとはぐれて途方に暮れていた。

「残党狩りは苛烈《かれつ》を極めていた。将門の身内と知れたら最後、よちよち歩きの幼児であろうが容赦なく惨殺《ざんさつ》され、女は息が絶えるまで凌辱《りょうじょく》される。わしはその場で二人の髪を切り落とし、筑波山の中禅寺へ連れていった。死にたくなかったら尼になれ、尼になって殺された者たちの菩提《ぼだい》を弔え。そう因果をふくめた。なんとしてもあの娘だけは、助けてやりたかった」

　そういえば徳姫は、館の中で増円を慕う数少ない一人だった。

「そうですか。あの娘が尼に」

　徳姫の面影が脳裏に浮かび、空也はまた吐息をついた。利発な少女だった。十一歳になっているというから、捕えられたら最後、無惨なことになっていたろう。増円のいうとおり、尼になるしか生きのびるすべはなかった。

「ほとぼりが冷めたら会津の慧日寺《えにちじ》へ逃げて、そこで父と君の前、死んでいった一族すべての者の菩提を弔ってくれるよう言いふくめてきた」

「慧日寺ですか、あそこならば安全ですな」

　慧日寺も中禅寺も徳一ゆかりの寺だし、将門は中禅寺の大檀越《だんおつ》だったから、生き残った遺児の若尼を喜んで迎えてくれ、手厚く扱ってくれるであろう。

「君の前はどうされた？　桔梗《ききょう》は、あの女はどうなりました。どこかへ逃げのびたのでは？」

空也の矢継ぎ早の問いに、増円は顔をゆがめてうなだれた。

君の前は湖沼に隠れていたところを見つけ出されて殺されたのではなかった。捕われて父の館へ連れもどされたが、一途に夫を恋うて悲嘆にくれる姉に同情した弟たちがひそかに将門の元へ送り返してくれたのだという。だが今回は館が焼き打ちされ、君の前と子らは郎党ともども無惨な最期《さいご》を遂げた。

桔梗は気丈にも一族郎党九十余人を率いて遠く秩父の山中へ落ちのび、復讐《ふくしゅう》の機を窺っていたが、ついに追手に発見され、全員なぶり殺しにされた。

「川の水が血に赤く染まる惨劇だったそうだ。あの桔梗のことだ。さぞ激しく抗って惨殺されたのであろう。あの小面憎《こづらにく》いじゃじゃ馬まで、将門の後を追って、あの世に行ってしもうた……」

増円は喉《のど》の奥から軋んだ声をしぼり出した。

「そうか。桔梗も……」

空也は涙をほとばしらせた。

――なんとしても生き延びよ。生きぬけ。とことん生きぬけ。

自分がそう言ったときの、桔梗の晴れやかな顔。弾《はじ》けるような笑い声。

彼女とともに、空也の中の坂東の大地は血にまみれ、焦土と化してしまった。

十

市門前に梟《さら》された将門の首はすぐに飽きられた。人々は見ないように顔をそむけ、鼻を覆《おお》って足早に通り過ぎていく。

それなのに現地での残党狩りはますます苛烈になっており、命からがら山越えで信州や北陸あたりまで逃げたあげく、捕われた残党が毎日のように京へ送られてくる。幽鬼さながら無惨にやつれ果てた男たちが数珠つなぎに縄打たれ、引きずるように獄舎へほうり込まれて、処刑のときを待っている。

空也は増円を愛宕山月輪寺の山房へ連れて行くことにした。増円は将門の首から離れたくないと激しく拒んだが、このまま市にいては獄舎送りの残党の中に彼を見知っている者がいて、そこから身元が発覚して捕縛されることになりかねない。増円自身、自分は将門を操って滅亡へ誘い込んだ張本人と憎まれていると怯《おび》えている。

「ここなら人目につかず静かに休めましょう。からだを治し、先のことはそれから考えなされ」

坂東へ帰るのでも、ここで生き直すのでも、どちらでもいい。そう勧めた空也に、増円は力なくうなずいた。

増円の世話は師氏に任せた。師氏は将門討死を知るや、匿《かくま》ってもらった礼も言わず愛宕山を去った。行方をくらませて討伐軍入りを逃れたのに、父忠平と兄の師輔が手をまわして処罰を免れ、すぐに蔵人頭《くろうどのとう》に任じられて朱雀帝の近侍を仰《おお》せつかった。さすがに実頼は憤《いきどお》って反対したが、さらに、それから半月もせず左近衛中将《さこんえのちゅうじょう》に昇進したのだった。

だが、師氏は何を思ったか、ふたたび愛宕山へ舞いもどってきた。

「恥知らずなやつと呆《あき》れておいででしょう。わたしはわが身可愛さの利己心を捨てることができませぬ。お咎《とが》めなしを喜び、昇進に狂喜しております。なれどその一方で、そういうおのれが厭《いと》わしくおぞましゅうて、心乱れるばかりにございます」

気がついたらここへ来ていた。どうかしばらく居させてほしい。恥をしのんでお頼みいたします。しどろもどろで訴える姿が哀れで、好きなだけいてよいと許したのだった。

「わたしは京にもどらねばならぬので、増円どのの話相手になってやってくだされ」

言い置いて空也は市にもどり、実頼を通じて朱雀帝へ建白書を出した。

「残党狩りの停止《ちょうじ》をお命じくださりますよう。すでに捕えた者も減刑して釈放させてくださりませ。これ以上、犠牲者を増やせば、帝と朝廷に怨嗟《えんさ》が集まることになりましょう。なにとぞ寛大なご処置を」

西国での藤原純友の反乱はいまだ治まる気配がない。朝廷はその牽制《けんせい》のため徹底的に厳罰をと考えているようだが、苛烈すぎては人心が荒れすさむだけだ。

もとはといえば、国司や郡司らが私腹を肥やすために重税を課すせいで、民が塗炭の苦しみに喘《あえ》いでいることが反乱の原因なのだ。地方官の腐敗と苛斂誅求《かれんちゅうきゅう》は朝廷の無為無策に他ならない。だからこそ国司に盾突いた将門を民たちは支持したのである。

それなのに、朝廷はすでに論功行賞のことしか頭にない。藤原秀郷を従四位下《じゅしいげ》に叙して、下野・武蔵両国の国司に任じ、平貞盛も従五位下右馬助《うまのすけ》に任じた。これを機に地方官から中央の武門の地位を約束された貞盛は、後の平清盛一門の祖となる。

朱雀帝は震えあがって、空也の建言を聞き入れた。残党狩りが禁じられ、獄舎にいる者たちが釈放されることになったのは、六月も末のことだった。

しかし幽鬼さながらやつれきった男たちは、喜ぶどころか暗い顔を見合わせ、

「命ながらえたところで、われらが帰れる場所など、もうどこにもありませぬ。家を焼かれ、妻子や親兄弟はことごとく殺され、領地まで奪われました。この先、どうや

って生きていけと」

口々に訴えて悲痛な泣き声をあげる哀れさに、空也は嵯峨野《さがの》の奥のちいさな谷間へ彼らを連れて行った。

「見てのとおりの山深さだが、ここなら人目につかず暮らせる。今日限り、武者であったことはきっぱり忘れよ。戦いに明け暮れ、血にまみれたその手を鍬鎌《くわかま》に持ちかえ、農地をきり拓《ひら》いて日々の糧《かて》を得よ。作物を育て、山の恵みに感謝して、心静かに暮らせ。死んでいった者たち、おのが妻子や身内だけではなく、敵の後世《ごせ》も祈り、弔うのだよ。恨んではならぬ。誰のことも恨んではならぬ。恨みを捨てて生き直すのだ」

「恨みを捨てよですと？　それはできませぬ。かなうことならいま一度、憎き敵を討って恨みを晴らしたい。その思いにすがるだけが、われらに残されたたった一つの希望なのです。いまさら生き直すなど、できようはずがありませぬ。いえ、したくもござらぬ」

「いや、できる。しなくてはならぬ。おのれの心を変えれば、できる。なんのために生き残ったか、おのれの心に問えば、人は何度でも生き直せる」

空也の言葉に男たちはうなだれたまま押し黙っていたが、やがて顔を上げ、たがいに目を見交わしてうなずきあった。

「どうか、念仏をお教えくだされ。皆が心を合わせれば、念仏の声はこの谷からも、坂東の空に届きましょう。われらが生き直せるとすれば、それしかありませぬ。そうやっておのが心を鎮めていくことしかできませぬ」

涙を溢れさせて言い、またいっせいに泣きじゃくった。

いまは、思う存分泣くしかない。空也が黙って見守っていると、ひとりが顔を上げ、意を決したように進み出た。いちばん後ろで拳《こぶし》を握りしめて誰よりも激しく号泣していた若者だ。

「それがしは、命など簡単に捨てられると思っておりました。武者らしゅう勇ましく戦い、いさぎよく死ぬ。それが誇りでした。でも、それは間違いだと、いまのお言葉で気づきました。死ぬより生きるほうがつらい。どうしようもなく苦しい。だからこそ、だからこそ生きることを選ぶほうが正しい。そう思います」

彼はもう泣いてはいなかった。

空也はもう一つ、帝《みかど》に建言した。

「将門の首を坂東へ返しておやりください。でないと、向後《こうご》かならず災いの種になります」

脅すわけではないが、将門をこれ以上、貶《おとし》めれば、道真同様、怨霊になってしまいかねない。怨霊は本人がなるのではない。人々の畏怖《いふ》が生み出すものなのだ。

すぐに帝の勅が下り、空也は使いをやって愛宕山にいる増円に報《しら》せた。

「将門の首も払い下げられることになりました。御坊があの者を坂東へ、故郷の大地へ連れ帰り、手厚く弔っておやりなされ」

だが遅かった。増円は房に閉じこもりきりで記録の続きを書き、書き終わると食を絶って自死していたのである。

数日後、師氏が東市の空也のもとへやってきて、増円が残した書きものを差し出した。表紙に「将門合戦之記」とある。

「房室の阿弥陀仏に供えてありました。最後に、将門が中有《ちゅうう》の闇《やみ》をさまよう使者にことづけて消息を伝えてきた、と書いております」

空也は重い気持で目を走らせた。

——われ将門は、この世にあるとき、何一つ善行をなさなかった。その業《ごう》の報いで悪道に堕《お》ちている。一万五千もの徒党をとりたて、晴れがましい思いもさせてやったのに、いざ報いを受ける段になると、皆、将門のせいで悪行に引きずり込まれたと訴え、彼らが犯した悪行と罪業まですべてこの一身に背負い、独り苦しみ喘いでいる。剣の林に追い込まれ、鉄囲いの中の猛火に肝を焼かれ、その苦痛はたとえようもない。ただ一つの救いは、生前、金光明経《こんこうみょうきょう》一部を書写する誓願を立てたことにより、獄卒が言うには、その功徳《くどく》によってほんの一時、休息が与えられ、苦を免れることができるという。生き残った者たちよ、どうか、この将門のために善行を積み、本願を遂げてほしい。

――生前の勇猛は決して死後の面目にはならず、驕《おご》りたかぶった所行の報いは苦のみである。人は生涯に一生の仇敵《きゅうてき》があり、これと戦うは獣が角や牙《きば》を突き合わせて相争うにひとしい。どれほど激しく闘い合うも、結局は強きが勝ち、弱きは負ける。天下に謀叛して覇を争うは、日と月がたがいに光を比べ合うにひとしい。結局は公の力がまさり、私は滅する。

「増円の様子はまさに鬼気迫っておりました。ろくに眠ろうとせず、飲まず食わずで、目を血走らせてひたすら筆を走らせる。あまりのすさまじさに、恐ろしゅうて肝が冷えました」

かける言葉も見つからなかった、と師氏は声を震わせた。

「わたしにはこれがあの者の懺悔《ざんげ》、いえ、遺言のように思えます」

「遺言?」

「空也どの、わたしにこれを預からせていただけませぬか」

「おまえさまが、なにゆえ?」

「いかなる因縁あってのことか、最期に立ち会いました。彼と将門が生きた証《あか》しを、ふたりの男のいきざまを、後の世に残してやりとう存じます」

師氏は書きものの締めくくりの一文を指差した。

——およそこの世の理《ことわり》は、たとえ痛苦を受けて死ぬとしても、決して戦ってはならぬ。いましも世は闘争堅固の末世にあたり、濫悪《らんあく》がはびこっている。人心は殺伐たる気分におちいりながらも、かろうじて踏みとどまって戦わないでいるだけだ。この先また此度《こたび》のような非常事態が起こることを危惧《きぐ》するゆえ、後世の見識者のために、名も無き者ながら、したため置く。

「これを読んで、つくづく思いました。人間はおのが利欲を求めて虚《むな》しく争い、罪業を重ねる、どうしようもなく愚かなものだと。いや、増円や将門だけではない。このわたしもいずれ地獄に堕ちる身だと、いやというほど思い知りました」

涙を噴き出させ、だが増円の死顔はやすらかだったと師氏は唇を震わせた。

「お教えくだされ。増円は浄土へ行けたのでしょうか。それとも、将門のいる地獄へ行き、責め苦を分かち合っておるのでしょうか。いえ、彼にとってはそのほうが救いなのではないかと、わたしには思えてなりませぬ」

第五章　ひとたびも

一

将門の乱の終息から一年。西海ではいまだ純友の軍勢が跳梁跋扈《ちょうりょうばっこ》して討伐軍が派遣されているが、都はようやく平静をとりもどしつつある。東市も大半の見世が再開して活気がもどった。

市門前の広場に傍の獄舎から囚人たちの悲嘆と怨嗟《えんさ》の叫び声が響いているのも、以前どおりだ。

「どうせ地獄に堕《お》ちる身だ。いっそのこと、早いとこ殺しやがれ」

「一目でいい。処刑される前に妻や子に会わせてくれ。後生だ」

懸命に手を伸ばして乞《こ》うのに獄吏に棒で小突かれ、打ちのめされる姿を見るに見かねて、空也は市見世をまわって歩き、市門の前に立った。

「この市門に、獄囚たちのために石の卒塔婆《そとば》を建てようと思う。どうか勧進に協力してほしい」

銭一文でも、着古した布子一枚でも、一握りの粟稗《あわひえ》でもいい。ほんのわずかな喜捨《きしゃ》でも功徳《くどく》を積むことになる。そう説いた。

「あいにくこれしかありませぬが」

家族の今日の糧《かて》であろう、蒸した芋をさし出してくれる市人もいれば、横目で見て鼻でせせら嘲《わら》って通り過ぎていく貴家の舎人《とねり》らしき者もいる。幼い子が母親から渡された一文銭をしっかと掌《て》に握り込んで駆け寄ってきて、懸命に背伸びして鉢に入れ、得意げな顔で母親のもとに駆けもどっていく。その背に深々と頭を下げ、汗ばんだ銅銭のぬくみを受けとめる空也である。

ある日、空也の前にひとりの男が立った。

「布施させていただきましょう。お使いなされ」

笠《かさ》をかぶった裕福な商人風のなりの男が、ふところから銭袋をさし出し手渡した。ずしりと重い。

驚いて見つめ返すと、男はかぶっていた笠の日除《ひよ》けを上げて顔を見せた。

「久しぶりだな。常葉《とこは》」

にっと笑った顔は、まぎれもなく猪熊《いのくま》だった。

「猪熊、本当におまえか？」

別れたのは自分が二十一歳の頃、もうかれこれ二十年近くになる。猪熊はたしか二つか三つ年上だ。顔を見ればたがいに皺《しわ》を刻み、猪熊は萎烏帽子《なええぼし》の下の横鬢《よこびん》に白髪が混じっているが、物腰も笑みをたたえた顔もしごく柔和に見える。

「変わったなあ。まるで別人だ」

「いまでは商人《あきうど》だからな。むかしのおれではない」

そういえば、以前、市人たちが、銀屋の猪熊という男が西海の海賊と結託して派手に稼いでいると噂《うわさ》しているのを耳にした。猪熊という名にひっかかったが、まさか彼が商人になっているとは思ってもいなかったから、そのまま聞き流してしまった。

「わたしもむかしのわたしではない。あれから思うところあって沙弥《しゃみ》になり、いまでは乞食《こつじき》して念仏を説いて歩く念仏聖《ねんぶつひじり》だ」

猪熊と別れたときには出家する気はまったくなかった。自分は脱落して逃げたのだという苦い思いだけだった。あのとき、猪熊が自分の思うように生きろと言ってくれなかったら、いまごろはまったく違う生き方をしていたであろう。

「いや、おまえはいずれ坊主《ぼうず》になるだろうとおれは思っていた。おまえらしい生き方を自分で選んだのだ。おれとは違う」

そう言うと、猪熊の顔にちらりと複雑な色が浮んだ。空也を見据える目が一瞬、冷たい底光を放った気がしたが、猪熊はすぐに表情を和らげ、笑いをふくんだ声音で言った。

「以前、町で見かけて声をかけたが、わからなかったようだな」

「というと、町辻《まちつじ》のいたるところに岐神《ちまたのかみ》が祀《まつ》られていたときか。聞き憶《おぼ》えのある声だと思ったが、しかしまさかおまえとは考えつかなんだ」

町の者たちが狂騒する姿のあまりの異様さに、半ば茫然《ぼうぜん》としていた。いま考えれば、あれは蓄積した社会の歪《ひず》みが大きな裂け目になって姿を現し、人心が乱れ始めた証《あか》しであった。

「ああ、あの岐神は、近頃はほとんど見かけぬが、またぞろ別の怪しげな神が出てくるであろうよ。民は新たな神を求めているのだ。怪しげであればあるほど飛びつく。邪悪なものほど狂喜するのだ。愚かな民を騙《だま》すのは赤子の手をひねるより容易《たやす》い」

猪熊は唇をゆがめてうっそりと笑った。

――おまえの念仏もその類《たぐ》いであろう。違うか？

そう言われた気がして、空也は胸の底に冷たいものが広がるのを感じた。

猪熊の背後には二人の従者が牛に唐櫃《からびつ》を積んだ荷車を引かせて控えている。

「練絹《ねりぎぬ》が五十反に、女物の襲《かさね》十領だ。滅多にない上物だから、銭に代えればかなりになる」

それもそっくり喜捨してくれるというのである。

「いろいろあってな。あぶない目にも遭ったが……」

言葉を濁したが、いまは銭に不自由せぬ身の上なのだと胸を反らした。

空也が去った数年後、猪熊も喜界坊と別れ、仲間とともに鉱物を捜す旅を始めた。喜界坊といた頃、畿内や美濃、尾張の山で水銀や朱が採れる地質を知った。採掘技術がある仲間もいた。山陰で銀が採れる山を見つけた。まだ官に知られていない銀山だから、手下を使ってひそかに掘り出せる。それを元手に旅商を始め、いまでは諸国に顧客を持って手広くやっている。西は筑紫、北は北陸の越後、陸奥出羽まで。四国の地にも行く。半年かけて各地をまわって荷を集め、半年かけて遠方の地で売りさばく。京へもどってくるのは年に一度か、せいぜい二度。

「あいかわらず旅から旅だが、身寄りもおらぬ身だ。落ち着いた暮らしがしたいとは思わぬ」

これからまた西国へ出かける。危険がともなうが、その分、儲《もう》けが大きい。略奪される前に銭に代えておこうという地頭《じとう》や豪族が少なくないし、名刹《めいさつ》と呼ばれる寺でさえ、混乱に乗じてひそかに寺宝を売り払って私腹を肥やす僧が珍しくないのだ、と猪熊は吐き捨てた。

「おまえが貧しい民からなけなしの銭や物を喜捨してもらうのに苦労しておるのとは大違いだ。気にするな。必要なだけくれてやる」

頬に笑みを浮かべると、不意に険しい表情になり、そのまま踵《きびす》を返して立ち去ろうとした。

「ありがたく使わせてもらうよ、猪熊。また会えるであろうな？」

呼びかけると、猪熊はふり返らないままこたえた。

「ああ、むろんだ。市聖《いちのひじり》空也、おれはずっと、おまえを見ている」

その声は笑いをふくんでいたが、雑踏に溶け込むように消えていく広い背中に、空也は胸の中で語りかけた。

（猪熊、おまえに何があったのだ？）

彼は変った。ぶっきらぼうでこちらの心に斬《き》り込んでくるような物言いはむかしのままだ。幼い子供の腐敗が始まった青黒い骸《むくろ》を胸に抱え、おまえなんかに何がわかると罵倒《ばとう》した猪熊。貧しい民は、わが子を死なせぬために、そのために人を殺すしかないのだ。菅原道真の怨霊《おんりょう》はおまえら貴族連中をせいぜい祟《たた》り殺してやればいいのだ。そう吠《ほ》えた猪熊。十三歳のあの夜、鴨川の川原で彼と出会ったときから、自分の真の人生が始まったのだと思う。

あの頃がなつかしい。彼と過ごした五年間のさまざまな思い出は、いまも鮮やかな色彩をともなって脳裏に刻まれている。ことに道盛を失ってからは、兄弟のように肩を寄せ合っていた。

だが、いまの猪熊は、どこか以前とは違う。むかしはなかった醒《さ》めきった冷たさがにじみ出しているように思えてならない。彼がなぜ、父親のように慕っていた喜界坊と決別したのか。聞けなかった。聞いてはならぬ雰囲気を猪熊は発していた。

また会えると猪熊は言った。そのときには聞けるであろう。そう思うしかなかった。

二

五月の東市の着鈦《ちゃくだ》の政《まつりごと》の日、市門前は大群衆で溢れ返った。

ちょうど一年前、将門の首が梟《さら》された場所だ。それを思い出し、人々は息をのんで空也が建てた石塔婆を見上げた。

高さ八尺、太い角柱の石の卒塔婆である。猪熊の多額の喜捨のおかげで、考えていたより早く完成させることができ、ちょうどこの日に間に合った。

石工たちの手で覆《おお》っていた幕が引き外されると、いっせいにどよめきがあがった。

「おお、なんと……」

磨きあげた滑らかな石塔婆は、仲夏の強い陽射しを照り返して雄々しくそそり立っている。

市門に向いた正面には阿弥陀仏《あみだぶつ》の姿が浮き彫りされ、金泥が塗られたその姿が陽射しを受けてまばゆいばかりに照り輝いている。

「まるで満月のようだ。なんと尊いお姿か」

手を合わせて拝み、飽かずに見上げた。

側面には、遠くからでもよく見えるように、一首の歌が大きく彫り込んである。


ひとたびも南無阿弥陀仏《なむあみだぶつ》といふ人の　蓮《はちす》の上にのぼらぬはなし

空也自身の歌である。

「ひとたびもじゃと？ たった一度でも南無阿弥陀仏と唱えさえすれば、誰でもかならず阿弥陀浄土の蓮の上に往生できるじゃと？」

「誰でもというなら、たとえばあの極悪の獄囚どもも往生できることになるのじゃぞ。そんな馬鹿《ばか》な話があるか！」

人混みをかき分けて前に出てきて大声で吠えたて、憎々しげに獄舎を指差したのは、どこぞの大寺の僧とおぼしき立派な袈裟《けさ》をまとった中年の二人連れだ。

「かような虚言で民を誑《たぶら》かすとは、空也という聖、仏を恐れぬ食わせ者ぞ」

「皆の衆、騙《だま》されてはならぬ。信じる者は仏罰がくだる。とくと憶えておくがよい」

寺僧たちはいまいましげに石塔婆の根元を足蹴《あしげ》にして、群衆を見まわしたが、

「おい、阿弥陀さまを足蹴にするとは、それでも坊主か。貴様らの方こそ罰が当たるぞえ」

「そうじゃ。そうじゃ。とっとと消え失《う》せやがれ」

群衆に罵声を浴びせられ、こそこそと人混みの中に消えていった。

それを見送り、空也はちいさくかぶりを振った。

たとえ極悪非道の罪人であろうが、心から悔い、救いを求めれば、阿弥陀仏は迎えてくれる。往生できる。それを伝えるために、わざわざ獄囚たちからも見えるところ

に建てたのだが、仏法者には受け入れがたい虚言としか考えられぬのか。予想はしていたが、やはり手の中から砂が零《こぼ》れ落ちていくような虚《むな》しさがある。

そのとき、強い南風が吹きつけ、砂塵《さじん》が舞い上がった。

あたり一面、白い沙幕《しゃまく》に覆われ、人々が下を向いて耐えていると、風音に混じって、頭上から、チリン、チリン、と澄んだ音色が降りそそいだ。

「はて、この音は？」

耳をすまして見上げると、石塔婆の塔頂に乗せた笠屋根の六つの隅にそれぞれ金銅の風鐸《ふうたく》が吊《つ》るされており、それがゆらゆら揺れて、いっせいに音色を響かせているのだった。

風がやんでも、風鐸は揺れつづけ、音色は長く尾を引いてあたりを満たした。

「おお、おお、なんとありがたい」

獄囚たちが口々に叫んだ。皆、滂沱《ぼうだ》の涙を流し、格子《こうし》ごしに伏し拝んでいる。

「ありがたい。悪業《あくごう》の報いで地獄へ堕ちる身、金輪際救われぬ、と苦しみもがくばかりであったに、阿弥陀仏のお姿を拝み、この響きを浴びるおかげで、抜苦《ばっく》の因が得られた」

囚人たちは熱に浮かされたように、口々に南無阿弥陀仏と唱え始めた。

「南無阿弥陀仏。どうか極楽浄土へ導きたまえ。南無阿弥陀仏」

その声は、小石を投じてできたさざ波が波紋を描いて広がっていくように、檻《おり》の外の群衆にまで広がっていった。

群衆の中に草笛の姿があった。被《かずき》で顔を隠すようにして群衆のうしろに佇《たたず》み、そっと手を合わせている。彼女は乏しい蓄えを削って布施してくれ、炎天下で作業する石工たちのために、しばしば塩を効かせた屯食《にぎりめし》や瓜漬《うりづけ》を運んできてくれた。完成を心待ちにしていたから一目見たいと、供も連れずやってきたのであろう。空也が手招きするるとためらいながらも出てきて、目をしばたたきながら阿弥陀仏をふり仰いだ。

「ほんに、ようございました。これでわたくしも心残りなく去ることができます」

「というと、どこぞへ行かれるのか？」

「いえ、まだはっきり決めたわけではないのですが」

いつになく歯切れが悪い。

訊《き》きただすとようやく、大和介《やまとのすけ》の伴朝臣典職《とものあそみのりもと》という男が後妻に望んでくれているとうちあけた。受ければ任地の奈良へ下ることになる。

伴氏といえばかつての大伴氏で名門貴族だったが、大納言だった伴善男《とものよしお》が応天門放火の犯人として捕えられ、流罪《るざい》となって以来、一門は権勢から遠ざかっている。典職も五十過ぎの初老で従五位上《じゅごいじょう》というから、中程度の身分で先もしれているが、しかし、実直を絵に描いたような男で真剣に望んでくれていると草笛は頰を染めた。

彼とは接待で呼ばれた酒楼で知り合った。中級官人の宴席に女を呼び、一夜の関係を持たせる類《たぐ》いの酒家だ。だが、典職は草笛の人柄と資質を見染め、足しげく彼女の家に通ってくるようになった。五年前に妻を失った彼は家内を仕切れる後添いを求めていた。

「傍で支えてほしいと言ってくれまして。むろんわたくしは、こんな賤《いや》しい身が官吏の後妻に入るなどとんでもない、と固辞いたしました。でも、おまえはそれで孤児らを引き取って養育しているではないか、恥じることはない、と何度も言ってくれますので」

草笛は目を潤《うる》ませながらも、まだ心を決めかねているようだった。

「迷うことはない」

空也はほほえんでみせた。

「やっとしあわせになれるのだ。道盛もさぞ安心していよう」

「そうでしょうか。あの人はもう、夢にも出てきてくれませぬ。うしろめたい気持があるせいで、わたくし自身、思い出さないようにしてきましたし」

恥じ入るように目を伏せた草笛に、それでもいいのだと空也はうなずいた。

「いずれ阿弥陀浄土で会える。そこではこの世での後悔も罪の意識もすべて消え、憎《ぞう》悪《お》や怨讐《おんしゅう》すら消え去って、ただなつかしい気持で再会できるのだよ。そう思えば楽になれるであろう？」

自分も、後悔の念と愛憎の思いを解決できぬまま、多くの人を失ってきた。阿古、一度も会えぬまま死んだわが娘、父帝、母、会いに行く機を失している間に、昨年、急な病で死んだ秦命婦《はたのみょうぶ》、むろん道盛も。彼らの一人一人といずれまた相見《あいまみ》えることができると思えばこそ耐えられる。そのときを心待ちにしながら生きていられるのだ。

「道盛のいるところへわたくしも行けると？　ありがたいこと。そう思えば、この世にとり残されて生きていることも、いいえ、死ぬことすら、少しも恐ろしいと思わずにすみます」

再婚したら男のもとへ移ることになる。大和介はいまどきの官人にしてはめずらしく、遥任《ようにん》ではなく任地に赴任しているので、草笛もそちらで暮らすことになる。任地は奈良だから一日もあれば行き来できる近さだが、問題は孤児たちのことだと草笛は重い溜息《ためいき》をついた。四つ五つの幼な子から上は十一、二歳まで、十人近くいる。老僕と身寄りのない中年女と草笛の三人で世話をしてきたが、さすがに彼らまで連れて行くわけにはいかない。

「それを考えるとやはり、わたくしひとり、勝手はできかねます。典職は銭のことなら案じるな、月々かならず送ると言ってくれますが、でも、世話をする人手まで雇うわけにはまいりません。やはりわたくしがおりませんと」

申し出を受けるのは無理だと思い悩んでいるのである。

「馬鹿だなあ、草笛さんは」

石塔婆の根元にしゃがみこんでぼんやり空を見ていた頑魯《がんろ》が突然、口を開いた。

「おらがいるじゃないか。草笛さんの代わりに、おらが面倒をみる」

「おまえが？」

草笛と顔を見合わせた。話を聞いているふうもなかったのに、頑魯は本気で言っているのか。

「おらはあの大地震のとき、婆《ばば》を助けてやれなんだ。草笛さんと爺《じじ》につらい思いをさせちまった。いつか罪滅ぼしすると決めていたんだ」

頑魯はこともなげに言い、これで決まりだと一つ大きく手を打ち、にっと笑ってみせた。

西海ではいよいよ、海賊を支配下におさめた純友勢と討伐軍の動きが激しくなっている。

五月十九日、純友勢が大宰府《だざいふ》を襲撃して焼き打ち。将門にならって西国を手中におさめんと気勢をあげた。だがその翌日には一転、博多津で討伐軍に大敗し、根拠地の伊予の日振島《ひぶりしま》へ撤退。

虎視《こし》眈眈《たんたん》と再起の時期を窺《うかが》っていたが、ひと月後の六月二十日、日振島に侵攻した警固使の軍勢がついに純友を討ち取った。

京に送られてきた純友の首が朝廷に差し出されたのは、秋風が吹き始めた七月七日。将門同様、市門に梟《さら》されるという噂が立ち、町衆たちは報復を恐れたが、今回は見せしめの意味はないと判断した朝廷はそうはしなかった。

猪熊はどうしたか。あれから姿を現わさない。もしも純友とかかわっていたというのが本当ならば、捕縛を恐れて身を隠しているのか。それともまったく無関係で、いつもどおりどこかへ商いの旅に出ているだけか。

その年は、数年ぶりに諸国はどこも豊作で、朱雀《すざく》帝はようやく愁眉《しゅうび》を開いたが、十九歳になったいまも病弱で、摂政の忠平を関白に就任させて政務のほとんどを任せている。すでに六十二歳の忠平はそろそろ致仕《ちし》を考えていたが、帝《みかど》の生母である実妹の懇願に負けたのだった。

翌天慶《てんぎょう》五年、都は久々におだやかな春を迎えた。ホトトギスが啼《な》き騒ぐ初夏四月、朱雀帝は将門・純友の兵乱平定を謝して伊勢神宮はじめ諸社に奉幣《ほうへい》し、賀茂社に行幸。石清水《いわしみず》八幡宮では初めて臨時大祭がおこなわれた。数年来の重苦しい世情を一掃すべく、ことさら盛大な催しと祭事がおこなわれ、人々の気持も浮き立っている。

しかしそれもつかの間、六月になると京中で群盗が横行し、貴族の邸宅が襲撃される事件が頻発するようになった。略奪と放火がない日はなく、若い姫君が攫《さら》われ、数日後、ぼろ屑《くず》のような無惨《むざん》な骸で発見される。朝廷は検非違使《けびいし》を督励して夜警を強化した。

そんな状況なのに、富裕者たちはいたずらに浮かれ騒いでいる。物価はみるみる高騰《こうとう》し、華美な衣装が流行して、貴族たちは夜な夜な、酒宴にうつつを抜かしている。

（どこまで愚かな。それで一時《いっとき》、不安から逃れたところで、心の安寧が得られはせぬのに）

物価が高騰すれば、貧しい者たちにしわ寄せがくる。飽食の陰で餓《う》えて死ぬ者が出る。落胆と憤《いきどお》りに胸を焼かれる思いをかかえ、空也はその秋、奈良へ下った。

三

南都行きの目的は、興福寺の学僧空晴《くうせい》を訪ねることである。かつて播磨の峰合寺《みねあいでら》で一切経《いっさいきょう》を渉猟しておのれの進むべき道を模索していた頃、感銘を受けた中国唐時代の僧・善導《ぜんどう》の浄土思想をいま一度探究したい。これからの自分の拠《よ》りどころを決めるため、どうしても必要なことと思い定めてやってきた。

興福寺は薬師寺と並ぶ法相宗《ほっそうしゅう》の本山で、藤原氏の氏寺である。唯識《ゆいしき》思想を根底とした学問仏教の本流だが、浄土思想とも無縁ではない。奈良時代の学僧玄昉《げんぼう》が唐から請《しょう》来《らい》した経論類がいまも大量に保管されており、中には善導をはじめとする中国浄土教の経論も数多く含まれている。

玄昉は留学《るがく》僧として唐に渡り、かの三蔵法師《さんぞうほうし》玄奘《げんじょう》の孫弟子に学んだ。二十年に及ぶ研学の成果は玄宗皇帝から紫衣《しえ》を与えられたほどで、帰国時には五千余巻もの最新の貴重な経論と仏像・仏具の数々を持ち帰った。その五千余巻を底本にして一切経書写事業がおこなわれ、日本の仏教界を大きく発展させる原動力となった。

玄昉は聖武帝一家に信任されて僧正の位に昇り、全国国分寺制度も彼の進言によるものだったが、寵愛《ちょうあい》されすぎたのが災いして藤原広嗣《ひろつぐ》の乱の火種となり、権力闘争にまき込まれて失脚。筑紫の観世音寺に配流され、そこで没した。暗殺されたともいい、恨みをのんだ首が奈良の春日野にまで飛んできたという伝説が残る。菅原道真と似た末路をたどった悲運の人である。

寺務所で聞いて空晴の房を訪ねると、八つか九つの童子が出てきた。水浅葱《みずあさぎ》色《いろ》の水干《すいかん》を着込んだ得度前の稚児《ちご》だ。後頭部で束ねた頭髪が燃え立つように赤く、ふわふわと波打っているのが目を引く。

「御師さまは所用でお出かけにございます。お待ちになるのでしたら、どうぞお上がりください。でなければ御用の旨《むね》を承っておくよう申しつかっております」

しっかりした口調で言い、書きとめておくつもりか、反故《ほご》紙の束と筆を手にきちんと膝《ひざ》をついてかしこまった。

「そなたひとりで留守居をしておるのか？」

おもわず訊いたのは、短い秋の陽が翳《かげ》りはじめて薄暗い房室には、隅の小机の上や床に真っ黒になった紙が散らばり、ひとりで習字に精を出していたらしい気配があったからだ。

部屋の隅に碁盤と碁笥《ごけ》があるのが目に止まった。碁は仏教とともに中国から伝わったものだから、僧房に碁盤があるのはめずらしくないが、空晴の趣味なのか、ずいぶんと立派な碁盤だ。

碁はできるかと稚児に訊くと、やったことはないとかぶりを振った。

「では、教えてしんぜよう。師のお帰りを待つ間、ちょうどいい暇つぶしになる」

囲碁はちょうどこの子くらいの頃から母に厳しく仕込まれた。父帝は大の碁好きでいらっしゃるから、あなたも宮中で暮らすようになったらお相手できるようになっておかないと。母は嬉々《きき》として命じ、師までつけて習わせられた。楽しいとはいえぬ思い出だが、性に合った。子供の頃夢中になったものは大人になっても忘れぬとみえて、いまでも唯一《ゆいいつ》の気晴らしだ。

稚児に名を訊くと、赤狗《あかいぬ》とこたえた。炎のような赤毛ゆえであろうが、妙な名だ。切れ長の大きな双眸《そうぼう》、太い眉《まゆ》、突き出した大きな耳、容貌《ようぼう》もどこか小鬼めいた雰囲気がある。

赤狗は顔を真っ赤にして重い碁盤を空也の前に運んできた。

簡単な五目並べの連珠《れんじゅ》を教えてやろうと言うと、どうせなら師の相手ができるようになりたいと目を光らせた。それほど言うならと手ほどきし始めたが、これが驚くほどのみこみが早く、空晴が帰ってくるまでの一刻《とき》ほどの間、空也は何度もひやりとさせられるはめになった。

帰ってきた空晴は空也の風体に一瞬、怪訝《けげん》そうな顔をしたが、すぐに自室に招き入れてくれた。歳《とし》の頃は六十代半ば、興福寺では傍流だが、玄昉の法統を引く法相浄土教家で、南京三大会《なんきょうさんだいえ》の一つ維摩会《ゆいまえ》の講師も務めた学匠である。いまはまだ権律師《ごんりっし》という中程度の立場だが、いずれ寺門を背負って立つであろう徳望を備えた人物である。

訪問の意図を説明すると、空晴は快く承諾し、子院の一つに逗留《とうりゅう》できるよう手配してくれた。一介の乞食僧にこれほど丁重なのは、むろん空也自身は素性を明かしたりはしなかったが、興福寺の大檀越《だんおつ》である藤原師氏が前もって話を通してくれたのと、東市での空也の活動が南都でも噂になっているからだ。

「市聖というので、ご無礼ながら、無頼の荒法師めいた傲岸不逞《ごうがんふてい》の輩《やから》かと思っておりました。でなければ、いかがわしい弔い坊主の類かと。おまけにその汗じみた身なりときては、師氏さまのお声がかりでなければ、門前払いしてしまうところでした。いや、寺に閉じこもって世間を知らぬ愚昧《ぐまい》の手合いとお笑いくだされ」

いたって率直な人柄らしい。歯に衣《きぬ》着せず言ってのけ、まじまじと空也を見つめた。

「小柄で華奢《きゃしゃ》なお身だし、声高でもない。むしろ飄々《ひょうひょう》としておられる。民衆を熱狂させ、扇動してくれんと企てる輩には、とうてい見えませせぬな。それにしても、どこかこの世の埒外《らちがい》にあるような、不思議なお方だ。実頼さまや師氏さまが身分を越えて私淑なさるのもわかる気がいたします」

「市に立つようになって五年、ようやく民が集まって念仏を唱えてくれるようになりました。ただ、市の広場に大勢集まっては市見世の迷惑になりますし、たとえば猛暑や豪雨の日、雪も降る冬に、戸外で地べたに坐《ざ》すのは、年寄りや女人には耐えがたい苦痛です。念仏は修行ではない。ましてや、苦行であってはなりませぬ。どうしたものかと思い迷っておりましたが」

市町の一角に堂を建てて道場とし、誰でも自由にやってきて仏を想《おも》い、念仏を唱えられる場にしたい。道場といっても新しい宗派を立てるのではなく、教団を造るのでもない。

場所はすでに目星をつけてある。石塔婆を建てた市門の北東、六町と呼ばれる市町に、市の守護神の市姫大明神社がある。それと北小路をへだてた南側の一角に市姫社の付属地があり、そこを借りられることになった。市舎の裏手の空地である。

むろん広い土地ではないから、大きな堂は建てられない。辻堂に毛がはえた程度の小堂。それがふさわしいとも思う。貴顕のための場所ではない。埃《ほこり》にまみれた足を恥じて上がるのをためらうような堂であっては意味がない。

「それに、もう一つ」

市堂が完成したら、浄土のありさまを描いた図絵を掛けて、皆に見せてやりたい。わしら文字も読めぬ者には、仏の教えは所詮《しょせん》、高嶺《たかね》の花。無縁のしろものだ。絵でもいいからこの目で見られたら、ああ、こんな美しいところか、すばらしいところかと思えもしようが――。民たちは皆、諦《あきら》めと怒りと悲しみがない交ぜの顔で、かぶりを振る。

「阿弥陀仏や菩薩《ぼさつ》の尊像を安置するのは無理ですから、せめて図絵を、と考えております。画師に描かせる前に、この目で見たい。それも奈良へやってきた目的の一つでして」

浄土曼荼羅《まんだら》といえば、飛鳥の二上山東麓《ふたかみやまとうろく》の当麻寺《たいまでら》に伝わる巨大な織曼荼羅が名高い。中将姫が蓮糸《はすいと》で織ったという伝説があるが、実際は善導が感得した浄土のありさまを弟子が作成して安置した曼荼羅を写したものである。当麻寺の本寺である興福寺にはその模写があると聞いている。

もう一つ、興福寺のすぐ南側の元興寺にも、智光《ちこう》曼荼羅と呼ばれる浄土図絵がある。智光は奈良時代の三論宗《さんろんしゅう》の僧で、空思想を根底にすえた浄土思想を研究し、自坊の極楽院で浄土図絵を見て観想し、ひたすら浄土願生を祈って往生を果たしたという。智

光のことは悦良《えつりょう》から聞いたことがあり、かねてその曼荼羅を見たいと思っていた。そう説明すると、空晴は、

「ようわかりました。ひとえに民のためなのですな。われら大寺の僧どもは房室の中で日々、文字を追い、議論を重ね、虚しい論争をくり返すばかり。でなければ、加持祈禱《きとう》で貴顕に現世利益をもたらすのに汲々《きゅうきゅう》としておる始末で、民を救うことにまで、とうてい考えがおよばぬ。あなたはまるでお考えが違う。市聖と誰が言い出したか、まさにふさわしい呼び名でありますな」

何度もうなずき、目を潤ませた。

語り合ううちに、室内はすっかり暗くなっていた。行燈《あんどん》に火を入れにきた赤狗が、夕餉《ゆうげ》を運んできてもいいかと尋ねた。空晴が、今宵は気分がよいから般若湯《はんにゃとう》も少し、と命じると、用意してありますと満面の笑顔でこたえた。幼いのに気が利《き》く子だ。

「奇妙な子でしてな」

赤狗の後ろ姿を見やりながら空晴は、碁を教えてもうお気づきでしょう、と笑った。

「二年ほど前でしたか、たまたま当寺の北門前を通りかかりますと、あの子がひとりぽつねんとたたずんでおりました。迷子かとよくよく顔を見ましたら、気宇《きう》ただならぬものが現れ出ており、しかもあの赤毛。ただ者ではないと直感し、どこから来た、

何をしておると尋ねても、ただ遊んでいるだけだと、どこから来たとも誰に連れられてきたとも申しませぬ。不審に思いながら連れ帰って勉学させてみますと、これがまた一丁字《いっていじ》も識《し》らぬのに驚くべき聡敏《そうびん》でして」

素性や父母のことは、その後も一切語ろうとしないのだという。

その夜、ふたりは遅くまで語り合った。徳一ゆかりの会津の慧日寺《えにちじ》のことや、坂東の将門とのことなど、話は尽きなかった。部屋の隅にちょこんと坐して聞き入っていた赤狗が眠気に耐えきれず船を漕《こ》ぎ出し、下がって休めと師に命じられたが、それでも頑として去ろうとしない。

「明日から空也どののお世話はおまえに任せる。いくらでも話が聞ける。碁も教えてもらえる」

そう言われ、やっと得心して下がっていった。朦朧《もうろう》とおぼつかない足取りが愛らしかった。

「まだあの幼さ。しかしながら、あるいは毘沙門天《びしゃもんてん》の化身かと」

怜悧《れいり》な学匠は、半分は面映ゆげな、あとの半分は畏怖《いふ》のおももちでつぶやいた。

「いずれは当寺の、いえ、南都きっての大学匠になる者と期待しております」

四

止宿を許された浄名院《じょうみょういん》は、興福寺の南大門の南にある猿沢池の東側に広がる春日野の裾野《すその》、寺を出た老僧や聖が居住する庵《いおり》が点在する別所の一角にあった。西隣はかつて玄昉が居住した菩提院。二百年前の建物がいまもあり、往時をしのばせている。

赤狗は嬉々として仕えてくれた。くるくるとよく動き、空也の一挙手一投足見逃さぬよう細心の注意を払う。八歳かそこらの子とは思えぬ思慮があり、いつも好奇心に目を輝かせている。

彼は明け方まだ暗いうちに起きると、まず手桶《ておけ》をひっさげて水汲《みずく》みに飛び出していく。興福寺は亀《かめ》の甲羅に似た台地上にあるため、寺域内の井戸の水では足りず、遠い井戸までわざわざ汲みに行って運んで来なくてはならないのだ。奈良盆地は地下水系が乏しく、若草山の中腹にある東大寺二月堂の裏手の崖《がけ》に豊富な湧《わ》き水が出る他は、すぐ井戸が枯れてしまうのだという。

「近隣の者たちも日々の用水に不自由しておりますし、農民たちも田畑に引く水を奪い合って流血騒ぎまで起こす始末でして」

ことに今年は畿内全域が旱魃《かんばつ》で、作物が枯れ始めている。このまま雨が降らなければ昨年とはうってかわって凶作になるであろうと空晴は顔を曇らせた。

翌朝、桶に半分しか汲めなかったと厨《くりや》で肩を落としている赤狗に話しかけた。

「わたしの特技を知っているかね？」

赤狗はうらめしげな顔で首をひねった。

「さあ。龍神を呼んで雨を降らす修法だといいのですけど」

「いいや、地中で駄眠をむさぼっておる水蛇を叩《たた》き起して、さんざんこき使う荒技さ。御師さまにできるだけ多く人手を集めてくださるよう、お頼みしておくれ」

井戸を掘る。自分の研学より、切羽詰まった人々を助けるほうが先決だ。

翌朝、浄名院の前庭に大勢の男たちが集まった。興福寺の堂衆、別所に居住する聖たち、空晴はじめ寺僧たちもいる。赤狗が稚童仲間に声を掛け、鍬《くわ》や鋤《すき》を手にした農民たちも集めた。草笛に使いを出して大和介に頼んでもらうと、国庁も人員を出してくれることになった。

「ありがたい。水さえあれば民が飢え死にせずにすむ。しかし、そううまくいきますかな」

空晴は残暑の空を仰いで首筋に噴き出た汗を拭《ふ》き拭き、心配げに尋ねたが、

「この下に猿沢池と地中で繫《つな》がる水脈があるとみました。深く掘りさえすれば、かならず出ます」

空也はすでに浄名院の西側、菩提院との間に目星をつけていた。

「この地のお方ではないのに、どうしてそんなことがおわかりなのか。解《げ》せませぬな」

首をかしげた空晴に、空也は笑ってこたえた。

「それは、わたしが布施行の行者の仲間だったからです。彼らは行基菩薩に倣《なら》って土手を築き、橋を架け、井戸を掘って、民を助けておりました。かの弘法大師も、溜池を築いて日照りに苦しむ民を救った。民にとって観念的な説法は助けになりませぬ。会津でも京でも涙を流してありがたがられたのは、生きのびるための技術を教えることでした。一人ではとうていやれぬことも、皆が力を合わせればできる。そう教えることでした」

「なるほど、あなたらしいお言葉だ。そうやって民に慕われるようになったのですな」

「いや、それはちがいます。自利と利他は別ものではない。民たちは自然にわかってくれます。貧しい者たちほど気づいてくれる。不思議なほどです。人間はまんざらのものではない。愚かなだけではない。つくづくそう思います」

だからこそ、いままでなんとかやってこられた。自分を支えてくれたのは民たちの方だ。そう思っている。心底ありがたいと思っている。

何ヶ所か試掘をして狙《ねら》いを定め、皆を励まして掘削に取りかかった。なかなか水脈に当たらず、空晴は焦《あせ》りを濃くしたが、空也はいまに出ると笑うだけだった。

数日後、皆に諦めの色が広がり出した頃、

「うひゃーっ、出たーっ」

いきなり噴き出した水を頭から浴びた赤狗らが奇声を上げた。稚児たちははしゃぎまわり、大人たちもいっせいに駆け寄って水をかぶり、全身濡《ぬ》れねずみになって喜び合った。

「いやはや、空也どのの特技は雨乞《あまご》い修法より確かということですな」

「いえ、これは阿弥陀仏の慈悲」

空也は水を両掌《りょうて》にすくい、口に含んで確かめてからこたえた。清らかに澄んだ水だ。こんこんと湧き出す水はたちまち井桁《いげた》から溢れ、乾ききった地面を黒く濡らして流れていく。

「なるほど。では、阿弥陀井《あみだりい》と名づけましょう。まさに溢れる慈悲ですな」

十方に水路を造って分けてもまだ余る、豊かな水量だ。

空晴は空也が望むとおり、玄昉請来の観念法門、往生礼讃偈《らいさんげ》など善導の著作の閲覧と書写を許し、不明や疑問な点を問えば、逐一、丁寧に教えてくれた。

観無量寿経は、我が子阿闍世《あじゃせ》王子と夫頻婆娑羅《びんびさーら》王の骨肉の憎悪劇に苦悩する韋提希《いだいけ》妃が釈尊に教えを請う物語である。私はもはやこの濁世《じょくせ》に生きることを望みません。どうか憂《うれ》い悩むことのない所《こ》をお教えください。そう懇願する妃に、釈尊は諸仏の浄土を現出してみせ、妃はその中から阿弥陀仏の極楽浄土を望み、そこへ生まれる方法を説いてくださいと訴える。

それにこたえて釈尊が説いたのは、十三の定善《じょうぜん》と三の散善《さんぜん》、合わせて十六の観想法だった。

定善は精神を統一して十三段階にわたって浄土の光景や仏菩薩の姿を順に想像していくもので、日輪が西の空に沈みゆく映像を脳裏に刻み込む日想観から、水想観、地想観、宝樹観、宝池観、宝楼観、華座観と進む。

片や散善は、人にはその資質と能力によって上品上生《じょうぼんじょうしょう》から下品下生《げぼんげしょう》まで九種の別があり、それぞれがどうすれば往生できるかを説く。

「定善行は、自力で修行できる上品と中品《ちゅうぼん》のための行。いってみれば、ひたすら信じる心があり、しかも常におのれを律して正しくあらんと志す者のためのものですな」

空晴自身、日々この定善行をおこなっているという。

「善導大師はしかし、先師たちが定善行のみを重視して散善はつけたしにすぎぬとしてきたのを真っ向から否定し、自力の修行も善行もできぬ下品《げぼん》の者がいかに救われるか、ことに最劣の極悪人である下品下生の往生こそがこの経典の眼目とされた。実に画期的な発想でした」

たとえ、人を殺《あや》めた者や、仏法を誹《そし》り、仏を貶《おとし》める者、悪業を悪業ともおもわず罪を犯し、悔いることすらない者、そういう下品下生の者でも、死の間際《まぎわ》によき指導者、善友《ぜんぬ》に導かれて阿弥陀仏の慈悲にすがり、心をゆだねて南無阿弥陀仏と唱えれば、浄土へ迎え入れられる。

「空也どの、あなたが獄囚に説き、石塔婆に刻んだ歌はまさにそれでありましょう。あなたは罪深き獄囚たちの善友《ぜんぬ》にならんとしておられる」

空晴は、ひとたびも、と空也の歌を口ずさんでから、言葉を継いだ。

「善導大師はさらに、先師たちが上品と中品は善人で、下品のみが愚かな凡夫と考えたのを、そうではない、九品すべてが凡夫であると、つまり人は皆、自力で心を清めることはできぬ愚かな凡夫であると断じられた。高徳の僧であろうが、聖人であろうが、ただの凡夫にすぎぬとは、われら仏法者にとって耳の痛い言葉です。ひたむきに修行する者ほど、ともすればおのれを恃《たの》み、増上慢《ぞうじょうまん》になる。常に自戒せねばならぬと思うております」

空晴の言葉はそのまま、空也自身の思いでもあった。

空晴は興福寺に伝わる九品往生図も見せてくれ、その原型である当麻寺の曼荼羅をじかに見るべきだと強く勧めた。

二上山が紅葉に染まる初冬、空也は当麻寺へ詣《もう》でた。

飛鳥に都があった時代、二上山は死者の国との境の山とされ、悲劇の皇子大津の墓も山頂近くにある。二上山に沈む夕日は西方浄土へと導く灯であり、東麓の当麻寺は浄土への入口と考えられて、崇拝を集めてきた寺である。

堂の壁一面に吊り下げられた巨大な織曼荼羅に、おもわず目をみはった。鮮やかな色彩、空間全体をびっしり埋め尽くして描き込んだ精緻《せいち》さ。圧倒的な美の世界だ。

中央内陣は壮大華麗な極楽浄土の光景で、説法印を結んで宝蓮華座《ほうれんげざ》に坐した阿弥陀仏を中心に、観音菩薩と勢至菩薩が左右に侍す。三尊の頭上を美しい天蓋《てんがい》が覆い、そこから上に向って光明が射して、無数の仏菩薩や塔が光の中に現れ出ている。

外陣左側は釈迦《しゃか》の説法と韋提希夫人の阿弥陀仏への帰依《きえ》の図、外陣右側は定善十三観、下側は散善九品の往生図。善導の観経疏《かんぎょうしょ》をもとに、九品がひとしく浄土へ迎え入れられることをあらわしている。空晴が見るべきだと強く勧めた意味が納得できた。

これを模した浄土図絵を市堂に掲げれば、かならずや教化の役に立つ。確かな手ごたえを胸に、空也は南都を後にした。

五

京にもどると、休む間もなく勧進活動を開始した。

「空也さまとともに常に念仏行ができる堂とあれば、ありったけ喜捨いたしますとも。たとえ食うものが無《の》うなってもかまやしませぬ」

「ありがたいが、おまえさんたちが窮するのは困る。仕事の合間に手を貸してほしい。皆で力を合わせて建てたい」

「ええ、ええ、手でも足でも」

「たとえば如意輪《にょいりん》観音のように腕が六本あれば好都合なのだが、そうはいかぬな」

笑い合ったが、むろん民からの喜捨だけではとうてい足りない。思いあぐねた末、実頼や師氏の邸《やしき》を訪ねて頼み込んだ。

「遠慮なさるとはあなたさまらしゅうもない。われら貴族とて苦しみは民とおなじ。日々、無明《むみょう》の闇《やみ》の中を手さぐりでおずおずと歩く身。そう自覚させてくださったのは御坊ですぞ」

師氏は醍醐帝の第七皇女を正室に迎える話が出ており、いよいよ前途有望なのだが、最愛の妻である源信明《さねあきら》の娘が一子を残して亡《な》くなり、うちひしがれている。

「あの妻があればこそ、将門討伐の任から逃げてあなたさまのもとに駆け込み、さらにおめおめ復職して生き恥をさらしもしましたに」

妻は第二子を身ごもって臨月だったのに風邪をこじらせて、たった一晩で急死してしまった。師氏は他の女の家に泊まっていて、死に目に遭うことすらできなかった。自分を責め、命のはかなさ、人の世の無常を思い知って憔悴《しょうすい》しきっている。

「目に見えるものすべてが色を失い、ただ灰色にしか見えませぬ。妻の衣を引きかぶって残り香を嗅《か》いで泣いているときだけ、わずかに安らげるのです」

せめて妻の供養《くよう》になれば、と多額の喜捨をしてくれた。

「わたしという男は、こんなふうに自分が突き落とされたときしか、他人の痛みを思うことができませぬ。つくづく情けのうて」

「いや、おまえさまだけではない。誰でもそうなのだ。順風満帆なときは何も考えず、あたりまえと享受《きょうじゅ》する。人の苦しみに気づかず、おのれを過信して傲慢になる。悲嘆にのたうちまわって初めて気づく。人の痛みがわが痛みとなる。そうやって生きていくのが人間なのだ」

その言葉がどれだけの慰めになるか、空也自身、自信はないが、一つ言えるのはそれを心に刻み込んで受け入れていくしかないということだ。


市堂建立《こんりゅう》と同時に、模写してきた当麻曼荼羅の下絵をもとにして浄土変相図を描く。仏画専門の画師《えし》に依頼するつもりでいたが、自分自身で描くことにした。大和絵は子供の頃、師について習った。それも碁とおなじく母の強要だったが、孤独をまぎらわしてくれた。それ以来、絵らしい絵は描いたことがないが、たとえ稚拙でも自分が感じるまま描けばいいのだと思い定めた。

天慶七年一月、待ちに待った市堂がようやく完成しようという矢先、思いがけないことが起こった。激しい風雨が畿内を襲った夜、奈良の長谷寺《はせでら》が焼けた。堂舎はことごとく焼亡し、本尊の十一面観音像も失われてしまったのである。

「長谷の観音さまは観音霊場の随一。それが失われて、これから先、どうやって災厄から逃れられよう。きっと恐ろしいことが起こるに違いない」

人々は怖《おそ》れおののき、それを暗示するかのように、藤原純友を討ち取った官人が、帰宅途中、盗賊に惨殺《ざんさつ》される事件が起こった。洛中《らくちゅう》のただ中、しかも深夜でもないのに都大路で襲われたのだ。ただの盗賊のしわざではなく、純友の怨霊《おんりょう》か、それとも残党による報復か、将門の乱後の恐怖の再来だった。

世人に与えた衝撃の大きさに、空也は急遽《きゅうきょ》、市堂に観音三十三化身図と観音の浄土である補陀落《ふだらく》浄土の図絵を加えることを決め、画師に依頼した。

「無理を申してすまぬが、急いで描いてくれ。少しでも早く完成させて、人心を落ち着かせたい」

だが、支払う銭はどう捻出《ねんしゅつ》するか。頭を悩ませていると、思いがけないことに、猪熊から使いの者を通じて多額の銭が送られてきた。

「いまは遠国におるゆえ会いにはいけぬが、銭のことは心配するな。おまえをいつも見ておるぞ。おのれの信じることをせよ」

短い伝言に背中を押される思いだったが、彼がどうしてこの難儀を知ったのか、いつも見ているというのがどういう意味なのか、測りかねた。

市堂が八割がた完成した晩春、桜も散り始める頃、空也はさっそく居を移した。二十人も入れば満杯になってしまう板葺《いたぶき》屋根に荒削りの板壁の本堂、空也らが寝泊まりする房室、それに井戸と厠《かわや》。それだけの粗末な堂である。低い板囲いはもうけたが、門はつくらなかった。扉も錠鍵《じょうかぎ》は一切なし。誰でもいつでも自由に出入りできる。軒下に広い廂縁《ひさしえん》を設けたのは、急な雨風を避けて駆け込めるようにだ。

猫の額ほどの前庭には、浮浪者や孤児たちに施食《せじき》ができるよう大きな竈《かまど》を設けた。寺の施餓鬼は盂蘭盆会《うらぼんえ》のときだけだが、ここではできれば毎日やりたい。出せるのは薄い雑穀の粥《かゆ》か蒸し芋くらいなものでも、餓《う》えに耐えかねて盗みを犯さずにすめば、罪業《ざいごう》を重ねずにすむ。

空也はまだがらんどうの本堂で、夜半、冷水で身を清めてから阿弥陀経を誦《じゅ》し、ひたすら祈った。明日からいよいよ変相図の制作にとりかかる。

「南無阿弥陀仏。どうかあなたさまの浄土を見させたまえ」

そのありさまをそのまま描く。そう心に決めている。智光は夢で浄土へ行き、阿弥陀仏に見《まみ》え、阿弥陀仏がその掌に現わしてくださった浄土の光景を、目覚めてから曼荼羅図に描いたという。

「そして、願わくば、わたしが行く場所を見させたまえ」

善導大師もまた、毎日十回阿弥陀経を読み、三万回阿弥陀仏を念じて願い、自分が阿弥陀仏のおわす浄土にいる夢を見たと観経疏に記している。

「南無阿弥陀仏、どうか夢に示現《じげん》させたまえ」

そのまま深い眠りに落ちた。

頬に微風を感じた。そっと目を開くと、薄紅色の蓮華の蕾《つぼみ》の中に坐していた。

ほっ、無意識に一つ吐息をつくと、はなびらがかすかに震えながら静かに開いていった。

下から射《さ》すまばゆい光に目をやれば、宝池の水面が金銀の光の粒をまき散らし、きらめき揺れていた。池は黄金の渠《みぞ》によって十四の支流に分かれ、色とりどりの金剛砂が敷き詰められている。

どこからか鈴の音が聞こえる。澄んだ音色が目覚めたばかりのからだに沁《し》み入ってくる。空には真珠色の薄雲がたなびいている。

何本もの宝樹が見えた。色とりどりの七宝の花と葉で飾られている。金、銀、瑠璃《るり》、玻璃《はり》、瑪瑙《めのう》、硨磲貝《しゃこがい》、真珠。珊瑚《さんご》や琥珀《こはく》の花葉もある。真珠を連ねた網がすべての宝樹を覆《おお》い、その網目の一つ一つに五百億の妙華の宮殿があり、中に天童子がいる。見るものすべてまばゆいばかりに輝き、金色の光が満ちている。

（観無量寿経そのままだ）

思いあたった瞬間、眼前に巨大な宮殿が出現した。

阿弥陀仏がおわした。そのまわりに観音菩薩、大勢至菩薩、無数の化仏《けぶつ》、百千の比《び》丘《く》と声聞《しょうもん》、無数の諸天が居並んでいた。

次の瞬間、金剛の台《うてな》を手にした観世音菩薩と大勢至菩薩がすべるように進み出てきた。おもわず息を呑《の》んでいると、阿弥陀仏が大光明を放って空也を照らし、御手を上げて手招きした。

——空也よ、こちらへ。わがもとへ。

菩薩たちが讃嘆する中、空也はまばゆい光につつまれ、気づくと、金剛の台の上に乗っていた。

そこで目が醒《さ》めた。板壁の隙間《すきま》から朝陽が筋になって射し込み、額を仄明《ほのあか》るく照らしていた。

仰向けに寝たまま、喜びにひたった。溢《あふ》れ出る涙がこめかみを伝って耳に流れ込んでいく。

胸の震えがようやくおさまったとき、ふと、歌が口を突いて出た。

極楽は遥《はる》けきほどと聞きしかど　つとめていたる所なりけり

極楽浄土は遥か遠いと聞いていたが、専心に努めれば、明け方の夢で行ける近いところだった。仏を想うその場そのままがすなわち極楽世界なのだ。仏はおのれの心の中におわす。心の底からそう思える安心感こそを極楽というのだ。そのことが、いまはじめて、経典や論書の文言ではなく、生身の自分自身の実感として理解できた。

いざ描きはじめると、不思議なほど筆が動いた。

まるで自分ではない何かが乗り移って描いているように感じながら筆を進め、わずか一ヶ月ほどで阿弥陀浄土変相図ができあがった。阿弥陀仏と観音・勢至の両菩薩は金色に輝き、慈愛の笑みをたたえて、仰ぎ見る者を見つめておられる。夢に見たとおりの神々《こうごう》しい姿を描くことができた。

画師に依頼した観音菩薩三十三化身図と補陀落浄土変相図も完成し、ようやく堂開きにこぎつけた日、集まった群衆は堂内に入りきらず、広縁と小庭にすわり込み、大路にまで溢れた。

「南無阿弥陀仏」

空也が唱えると、人々のくぐもった声がそれに和した。

「南無観世音菩薩」

声は次第に波のうねりのように高くなり、力強い響きとなって初夏の空へと広がっていく。濃くなった堀川と大路の街路樹の柳の緑をかすめて燕《つばめ》たちが飛び交っていた。

六

空也は乞食《こつじき》に出た帰り、二条の神泉苑《しんせんえん》の築地《ついじ》塀《べい》沿いに歩いていた。

暗い夜だ。重く湿った闇が肌にねばりついてくる。何日も降りつづいた梅雨入り前の陰鬱《いんうつ》な細雨が夕刻になってやっとやんだ。薄気味悪い夜だ。月もどす黒い雲に覆われて見えない。

神泉苑は平安京が造られた当初、大内裏のすぐ南側に設けられた南北四町、東西二町の広大な苑池である。四季折々、華やかな催しがおこなわれる風雅な場所であったが、畿内が旱魃で悩まされた天長元年、空海がここで雨乞いの修法をおこなって以来、請雨《しょうう》の道場にもなった。さらに貞観《じょうがん》五年には崇道《すどう》天皇（早良《さわら》親王）や橘逸勢《たちばなのはやなり》ら、政争に敗れて非業の死を遂げた人々の怨霊を祀《まつ》る御霊会《ごりょうえ》が催され、以来、神聖な場所とみなされるようになった。

やがて宇多天皇が気まぐれに、釈尊が悟りを開いて最初に説法した鹿野苑《ろくやおん》に模して鹿《しか》や野鳥を放ち、禁苑とした。繁殖力旺盛《おうせい》な鹿は外敵がいない場所で爆発的に増え、それを狙う野犬や狐狸《こり》が棲《す》みついて手に負えなくなり、放置されるようになった。いまでは巨木化した木々が鬱蒼《うっそう》と生い繁《しげ》って荒れるにまかせ、宮城から目と鼻の先というのに、人は怖れて近づかない。

まして今夜は月も星もない。ときおり塀の中から野犬か、まさか狼《おおかみ》ではなかろうが獣の咆哮《ほうこう》が響いている。塀上に木の枝がはみ出し、黒々とした影が塀に斑《まだら》模様を描いて揺れ動いている。

二条大路に面した北門の外まで来て、ふと、人のうめき声が聞こえた気がして足をとめた。

このあたりは、塀沿いに浮浪者が筵《むしろ》で周囲を覆ってねぐらにして棲みついている。検非違使が見廻って追い払ってもすぐもどってきてしまい、ときおり小火《ぼや》が出る騒ぎになる。

うめき声はその筵掛けの中から聞こえてくる。苦しげな女の声だ。

「どうなされた?」

まさか人を誑《たぶら》かす狐狸や妖怪《ようかい》ではあるまいが……。さすがに気味悪さをこらえて声をかけ、筵を引きあげて中を覗《のぞ》き込んだ。

半白髪の痩《や》せこけた老婆《ろうば》がひとり、薄い襤褸《らんる》にくるまって横たわっていた。

「具合が悪いのか？　どこか痛むのか？」

地べたに膝《ひざ》をついて半身を入れ、抱え起こそうとすると、老婆は怯《おび》えたように身を固くし、後ずさろうと懸命にもがいた。

「すまぬ。怖がらせるつもりはなかった」

あわてて手を引っ込めると、

「おい坊さま、触らねえほうが身のためだぜ」

突然、背後から声をかけられ、ぎょっとしてふり返った。

隣の筵掛けの中から、五十がらみの男が首だけ突き出してにやついていた。

「その婆《ばば》はからだじゅう膿《う》みただれた腫《は》れものだらけだ。行き倒れておったから、筵を貸してやったが、もう長くはなかろうよ。息が絶えたら鴨川まで運んでやるつもりだが、うるさくて眠れやしねえ。なあ婆《ばあ》さんよ、もういいかげんにくたばれや」

男が舌打ちまじりに言い捨てて筵掛けに引込んでしまうと、女が喘《あえ》ぐように声を発した。

「水……水を」

「水が欲しいのか。待っておれ。すぐ持ってきてやるからな」

空也は隣の男を叩き起こし、桶を貸してくれと頼み込んだ。

「しかたねえな。汲んできてやる」

口が悪いわりに根は気がいいとみえて、男はねぐらから這《は》い出し、古ぼけた桶を手にして小路へ消えていった。

男はすぐに水を満たした桶を重そうに下げてもどってきた。どこから汲んできたのかと尋ねると、築地塀が崩れたところからもぐりこんで苑内の池で汲んだのだと首をすくめた。考えてみればこのあたりは大内裏と大貴族の邸宅ばかりだから、庶民が暮らす地域のような共同井戸はない。野犬の群れも棲みついている真っ暗な苑内に入り込むのは危険なのに、親切な男だ。

水綿《あおみどろ》が浮いた生臭い水だったが、欠け椀《わん》に汲んで老婆の口元へもっていってやると、女はよほど渇いていたとみえて胸元までしとどに濡《ぬ》らして呑み干した。

「何も食べておらぬのであろうな」

これほど痩せこけているのだ。何日も何も口にしていないに違いない。枕元《まくらもと》に空の木椀が埃《ほこり》をかぶって転がっている。

「あいにく托鉢《たくはつ》で恵んでいただいた焼米が一握り、いまもちあわせているのはそれだけだ。このままでは硬くて喉《のど》を通らぬであろうが、水でふやかせばなんとか食《しょく》せよう」

　空也は頭陀袋《ずだぶくろ》から巾着《きんちゃく》を取り出した。二合ほどの焼米、今日一日、歩きまわって得たすべてだ。椀を水で濯《すす》いでからひとすくい入れ、水を注いで老婆の枕元に置くと、残りは男に与えた。

「すまぬが、少し残しておいて、明日の朝、この婆にやってくれぬか」

「ありがてえ。わしも一昨日から何も食ってねえんだ。ありがてえ」

　男は手づかみで口いっぱいに頰張り、喉をつかえさせながら夢中で貪《むさぼ》り食った。

「明日また様子を見に来る。おまえさんにも食べものを持ってこよう」

「なんでだ？」

　男は上目づかいに空也を窺《うかが》うと、急に怯えた顔になった。

「なんだって、死に損ないの汚ねえ婆と流浪《るろう》者のわしなんぞに情けをかける。まさかよからぬ魂胆ではあるまいな」

「よからぬ魂胆か」

　空也は目尻《めじり》に皺《しわ》を寄せて微笑《ほほえ》んだ。

「この老婆は病んでおり、おまえさんは餓えている。だから助けたい。魂胆はそれだけだよ」

「けっ、情け深い聖《ひじり》さまだぜ。くそったれめ、もったいなくて涙が出らあ」

憎まれ口を叩きながら焼米を頬張り、忙しく鼻を啜《すす》りあげた。

翌日、市で布施してもらった蒸し芋と麦粉、新しい桶と麻布を携えて行ってみると、男は約束どおり老婆に焼米を食べさせてくれており、老婆は楽になったのか静かに横たわっていた。

麻布を水で濡らし、腫れものだらけのからだを拭き清めてやろうとすると、老婆は激しく拒み、自分でやると背を向けて、上半身裸になった。

空也はおもわず目をそむけた。脂気《あぶらけ》が抜けたぼさぼさの頭髪を掻《か》きあげると、うなじの骨が尖《とが》って突き出している。飛び出した肩甲骨《けんこうこつ》、ごつごつと浮き出た背骨、枯枝のような腕、まさに骨と皮だ。腫れものは赤くただれ、じくじくと体液が滲《し》みだしている。

だが、思ったより若いらしい。四十がらみか。頬がこけ、顎《あご》と頬骨が突き出しているが、顔だちは悪くない。それにしても、こんな餓鬼のような姿になるまでにはよほど餓えに苦しんだであろう。いかなる境遇の女か。ここで行き倒れたというから、どこからかひとりで流れてきたのか、家も身寄りもないのか。

蓬《よもぎ》の葉をすりつぶして油で練って蛤貝《はまぐりがい》に詰めた手製の軟膏《なんこう》を与え、

「行者が傷に使う薬だ。これで湿疹が乾いてくれれば、痛みも次第にやわらぐ」

背中の自分では手の届かぬところにだけ塗り込んでやった。

芋は男にやり、麦粉を湯で溶いて練ったものを女に勧めたが、女はほんの一口二口啜っただけでかぶりを振った。空也が吐息をつきながら、

「滋養をつけてからだに肉がつかぬことには快復せぬ。他に何か食べたいものがあるのかね？」

尋ねると、思いがけないこたえが返ってきた。

「雉肉《きじにく》の羹《あつもの》が食べたい。鯉《こい》か鹿肉でもいい。韮《にら》や葱《ねぎ》と一緒に煮込むと、精がつくと聞いた」

「鳥獣に魚肉、それと韮に葱か……」

空也は溜息《ためいき》をついた。出家の身には触れるのもはばかられる生臭物ばかりだ。

「よし、わかった。持ってきてしんぜよう。動けるようになるまでわたしが運んでくるから、ゆっくり養生するのだよ」

市の近くに生臭物を商う一帯がある。市見世は売買品目が定められているため、周辺の路地裏にそれ以外の品を売るもぐりの見世が密集しており、鳥獣の肉や魚、鶏卵

を薬餌《やくじ》と称している。

空也が獣肉と韮と葱を買おうとすると、顔見知りの商人たちは皆一様に、

「どうなさるので？　まさか、あなたさまが召しあがるのではありますまい」

空也らしからぬ、と怪しんだ。徴税逃れに自分で頭を剃《そ》って出家と偽る輩《やから》は、形こそ僧体だが妻帯肉食の俗人そのままの暮らしをしている。正式な僧侶《そうりょ》でさえ女を囲い、酒と飽食に明け暮れている昨今だが、空也は清浄の沙弥《しゃみ》だと皆、信じきっている。

「いやなに、わたしも食してみとうなってな。あまりの美味にやみつきになるやもしれぬ」

冗談めかして笑いながら言っても信じようとせず、何かよほどの事情があるのだろうと得心し、

「人目につかぬよう、隠してお持ちなされませ。いえいえ、お代は要りませぬ」

空也がしなくてすむよう調理して、汁ごと土鍋《どなべ》に入れて渡してくれた。

「これはありがたい。仰《おお》せに従って、籠《かご》に入れて袖《そで》の中に隠して、そおっと持っていくことにしよう」

女は、食べたいといったわりに臭いと嫌がったが、無理してでも食べよと勧めると、黙って食べるようになった。口が重いたちなのか話しかけてもほとんどしゃべらず、

うなずいたり、かぶりを振るだけだ。それでも最初は怯えきった様子だったのが、おずおずと笑みを浮かべるようになった。

隣の男はいつも相伴を喜んでいたが、いつの間にかいなくなり、代わりに二人の男が住み着いている。目つきの鋭い男たちで、前の男のように馴《な》れ馴《な》れしく近づいてこようとはせず、たえずこちらの様子を窺っている気配がある。

ほぼふた月、朝夕の日に一度、七条の東市から二条大路の神泉苑の北門まで、およそ二十町の距離を一日も欠かさず食糧を運んだ。

梅雨の最中には、濡れてからだを冷やしてはと藁蓑《わらみの》と着替えの布子を持って行き、咳込《せきこ》んで苦しげなときには咳止めの煎《せん》じ薬を運んだ。女はあいかわらずほとんど口をきかなかったが、夏が終わる頃になると、からだにだいぶ肉がつき、腫れものもほとんど消えた。起きて髪を梳《す》いたり、汚れた器を洗ったりもするようになっている。

七

秋の空に刷《は》かれた筋雲が黄金と薄紅色に彩《いろど》られているある日の夕刻、女は空也を見るなり、

「今日は天気がよかったから、苑に忍び込んで衣を洗濯したぞえ。人気《ひとけ》がないし、大きな牡鹿《おじか》が草むらからいきなり飛び出してきて驚かされたが、からだも洗ってさっぱりした」

明るい声で言いたて、嬉《うれ》しげに笑った。見れば髪も洗って櫛《くし》で梳《す》いている。目立つ美貌《びぼう》ではないが、こけていた頬はふっくらして血色もよくなった。若い頃はそれなりに人好きのする容姿であったろう。行儀作法も身についている。どこぞ貴家で侍女勤めをしていたことがあるのだろうと察しられた。

「聖さまのおかげで命拾いしたぞえ。ありがとう存じます。ほれ、このとおり」

上目づかいに婀娜《あだ》っぽい笑みを見せ、しなをつくって両手をついて頭を下げたが、そのままの姿勢でふっと黙り込んだ。

「どうしたのだ？　張りきり過ぎて疲れてしもうたか？」

だが女はちいさくかぶりを振り、顔を伏して黙り込んでいる。

「横になってお休み。また明日の朝、見に来るから。ゆっくり休むのだよ」

やさしく言い聞かせて立とうとすると、女はいきなり筵の上に転がり、激しく身悶《みもだ》えしながら空也の腰にしがみついた。

「抱いてくだされ。わたしを抱いてくださりませっ」

「急に、何を言うのだ」

怒りが込み上げた。女犯《にょぼん》は出家者にとってもっとも重い四重罪の一である。破れば破戒僧の烙印《らくいん》を捺《お》されて追放される。空也は国から正式に認められた大僧ではなく、ただの沙弥にすぎないが、自分自身の信念としてわが身を厳しく律している。

「精がついたおかげで、からだが疼《うず》いてならぬのです。まぐわいしとうて気が変になりそうじゃ。お慈悲じゃ。抱いてくだされ。どうか、どうか」

狂ったように言いたて、衣をはだけて胸乳をあらわにした。まだ肩や首筋は骨ばっているのに乳房だけは驚くほど豊かで、まるでそこだけ別の生きもののようになまめかしく息づいている。女はそれを誇示するように突き出し、いきなり空也の胸にすがりついた。

「よせっ。わたしに触れてはならぬ」

強い口調で拒み、女のからだを突き離そうとして、

「ああ、生き返る……ようやっと生き返る……」

女が喘《あえ》ぐように吐いた言葉に、はっと手をとめた。

この女は病が癒《い》え、男とまぐわうことで生を実感したがっているのだ。死が目前まで迫っていたこの女にとって、情交でしかその実感は得られぬのかもしれない。

――わたしがいまここで抱いてやれば、この女を救えるのか？

女は空也が突き離さないとみて、衣の裾《すそ》をはだけて腿《もも》をからめてきた。

「ほら、こんなに熱い。触ってくりゃれ」

空也の手をとって自分の秘所に誘おうとする。

「待ってくれ。頼むから」

女の手を強く押さえ、空也は顔を仰向かせて呻《うめ》いた。

心の中で、自分自身の声が厳しくきめつけた。

――どうした、空也。この女の望みをかなえてやるのも菩薩《ぼさつ》の利他行ではないのか。

もう一人の自分が声を荒げて遮った。

――血迷うな、空也。破戒はおのが信念を裏切ることだ。自分を裏切って、これから先、どうやって生きる。自分自身を信じられぬ者が人々を救えるか。そう思えるか。

――何を言う。おまえは結句、人より自分が大事。自分を守ることが第一なのだ。

それがおまえの正体だ。

――違う。そうではない。そうではないが……。

――維摩《ゆいま》を忘れたか。心にとらわれがなければ、煩悩《ぼんのう》は穢《けが》れではなく、賤《いや》しいものでもない。

――戒もとらわれと？

女はそのまま動けずにいる空也の衣の胸を押し広げると、そろそろと肌に触れ、まさぐった。

「後生じゃ。お慈悲を」

喘ぐように囁《ささや》きかけながら、空也の胸に自分の頬を押し当て、深々と溜息をついた。

「ああ、あたたかい。とろけそうじゃ。ほんに、身も心もとろけてしまいそうじゃ」

その切なげな声に、空也の心の中で何かがすとんと落ちた。

――たとえ破戒僧に堕しででも、衆生《しゅじょう》のために行動する。この女が望んでいることをする。わたしのこのからだがこの女を救えるのなら、破戒がなんだというのだ。

空也は僧衣の細帯を解いて前をはだけ、上半身をあらわにすると、

「おいで」

女の手を取り、はだかの胸と胸を合わせて、きつく抱きしめた。

「おまえさんの好きにしていい。でも、しばらくこうしていよう。いいか？」

女はちいさくうなずくと顎を空也の肩に乗せ、からだの力を抜いて深々と吐息をもらした。

肩を熱いものが濡らしている。はっとして女の顔を覗き込むと、女は突然、堰《せき》を切

ったように激しくしゃくりあげた。

そのとき、筵掛けの外で、ガタッと大きな物音がした。

女は身を固くし腕を突っ張って上半身をのけぞらすと、空也から離れようと激しくもがいた。

「どうしたのだ？」

「……お赦《ゆる》しを。聖さまを謀《はか》っておりました。どうか、お赦しを」

女は自分の胸を抱きしめて身を縮め、顔を隠すように俯《うつむ》いて小刻みに震えている。

また外で何かを蹴飛《けと》ばしたような大きな物音がし、入り乱れた足音が遠ざかっていった。

誰かが筵掛けの中を覗き込んでいたらしい。一人ではなさそうだ。男が二人か。

「わけを話しておくれ。いまの連中と関係あるのか？」

女が震えたまま、大きく見開いた目から涙を迸《ほとばし》らせてうなずき、隣の男たちに空也を誘惑しろと脅されたのだとうちあけた。言うことを聞かぬとただではすまぬぞ。せっかく拾った命を粗末にするな。何度もそう脅され、恐ろしくて逆らえなかった。

「前にいた人はあの男たちに袋叩《ふくろだた》きにされ、息も絶え絶えで追い出されました。わたしもあんな目に遭わされると思うと、逃げ出すことも、聖さまにうちあけることもできませなんだ。あの男たちはずっと聖さまを見張っていたのです」

「わたしを?」

そういえば、隣の筵掛けはいつも中で息をひそめている気配がしていた。直接、顔を合わせたことはほとんどないが、目つきの鋭い、剣呑《けんのん》な雰囲気を漂わせた男たちだった。

「何者であろう。わたしを陥《おとしい》れて何の得があるというのか」

誰が何のために、女犯の重罪を犯させようとたくらんだのか。それほど恨まれているということか。それとも、行いすました聖を堕落させて喜ぶためか。

いずれにせよどす黒い悪意だ。暗澹《あんたん》としてうなだれた空也の手を、女がきつく握りしめた。

「でも、これだけは信じてくだされ。脅しの怖さより、わたしはそれより、本気で聖さまに抱かれたかった。聖さまとまぐわいたい。抱かれたい。胸が張り裂けんばかりに望みました」

女は涙を迸らせて嗚咽《おえつ》した。

「あなたさまに抱いてもらえたら、死んでもいい。八つ裂きにされてもいい。尊い聖さまを欺《あざむ》いたうえに汚せば、地獄へ堕《お》ちる。それでもかまわぬ。いっそあなたさまを道連れにして、一緒に地獄に堕ちよう。地獄でもあなたさまに抱かれたいと」

「そうか。もう泣かなくてよい。おまえは踏みとどまってくれた。わたしを欺きも汚しもしなかった。だから、もうよいのだ。泣くのはおやめ」

　空也がどうなだめても、女は泣きやまなかった。

「世の高徳の坊さまたちは、口では衆生救済だの利他だのと言いつつ、所詮《しょせん》はわが身を守るのが大事で、高みから見下してきれい事を言うだけ。なのに、あなたさまは御身を汚してでも、女の賤しい望みを叶《かな》えてくれようとしてくださった。それが嬉しいのです。こんなありがたい気持は、生れて初めてなのです」

　掌《て》を合わせて泣きじゃくる女に、これからのことは明日一緒にゆっくり考えようと言い置き、空也は市堂へ帰った。

　だが、翌朝、食糧を持って行ってみると、女の姿は消えていた。

八

「このところ、いやなことばかりで」

　市堂に参じる市人が溜息交じりに舌打ちし、他の者も顔をしかめてうなずいた。

「まったく物騒な世の中じゃ。気が休まるのはここにおるときだけですわ」

嘆くのも無理はない。市堂ができてから、世の中は悲惨な出来事がつづいている。群盗の横行がますます激化し、天慶八年五月、関白太政大臣忠平の邸《やしき》に盗賊が押し入って銀の銚子《ちょうし》や衣類が奪われる事件が起こった。厳重な警護を欺く不気味さに人々はすくみあがった。

その年の秋、志多良神《しだらのかみ》の神輿《みこし》を奉じた大群衆が狂ったように歌い踊りながら摂津から石清水八幡宮に至った。もとは農業神らしいが得体の知れぬ俗神で、疫病《えきびょう》から逃れさせると噂《うわさ》が広がり、たちまち大群衆が熱狂する騒ぎになったのである。ちょうど空也が市で布教を始めた頃の岐神《ちまたのかみ》とよく似た現象で、空也は人々の不安感が生んだ一過性のものと傍観するしかなかった。

その翌年四月、朱雀帝が譲位し、皇太弟である同母弟の成明《なりあきら》親王が即位して村上《むらかみ》天皇になった。朱雀はまだ二十四歳、将門と純友の騒乱におびえつづけたのが、ようやく世情もおだやかになってきた矢先の、突然の譲位だった。病弱と神経の細さゆえか子に恵まれぬのを危惧《きぐ》した生母と伯父忠平が、強引に引きずり降ろしたのだと官人たちは囁いている。

まんざら根拠のない風聞ではないとみえて、朱雀の側近である師氏は、上皇が弟を深く恨み、上皇御所とした仁和寺でしきりに復位を祈禱《きとう》しているとこぼした。

「両親をおなじゅうする実の弟を呪詛《じゅそ》しているのか……」

空也は重い溜息をついた。まさに修羅だ。朱雀も村上も醍醐帝の皇子だから、空也にとっては親子ほども年の離れた異母弟たちである。

村上帝即位にともない、実頼は左大臣に、師輔は右大臣に昇って父の両翼を固めているが、辣腕《らつわん》の師輔は早くも娘の安子を村上の後宮へ入内《じゅだい》させている。

「一苦しき二、などと世人は申しておるそうで」

同母の兄を快く思っていない師氏はいまいましげに舌打ちした。「一の座の実頼が心苦しいほど秀《ひい》でた二番手師輔」という意味である。師氏自身、朱雀に信任されていたのが裏目に出て先々が望み薄になっているが、最近の彼は以前と異なり、昇進に躍起にならなくなっている。それが空也の影響なのか、彼が悲嘆に沈んだ末の変化か、空也も師氏自身もまだわからずにいる。


それから丸一年後の四月、年号が天慶から天暦《てんりゃく》に改められ、いよいよ二十二歳の新帝のもとで新しい御代になるはずだった矢先、畿内で天然痘《てんねんとう》が流行しはじめた。

疱瘡《ほうそう》とも豌豆瘡《えんどうそう》とも痘瘡《もがさ》ともいい、豆粒か粟粒《あわつぶ》大の発疹が全身に出る、感染力と死亡率がきわめて高い疫病である。今回はことに子供や壮年が罹患《りかん》し、多くの死者が出る事態になった。朱雀、村上の二人も罹《かか》った。さいわい命に別条なくすんだものの、宮中は諸僧を集めて病魔退散の大般若経《だいはんにゃきょう》転読をおこない、宮城門前で大祓《おおはら》いをおこなった。

真夏のことで赤痢も併発し、たちまち京中に蔓延《まんえん》した。実頼の建言によって朝廷は東西両京でそれぞれ米百石と三十籠を病人に分け与えたが、その程度では焼け石に水だった。

市堂に参ずる者たちにも、頭痛を訴えて高熱を発し、十日ほどのたうちまわって苦しんだ挙句、死ぬ者が少なくない。やむなく鎮静化するまでのおよそ四ヶ月間、閉鎖するしかなかった。

さては志多良神は予兆だったのだと、それを祀る祠《ほこら》があちこちにつくられた。菅原道真の魂を鎮《しず》めるための社が北野に建てられたのも、またぞろ菅公の怨霊のしわざと恐れるからである。

都大路は死骸《しがい》を捨てに行く荷車がひきもきらず、骸《むくろ》に触れるだけで感染するとあって、洛外まで行かず途中で投げ捨てていく。せめて鴨川まで運んでくれればと歯嚙《はが》みしつつ、空也は弟子たちとともに口と鼻を布で覆って骸を回収し、荼毘《だび》にふす作業に追われた。

「この世は地獄。いっそ、死んで楽になりとうございます。空也さま、浄土へどうか送ってくだされ」

必死にすがりついてくる民たちに、こんな穢土《えど》でも生き抜いていかねばならぬと諭すそらぞらしさに心砕かれつつ、観世音菩薩の慈悲を説き、希望を持たせねばならぬと気力を奮い立たせる。そのくり返しだ。

災難は草笛の身にもふりかかった。疱瘡に罹った草笛を夫の大和介は情け容赦なく追い出したのである。息も絶え絶えで荷車に乗せられて市堂に連れられてきた草笛は、夫への恨み言は一切口にせず、頑《かたく》なに西京の家にもどるのを拒んだ。

「あそこは孤児たちがおります。子らにうつしてしまっては、わたくしは死ぬに死ねませぬ」

やむなく空也の指示で頑魯が洛西に空家を捜し、そこへ運んだ。

「おらが看病する。草笛さんは家族だ。おらが初めて得た家族だ。絶対に死なせねえ。死なせるもんかい。安心しなよ。おらがついてる」

頑魯の懸命の看病のおかげで草笛は命をとりとめたが、顔には無惨な痘痕《あばた》が残った。頭の地肌まで侵され、髪の毛がごっそり抜け落ちて生えなくなってしまったのに、

「どういう姿だろうが生きてりゃいいのさ。いっそ剃っちまったらどうだい」

頑魯がこともなげに言い、草笛自身も思うところがあったとみえて、剃髪《ていはつ》して尼姿になった。

「これからは、わたしと善友《ぜんぬ》の交わりをいたそう。頼もしい仲間ができた。たがいに心を結びあって生きていこう。ああ、頑魯とはもう、とうに家族なのだな」

空也の言葉に、頑魯も草笛も声をあげて泣いた。


十月、左大臣実頼の一家も悲劇に見舞われた。娘の村上新帝の女御述子《にょうごのぶこ》が疱瘡に罹って出産したため、父の邸で母子ともども亡《な》くなったのである。述子はまだわずか十五歳だった。

「赤子は皇子でした。ゆくゆくは帝位を踏むこともできる身に生まれながら、この世でたった二度、ちいさく息をしただけで死んだのです。これも前世の因果というのでありましょうか」

娘と孫息子を失い、帝《みかど》の外戚《がいせき》になる可能性も絶たれたのだが、そのことを側近の者に指摘され、温厚な彼が激怒してあわや殴り殺すところだったと後で聞かされた。

「世間はまたしても弟に差をつけられたと口さがないようですが、いまのわたしは、もはや、そんなことはどうでもよい。なのに、言われれば妬《ねた》ましさと怒りに波立つおのが心があさましく」

さらに翌月、今度は嫡男敦敏《あつとし》までが疱瘡に倒れて死去。敦敏は当年三十歳の正五位《しょうごい》下《げ》左《さ》近衛少将《こんえのしょうしょう》、度量が広く温和な人柄で世間の評判も非常によく、将来を嘱望されていた。実頼も頼もしい後継ぎと期待していたのに、父と祖父に先立ってしまったのである。

「世間はこれも菅公の祟《たた》りと。道真公の霊はいまだに時平一族への恨みを忘れておらぬのだと」

実頼はがっくり肩を落とした。敦敏の母は時平の娘だから、敦敏にとって時平は大伯父であり、外祖父である。世間は、道真の怨霊《おんりょう》によって時平の血を引く者の多くが短命で、敦敏もその例だと言いたてている。

「それより、時平公の急死を菅公の怨霊のせいにして、父とわれら兄弟が権勢を得たのはまぎれもない事実。その因果応報かと思うと身がすくみます」

それでも左大臣の立場で世を捨てられぬ、と唇を嚙む幼馴染《おさななじみ》を空也はただ見守るしかなかった。

九

翌天暦二年春二月、前庭に一本だけ植えた梅の木が濃紅色の花をびっしりつけ、あでやかに彩っているのを空也は堂内に坐《ざ》してぼんやり眺めていた。

開堂から足掛け五年、疱瘡の猛威もようやくおさまり、市堂にはまた連日、貴賤《きせん》を問わず大勢の人が集まってくるようになった。彼らが置いていく喜捨のおかげで、前庭でほぼ毎日、施食《せじき》の粥《かゆ》をふるまえるようになり、それ目当てにやってくる浮浪者たちの行列ができる。病者や衰弱している者には煎じ薬を与える。市堂の存在と空也の活動を知り、奉仕を手伝おうという聖や在家の信徒たちも増えている。

（ようやっと、ここまできたが……）

これから先もこれでよいのか。まだやらねばならぬことがあるのではないか。そんな思いがしきりに脳裏をかすめる。

門前が急に騒がしくなり、弟子の一人が慌《あわ》てて駆け込んできた。

「上人《しょうにん》さま、大変ですっ。天台座主《ざす》猊下《げいか》がお出ましに」

「天台座主だと？　いったい何事か」

訝《いぶか》りながら縁先に出てみると、四人舁《か》きの豪奢《ごうしゃ》な蓮台《れんだい》から齢《よわい》七十ほどの長身の僧が供僧《ぐそう》に手をとられて降り立ったところだった。

「参堂させていただきたいのだが、よろしいかな」

老僧は丁重に尋ねたが、柔和な表情なのにさすがに威圧感がある。

座主延昌《えんしょう》。幼くして比叡山に登り、円仁の弟子の玄昭《げんしょう》に師事。太政大臣忠平の崇拝を受け、忠平が創建した法性寺《ほっしょうじ》の阿闍梨《あじゃり》となり、座主も務めた。その関係で病弱の朱雀帝を護持する内供奉《ないぐぶ》十禅師に推挙されて宮中に供奉し、律師を経て一昨年末、ついに天台宗の頂点に立った人物である。

そんな高僧がなにゆえ、正式の寺でもないここへわざわざやってきたのか。

「どうぞ。何人《なんぴと》も拒む理由はございませぬゆえ」

延昌と供僧たちが入ってくると、熱心に念仏を唱えていた者たちは驚き、皆そそくさと席を立って出ていった。

「念仏行の邪魔をしてしもうた。あいすまぬことじゃ」

延昌は心底すまなげな顔で詫《わ》び、供僧に外で待つよう命じると、空也と二人きりで対座した。

「憶《おぼ》えておられますかな。あなたがまだ五宮《ごのみや》さまといわれた頃、宇多法皇さまが仁和寺の御所で不断念仏を催された。その折、愚僧も師に従って列しておりました」

「……そうですか。あのとき」

空也はちいさく溜息をついた。十歳から十三、四歳までの空也とおなじ年頃の寺稚《ち》児《ご》たちが透ける白絹に金色の縁取りの衣をひらつかせ、声変わり前の甲高い声で「なーもーあーびーたーふー」と漢音で唱えながら暗い堂内を歩きまわった。その不思議な抑揚と、燭火《しょっか》に照らされて浮かびあがってはまた闇《やみ》に溶けていく白い影の幻想的な光景は、いまだに忘れようがない。

「法皇さまらしいお戯《たわむ》れでしたが、あなたはその後すぐ、叡山へやってこられた」

下劣な倒錯めいた催しに嫌悪感をおぼえ、法皇に懇願して比叡山でおこなわれている本物の不断念仏、山の念仏をじっくり見せてもらったのだった。

「妙な皇子さまだと思いました。思いつめたような目の色と、世の中すべて信じられぬというような疑念にさいなまれている気配がおありでした。その後、行方知れずになられたと聞いたときには、さもありなんと」

延昌は温和な顔の目尻に皺を寄せ、傷《いた》ましげな笑みを浮かべた。

しかし、まさかこんなかたちで再会することになろうとは、思ってもみなかった。

だが実頼から市聖《いちのひじり》の正体を打ち明けられたときには、妙に腑《ふ》に落ちた。ひとりごとのような口ぶりで言いながら、延昌は浄土変相図をまじまじと凝視していたが、やがて大きくうなずいた。

「なるほど。これが、あなたが感得した阿弥陀浄土なのですな。興福寺の当麻《たいま》曼荼羅《まんだら》は太政大臣さまから見せていただきましたが、いや、それ以上の荘厳さだ。感服いたしました」

忠平は空也がその変相図を空晴から見せてもらったことを息子の実頼や師氏から聞き、翌年、自分も見たいと手許《てもと》に届けさせた。以来、邸内の持仏堂に奉《たてまつ》って、日々、拝しているという。

「愚僧も浄土のありさまをわが目に見たい。常にそう願っておるのじゃが」

延昌自身、顕教に精通し、密教でも験力《げんりき》をほこる名僧だが、阿弥陀信仰にも熱心で、毎月十五日には諸僧を招いて阿弥陀讃《さん》を唱え、浄土往生を願っていると、空也も実頼から聞いている。また、早くから将来を嘱望されながら、叡山の俗臭を嫌って人気のない幽閑の地にこもり、坐禅《ざぜん》と瞑想《めいそう》に没頭していたとも聞き、一途《いちず》でひたむきな人なのであろうと親近感をいだいていた。

「愚僧は加賀国の生れで、父は猟師でしてな。愚僧は獣の血肉の臭《にお》いの中で育ちました。息絶えていく鹿《しか》や兎《うさぎ》の目、ひくつく四肢、消えていく温み、いまだに忘れられぬ。

親や子を呼ぶ悲しい鳴き声が耳に残っておりまする。皮を剝《は》ぎ、肉を炙《あぶ》って喰らいながら、殺すものと殺されるものの違いはなんなのかと思わぬことはありませなんだ。しかしながら、猟師にとって殺生《せっしょう》はわれと家族を養う生業《なりわい》。生きる道のすべてゆえ、愚僧はその大罪をおかさずには生きてゆけぬ者たちも救われる道を探し求め、阿弥陀浄土往生にたどり着きました」

あなたもそうでありましょう。そううなずいてみせ、しばらく黙りこくって空也の顔を凝視してから、おもむろにきりだした。

「空也どの。どうですかな、そろそろ叡山で受戒して大僧《だいそう》になられては」

「いま、なんと？」

思いもかけなかった言葉に空也は耳を疑い、聞き返した。

「このわたしに、受戒せよと？」

延昌はゆったりとうなずき、堂内をぐるりと見まわして言った。

「いかにも。それを勧めにまいりました。お考えなされよ。庶民を導くのであれば、いまのまま沙弥でもよろしかろう。しかしながら、それでは限界がある。あなたの念仏行の教化《きょうけ》と民救済の事業を広めていくには、この堂ではもはや狭すぎる。そうではありませぬかな」

——これからの活動のために。より多くの民のために。

延昌は諄々《じゅんじゅん》と説いた。その真摯《しんし》な口ぶりからは、彼が、念仏行と観音信仰によって庶民に滅罪と抜苦《ばっく》をもたらし、死後の往生を確信させることで心の安寧を得させる空也の活動に、深い共感をいだいていることが伝わってきた。

自分は天台座主を務めているが、衆生をあまねく救うという大乗仏教の究極の目的を果たすことの難しさに立ちつくす思いである。加持祈禱で宮中や貴顕の現世利益を請け負い、その庇護《ひご》のもとで権力闘争に加担せざるをえない。仏教界では各宗がたがいの優劣を主張していがみ合い、おなじ比叡山内でも円仁派と円珍派が勢力争いに汲々《きゅうきゅう》としているのが現実だ。そこには民のためという発想はない。

「ところが、あなたはこうして実際に万民のために活動し、民の心をつかんでおられる。われら官に認められた僧どもが束になってもなし得ぬことを、たったひとりでやってておられる。たとえばわが父を救えるのは、息子たる愚僧の加持祈禱でも研学でもなく、ましてや天台座主の身分でもない。むろん忸怩《じくじ》たるものがあるが、市聖たるあなたの、ただ念仏を唱えよという言葉だけのようだ」

老僧は深々と溜息をつき、その目的のためならば、叡山の力を借りるのも善き方便《ほうべん》、そう考えよと空也を諭した。

比叡山延暦寺の得度及び授戒は毎年四月十五日までに行い、引きつづき十六日から三ヶ月間の夏安居《げあんご》に入る。釈尊以来の伝統の集中修行である。年次の得度者と臨時の得度者については、ともに二月以前に延暦寺から太政官へ奏上して認可を得るのがきまりで、今年はすでにその時期を過ぎているが、延昌は空也にその気がありさえすれば忠平の内諾を取る根まわしをしてあるというのだ。

「一両日、待っていただきたい。いまのお言葉、よくよく考えてみますゆえ」

延昌が帰っていくと、弟子たちが空也のもとに駆け寄った。堂の外で板壁の隙間《すきま》に耳を押し当てて盗み聞きしていたとみえて、皆、血相を変えている。

「上人さまっ、まさか、お受けになるのではありますまいな」

「叡山は上人さまの徳望を無視できなくなり、取り込もうとしておるにきまっています。身内に取り込んでわれらを離反させ、この市堂を骨抜きにしようとしておるのですぞ」

真っ向から反対したのは、愛宕山の月輪寺の道場から随《したが》っている行者や聖たちだった。正式な得度受戒をせず、寺僧という身分保障のない彼らにしてみれば、ここで空也が権威に取り込まれるのは我慢ならず、また恐れてもいるのである。

その顔を一つ一つ正面から見据え、空也は静かに尋ねた。

「もしだ。もしも、わたしが受戒して叡山の僧になれば、皆を裏切ることになるのか？　おまえたちは離反してここを去るというのか？」

「それは……」

皆、たがいに目を見交わして口ごもった。

「われらをお見捨てになると？　ただあなたさまを頼りに随っているわれらより、大寺の官僧になるほうが大事とおっしゃるのですか」

「わたしがいつ、そんなことを言った」

「どうしてこのままではいけないのですか。貧しい民のため、苦しむ民のため、そのお言葉を信じてまいりましたのに」

「もはや信じられぬか？　わたしは権威にすり寄る俗物に堕したと？」

「そうではありませぬ。ただ、あなたさまの真意が見えませぬ。どうなさりたいのか。何を考えておられるのか。なにゆえ叡山の大僧になる必要があるのか」

「ただ信じよ、というのは無理か」

「信じたいのです。でも、叡山に行かれたら、上人さまは変わってしまわれるのではないか。それが怖いのです」

「われらの上人さまではなくなってしまわれる。われらのことより貴顕の方々を大事になさり、市聖であることを忘れてしまわれるのではないかと」

「そう思う者は去ってよい。もともとここは教団というようなものではなく、わたしはおまえたちの師でもない。ただ志を同じゅうする善友なのだから、強制する資格も、そんな気もない」

空也はいつになく厳しい声音で言い放ち、念仏をつづけるから外にいる者たちを呼び入れよ、と命じた。


その夜、夢を見た。深い森の中を一人さまよっている夢だ。灰色の霧がたち込め、木々の影が揺れている。裸足《はだし》だった。足裏に冷たく湿った地面の感触が妙な現実感をともなって感じる。

不意に霧の中からざわめきがして、気づくと、宇多法皇が目の前に立っていた。

「これがおまえの選んだ道か。皇子の身を捨て、この祖父を捨ててまで、選んだ道か。おまえも結局は自分のことしか考えておらぬのじゃ。朕《ちん》を救ってくれるじゃと？　人々を救うじゃと？　そんなことができると思うてか。自惚《うぬぼ》れるな」

法皇は嘲《あざけ》るように哄笑《こうしょう》して消えた。

気づくと、白い透ける衣をまとった少年たちが甲高い裏声を震わせて「なーもーあ

―びーたーふー」と唱えながら、まわりを巡っていた。

違う！　それは念仏ではない。わたしの念仏ではない！　叫ぼうとするのに、声が出ない。少年たちはいつの間にか弟子たちに変わり、ひとり、またひとりと霧の中に消えていった。


目覚めたとき、胸の中ですでに授戒を受け入れる決心がかたまっていた。

延昌の申し出は、庶民のみならず貴顕にも帰依者《きえしゃ》が増えつつある空也が法相宗《ほっそうしゅう》の興福寺や清水寺と近しいのを知り、いまのうちに天台側へ引き寄せ、囲い込んでしまおうとする意図が透けて見えもする。それでも、天台座主からの要請は、空也の活動と市堂の存在が社会的に大きな影響力を持ち始めたのを認めたことに他ならない。

人々が求めるものが変ってきたということだ。市で念仏行脚《あんぎゃ》を始めた十年前には、死者供養《くよう》と勘違いされ、穢《けが》らわしいとののしられて唾《つば》を吐きかけられた。それがやっと民たちも、自分たちも仏に救いを求めてもいいのだと考えるようになった。仏教界もその変化を無視することはできなくなっている。

流れは変わりつつある。ようやくここまできたという感慨とともに、これから先どう導いていけばいいのか、迷いが出てきていたところだ。

既存の仏教界と対立するのは、自分だけが正しいという頑なな思い込みだ。我欲以外のなにものでもない。対立は何も生み出さない。どちらも相手を排斥して自らを守ろうとするようになる。そうなれば、せっかく変わりはじめた流れを止めてしまうことにもなりかねない。

弟子たちが離れていくとすれば、夢の中の法皇の言葉が正しかったということだ。おのれを戒め、また一から始めていくしかない。

十

天暦二年四月、空也は比叡山の戒壇院で延昌を威儀師《いぎし》として得度、最澄以来の天台宗伝統の梵網経《ぼんもうきょう》による大乗菩薩戒を受け、正式な大僧となった。

ともに得度授戒を受けたのは、六年以上叡山でそれぞれ密教と顕教の勉学と修行を積んだ十名の若者。そのうち二名は延昌の弟子だった。彼らは皆、ゆくゆくは叡山の学僧となるか、あるいは祈禱僧として宮中に侍して国家の平安を祈り、大貴族のために加持して名声を得ることになるであろう。若者らしい気負いと覚悟を眉根《まゆね》に現わした若者たちだった。

延昌が空也につけてくれた大僧名は「光勝《こうしょう》」。薬師瑠璃光七仏本願功徳経《やくしるりこうしちぶつほんがんくどくきょう》に説かれる仏国土の名称である。

「光勝国といえば、玄奘三蔵《げんじょうさんぞう》は浄瑠璃国と訳した仏国土ですな」

「さよう。光が満ち溢《あふ》れる国、清らかに透きとおった瑠璃の光という意味です。この経典は現世利益《りやく》をもたらすと同時に、東方薬師如来《にょらい》の世界への往生を勧め、西方阿弥陀浄土と天界への往生をも願います。つまり現世と来世、二世のあらゆる利益です。貴賤すべての者たちのさまざまな苦しみと切なる望みに寄り添わんとするあなたに、ふさわしいと考えましてな」

延昌は空也の存在と活動が人々にとって仏の国たれ、といっているのである。

「まことにありがたきお諭し。心から感謝いたします。……なれど」

自分の名にはふさわしいとは思えない。天台宗では天皇家の危機や天変地異の際、この七仏薬師法をおこなう。だが、密教修法によって現世利益の達成を求めるのは、自分の本意ではない。

「わたしはやはり、いままでどおり空也のままで、これから先もやっていこうと思います」

空也の沙弥《しゃみ》名は、「すべては空なり」の究極の真理から自分でつけた。自分の原点である。それを忘れてはならぬといまあらためて思う。

「なるほど。それもよろしかろう。名を変えたからといってあなた自身が変わるものではないが、しかし、あなたを慕う者たちはもとのままのほうが安心できるでしょうからな」

延昌は空也が口にしなかった内心の危惧を見抜いていた。

「わがままついでにも一つ、お許し願いたきことが」

空也は延昌の前に両手をついて深々と頭を下げた。

「夏安居は規定どおり勤めますが、しかし、その後の十二年籠山行《ろうざんぎょう》はご容赦いただきたい」

天台宗では、得度受戒後の十二年間、一歩も比叡山から下りず、修行に専念せよと最澄が定めて以来、厳しく守られている。比叡山には「論湿寒貧《ろんしつかんぴん》」という言葉がある。論は議論、すなわち研学、貧は文字どおり極貧、それに山特有の湿気と厳寒。そんな過酷な環境で俗世とのかかわりを一切断ち、厳しく戒律を守ることで自覚と覚悟を自身の心とからだに刻み込むための年月である。

「無駄とは申しませぬが、わたしはその時間が惜しい。十二年もの長き年月を、自分自身の修行のために費やすわけにはいかぬのです」

得度受戒しておきながら最重要な掟《おきて》には従わぬというのである。われながら身勝手な言い分だが、それが許されないなら、いますぐ僧籍は返上する。

「なにを申される。いまさら、やらぬですと？」

「聖上がりのくせに何さまのつもりだ。新僧にすぎぬ身で叡山を愚弄《ぐろう》しよるか」

居合わせた僧たちは気色ばんだ。

「空也、空也とご大層にのたまうが、そもそも釈尊が一生のうちに説かれた五時八教でいえば、三論宗《さんろんしゅう》は般若時の教え。大乗といっても初門の通教《つうぎょう》ではないか。最終的な完全無欠の円教《えんぎょう》である法華経《ほけきょう》と涅槃経《ねはんぎょう》、さらに密教を融合して円密一致とするわが天台宗からすれば、劣った浅い教えにすぎぬ。それを偉そうに言いたてるとは、まったくもって笑止千万」

「お言葉ながら、天台大師は、通教から円教の妙理へ移るとされたのではありませぬか。そもそも空の真理を説く三論は大乗諸宗に通ずる大本《おおもと》、それゆえ通教と名づけられた。天台宗の空《くう》・仮《け》・中《ちゅう》の三諦《さんたい》の要義もそこから発展したのでは？」

「わが天台宗は、八教も醍醐味《だいごみ》をも超えた超八醍醐《ちょうはちだいご》ですぞ」

初老の僧が厳しい口調できめつけた。

「十二年間の研学と厳しい修行に耐え、成し遂げてこそ、それを奉じる資格を得る。

巷《ちまた》なら半端《はんぱ》な知識で通用するであろうが」

彼らは空也が一切経《いっさいきょう》を学んだことも、苦行で仏を感得したことも、いまも毎日、法華経を読誦《どくじゅ》して精通していることも知らない。ただ念仏を唱えよとだけ説いて歩く、似非沙弥《えせしゃみ》上がりと侮《あなど》っているのである。

「あなた方はまるで、維摩経《ゆいまぎょう》の舎利弗《しゃりほつ》のようですな」

空也はちいさく吐息をついた。

「これは聞き捨てならぬ。われらを小乗の輩《やから》と愚弄しよるか」

「返答如何《いかん》ではこちらも考えがありますぞ」

若手の数人が膝《ひざ》を立てて身を乗り出し、声を荒らげていきり立ったが、

「ご存知のとおり、釈尊の十大弟子で、智慧《ちえ》第一とたたえられる舎利弗ですが」

空也はひるまず言葉を継いだ。

「彼は天女が降らした花びらを修行の邪魔になるとふり払い、あらゆることは空と知っていれば何ものも妨げにはならぬはずだと天女にからかわれる。これはふさわしいとか、ふさわしくないとか、こだわる必要はない。そういう頭で考える分別は無意味だと天女はけなしたのです。舎利弗以上に大乗の六波羅蜜《ろくはらみつ》を行じて智慧があるあなた方なのに、叡山の決まり事に固執し、それ以外は認めず、排斥しようとなさる。わた

しは何も叡山の修行を否定しているわけではない。ただ、それしか正しくないというのは頑迷ではないかと申し上げているまで」

静かな声音だが一歩も引かぬ気がまえに、ひるんだ僧たちは延昌に向かって口々に迫った。

「御座主、いかがなさる。まさに叡山の威信にかかわる言いがかりですぞ」

「まさかお許しなさるのではありますまいな」

表情一つ変えず黙って応酬に聞き入っていた延昌は、

「のう、諸僧方。もうそのあたりでよかろう」

皆の顔をぐるりと見まわし、ようやく口を開いた。

「山に籠《こも》るが修行なら、里で人間《じんかん》にあるも修行。より過酷なのはどちらか。衆生《しゅじょう》救済の実践行のほうであろう。それと比べれば、叡山の論湿寒貧も耐えきれぬほどのものではない。この光勝は、いや、空也どのは、そのおのれの使命のための方便として、受戒したまでのこと。それをそのかしたのはこの延昌じゃ。伝教大師の開山以来、連綿と守られてきた定めを破るからには、責められるはこのわしということになるが、さて、どうしたものかな」

まるで衣の洗濯を今日するか明日にするか、というようなのんびりした口ぶりに、皆、怒りを削《そ》がれた顔で押し黙った。

それを聞きながら空也はふと、維摩経の文殊菩薩《もんじゅぼさつ》と維摩の会話を思い出した。維摩の邸を訪れた文殊菩薩は、部屋の中に家具調度が一つもないのを不審に思って尋ねる。この部屋はなぜ空っぽなのですか。維摩はこたえる。「仏国土は空だからですよ」

延昌がつけてくれようとした光勝の名は、光勝国という仏国土に由来する。

（仏国土は空。もしや座主は、その意図をふくんでつけてくださったのか？）

はっとして延昌の顔を見やると、はたして座主は目の端だけで微笑《ほほえ》み、ちいさくうなずいた。おわかりになりましたか。いや、我ながら洒落《しゃれ》た名づけと独り、悦に入っていたのですよ。いやいや、気になさることはない。わかってくだされば十分。

ふたりにだけ通じる無言の会話に、空也はあらためて延昌のふところの深さを知った。

七月十六日、夏安居が終わった解夏《げげ》の翌日、空也は比叡山を下りた。その後、死ぬまで二度と登ることはなかった。

第六章　捨てて生きる

一

比叡山を下りた空也を待っていたのは厳しい現実だった。さいわい弟子たちは誰ひとり欠けず、道場に来る在家者たちもいままでどおりだが、全国二十数ヶ国におよぶ凶作で餓《う》えた民が京に流入し、都大路で昼日中、追剝《おいはぎ》に襲われるありさまである。しかも今年は寒さが早い。ますます難民がなだれ込んできて、京の治安はさらに悪化すると恐れられている。この市堂でどこまで難民を受け入れられるか。そう考えると暗澹《あんたん》とする。

それにしても寒い。

まだ十月に入ったばかりなのに小雪が舞う夜半、市堂でひとり灯火を引き寄せて書きものをしていた空也は、板戸の外に人の気配を感じた。

「誰ぞ？　閂《かんぬき》は掛けてない。入ってきなされ」

子《ね》の刻を過ぎた真夜中に出歩いているとはただ者ではない。胸騒ぎがした。板戸の外でも、急に声をかけられてたじろいだか、声を押し殺して喘《あえ》いでいる気配がある。板戸の
立っていって内側から引き開けると、板壁にもたれかかっていた黒い人影がずるずると崩れ落ちた。

「猪熊《いのくま》、おまえか！」

「ああ、おれだ。すまぬが肩を貸してくれ」

朽葉《くちば》色《いろ》の水干の脇腹《わきばら》が黒く濡《ぬ》れており、血の匂《にお》いが鼻をついた。

「怪我《けが》をしているではないか。待て、動くな。静かに運んでやるから」

急いで堂に運び入れ、床に寝かせて古布で止血した。見れば、片袖《かたそで》が引きちぎれているし、腕や脚もあちこち擦り傷になって血が滲《にじ》んでいる。

「ぶざまにも馬から落ちただけだ。たいしたことはない。かすり傷だ」

強がってはいるが、声に力がない。そのとき落したか萎烏帽子《なええぼし》もかぶっておらず、頭髪が無惨《むざん》に乱れている。水を飲ませてやると、ようやく少し落ち着いた。

「こんな夜更《よふ》けに出歩けば、命を獲《と》られても文句はいえぬ時世だ。知らぬのか」

旅から旅の商いでめったに京には帰ってこないと聞いたが、そこまで久々なのか。不審が顔に出たか、猪熊は空也の視線を避け、正面の壁に掛けてある浄土曼荼羅《まんだら》変相図に目をやった。

「これが、おまえが見たあの世とやらか？」

「あの世というのとは少し違うが、阿弥陀仏《あみだぶつ》のおわす西方の仏国土だ」

「こんな金銀宝石ずくめの国が現実にあるだと？　盗賊どもにはこたえられぬであろうな」

猪熊は片頬をゆがませ、うっそりと笑った。

「金銀宝石でまばゆいのではない。仏菩薩《ぶつぼさつ》が放つ光が満ち溢《あふ》れているからまばゆいのだよ」

「そんな絵空事で食うや食わずの民が喜ぶと、おまえは本気で考えておるのか」

「空腹は満たされぬが、心は安らぐ。この穢土《えど》を厭《いと》い、往生を望む気持が強くなる」

「厭離《おんり》穢土、欣求浄土《ごんぐじょうど》。お定まりの決まり文句なんぞ一文にもならぬ」

吐き捨てると猪熊はよろけながら立ちあがり、険しい顔で空也を一瞥《いちべつ》して出ていった。

引き止める暇もなかった。大路に出て夜闇を窺《うかが》ったが、どこへ消えたか、猪熊の姿は見えなかった。数町先で兵馬が慌《あわ》ただしく疾走するもののしいざわめきが聞こえる。どこかで火事が起きているのか、鈍色《にびいろ》の夜空にどす黒い煙が流れたなびいている。

（猪熊よ、おまえの身に何が起こっているのだ。そんな怪我でどこへ行った）

何か尋常でない事にまき込まれているのは確実だ。暗く悽愴《せいそう》な気配をまとわりつかせていた。

翌日、市司の者から昨夜、群盗の一味が張り込んでいた検非違使《けびいし》に捕縛されたと聞かされた。

翌天暦三年八月、太政大臣忠平が死去。温和で聡明《そうめい》な人柄が宇多法皇に愛され、醍醐、朱雀、村上と三代の帝のもとで三十五年の長きにわたって政局を束ねてきた。齢《よわい》七十の声をきいて病がちになり、しばしば致仕を願い出たが、そのつど村上帝に慰撫《いぶ》され、関白太政大臣のまま息を引き取った。

最期《さいご》に立ち会った実頼は、臨終の枕元《まくらもと》に興福寺から取り寄せた浄土変相図が掲げられていたと空也に報告したが、法性寺でおこなわれた葬儀でひときわ衆目を集めたのは、三十八歳とまだ若い天台僧良源《りょうげん》だった。

良源は十二歳で比叡山に登って修学し、十七歳で座主《ざす》尊意《そんい》に随って登壇受戒。その博学聡敏は山内でも群を抜いており、次々に論議の相手を破して早々に頭角を現わした。二十六歳のとき、興福寺の維摩会《ゆいまえ》の後、南都北嶺《ほくれい》の学徒が四名ずつ選ばれて議論を戦わせた折にも、才学と弁舌で他を圧し、忠平の知るところとなった。

以来、忠平はしばしば邸《やしき》に招き、来世の追善を託すほど信任していた。良源は葬儀の後も忠平邸に止まって忌日の供養《くよう》をとりしきり、比叡山にもどってからも三百日の護摩供養をおこなったという。

「父は自分の後世は悪趣と怯《おび》え、加持祈禱《きとう》の追善に望みをかけたのかと」

「心中、罪悪感に苦しんでおられたのであろう。権勢を得るために悪辣《あくらつ》な手を使う。温厚な父上でさえそうなのだ。人の性《さが》であり、業《ごう》なのだよ」

空也は実頼を慰めつつ、忠平の死によって政局が混乱し、ますます人心がすさむのではないかと強い危機感を抱いている。

天変地異、飢饉《ききん》、疫病《えきびょう》——。民の苦しみは絶えることがない。そのひとりひとりに仏の慈悲を説き、心の安寧を教えても、国全体が災厄に瀕《ひん》している以上、救われる道はない。国が安寧であってこそ、民は心おだやかに暮らせる。官と民とが心を一つにして望まねば、国の平和も民のしあわせもありはしないのだ。

——そのためには、何が必要か、人々は何を求めているのか。

懸命に模索しつづけた空也は、天暦四年秋、満を持して二つの大きな発願《ほつがん》をした。一つは、十一面観音像と守護諸尊像の造立。もう一つは、大般若経《だいはんにゃきょう》六百巻の書写事業。いずれも畢生《ひっせい》の大事業である。

十一面観音は頭上の十一の顔があらゆる方向を見通し、現世の利益《りやく》と来世の往生、そのどちらにも絶大な威力を発揮し、すべての悩みを取り除くとされる、最強の変化《へんげ》観音である。清水寺も阿波の湯島も、大和の長谷寺も、本尊は皆、十一面観音である。

仏師は東寺の仏造所に属する工房から選んだ。まだ若い者たちだが、卓越した技術と新鮮な感性を見込んだ。類型的な像ではなく、いまの時代にふさわしい像にしたい。

造像と併せて、本拠地の新設を考えている。市堂の他にもう一つあらたに道場を造る。市堂はすでに手狭で、堂内に入りきれぬ信徒たちが路上に溢れ、雨露をしのぐこともできないありさまなのだ。できることなら、西京の草笛の家で養育している孤児たちも引き取りたい。ゆくゆくは病人や浮浪者を収容できるようにもしたい。

そのためにはかなり広い土地が必要だが、しかし、京内は平安京を造った桓武帝の強い意思により、東寺と西寺以外に仏寺や道場の建立《こんりゅう》は厳禁されている。京外に求めるしかなく、師氏や実頼とも相談し、秦氏《はた》所縁《ゆかり》の嵯峨野《さがの》か松尾《まつのお》大社のあたりを考えたが、これという場所がなかなか見つからない。

考えあぐねているとき、頑魯《がんろ》が十五、六の小柄な少年を連れてきた。

「おまえはもしや、あのときの子供か？」

清水寺へ行く途中だった。死んだ母親の髪の毛を弔い坊主《ぼうず》が抜き取るのをじっと見つめ、どうやったら死ねるか教えろと空也に迫った子だ。清水寺へ連れて行き、庫裏《くり》をしきる堂守に預かってもらったまま、その後どうしたか、知る機会がなかった。

「ずっと清水寺におったのか？　なにゆえ逃げなんだ」

孤児になった絶望も、死の願望も、腹いっぱい食べて落ち着けば、やがては薄らぐ。窮屈な寺より自由な世界へ出ていきたくなる。そう思ったのだが、この子はそうしなかったのか。

「死ぬ方法を教えてくれる、おまえさまはそう言った。だからずっと待っていたのに、いつまでたっても来てくれぬから、催促しにやって来たんだ」

市堂に来ていた頑魯と顔なじみになり、親しくなった。ときおり寺を抜け出してやってきては水汲《みずく》みや走り使いを手伝っているというのだ。

「教えてくれるまで離れてやらねえぞ」

「まだ死にたいのか？」

「いんや、そうじゃない」

少年は自分の心の底を覗《のぞ》き込むような目をしてしばらく黙り込んでいたが、

「どうやったら生きたいと思えるようになるのか。うん、おらはそれが知りたいんだ」

やっと得心できた、という顔で大きくうなずいた。

「そうか。それはいい。わたしが教えずとも、いつか自分でわかるようになる」

市堂の雑用をさせることにして、清水寺の寺号音羽山《おとわやま》にちなんで音羽丸と名づけようと思いながら、不意に脳裏に閃《ひらめ》くものがあった。

「そうだ。新しい道場はおまえと出会った場所に造ろう」

「髑髏原《どくろっぱら》かい?」

「そうだ、髑髏原だ」

鴨川の東側のそのあたりは、庶民の骸《むくろ》を野棄《のずて》にする場所ゆえ、いつしか髑髏原と呼ばれるようになった。京外だから人家はほとんどなく、草茫々《ぼうぼう》の原が広がる寂しいところだ。

「どうしていままで思いつかなんだか。考えてみれば、死者の菩提《ぼだい》を弔い、生者の救済を願う道場に、これほどふさわしい場所はない」

空也の言葉に、死んだ母を思いだしたか、音羽丸は泣き出しそうな顔になった。

二

発願から丸一年たった天暦五年（九五一）秋、念願の十一面観音像が完成した。併せて梵天《ぼんてん》と帝釈天《たいしゃくてん》、それに四天王の善神六体もできあがった。

道場に運び込まれた諸像を皆、息をのんで見つめた。

中尊の十一面観音は檜《ひのき》の一木造り、台座をふくめておよそ一丈（約三メートル）、神々《こうごう》しいばかりに黄金色の光を放っている。頬の豊かなお顔は若々しく、少年めいたおもざしで、空也はどことなく音羽丸のおもかげがあるように感じて、心中うなずく思いだった。

仏師の工房に進捗《しんちょく》状況を見に行くときには毎回伴ったから、無意識にこの子の顔が反映されたのかもしれないが、それより仏師はこの子が身内から発しているものを感じ取り、観音菩薩の姿としてあらわそうとしたのではあるまいか。

思いつめたような表情なのに、口元にかすかにやわらかな笑みを浮かべている。肩も胸も二本の腕も肉づき豊かなのに、胴がきりりと引き締り、わずかに腰をひねって静かに直立しながら、いままさに動きだそうとしているかのようだ。身にまとった衣と領巾《ひれ》は天女の衣のように軽やかに波打って流れ、風をはらんでいる。静と動、静謐《せいひつ》と緊張、優美さと森厳さ、相反するものがせめぎ合いながら共存し、破綻《はたん》なく一つに調和している。

頭上の十一の菩薩面と頭頂の仏面は大きすぎず、それが軽やかな雰囲気で、からだ全体がよりすらりと実際以上に長身に見える。いかにも美形の観音さまだ。

珍しいのは、十一面観音といえばたいていは左手に水瓶《みずがめ》か蓮華《れんげ》を持っているのに、この像は胸の高さに掲げた左手にも、自然にからだの脇に垂らした右手にも持物はなく、それぞれ親指と中指の先をそっと接して、本来は阿弥陀仏の印相である来迎引接《らいごういんじょう》印《いん》を結んでいることである。

——限りなく阿弥陀仏に近い十一面観音。

それが空也の意図であり、仏師にくどいほど念を押したのもそのことだった。東寺の造仏にたずさわる仏師たちは最初こそとまどいを見せたが、すぐに空也のいわんとするところをのみ込んだ。密教では観音菩薩は阿弥陀仏の化身ともされるから、あながち異形ではない。

「見事な出来栄《できば》えだ。ようやってくれた」

空也は仏師たちをねぎらい、魅入られたように見上げている音羽丸の背中に声をかけた。

「音羽丸よ、おまえとおまえの母を見守ってくださる観音さまだぞ」

むろん彼ら母子だけではない。初夏からまたしても疱瘡《もがさ》が蔓延《まんえん》し始め、四年前よりさらにひどく、京中いたるところに死骸《しがい》が捨てられている。彼らのような母と子があふれている。

――このままでは国が滅びる。

危機感をつのらせ、護国の守護神である四天王と、仏法の守護神である帝釈天と梵天を加えることにして、仏師を増員して完成を急がせたのだ。

六体はいずれも六尺の一木造りで、色鮮やかに彩色されている。どれも激しい動きの瞬間をとらえた躍動感あふれる造形だ。通常は聖観音《しょうかんのん》の脇侍《きょうじ》である梵天と帝釈天を脇侍としたのは、この中尊が聖観音の功徳《くどく》を兼ねる十一面観音でもあるからだ。

併せて髑髏原に建設を進めていた道場もなんとか間に合った。まだ諸像を安置する内陣の須弥壇《しゅみだん》もなく、外陣は床が張られているだけのがらんどうの本堂と、掘っ立て小屋の宿所があるだけの粗末な会堂だが、仲秋八月、開眼供養をかねて災疫《さいやく》消除の祈禱を盛大におこなった。

「それにしても、たった一年でようできましたなあ。二年、いや三年はかかると思いましたよ。貴賤《きせん》問わず勧進に応じたのは、あなたさまの必死の思いが伝わった証《あか》し。いや、すごいことだ」

師氏がめずらしく感に堪えたおももちで言ったのに、空也はにこりともしなかった。

「いや、これからが正念場だ。まだ始まったばかりだ」

おなじ時に発願した大般若経の勧進も進めているが、そちらはまだほとんど手つかずの状態なのだ。

大般若経は全六百巻。唐の玄奘三蔵《げんじょうさんぞう》が四年がかりで漢訳した一切経《いっさいきょう》中最大の経典である。一切皆空の仏の叡智《えいち》の集大成ともいうべきもので、我が国には玄奘の訳出から四十年後に早くも請来《しょうらい》され、法華経《ほけきょう》、金光明経《こんこうみょうきょう》、仁王経《にんのうきょう》の護国三部経とならんで尊ばれてきた。

国家鎮護、五穀豊穣《ほうじょう》、疫病退散、玉体守護、鎮災などなど国家の大事から、病気平癒、延命、追善、一族繁栄など個人の願望にいたるまで、すべてを網羅し、かつ甚大《じんだい》なる利益があると信じられ、ことに天変地異に際しては国家事業として書写・読誦《どくじゅ》されてきた。

此度《こたび》の災厄はすでに国難の域にまで達している。この経典の威力を借りるしか、すべはない。しかし、いまは官立写経所はなく、諸寺や貴家が個別におこなっているだけで、それとて大般若経ほどの大部となると、ほとんど例がない。官がやらないのなら、一民間僧の自分がやるまでだ。

全六百巻の総文字数、約六百万字。奈良時代の書写事業の記録によれば、必要な料紙の枚数は一万七百枚余。専門の写経師二十人がそれぞれ一日に四枚ずつ書いたとして、約百三十日かかる。それを、一部といえども空也一人で書写しようというのだ。

しかも、紺紙に金文字の華麗な装飾経にすると空也は最初から決めている。紺紙は紫根で染めた紫紙とならぶ最高級の料紙で、防虫効果がある。楮《こうぞ》の打紙を藍《あい》で染め、膠液《にかわえき》に金粉を混ぜた金泥《きんでい》で字書した後、磨きをかけて膠を除去すれば、燦然《さんぜん》と輝きを放って浮かび上がる。紺紙金字の装飾経が奈良写経でもてはやされたのは、その美しさだけでなく、千年先まで劣化せず、仏の教えを伝えるにふさわしいものだからだ。

だが、そのために必要な金は三百五十両《ちつ》（十二キロ）。紺紙は約二万枚。どちらも気が遠くなる大量である。その他、表紙と帙にもちいる雲母刷《きらずり》の装飾紙、巻子《かんす》の軸。校正師、装丁師などの人件費等々、とにかく莫大《ばくだい》な資金が必要になる。

「容易なことではありませぬな。むろん、左大臣さまや師氏さまは協力してくださりましょうし、誼《よしみ》のある貴家にも声をかけて寄進を頼み込んでくださりましょうが、それでも、とうていすぐにまかないきれるものでは」

計数に強い市人が細かく計算して溜息《ためいき》をつくと、居合わせた信徒たちはいっせいにうなだれた。やはり一個人がやろうとすること自体、無謀な企てなのだ。

皆、落胆の色を濃くしたとき、しどけなく壁に寄りかかって聞くともなく皆を眺めていた師氏が、にやりと笑って身を起こした。

「上人《しょうにん》、あなたは何のために天台僧になられたのです。いまこそ叡山の力を借りるべきではござらぬか。せっかくの大僧の立場、うまく使ってこそ。宝の持ちぐされではもったいない」

延昌座主に相談をもちかければ、少なからず便宜をはかってくれるであろう。天台宗の事業ということにすれば、朝廷にもちかけて資金を引き出すことも可能になる。比叡山には能筆の僧たちもいる。彼らを書写に参加させれば、さほど時間がかからず完成させることもできよう。

「いや。それは考えてはおらぬ」

空也は厳しいおももちでかぶりを振った。

「これは天台僧としてやる事業ではない。一介の阿弥陀聖、一物も持たぬ市聖《いちのひじり》の空也がなしとげてこそ、意味があるのだ」

空也はいつになく頑《かたく》なにかぶりを振りつづけた。教団や宗派に依存すれば、勢力争いに巻き込まれて、利用されることになりかねない。それだけは避けねばならぬ。

「むろん、延昌座主にも、興福寺の空晴どのにも、それから清水寺にも、わたし個人として協力を仰ぐ。こちらの趣旨をよくよく理解していただいた上で、頼らねばならぬところは頼る。自分一人の力でできると思うほど、自惚《うぬぼ》れてはおらぬつもりだよ」

ようやく表情をやわらげて皆を見まわしたが、弟子たちはまだ得心できぬ顔だった。

「しかし、それでは、いつになったら完成するやら、見当もつきませぬ」

「それでいいのだ。早く完成するのがいいわけではない」

「と、おっしゃると？」

皆いぶかしげに顔を見合わせた。

「年月はどれほどかかってもかまわぬ。短期間で一気に成し遂げることより、長く地道に勧進をつづけて、一人でも多くの者から喜捨を募る。そのことのほうが、よほど意義があるのだ」

「ですが、五年やそこらでは無理やもしれませぬ。それでもいいと？」

「ああ、十年でも、それ以上でも一向にかまわぬ」

空也はおだやかな笑みを浮かべてうなずいた。

「たとえ穀物一粒でも、わずか半銭でも、一人一人が持ち寄ることで、その者は仏と結縁《けちえん》できる。額の多寡《たか》、財物の量は関係ない。そうすることで一人一人が仏とつながり、他者とつながる。世の中すべての人々が思いを一つにして、平和な国になるよう願う。ともに罪を滅し、仏の叡智を心に植えつけて、よりよい生きかたを望む。そのための事業なのだ」

そのために、自分の残りの人生のすべてを賭《か》ける。最後の大仕事、と覚悟を固めている。

「皆もよう聞いてくれ。これは官寺や官僧の仕事ではない。われら教団に属さぬ沙弥《しゃみ》と聖、在家の者たちが力を合わせ、心を一つにしておこなう利他行なのだ。皆それぞれが菩薩になるための行なのだよ」

「わしらが菩薩にですと？　煩悩《ぼんのう》に喘ぎ、悪業を積み重ねて、やっとのことで日々を生きているわしらが、菩薩になれるとおっしゃるのですか？」

「そうとも。他人のためにささやかでも力を尽くそうとすれば、たとえ煩悩にまみれていようとも、その生身のままで菩薩になれる。そのことをわかってほしい」

言いながら空也はぼろぼろと涙を流していた。

資材や書き上がった巻の保管場所と作業場は、清水寺が空いている房舎を提供してくれることになった。校正作業は寺僧たちが修行や作務《さむ》の合間に手伝ってくれる。次は、書写の原本とする親本《おやほん》の手配だ。誤字脱字が極力ない精密な善本で、しかも全巻揃《そろ》っているものは案外少ない。興福寺から借りられることになったのは、空晴のおかげだった。

空晴は今年、興福寺第十四世別当に就任した。惰性に流れて教学を真剣に学ぶ僧が少なくなっている現状を嘆き、論議問答の法会《ほうえ》を恒例にしようとしている。巻子《かんす》を収めた唐櫃《からびつ》を牛車に積んで運んできたのは、見違えるばかりに成長した赤狗《あかいぬ》だった。彼はすでに正式に得度して、仲算《ちゅうざん》と名乗っている。

「師はわれら若僧どものよい刺激になると期待しておられるのです。むろんわたしは、この大経を精読して制覇せんと発心《ほっしん》しました」

もちまえの負けん気を勉学に向け、目を輝かせている。

「これからたびたびお伺いすることになりましょう。碁のお手合わせが楽しみです」

興福寺の親本にも、鼠害《そがい》や虫食い、雨漏りによる破損で解読不能の巻や欠落している巻が少なからずあったが、それに関しては、実頼が俗別当を勤める東大寺や延暦寺が提供してくれることになり、ようやく全巻揃う目星がついた。

南都北嶺の諸大寺が宗派を超えて協力するなど、朝廷主催の公式の仏事以外、聞いたためしがない。権威を誇る大寺も変わり始めていることを、空也も師氏らも、あらためて肌身で感じた。

「それだけあなたが無視できぬ存在になっているということです」

「いやなに、一介の市聖の発願だからこそ、どこも面子《メンツ》や意地の張り合い抜きでやってくれるのであろうが、官寺や大寺もやっと、貴賤が身分の差別なくひとしく仏に帰《き》依《え》する権利がある、救われる権利がある、と気づき始めたということだ」

猪熊からはあの後も変わらず、折々に喜捨が届けられる。たいていは明け方、道場の前に、荷を満載した車が放置されている。どこの誰と名乗る書状がついているわけではないから、皆不審がるが、空也にはすぐ猪熊からとわかる。あの小雪の夜以来、彼が姿を現すことは一度もなく、どこでどうしているのか案じているが、喜捨が届くことが無事な証しなのだとも思う。

それにしても、顔を見ればひどく否定的な言葉を吐くくせに、支援をやめようとしないのはなぜなのか。心底が窺い知れない。

あのとき、無理に引き止めてでも聞きただし、話し合うべきだった。それが悔やまれる。今度現れたら、そのときにはかならず――。そう思うしかなかった。

その年も終わる頃、やっと写経所開きにまでこぎつけた。

「いよいよですな。今後もむずかしい問題が次々に出てくるでしょうが、まずは走り出した」

ひょっこり顔を出した師氏が、寺僧や職人たちとの打ち合わせに余念がない空也に向かって明るい声をかけた。興福寺や清水寺との交渉事は、実頼と違って身軽な立場の彼が一手に引き受けて尽力してくれている。

「ああ、たとえ牛の歩みでも、粘り強く一歩一歩進んでいきさえすれば、やがてはたどり着く」

「延昌座主もおなじことを言うておられましたな。あなたは何があっても諦《あきら》めぬ、われら官僧が忘れてしまったことを、やろうとしてもできぬことを、あなたはやろうとしていると」

延暦寺では、高齢の延昌をしのぐ勢いで、良源の存在感が大きくなってきている。

彼は昨年、生後数ヶ月の儲君《もうけのきみ》（春宮《とうぐう》）憲平《のりひら》親王、後の冷泉《れいぜい》帝の護持僧を朝廷から任じられた。生母である中宮藤原安子の父である右大臣師輔の推挙によるものだった。

憲平親王が無事に即位すれば、師輔は外祖父として権勢を独占できる。今年に入って良源が法臘《ほうろう》二十四歳、四十歳の若さで異例の阿闍梨《あじゃり》位を得たのも、師輔の後ろ盾あってのことである。ふたりの野心家が各々《おのおの》の利害と目的のために結びついたのだ。そこには利他という発想が入る余地はない。

さらに三年後の天暦八年、師輔は比叡山に一族の繁栄を願って法華三昧《ほっけざんまい》堂を創建し、良源はその見返りに横川《よかわ》復興を果たして、山内の勢力はいよいよ強大になっていった。

三

天徳二年（九五八）四月、初夏の乾いた風が京の内外に吹き渡る頃、前代未聞《みもん》の事件が起こった。盗賊団が右京西市の獄舎を破り、九人の囚人を脱獄させて逃亡したのである。

六衛府《ろくえふ》の官人が一人を獄門前で殺害、あとの八人は賊とともに逃亡したが、摂津国の空き屋敷に逃げ込んだのを追手が発見し、激闘の末、二人を射殺、六人は賊もろとも捕縛。西市の獄舎に連れもどされた。

その空き屋敷は強奪した財物で溢れかえっていた。京と畿内各地を荒らしまわっている盗賊団の根城だったのである。商隊を装《よそお》って畿内、西国、北陸、瀬戸内にまで配下の組織をもつ凶悪な一味で、捕えられた仲間の奪取を図ったのだった。

捕えられた首魁《しゅかい》は傲然《ごうぜん》と、銀屋の猪熊と名乗った。

空也は検非違使庁から呼び出しを受けた。猪熊が、「空也を呼べ」とわめき、空也がこなければ財宝を隠してある他の根城の場所も、まだ各地に潜伏している手下どものことも、一言もしゃべらぬと頑強に拒否しているのだという。

「まいりましょう。あの者はわたしの昔からの友です」

白状させるためではない。ただ会ってみたい。

猪熊は検非違使庁の獄舎につながれていた。そそけだった蓬髪《ほうはつ》に頬を覆《おお》うばかりに伸びた髭《ひげ》、灰色の布子一枚で脛《すね》をむき出しにした姿は餓鬼さながらのあさましさだが、その眼は炯々《けいけい》と光り、頬に不敵な笑みを浮かべている。

渋る獄吏に格子《こうし》を開けさせ、ひとり中に入って猪熊の前に坐《ざ》すと、しずかな声で問いかけた。

「猪熊よ、おまえはなぜ、盗賊になどなったのだ？　何があったのだ？」

猪熊は空也の顔を凝視し、意外なほどおだやかな声でこたえた。

「喜界坊のやつだ。あやつのせいだ」

「喜界坊がどうしたと？」

「やつは、命惜しさに仲間を官に売り、自分だけのうのうと逃げやがった。おれはやつを親父《おやじ》と思っていた。信じきっていたのに裏切られたのだ。仲間のほとんどが捕えられ、拷問《ごうもん》で死んだ。かろうじて難を逃れたおれは、やっとのことでやつを捜し出した。やつは小便を垂れ流して命乞《いのちご》いしやがった。育ててもらった恩を忘れたか。最後の最後までそうほざきやがった。その声を聞きながら、なぶり殺しにしてやったがな」

以来、世の中のすべてを憎んだ。生き残った仲間を束ねて盗賊団の首魁になるのにためらいはなかった。容赦なく人を殺《あや》めて強奪し、放火して逃げる。女を犯し、子供を攫《さら》って人買いに売る。やり口はどんどん残虐《ざんぎゃく》になった。不思議なほど罪悪感はなかった。

「忠平の邸や内裏に忍び込んでお宝を盗んだのもおれの仕業だ。岐神《ちまたのかみ》を仕掛けたのもおれだ。藤原純友とも組んだ。こんな偽りだらけの醜悪な世の中、打ち砕いてくれる。強欲なやつらから手あたり次第奪う。愚かなやつは容赦なく殺す。それがおれさまの復讐《ふくしゅう》だ。ざまあみやがれ」

突然、叫ぶように吠《ほ》えたて、けたたましく哄笑《こうしょう》すると、

「空也、よう聞け」

血走った目を向けた。

「おまえはそうとも知らず、おれの汚れた財物で市堂を造ったのだ。阿弥陀浄土図と補陀落《ふだらく》浄土図、観音三十三化身図絵をこしらえ、まことしやかに功徳《くどく》を説き、さらにあのごたいそうな十一面観音と六天像まで造ったのだぞ。さあ、どういう気分だ？」

「ありがたかった。いつもおまえを見ている。その言葉に励まされた。むかしの猪熊ではないと気づいていたが、それでも、それでもおまえはわが友。そう思っていた」

「友だと？　反吐《へど》が出る。おれはおまえが憎うてならぬ」

「なぜだ？　なぜ、わたしを憎む」

「民を救うだと？　虫酸《むしず》が走るわ。おまえも喜界坊のやつとおなじことをほざきやがる」

「喜界坊は嘘偽《うそいつわ》りを言ったわけではない。現に、皆を率いて民たちのために懸命にはたらいていたではないか。どこに行っても、これで生き延びられると民たちは涙を流して喜んだ。官がやろうともしないことをしていた。それはおまえがいちばん知っているはずだ」

橋を架け、堤を築き、井戸を掘り、道を整備し、溜池を造る。死骸を荼毘《だび》にふして弔う。この者たちにとっては、死は救いなのだ。そう言った喜界坊の峻厳《しゅんげん》な声はいまも空也の耳に残っている。考えてみれば自分はおなじことをしてきた。喜界坊に教えられたことが、自分の利他行の根源になっている。

だが猪熊は、憎々しげに声を荒らげた。

「いまの大般若経もおれの喜捨を受け取ったな。あれは人を殺めて奪ったものだぞ。目的が正しければ、血にまみれた財物や銭でも、穢《けが》れてはおらぬのか。おれは功徳を積んだことになるのか。仏と結縁したことになるのかっ。どうだ、こたえろっ」

「それは……」

空也は窮した。いま募っている勧進にもかかわる難問だ。即答できることではない。

「ざまあみろ。おまえがやっていることなんざ、仏を騙《かた》るまやかしだ」

「そうやもしれぬ」

空也はちいさく溜息をついた。

「だが、どんな大罪を犯した者でも、仏に向かって一心に懺悔《ざんげ》しさえすれば、仏は赦《ゆる》してくださる。救い取ってくださる。そのことを教えるのがわたしの役目だ」

自分もまた過去の罪を悔いる愚かな凡夫にすぎない。その自覚があればこそ、仏を念じ、仏にすがることで、やっと生きていくことができる。

「おれに念仏させようなんざ、とんだおかど違いぞ。ひとたびも、南無阿弥陀仏という人の、蓮《はちす》の上にのぼらぬはなし、だと？　獄囚どもに大嘘を吹き込みやがって。生半可な希望がどれだけ残酷か、自分は浄土とやらへ行けると信じておるおまえには、金輪際わかりゃしねえだろうがよ。あんな石塔婆、いつかぶち壊してやろうと思っていたに、おれとしたことがしくじったわ」

いまいましげに舌打ちして空也の心中を探るように凝視していたが、突然にやりと笑った。

「ついでにいいことを教えてやろう。神泉苑《しんせんえん》の女を脅しておまえに迫らせたのも、このおれだ」

「なにゆえ、そんなことを？　わたしを貶《おとし》めて面白がっておったのか？」

「ああ、そうだ。おまえを辱《はずかし》めて嘲《あざわら》笑う。のたうちまわって苦しませてやるためだ。手下に見張らせていた。滑稽《こっけい》なざまだったそうだな。この目で見られなんだのがつくづく口惜しいわ」

格子に手を掛け、激しく揺すりながら大声でわめきたてた。

「こっぱ役人ども、よう聞け。この尊い市聖さまはな、女を犯そうとしたのだぞ。衣の前をはだけて女を抱いたのだぞっ。それがこやつの正体だ。憶《おぼ》えておけっ」

化鳥《けちょう》のようなけたたましい笑い声をあげる猪熊を、獄守たちが撲杖《ぼくじょう》でさんざんに痛めつけた。

それでも猪熊は空也の胸倉につかみかかり、血の混じった唾《つば》を吐きかけて叫んだ。

「救えるもんなら救ってみやがれっ。とっとと消え失《う》せろっ」

その目が涙で白く光っていた。

「さもないと、この場で殺すぞ。地獄の道連れにしてやるぞ」

「おまえがそうしたいなら、ああ、それでもかまわぬ」

空也は胸倉をつかまれたまま、猪熊の顔を見つめてほほ笑みかけた。

「かまわぬだと？　見くびるな。おまえなぞわけなく殺せる。その細首をひねりあげるだけだ」

「この命はもともと、おまえが生かしてくれた命だ。最初が五条川原、次が化野《あだしの》、二度会っただけなのに、おまえはわたしが抱えていた苦しみを察し、受け入れてくれた。おまえと出会わなんだら、わたしは自ら死を選んだか、生涯をただ虚《むな》しく、無為に費やしていたろう。猪熊、おまえがわたしという人間を生かさせてくれたのだ。だから、殺したいなら」

「なにを……、馬鹿《ばか》な……」

猪熊の腕からふっと力が抜けた。その手を握りしめ、空也はしずかな声音で訊《き》いた。

「猪熊、憶えているか。おまえ、喜界坊に頼んでくれたな。こいつは帰るところがないのだ、だから仲間に入れてやってくれ、土下座までして頼み込んでくれた。いまだに不思議でならぬ。おまえ、どうしてわたしがすべて捨ててきたのがわかったのか」

「いまさらそんなことを聞いてどうする」

猪熊は顔をゆがめて睨《にら》み据えた。

「おまえの中の仏がしてくれた。わたしにはそう思えてならぬ」

「おれの中の仏だと？　自ら極悪非道に堕したこのおれが、仏だと？　けっ、笑わせやがる」

「猪熊よ、仲間の男たちが次々に脱落したことがあったろう。金目のものを盗んで逃げる者も少なくなかった。わたしはそのあさましさを憤《いきどお》ったが、おまえはしかたないのだと淡々としていた。わたしがからだを壊して脱落したときもだ。おまえはうしろめたさにうちひしがれるわたしを蔑《さげす》もうとせず、送りだしてくれた」

「そんなこともあったな。おまえはしょっちゅうめそめそ泣くくせに、自分のこととなると絶対に泣かぬ。情けない顔が見てられなんだ。それだけのことよ」

「いいや、そうではない。おまえは心の弱い者と、それゆえ犯す罪業を赦すことができる男だ。それなのに喜界坊を赦せなんだ。なぜなのか。やっとわかったよ。おまえ

は喜界坊の後を継ぎたかった。だから、わたしを憎んだ。わたしが喜界坊とおなじこ
とをしているからなのだな」
「おお、そうよ。おまえが妬《ねた》ましゅうてならぬ。とことん貶めて嘲笑ってやりたかっ
たのよ」
「それだけではあるまい」
「なんだと？」
「おまえは、わたしにもうひとりの自分を重ねていた。自分がするはずだった仕事、
こころざし、果たせなんだ夢、それをわたしに重ねていた。そうではないか？」
「夢だと？　わかったふうをほざきやがって。とっとと消え失せろと言ったはずだ。
二度とそのしたり顔を見せやがるな」
　言葉とは裏腹に、猪熊は弱々しく目を伏せた。
「あと一つだけ、言わせてくれ。道盛が死んだとき、おまえは言ってくれた。ひとり
きりになっちまったなんて思いやがったら承知しねえぞ、おれがいる、そう言ってく
れた。あの言葉を忘れたことはない。今度はわたしがおまえに言う番だ」
　また来る。昔のことをもっと話そうぞ。空也がそう言って獄舎から出ようとしたと
き、背後で、ゲボッと異様な音とともに猪熊が倒れた。駆け寄ると、舌を嚙《か》みきった

猪熊が顔中、鮮血にまみれてのたうちまわっていた。

光る目をかっと見開いたまま、猪熊は絶命した。

亡骸《なきがら》を引き取って埋葬してやりたいと申し出たが、許されなかった。

翌々年の天徳四年（九六〇）、春もたけた三月末、宮中で盛大な女房歌合《にょうぼううたあわせ》が催された。その華麗さ、優美さは、音楽にも文芸にも造詣《ぞうけい》の深い村上帝の美学の極致、と後世まで語り草になるものだった。だが、宮中を一歩出れば異変や怪異が頻発し、不穏な空気が高まっていた。

それがいよいよ現実のものとなったのは、五月初めの右大臣藤原師輔の急死だった。実頼の小野宮流に対して九条流と称するほど有職故実《ゆうそくこじつ》に詳しく、歌合でも陣頭指揮したほど元気だったのに、突然、中風の発作で倒れたのである。死期を悟ると慣習にならって五月二日に剃髪《ていはつ》、二日後、九条第で薨去《こうきょ》した。まだ五十三歳、まさかこんなに早く死ぬとは本人も思ってもいなかったろう。

あとになって空也は、九条第の家人だった信徒から、師輔が常々、兄実頼の一門が栄えぬよう呪詛《じゅそ》させていたと打ち明けられた。権勢欲というにはあまりにすさまじい人の心の闇《やみ》の深さにあらためて愕然《がくぜん》とし、その者には口外せぬよう約束させた。ことに実頼には聞かせたくない。

それから間もなく、首が腫《は》れ上がる奇病が流行《はや》り始めた。福来病とめでたい名で呼んで災いから逃れようとしたが、幼児は死に至る恐ろしい病だった。二年つづきの疫《えき》病《びょう》である。

さらに夏から秋にかけて降雨が極端に少なく、何度も雨乞い祈禱《きとう》をおこなったが、効果がないまま、九月二十三日夜半、内裏東側の左兵衛《さひょうえ》の建物から火の手が上がった。さいわい帝《みかど》や后妃は避難して無事だったが、紫宸殿《ししんでん》、仁寿殿、常の御所の清涼殿、後宮の諸殿などことごとく焼け落ち、天皇家累代《るいだい》の宝物の多くが失われた。

平安京遷都《せんと》から百六十六年、初めての焼失に朝廷も世人も動揺した。十日もしないうちに、平将門の子が入京するという噂《うわさ》が広まったのはそのあらわれだった。

「またぞろ将門か。あの男、よくよく憎まれておったのだな。本人はさぞ心外であろうよ」

苦笑しつつ、空也は次にまた災厄が起これば、今度は道真の怨霊《おんりょう》のしわざとされるのではないかと暗い気持に襲われた。昨年、北野天満宮が増築されたのも、人々がまだ道真の怨霊を恐れている証拠だ。

内裏の再建は一年二ヶ月かかって翌応和元年十一月、ようやく完成、村上帝は新殿に入った。心労で体調を崩しがちだった実頼もやっと笑顔を見せるようになったと師氏から聞かされた。

四

大般若経書写が完遂するのは五年先か十年先、いや、それ以上かかってもかまわぬ。そう覚悟していた空也だが、まさに現実になってしまった。発願からすでに十年余。遅々として進まぬ状況に周囲は倦《う》み始めている。

「いつになったらできあがるのか。こう世情が暗くては、勧進もままなりませぬ」

溜息まじりで嘆く者たちを、空也は励ましつづけた。

「だからこそ、意味があるのだ。たとえ一握りの穀物でも、紙一枚、半銭でもいい。仏と結縁しようとする行為、切なる思いがその者を救い、他者をも救う。世の中を変える力になるのだ」

空也自身、絶えずそう念じ、ともすれば惰性に流れそうになる気持と戦っている。昼間は勧進のために京内の貴家の邸宅を尋ね歩き、市に立って喜捨を求める。市堂の机にむかって書写ができるのは雨の日や夜と早朝。文字どおり寝る間を惜しんで老骨に鞭打《むちう》っている。

一文字、一文字、刻みつけるように書く。その一文字一文字が人ひとりだと思いながら書く。全部で六百万字、それだけの人の思いと願いを写しとり、合わせて一つにする。その意思だけがいまの空也を支えている。

だがそれでも、積み上げた白紙の山に押しつぶされる夢を見る。冷えた寝汗が額や首筋に粘りついているのをぬぐいながら、われ知らず涙を流していることもある。

「お痩《や》せになられました。いまの上人さまは、笑顔になる余裕もないようにお見受けいたします」

見かねた草笛に言われ、自分を追い込んでいることに初めて気づく空也だった。

「書写は上人《しょうにん》さまお一人でなさらなければいけないのでしょうか。喜捨だけでなく、書写も、皆が少しずつ分け合ってするのではいけないのでしょうか。そのほうが、皆の滅罪と功徳を積むことになるのではありませぬか？」

「皆の滅罪と功徳になると？」

「ええ、およばずながらわたくしも、一巻でも、いえ、一枚でもさせていただけたら、無上の喜び。心の重荷が軽くなります。他の方々もお手助けできるとあれば、諸手《もろて》を挙げて喜びましょう」

「そうか。わたしひとりでやることに意味があると考えていたが、そうではないのだな。そう思うのはわたしのひとりよがりの我執だったのだな。ようわかった。申し出てくれる人にはお頼みしよう」

ようやく頰に笑みをさし昇らせた空也の顔を見つめて、師氏が自分もそう言ってくれるのを待っていたのだと深くうなずいた。

そうはいっても、ほとんどが目に一丁字《いっていじ》もない民たちで、書ける者は限られていたが、それでも何かが変わったと空也自身驚いた。発願の意味が皆の中でより明確になり、広がった実感があった。たとえ拙《つた》ない筆跡でもそれぞれの思いが溢《あふ》れており、一枚ずつ見るたびに胸が熱くなる。

こうして書写と校正はほぼ終わりが見え、あとはいよいよ装丁という段階まできた。この先は、六百巻もの大部を一本ずつ華麗な巻子に仕上げる大仕事が残っている。

「これまた一苦労。いや、それどころか、いままで以上に難儀ですな」

皆が頭を悩ませているのは、用材の確保のことである。

表紙の雲母《きら》刷紙《ずりし》、各巻の軸木、それに加えて、軸先に嵌《は》め込む水晶が一巻につき二個、合計千二百個も必要になる。

紙と紫檀《したん》の軸木はなんとか集まったが、問題は水晶の軸先である。千二百個もの水晶を一挙に集めるのはとうてい無理だから、あちこちから数十個、数百個単位で集めたものの、当然のことながら、色や透明度、大きさが均一ではなく、空也としては満足できるものではなかった。

こうなったら、破損が進んで使用に耐えなくなった古い巻子をばらして再利用するしかない。奈良時代の写経がいまも数多く残る南都の諸寺や筑紫の観世音寺、下野《しもつけ》の薬師寺にまで問い合わせたが、やはり数がそろわない。

「あくまで無色透明でなくては駄目だ。少しでも傷や曇りがあるのは使えぬ」

空也は妥協を許さなかった。宇多法皇の御所で豪華絢爛《けんらん》な装飾経を見て育ったから目が肥えているし、生来の美意識は人並外れている。それになにより、天下万民救済という最上の大願なのだ。それにふさわしい最上のものでなくては意味がない。

「そうおっしゃられても、これ以上はもう、どうにも無理にございます」

万策尽きたと匙《さじ》を投げられ、空也は決心した。

自ら大和の長谷寺に参籠《さんろう》し、求めるものを授けていただくよう、本尊十一面観音に祈念する。残された道はそれしかない。

天慶七年に焼失した長谷寺はすでに伽藍《がらん》はすべて再建され、参籠者も以前より増えている。本尊十一面観音は焼亡からわずか二年後に再建を果たした。観音不在の不安と恐れはそれほどまでに大きいのだ。

これほど早く再建できたのは、長谷寺が東大寺末で、東大寺俗別当に任じられた実頼が諸国に復興費用を分担させ、また興福寺をはじめとする諸寺にも協力要請と落慶法要の参加を義務づけるなど、国家事業として位置づけたからだった。

空也は本尊を見上げ、われ知らずその足元にひれ伏していた。

「なんというおごそかな……」

三丈を超す巨大な像である。右手にふつうは地蔵菩薩《ぼさつ》が持つ大錫杖《しゃくじょう》と数珠《じゅず》、左手は蓮華《れんげ》を挿した水瓶《みずがめ》を胸先で持ち、磐石《ばんじゃく》の上に立つ。人間界に下って救済のために行脚《あんぎゃ》する姿である。

創建当初の本尊は、神亀《じんき》年間、初瀬川に流れ着いた巨大な神木が祟《たた》りをなしたため、徳道上人が村人たちに懇願されて観音像に造り、堂を建てて安置したという伝説がある。それがそのまま本当かどうかはともかく、なんらかのいわれのある霊木で、それゆえ霊験《れいげん》あらたかと崇《あが》められてきた。いまの本尊は、その姿をそっくり復元したものである。

ずしりと肉厚の御御足《おみあし》の甲にそっと触れ、それが踏みしめている磐石を撫《な》でさすった。

薄暗い堂内でその姿は、まるで身内から光を発してでもいるように金色に輝いている。堂は崖上《がけうえ》の懸崖《けんがい》造りで、南から陽光が射《さ》し込むと、それが燃えたつような朱金に変化する。

下から見上げると、その視線はまっすぐ向かいの山々を見つめているようにも、また、見上げるこちらをじっと見下ろして問いかけてくるようにも感じる。

——おまえの望みは正しいか？

厳しい声音が胸になだれ込んでくる。

——我欲ではないか？

自身の心に問う声が、観音の声に聞える。

「正しければ、叶《かな》えてくださりませ。正しくないなら、罰してくださりませ」

胸の中で念じ、ひたすら祈った。

二十一日間におよぶ参籠を終えて帰京しようとしていると、一人の男が声をかけてきた。

「今夜は春日山南麓《なんろく》の勝部寺《かつべでら》にお泊りなされ」

やはり参籠の行者らしいが見慣れぬ顔だ。妙なことを言うものよ、そう思いつつ、なぜか心惹《こころひ》かれ、興福寺を訪ねようと思っていたが、そこへ行ってみることにした。空晴はすでに数年前、長生八十歳で遷化《せんげ》し、三十近い年齢になった仲算は自坊の松室房で研学に専念している。久々に会いたいと思ったのだが、それより先に勝部寺へ行くべきだと直感した。

勝部寺はみすぼらしい古寺だった。出てきた六十がらみの僧は自分の住房に泊まるのは承知してくれたが、ひどく無愛想で、宿願のために長谷寺で祈念してきたと告げると鼻で嘲《わら》った。

「如来《にょらい》は本来、姿かたちなどない無相だ。寺などにはおわさぬ。ましてや、つくりものの像に詣《もう》でて、なんの意味があるのか」

無常であり空であるこの世においては、物も概念もすべてかりそめにすぎず、それにとらわれるのは虚妄《こもう》である。仏菩薩も例外ではない。そう言いたいらしい。かなり学識があるようだが、懐疑的な性格なのか、こちらを試しているのか、いずれにせよ、権高な挑発である。

空也はおだやかな声音でこたえた。

「釈尊は霊鷲山《りょうじゅせん》に在《ましま》し、観音は補陀落に住《じゅう》したまう。仏の機縁、地の相応は昔からあると思いますがな」

仏の教えを受ける衆生《しゅじょう》の能力と、衆生と仏との関係、それが機縁である。仏菩薩は必要な時と場所を選んで出現する。たとえそれがただの観念にすぎないとしても、人々が国や人種や時代を越えて連綿と信じてきたという事実にこそ、意味がある。長谷寺の地は、仏教がこの国に入る前から霊地と崇められてきた。聖なるものが現れ、いまも存在すると信じられている。

「信じぬのは御坊の勝手だが、人々が信ずるものを否定するのは、思い上がりの増上慢ではないか」

「わしが増上慢じゃと？」

目を剝《む》いて頬をゆがめた仕僧に向って、空也はさらに厳しい言葉を投げかけた。

「でなければ、知識を楯《たて》に文言をこねくりまわして喜んでおるだけの独善。問答をしかけて論破する暇があったら、長谷なり石山なり、どこでもいい、霊場へ行って、その目で人々の祈る姿を見られよ。虚妄であろうが何であろうが、奇跡を乞い願わずにはおられぬ気持が、少しはおわかりになろう」

「奇跡が仏の救いと申されるか」

「人智《じんち》を超えたなりゆきを、偶然と呼ぼうが、奇跡と呼ぼうが、求める者にとって、変わりはない。仏菩薩のはからいと信じて受け入れるかどうかの違いだけだ」

「では訊くが、聖《ひじり》はいかなる奇跡を求めて参籠なされたのか」

「わたしがひたすら祈ったのは」

空也がわけを話すと、目を見開いて絶句し、しばらくして喉《のど》にからんだ声を発した。

「それならば、ここにありますぞ」

奈良時代の政僧玄昉《げんぼう》の弟子が書写した大般若経《だいはんにゃきょう》の水晶軸があるというのだ。

玄昉は唐から帰国の際、善意《ぜんい》という若い唐人の弟子を伴った。玄昉が筑紫の観世音寺に配流《はいる》されたときも随《したが》ったが、師がその地で没すると、大般若経を書写し、一周忌に捧《ささ》げて師の冥福《めいふく》を願った。

たった一人で、しかもわずか一年で、六百巻もの大部を書写するのは至難のわざであったろう。彼にとって玄昉は誹謗《ひぼう》されるような妖僧《ようそう》でも悪僧でもなく、二度と帰れぬやもしれぬ異国にまで随ってくるに値する師であったのだ。

善意はその後、許されて奈良へもどった。六百巻も持ち帰った。それを伝え聞いた高貴な女人がひそかに千二百個の水晶軸を贈り、善意は巻子に仕立てたのだという。

その贈り主が誰かはかたく秘された。玄昉の加持祈禱と験術《げんじゅつ》によって三十有余年におよぶ人事不省の鬱病《うつびょう》からたちなおることができた聖武帝の母后藤原宮子《みやこ》か、玄昉を政僧にとりたてた光明《こうみょう》皇后か。善意は興福寺の一坊に住したと伝わっており、それがこの勝部寺の前身だというのだ。

そういえばここは、玄昉の首が筑紫から飛んできて落ちたと伝わる首塚が近い。善意が居住したというのはあながち信憑性《しんぴょうせい》のない話ではない。

経巻は代々の住持がひそかに守り伝えてきたが、配流の境遇ゆえ粗末な料紙に書写するしかなかったせいで、歳月に蝕《むしば》まれて無惨《むざん》な残闕《ざんけつ》となり果ててしまった。

「故老から聞いた秘伝じゃが、この坊を建てた本主《ほんしゅ》は自ら大般若経を書写して玄昉僧正と善意を追善しようと発願したものの、果たせぬまま没した。命終のとき、土中に埋めて誓いをたてたそうじゃ。ふたたび人身を得てかならず成し遂げるべしと」

半信半疑の住僧だったが、人に知られて盗賊に狙《ねら》われるのを恐れて警戒心が強くなった。居丈高な態度はそのせいだ。だがその一方で、いつか、それを求める人がやってくるやもしれぬという気持もあった。それまで守り抜くのがおのれの使命、そう思い定めていたという。

狭い庭に樹齢百年はたっていようかという榎《えのき》の大木がある。住僧はその根元を掘り、土中から石櫃《いしびつ》を掘り出した。

ふたりがかりで石櫃の上蓋《うわぶた》をもち上げると、色褪《いろあ》せた錦織《にしきおり》の布に包まれて大量の水晶が入っていた。長さ一寸ほどの八角柱、片端にほぞが刻まれ、軸木に嵌め込む細工がほどこされている。陽の光に透かしてみると、わずかな傷も曇りもない無色透明の極上品だ。貴人から賜ったというのが信じられる。数えるときっちり千二百個。

「空也どの、あなたは本主の生まれ変わりか。それとも、本主の妄念が引き寄せたか」

住僧は茫然《ぼうぜん》としたおももちだったが、空也は長谷観音の功徳《くどく》と信じた。声をかけてきた行者は何者だったのか。確かめるすべはなかった。

五

「皆の衆、あと少しだ。気張ってくれ」

応和二年（九六二）六月、空也は鴨川の四条川原で上流から流れついた流木や家屋の残骸《ざんがい》の撤去作業に精を出す老若男女を励ました。

「それにしてもこう暑くちゃな。お天道《てんと》さんよう、なんとかしてくれんかのう」

頑魯が布子の袖《そで》で顔と首筋の汗をぬぐいながら、恨めしげに空を仰いだ。

六月半ば、梅雨が明けて連日の炎天である。容赦なく照りつける陽射しに炙《あぶ》られ、作業ははかどらない。体力のない年寄りや女子供がともすればへたばってしゃがみ込んでしまうのを、頑魯は細かく目を配り、木陰に連れていって休ませてやっている。

十日前の夜中、鴨川の堤が決壊した。数日来の土砂降りで増水し、危機感をつのらせていたが、夕刻になってやっと止《や》み、ようやくほっとしたのに、夜中、鴨川と高野川が合流する上京《かみぎょう》で溢れ出し、たちまち濁流となってすさまじい勢いで京中に流れ込んだのである。

ふだんの鴨川は浅い水流があるだけで、広い河川敷は牛や馬の放牧地と死骸の野棄《のずて》の場所になっており、浅瀬に増水時には流される洗い橋がある。その五条橋も押し流されてしまった。

鴨川は京域に接する西岸にだけ堤防が築かれ、京外である東岸は自然のままの河川敷である。造京後間もなくからしばしば洪水に見舞われたため、防鴨河使《ぼうかし》という役職をもうけて築堤と保全にあたったが、それでもたびたび決壊し、そのつど堤を高くする処置がとられてきた。堤の周辺に田畑をつくったり、灌漑《かんがい》用水路をもうけるのも固く禁じているが、それでも自然の猛威を防ぎきれるものではない。

東山の道場は西と南の崖下まで水が押し寄せたもののさいわい難を免れたが、川の西側の京内は朱雀《すざく》大路の先まで水に浸《つ》かった。

西京も桂川が増水したが、河川敷が広大なおかげで東岸の一部が浸かっただけですんだ。頑魯が腰まで泥水に浸かって草笛や孤児たちの家は無事だと知らせに来てくれ、そのまま手伝ってくれている。

泥水が引くと、多くの民たちが道場に集まってきて復旧作業を申し出てくれた。

「いつぞや大地震のとき、上人さまが井戸を掘り直してわれらを救ってくだされた。松尾山の湧《わ》き水を教えて下さったおかげで、疫病で死なずにすみました。まずは川を堰《せ》き止めている流木を退《の》け、次に京内の井戸を直しましょうぞ」

あのとき、幼い娘を失い、念仏を唱えた空也に食ってかかった男が涙を滲《にじ》ませて言い、その女房も大きく頷《うなず》いた。空也と同年輩の三十そこそこだった彼らもいまや六十に手が届く白髪の老人になっているが、成人した孫たちや近隣の者たちを引き連れて真っ先に駆けつけてくれた。

実頼と師氏兄弟は、率先して自家の雑人《ぞうにん》を総動員して堤の護岸工事と五条橋の架橋にとりかかり、それに追随する他の貴族たちも出てきている。

「われら太政官が言うのは面目なきことなれど、朝廷の裁可を待っていては被害が増すばかり。この暑さでは疫病が案じられますゆえ」

疱瘡《もがさ》で嫡男《ちゃくなん》と娘を失った実頼である。娘の腹の皇子はこの世に生まれ出てわずか数呼吸しただけで死んだ。外祖父になりそこね、名目だけの氏長者《うじのちょうじゃ》に甘んじているが、生来の生真面目《きまじめ》さで職務をまっとうしようとしている。

暮れなずむ夏の日もようやく翳《かげ》り始めた。西の空が黄金色に輝き、愛宕山《あたごやま》の稜線《りょうせん》がくっきりと黒く現れて、その彼方《かなた》に日輪が沈もうとしている。

今日はこれまでにしよう、また明日も、と空也が声をかけようとしたとき、西岸からそろそろと仮橋を渡ってくる一台の網代輿《あじろごし》が見えた。四人で舁《か》く豪華な手輿だ。

慎重に渡りきった輿は、東岸でふいに止まると、中から正装に身をつつんだ僧が降り立ち、空也にむかって土手を転がるように駆け降りてきた。

「もしや、空也どのでは」

齢《よわい》は四十半ばか、見るからに気性の勝った風貌《ふうぼう》の美僧である。

「不躾《ぶしつけ》をお許しくだされ。愚僧は三井寺《みいでら》の千観《せんかん》。かねがねお目にかかりたいと願っておりましたので、つい声をかけてしまいました」

千観は丁重に詫《わ》び、お聞きしたいことがあると空也の前に立ちふさがった。

三井寺、正式には天台宗寺門《じもん》派園城寺《おんじょうじ》は、智証《ちしょう》大師円珍の法流を受け継ぐ一派で、慈覚大師円仁の法流が歴代の座主《ざす》を輩出して天台宗の主流になっているなか、千観はその学識を認められて宮中の仏事に奉仕する内供奉《ないぐぶ》十禅師に任じられている。急なお召しに対応するため、東山に宿所を設けていると空也も聞き及んでいる。

今日も村上帝と中宮安子の御前で法華経と浄土教を講じてきた帰りで、帝から慰労の意味で分不相応な輿を賜った、法衣もいつもはむろんこんな贅沢《ぜいたく》なものを着ているわけではないのだ、と誇らしさと気まずさをない交ぜにしたおももちで釈明した。

「で、お聞きになりたいこととは？」

わざとではないが、面倒な思いが先にたち、ついそっけない口調になった。

それでも千観は顔中、喜色を現わし、息せききって訊いた。

「後世救われるためには、どのように修行したらよろしいのでありましょうや。今日、帝からも御下問がございました。空也どののお考えをお教えいただきたく」

「これはまた、何とさかさまなことをのたまうか。さようなことは御坊の方こそよくご存知で、こちらが逆にお聞きしたいくらいだ。わたしのごとき無一文の乞食《こつじき》僧は、人に説く言葉も知らず、ただ迷い歩くばかり。ことさら思いつくことなどあろうはずもござらぬ」

それだけこたえて立ち去ろうとした。

千観の学識と帝の寵遇《ちょうぐう》を皮肉ったのではない。彼が真摯《しんし》に問うているのもよくわかる。だが、人に尋ねて頭で理解しようと思うのがそもそも見当違いだ。

「お待ちくだされ」

千観は空也の衣の袖をつかみ、放そうとしなかった。

「ご無礼の段は幾重にもお詫びいたしまする。なれど、どうか、どうか、お教えくだされ」

眉《まゆ》の秀《ひい》でた顔にみるみる朱を昇らせ、必死のまなざしで凝視している。

「あなたは貴賤《きせん》を問わず慕われております。いまもかように大勢の者たちがあなたのもとに集まり、力を合わせている。なにゆえでしょうか。何がかように人々を引きつけるのでありましょうや」

「さて、わたしはただ、心の底から南無阿弥陀仏《なむあみだぶつ》と唱えよと、そう説いておるだけ」

「いいえ、それだけとは思えませぬ。現にあなたは、大般若経書写という大事業を手掛けておられる。念仏だけでは足りぬからではないのですか」

「そうお思いならば、それでよろしかろう。それより、お手を離していただきたい」

やんわり言ったが、千観はなおも唇を震わせてかぶりを振り、執拗《しつよう》にくいさがった。

「愚僧は、なんとしても上品上生《じょうぼんじょうしょう》の往生を果たしたいのです。そのためには何をどうやって修行すればよいのか、どうか教えてくだされ」

「上品上生を望まれるのは、ご自身が悟りを得たいからですか？」

「それもありますが、しかし、けっしておのれのためではございませぬ。浄土で阿弥陀仏からじかに教えを受け、一刻も早く悟りを得て、ただちにこの濁世《じょくせ》にもどって人々のために働きたい。ひとえにそのためにございます。日々、そのことで頭がいっぱいなのです。すべては帝をお支えするため、この国に安泰をもたらすため。けっして我欲ではござりませぬ」

「いや、すべて我欲でありましょう」

「なんと？」

「道理、善悪、知識、それらはすべて我欲。往生を願う心も、悟りを求める心も、おのれを縛る執心。自我にとらわれておるのです。執心を捨てねば、おのれを捨てることなどできませぬ。おのれを捨て切らねば、無にはなれませぬ。無にならねば、悟りは得られませぬ」

「悟りを求めるのが執心と？　それすら捨てねばならぬと？」

その目が残照を受けてぬめぬめと光を帯びているのを見返し、空也は、

「いかにも……何であれ、何もかも、捨ててこそ」

そっけなく言い捨て、つかまれた袖を振り払って足早にその場を後にした。

土手の上でふり返ると、千観は振り払われた手指もそのまま、茫然と立ちつくしていた。

後日、近くで見ていた者が言うには、千観は川面《かわも》が黒々と沈んでしまってもじっと動こうとしなかったが、やがて供僧《ぐそう》を呼び、着ていた豪奢《ごうしゃ》な法衣を脱ぎ捨てて供僧の墨染の衣ととりかえ、供僧たちを輿とともに帰らせると、たった一人、いずこへともなく立ち去ったという。師氏からもその後の消息を聞かされた。

「そのまま三井寺へも宿所にも帰らず、内供奉も辞退すると書面で申し入れてまいりました。噂では箕面《みのお》山中に庵《いおり》を結んで遁世《とんせい》したとか。三井寺随一の学侶《がくりょ》の突然の失踪《しっそう》に、叡山ともども大騒ぎですよ」

空也のせいだと非難する声も上がっていると面白げににやついたが、空也はちいさく笑みを浮かべただけで何もこたえなかった。

空也にはわかっていた。

——捨ててこそ。

千観はその言葉の意味をきちんと受け止めてくれたのだ。

僧も俗人と変りはない。地位、名誉、寵遇、権勢、野心、財物。欲望に心を燃やし、心は飽くことなく渇望《かつぼう》する。だが道心堅固な千観だ。文字どおり、身命を惜しまず、昼夜問わずひたすら精進していたであろう。そのひたむきさを否定したのではない。空也自身、ひたむきに修行し、仏の世界を観想することで、衆生を救う菩薩たらんとしてきた。

梵網経《ぼんもうきょう》は菩薩が仏果《ぶっか》にいたる第一の条件を、「心を捨てること」と説く。だが、捨てようとか、捨てることができたと思うこと自体が、実は執心なのだ。自我意識にとらわれているのである。

執心を捨て去ってこそ、初めて無心になれる。「捨ててこそ」と言ったのはそういう意味だ。智慧《ちえ》も、悩み苦しむ心も捨て、善悪の判断を捨て、貴賤上下それぞれの価値観や道理をも捨てる。地獄を恐れる心を捨て、極楽を願う心も、悟りを望む心をも捨てる。心の一切を捨て切ってこそ、自分自身を捨てたことになる。ちっぽけな自我意識を捨てて、はじめて、真の自分自身を見いだすことができる。

――自分とは何か。何者か。なんのために生まれてきたのか。

原点にたちかえることができる。千観はそのことをはっきり悟ったのだ。

六

コーン、コーン、コーン。

木枯らしが吹きすさぶ京の町辻《まちつじ》を金鼓《こんく》の音が流れていく。十一面観音像を乗せた荷車を弟子が引き、空也は金鼓を打ち鳴らし、念仏を唱えながら歩いている。

東山の道場の本尊をつくった仏師にあらたに像高三尺の像をつくらせた。東山と市堂まで足を運ぶこともかなわぬ老人や病者が大勢いる。そういう人々や弱者のために、こちらから出かけていって仏と結縁《けちえん》させてやりたい。布施された食糧や衣類があれば積んでいって与え、豊かな者からは布施してもらう。

「南無阿弥陀仏、南無観世音菩薩」

空也の声に、町家から木鉢や布袋を抱えた男や女が小走りに出てきて、荷台の像の足元に置き、手を合わせて、せわしげに去っていく。居職《いじょく》の職人や、家事に追われている庶民たちだ。貴家の厨口《くりやぐち》から、下女があたりを憚《はばか》りながら升を袖に隠して駆け寄ってくる。

今日も早朝、二人の弟子とともに東山の道場を出て、京内を一日中、歩きまわった。

頑魯や他の弟子たちもそれぞれ乞食と勧進に出かけている。

黄ばんだ陽射しが西山に落ちると、みるみる薄闇が迫り、足の感覚がなくなるほど冷えてきた。

「布施物はあらかた配り終わったな。おまえたちも疲れたであろう。そろそろ帰るとしよう」

右京九条、桂川の河川敷にほど近く、民家もまばらな場所で、茫々の草むらの中に木切れと筵《むしろ》を巡らし、茅《かや》を屋根に葺《ふ》いた小屋がぽつぽつとあるばかりである。田舎から喰いつめて流れてきた浮浪者たちが京終《きょうばて》のこうした場所に吹き溜《だ》まり、物乞《ものご》いしてかろうじて露命をつないでいる。

「南無阿弥陀仏。南無観世音菩薩」

空也の声に、

「ナ――ム、アミダーッ、ナム、カンノンッ」

黄色い声が追いかけた。

「ナム、ナム、ナム」

子供の声だ。車を止めさせると、崩れ落ちそうな小屋の中から筵の端をそっと持ち上げて、小さな顔が三つ、おそるおそる覗《のぞ》いている。

「出ておいで、芋が少しばかり残っている。あげるから」

子らは顔を見合わせ、芋虫のように這《は》い出ると、おずおずと近づいてきた。いちばん年かさの七つか八つばかりの女児が両側に弟たちの手をしっかと繋《つな》いでいる。

「お芋を、どうかお恵みを」

女児が唇をわななかせながら消え入りそうな声でつぶやいたとき、痩せてぼさぼさの髪の女が小屋からのろのろ出てきて、とげとげしい声で子らに叫んだ。

「行くんじゃないっ。聖さま、放っといておくんなさい」

「そなたが母御か」

空也はつかつかと歩み寄って女の前に立つと、いきなり腕をのばし、女の腹に掌《て》を当てた。

「何すんだいっ」

女はぎょっとした顔で手を払いのけ、腹を庇《かば》うように背を丸め、憎々しげに空也を睨《にら》みつけた。

「その子を、流してはいけない」

女は身籠《みごも》っている。腹のふくらみはまだ目立つほどではないが、女がどうやって流そう、いつ流そう、もしも生れてしまったらすぐさま鼻と口を塞《ふさ》いで殺すしかないと考えているのを、空也は見抜いていた。

「流してはならぬ。殺してはならぬ。ちゃんと産んで、育てておくれ」

「余計なお世話だ。この子らもわたしも、もう何日も粥《かゆ》一椀《わん》口にしてないありさまなんだ。産んだところで、乳も出やしない。餓《う》えて死なせるくらいなら、いっそ生まれ出ないほうがしあわせ。この子のためってもんじゃないか」

女はしぼり出すように言いたて、頬をひくつかせて空也を睨み据えた。

ぼろぼろの布子一枚まとっただけの子らは、裸足《はだし》に脛《すね》むき出しで震えている。空也は僧衣を脱ぐと母親の肩に着せかけてやった。

「すまぬな。今日はこんな垢《あか》じみた衣しかやれぬのだ。少しは寒さしのぎになってくれるとよいが」

弟子も同じように衣を脱ぎ、両袖を裂いて男児らに片方ずつまとわせ、身頃を女児に与えた。

「そうだ。観音さまのお慈悲をいただくとしよう」

空也は尊像を車から下ろさせ、木切れを拾い上げると、尊像の肩に当てて強くこすり始めた。

「上人さま、何をなさります。おやめくだされ」

顔色を変えた弟子が腕にしがみついて止めようとするのを振りほどき、

「南無、観世音菩薩。御身を汚したてまつる」

金箔《きんぱく》をこそげ落とし始めた。

「いいから、おまえたちも手伝え」

懐《ふところ》から反故《ほご》紙を取り出し、茫然《まつ》としている弟子に厳しい声でこそげ落とした金粉を受けるよう命じた。一片、一沫たりとも無駄にしてはならぬ。

「南無、観世音菩薩。なにとぞこの母子に賜りたまえ。この者らを生かさせたまえ」

念じながら、一心不乱に掻《か》き落としていく。尊像はみるみる、頬、首、腹、腕、両脚と、黒漆の下塗りの地がまだらに露出して、無惨な姿になった。

「おやめください。罰があたります」

女が地べたに突っ伏して泣きだした。子らは目を見開いたまま、凍りついたように動けずにいる。いちばん年かさの女児だけはいきなり空也の背中にむしゃぶりついた。

「あたえたちはひもじくない。寒くなんかない。だから、だからやめてよぉ」

噴き出した涙が下着一枚の空也の背を濡《ぬ》らした。

空也はふり返って子を抱きしめ、涙を拭《ぬぐ》ってやりながら笑いかけた。

「なんの。観音さまはお怒りになるものか。それどころか喜んでおられるよ」

言い聞かせて涙を拭《ふ》いてやり、一握りほどの金粉を集めると、丁寧に包み、さらにもう一枚の反故紙に書きつけた。

——阿弥陀聖空也、観世音菩薩より賜りて、この者らに与う。ゆめゆめ疑うことなかれ。米と塩、醬《ひしお》、干魚、野菜。それに布子を与えたまえ。

金粉の包みに重ねてくるみ、女に手渡した。

「明朝、これを持って市にお行き。案ずることはない。追い返されたり、検非違使《けびいし》に突き出されたりはせぬから。母子共々なんとしても生き延びるのだ。死んではならぬ。子らを殺してはならぬぞ。よいな。わかったな」

震える手で受け取った女に厳しいおももちで言い、

「それでもまた、子を売るしかないまで追い詰められたら、わたしのところにおいで」

女児の前にひざまずき、顔を覗き込んで訊《き》いた。

「そなた、名は？」

「田津女《たづめ》。母《かか》は田んぼで、ひとりであたえを産んだんだ」

大きな腹を抱えて田で働いていて産気づき、そのまま畦《あぜ》の泥水の中へ産み落としたということらしい。農村でよくある話だ。やはりどこぞ地方の村から流れてきたものとみえる。

「そうか。田津女や、わたしの道場に来たら、一緒に乞食《こつじき》をしてもらうことになるが、そなた、物乞いはみじめでいやでならぬのであろう？　どうだね、違うかね？」

田津女は眉をきつく寄せて悔しげに唇を引き結び、顎《あご》が胸につくほどうなだれた。

「でも、誰か人のためにする物乞いはちっともみじめではない。それどころか嬉《うれ》しいものだよ」

「……」

よほど意地の勝った子らしい。信じるものかという目で強く見返し、激しく吐き捨てた。

「そんなの嘘《うそ》っぱちだ。物乞いが嬉しいだなんて、そんなわけあるか。うまいこと言いくるめてしぼり取る気だ。誰が騙《だま》されるか！」

「嘘ではない。そなたの心が喜ぶのだ。やってみればわかる」

「あたえの、心？」

「そうだよ。そなたの心の中に仏さまと菩薩さまが住んでおられて、喜んでくださるのだ。だから、知らず知らずに嬉しい気持になるのだよ」

「嘘だ。このほとけさまにひどいことしたくせに、そんな罰あたりな聖の言うことなんか」

「信じられぬか？　ならば、そなたが母御の腹の子を守ってやっておくれ。この観音さまが腹の子に宿って、そなたたちを守ってくださるからね」

「観音さまが？　あたえらを守ってくださる？」

「そうだよ。そなたがそう信じれば、きっとできる。そなたならできるよ」

それだけは信じておくれ。いいね。

女児の目をまっすぐ見つめてうなずいてみせると、女児は眉根をきつく寄せたまま、それでも大きくうなずき返した。

第七章　光の中で

一

応和三年（九六三）夏の盛り、いよいよ完成供養会《くようえ》を八月二十三日に挙行することが決まった。

「いよいよですな。ようやっと、ここまできましたな」

弟子も在家信徒たちも明るい笑顔を見交わしてうなずき合った。

準備に追われる最中、空也は宮中の蔵人所《くろうどどころ》に頭中将《とうのちゅうじょう》藤原伊尹《これただ》を訪ねた。京内で群衆が集まるおおがかりな催しをおこなう場合、事前に許可が要る。すでに左京職《さきょうしき》に申請して許可は下りているが、公卿《くぎょう》たちの列席が問題ないか、確認しておく必要があると判断したのが一つ、もう一つは当日の資金の勧進だ。参内《さんだい》が叶ったのは天台宗の僧の肩書と、左大臣実頼の口添えが大きかった。

伊尹は亡《な》き師輔の嫡男《ちゃくなん》で、二十五歳の若さで蔵人頭《くろうどのとう》に任じられた御曹司である。父の急逝で一門の権勢が絶えそうになると、村上帝の格別の思《おぼ》し召しによって参議に補任され、いまや帝《みかど》にもっとも近しい側近とみなされている。

「帝にこちらの意向を取り継ぎ、内意をいただくには、頭中将を通すのがいちばん手っ取り早うござります。あるいは、むろん内々にですが、帝に直接、お目にかかることもかなうやも」

実頼の勧めを空也は毅然《きぜん》と謝絶した。

「頭中将に会うのはやぶさかではないが、しかし、帝の御前に出るのは御免こうむる。わたしは賤《いや》しき聖《ひじり》。それだけの身だ」

村上帝は若いながらになかなかの英君と聞いている。忠平亡きあと、関白をおかず親政にのりだし、財政逼迫《ひっぱく》を憂《うれ》えて節約令を発し、国庫を安定させた。下部《しもべ》の言葉にも耳を貸して政策に反映させる思慮深いお方と評判だ。

親政については、師輔や母后、朱雀《すざく》先帝の口出しに阻《はば》まれて、かならずしも思うようにならなかったようだが、仏道にも熱心で、しばしば学僧を呼んで講義させるというし、いまも亡き母后の追善のために御自ら法華経《ほけきょう》を書写なさっておられるとも聞く。

その村上帝に会うなど、考えてもみなかった。もしも親子ほども年が離れた異母兄弟と帝がご存知ならば、一度は顔を見てみたいとお思いになるかもしれないが、彼が生まれるずっと前、宮廷から追い出されて存在そのものが闇《やみ》に葬《ほうむ》られ、むろん親王宣下もされぬまま、自ら失踪《しっそう》した空也である。父帝醍醐《だいご》の崩御を聞き、われを忘れて葬儀の場に乗り込んでいったときも、それが廃《すた》れ皇子の五宮《ごのみや》と気づいた者はほとんどいなかった。たとえ気づいたとしても、関わり合いになって得はないと知らぬ顔を決め込んだにちがいない。

以来、御所に足を踏み入れたことは一度もない。自分とはとうに別世界であり、宮中の動向に興味も関心もない。ただ、実頼や師氏の口から聞くことがあるだけだ。

指定された日時に参内した。三人の若い弟子を連れていった。

蔵人所に伊尹はいなかった。帝に呼ばれて清涼殿に出向いているが、すぐもどるから待っているよう言いつかっているとのことなので、控所の建物で待つことにした。坪庭に面した階《きざはし》から上がろうとすると、「しかし、そのなりでは……」中年の舎人《とねり》が戸惑いと蔑《さげす》みが半々という顔で舌打ちした。

空也がかまわず上がろうとすると、「あいや、お供衆は外でお待ちを」今度こそ渋い顔で制止された。空也も弟子たちもいつものみすぼらしい僧衣のままやってきた。襟《えり》は汗染《あせじ》みが滲《にじ》み、擦り切れているし、裾《すそ》と袖口《そでぐち》は糸がほつれて垂れている。おまけに草履の足は埃《ほこり》まみれだ。

「おまえたちは階の下の日陰で休んでおいで。わたしも風通しのいい縁にいるから」

雑仕女《ぞうしめ》が運んできた水桶《みずおけ》で足を濯《すす》ぎ、縁に坐《ざ》した。

人気があまりないと見えて、静まり返っている。ときおり、不如帰《ほととぎす》が鳴き交わす甲高い声がどこからか響いてくるのに耳を傾け、目を閉じた。連日の過労で、じっとしていると睡魔が襲ってくる。階の下の三人も床下の横木にもたれかかってぐったりしている。

内塀越しに殿舎の瓦《かわら》屋根が連なっているせいか、禁苑《きんえん》の松原が近いはずなのに、風通しはよくなかった。昼下がりの陽射しは地面を白々と照らし、廂《ひさし》側にも照りつけている。

「そこはお暑うござりましょう。こちらへどうぞ」

薄暗い板敷の室内から声がして、一人の僧が膝《ひざ》立ちで進み出てきた。年の頃は四十半ばか。眉《まゆ》根の穏やかな温和な雰囲気の僧だ。

「空也上人であらせられますな。お目にかかれて身に余る光栄に存じます」

先ほどの舎人に聞かせるためか必要以上に丁重に言い、空也の手をとらんばかりに招き入れた。

「愚僧は余慶《よけい》と申す三井寺の者にございます。先般、四条川原でお目にかかった千観《せんかん》内供《ないぐ》は同輩でして。愚僧も頭中将さまに所用があり、お待ち申しておりますが、まさか思いもかけぬお方にお会いできるとは」

たった一言で剛直者の千観を隠遁《いんとん》させた人物に是非会ってみたいと思っていたのだと、頬に柔和な笑みを浮かべた。

「あなたは尊い御出自と洩《も》れうけたまわっております。醍醐の帝の皇子さまであらせられると言う人もおります」

またしても必要以上に声が大きい。

「さて、なんのことやら」

空也も頬に笑みを浮かべて相手の顔を見つめ、さらりと受け流した。初対面だが余慶という人物に好意をおぼえた。

「その腕は、どうなされました」

余慶は、空也が左の肘《ひじ》を曲げて掌《てのひら》を上向けたままでいるのを指差して尋ねた。たいていの人は目をそらすか、気づかぬふりをするのに、いたって率直な気性とみえる。

人に語らないことを話す気になったのは、その率直さが気に入ったからだ。

「この不具は、わが母がひどく感情を高ぶらせ、わたしの片脚をつかんで縁から下の地面に叩《たた》きつけたためでしてな。幼ないときゆえ、自分ではほとんど憶《おぼ》えてはおらぬのですが」

余慶は、なんとむごいことをとつぶやき、痛ましげに目を伏せた。

「いえ、さいわい左腕ゆえ、さして不便はありませぬ。ただ、そのからだでは武者にも農夫にも職人にもなれぬ、せいぜい能書垂《のうがき》れるだけの坊主《ぼうず》が関の山だと、むかし、ある男にきめつけられたことがありましたな。本人は慰めたつもりのようでしたが」

将門によくそうからかわれた。無遠慮にずけずけものを言うが、都人にはない温かみと優しさを溢《あふ》れるほどもちあわせた男だった。無神経でも冷徹でもなかった。あれからもう二十五年余になるが、いまでもなつかしい。増円が憎みつつも執着して自らの人生を変え、将門の人生をも狂わせてしまったのもわかる気がする。

「不便といえば、寒さが厳しい折にはしばしば疼痛《とうつう》がして、骨が軋《きし》むような感覚があることですが、すでに齢《よわい》六十一、老いのせいと思えばどうということもありませぬ」

いまや、ねじ曲がった左肘に金鼓《こんく》を掛けて下げている自分がいちばん自分らしい姿だと思っている空也だが、

「加持で治してさしあげましょうか」

余慶がこともなげに言ってのけたから、おもわずその顔をまじまじと見つめた。

「いま、なんと？」

「治るかどうかわかりませぬが、ためしにやってみましょう」

腕を出せというので、左腕を出すと、袖口から手を差し入れてまさぐり、

「やはり骨が折れて、脱臼《だっきゅう》したまま固まっておりますな。激痛はもとより、高熱、嘔《お》吐《と》、さぞおつらかったでしょう。幼くとも苦痛の記憶は心中深く残り、ことあるごとに軋みをあげて苛《さいな》むものです」

言い当てられた空也がおもわず身を固くすると、まるであやすようにやわらかく肘をさすり、にこりと笑った。

「加持祈禱《きとう》と申しましたが、いやなに、実のところは、外れた関節を入れ直し、固まった筋を伸ばしてほぐしてやるだけのことでして。からだを正しくととのえてやれば、血の滞りが改善され、むくみ、冷え、痺《しび》れ、疼痛などの不調は自然におさまります。まあ、お任せを」

しごくゆったりした口調で言い、従僧に香を焚《た》かせて、小声で真言を唱えはじめた。

空也の肘を支えるように握り、力を込めて折り曲げ、ゆっくり伸ばす。それを何度

もくり返す。不思議と痛くはなかった。ゆったりと身をゆだねて目を閉じていると、包み込むようにしてさする余慶の掌の温《ぬく》みが心の奥底にまで沁《し》み入ってくる。

ふと、女の髪の匂《にお》いを感じた。

母だ。忘れていた遠い記憶だ。きつく抱きしめられている。熱い手が肘をさすっている。赦《ゆる》して、常葉《ときは》。この母を赦して。母が泣いている。母は震えながら泣いている。甘えと怯《おび》えが入り混じる泣きたいような気持で母の胸に顔を埋め、鼻をすりながら眠りに落ちていく。うつらうつらしながら、母の声を聞いている。母の手の温みに包まれている。

不意にその手が、井戸から引き揚げられたときの母の冷えきった手に変わった。

母上、母上。

心の中で呼びかけていた。

母上、なぜです。あなたはどうして、わたしを捨てて、ひとりで死んだのです。

「う、うう……」

くぐもった呻《うめ》き声をあげた空也は、自分でも気づかぬうちに大粒の涙を流していた。

母が死んだとき泣かなかった。泣けなかった。その行き場を失っていた涙がいま、とめようもなくあふれ出た。

母上、どうか赦してください。わたしを赦して。

気づくと、肘は真《ま》っ直《す》ぐ伸びていた。

「まだ痛みますか」

「いえ。いえ、そうではありませぬ」

空也は涙をぬぐおうともせず、かぶりを振った。

「いま気づいたのです。わたしの心の底に、五十余年もの長き間、自分ではそうと知らず、母に対する恨みつらみがわだかまっていた。ねじくれて凝り固まっていたのは肘ではない、わが心だったようだ」

それ以上涙が流れ落ちぬよう空をふり仰ぎ、大きく吐息をついた。阿古が肘をさすったときには思い出しもしなかった。記憶を封じ込めていた。その封印がいまやっと解けたのだ。

しがみついていたのは、実は自分のほうだった。曲がった肘に母を宿らせ、握りしめて離そうとしなかった。憎むことで恋い焦《こ》がれていた。いまようやっと、母に赦しを求め、母を解放してやることができた。おのれの心がすべてを変える。

階の下から様子を見守っていた弟子たちも、何事かと集まってきた舎人たちも、皆、目を真っ赤にして聞き入っている。

「人には、怨憎《おんぞう》も情愛もすべて捨て去れ、執着を捨てて、はじめて苦しみから逃れられる、心おだやかに生きられるなどと教えながら、わたし自身は自分でも気づかぬまま、母を憎悪《ぞうお》し、その憎悪に固執していた。なんという愚かしさか」

晴れわたった青い空が涙の膜ごしに滲み、ゆらゆらと揺らめいている。その青が心の中まで染めあげていくようだ。

空也は息を呑《の》んで見つめている三人の弟子を見やった。

三人は、いずれも草笛の家で頑魯が養育した孤児である。頑魯や兄のような存在の音羽丸の薫陶《くんとう》を受け、東山の道場で独楽《こま》ねずみのように立ち働き、勧進の乞食《こつじき》行にもわれ先に出かけていく。

一人は道に落ちている古縄の切れ端を拾い集めてきては刻んで土に混ぜ込み、古堂の土壁が崩れたところに塗って修繕する。一人は市で瓜《うり》の皮を貰《もら》ってきて水でよく洗い、柔かく煮込んで獄囚に与える。一人は諸寺の庫裏《くり》や貴家の政所《まんどころ》を訪ね、破棄する反古《ほご》紙を貰ってきて漉《す》き直して再生紙にし、濃灰色にくすんだそれがさらに真っ黒になるまで、びっしり経を書写するのを日課にしている。

三人とも空也や頑魯に命じられるではなく自分自身で考えてのことで、誰からともなく、それぞれ、古縄《ふるなわ》の聖《ひじり》、瓜皮《うりかわ》の聖、反古《ほぐ》の聖と呼ぶようになっている。

「反古よ、ここへ」

いちばん若い弟子を呼び、自分の横に坐《すわ》らせると、余慶に向かってきりだした。

「この者は、教えられぬのに自分で刻苦して字を覚え、校正ができるまでになりました。求道心《ぐどうしん》にかけては誰にもひけをとりませぬ。貴僧のような高徳のお方のもとで学べば、いずれひとかどの者になるでありましょう」

「愚僧の弟子にと？」

「いまも食いつかんばかりに見入っておりました。あなたの人を癒《いや》す力にすっかり心酔したようですので、本人も喜んで行くと存じます」

そうだな、と横の若者に目で尋ねると、反古の聖はがばと手をついて平伏した。

「わが父は工夫《こうふ》でしたが、足に負った大怪我《おおけが》がもとで死にました。母や兄弟たちは疱《も》瘡《がさ》に一人残らずもっていかれました。皆、治療や薬餌《やくじ》は一切受けられず、苦しみ抜いて死にました。そういう者たちを救うためなら、加持祈禱だろうが念仏行だろうが、なんでもいい、学びとうございます。学んで、貴家ではなく、貧しい民を救いとうござります」

「なるほど、わが天台にもこういう志を持つ者が入ってくるべきだと、空也どの、あなたはそうおっしゃるのですな」

余慶は空也をひたと見つめて言い、反古に向かってうなずいてみせた。

「よろしい。おまえをわが弟子としよう。密教は呪術《じゅじゅつ》めいた加持祈禱だけではないぞ。いま見たように身体《からだ》を調える術や薬の調合もある。心を癒すのもその一つじゃ。存分に学べ。それで空也上人《しょうにん》のもとへ帰るもよし。わがもとに残るもよし。人々を救う道はいくらでもある」

余慶はその場で彼を義観《ぎかん》と名づけ、さっそく三井寺へ連れ帰った。

二

蔵人所にもどってきた伊尹はさっそく空也を招き入れて対面した。

「大般若経《だいはんにゃきょう》供養会の件はすでに帝のお耳に入っております。なにゆえか、格別の思し召しがおありのようじゃ」

尊大な口調で言い、渋い顔で空也から目をそらした。

「内裏の新造の費用が思いの外、かさみましてな」

伊尹は豪奢《ごうしゃ》を好み、内裏の再建でも以前より絢爛《けんらん》豪華にと強く主張したのは、他ならぬ彼だと聞いている。伊尹は暗に空也の喜捨の依頼を拒否しているのだ。

「当日、公卿の方々のご参列については、お許しいただけましょうか」

せめてそれだけは認めてもらいたい。公卿たちも身分や公職にかかわりなく一個人として参列してほしい。丁重に頼み込んだ。

「それはまあ、朝議や行事にさし障《さわ》りがなければ、各自ご随意になさるがよろしかろう」

尊大に顎《あご》をしゃくる態度から、面白くない心底が透けて見えたが、ともあれ、禁じる口実はないということだ。

伊尹はもう話はないとばかり、早々に面談をうち切った。

驚いたことに、数日後、宮中内給所《ないきゅうどころ》から銭十貫文が届けられた。内給所の銭は帝の私的な仏事や行事の財源である。通常は内給所を管轄《かんかつ》する蔵人頭に決定権があり、建前として帝の裁可を仰ぐのだが、あのときの伊尹はひどく不満げだった。おそらく村上帝自身の意思で伊尹に命じたのであろうと空也は受け取った。

米に換算すると二十石。昨今の物価高騰《こうとう》と貨幣価値の下落でそれほどにはならないが、それでも当日の施食《せじき》には充分な額である。

「千人集まってきても、白い飯を腹いっぱい食わせてやれる。一世一代の大盤振舞いだぞ」

頑魯が手を打って言いたて、皆、どっと笑った。

ところが、八月に入って供養会まであとひと月を切った頃、思いがけない事態がもちあがった。

伊尹の私邸小一条第《こいちじょうだい》に呼び出されて訪れると、

「困ったことになりました。いかんせん日が悪い」

村上帝が自ら書写した法華経の完成を記念し、帝臨席のもと、宮中で法華十講《ほっけじっこう》がおこなわれることになり、その期日が八月二十一日から二十五日までの五日間と決まったというのである。

法華十講は、法華経八巻に開経《かいきょう》の無量義経《むりょうぎきょう》と結経《けっきょう》の観普賢経《かんふげんきょう》各一巻、合計十巻を十座に分けて講義するもので、一日に朝夕二座で五日間にわたる大がかりな法会《ほうえ》である。

二年前の応和元年四月、良源は参内の折、法相宗が南都六宗の筆頭とされて優遇されているのは穏便ではないと奏上した。良源はかねて、興福寺が藤原氏の氏寺との理由で仏教界の主流を占めてきたことに不服の念をいだいていた。帝がそれに反対の態度を示さなかったことに意を強くした良源はさらに、華厳宗東大寺と三論宗《さんろんしゅう》元興寺に諮《はか》って異議申し立てを提出させた。

翌年二月、帝は諸宗に対して宣旨《せんじ》を出した。「申し立てはもっともだが、宗によって教義の浅深と宗派の規模に差異があると考えられるゆえ、それぞれ解文《げもん》を提出して意見を申し述べよ」というものだったが、諸宗は沈黙したまま提出しなかった。

業《ごう》を煮やした帝は今年六月になって、「近くおこなう自筆の法華経供養に参勤すべし」と重ねて宣旨した。供養にことよせて各宗の法華経解釈を開陳させ、理念の浅深を自ら見極めたうえで悶着《もんちゃく》に決着をつけようというのである。

しかし、供養会そのものが諸般の事情で延引に延引を重ね、今日にいたっている。それがついに法会の際、法華十講をおこない、そこでじっくり論争させることになったというのだ。

大般若経供養会の二十三日は、その三日目にあたる。

「偶然かち合ってしまったと？」

空也はおもわず顔をこわばらせた。作意を感じる。伊尹か、良源か、それとも二人合意の上か、こちらの挙行を面白く思っていないのであろう、あえてぶつけてきたとしか思えない。

だが、伊尹はしれしれと言ってのけた。

「五日間ともなると、帝のご予定やら忌日やらで、なかなか調整がむずかしゅうござってのう。これから各宗に出席者を決めさせねばなりませぬし、難儀なことですわ」

各派から南都諸宗より十名、天台宗から十名、合わせて二十名が選ばれ、それぞれ十座を講義する導師を勤め、それに対する問題点、疑問点を問者が問い質す。

「公卿方も何かと都合がありましょうが、せっかくゆえ皆にも聴かせよとの帝の強い思し召し。何をさておいても出ぬわけにはまいりませぬ。そちらは日を変えていただくしかありませぬな」

片頰をゆがめて底意地悪い笑みを浮かべた。

「お言葉なれど、こちらは日取りを変えることはできませぬ」

そのために準備を進めている。列席を依頼した法師は六百巻に合わせて総勢六百人。その他、おそらく数百人の沙弥《しゃみ》、聖、一般大衆が集まる。畿内各地からわざわざ上京してくる者も少なくない。鴨川西岸に仮設の仏殿を建てて法会の会場にする。管弦の演奏と施食もおこなう。大勢の者たちが工夫や楽人の手配、用具や食糧の調達に、眠る暇も惜しんで追われているのだ。

「こちらの期日は変更できませぬし、するつもりもありませぬ」

空也はきっぱり言いきった。

多額の喜捨をしてくれた公卿たちは列席できない。実頼や師氏はさぞ落胆するであろう。申し訳ないが、いたしかたない。あとで幾重にも詫《わ》びる。

「それははなはだ遺憾。帝の私財を賜っておきながら、御意には随《したが》わぬということですか」

伊尹は今度こそ敵意をむき出しにした。

彼が帝に吹き込み、宣旨を以《もっ》て日取りの変更、最悪の場合は、中止を命じられるやもしれぬ。そう覚悟した空也だったが、数日後、意外な通告がもたらされた。

――法華経供養と十講は、公《おおや》けの行事ではない。

帝がそうおっしゃったという。公卿たちの陪席は本人の自由意思に任せるという意味だ。

「いや、見直しました。まさにご英断。帝は親政のご意欲をまだ諦《あきら》めてはおられぬらしい」

師氏がいつになく興奮したおももちで言い、

「むろん兄上もわたしもこちらに参じますよ。左大臣が欠席するのはさすがにちと具合が悪いが、なに、五日間のうちのたった一日です。なんとしてもこちらへ出るでしょうよ」

実頼がこちらへ来ることになれば、追随する者も多いはずだ。廟堂《びょうどう》を二分することになる。


「先々に遺恨を残すことにならねばよいが」

あらためて事の重大さに暗澹《あんたん》とした空也だったが、師氏の言うように、自身の考えを貫いた若い帝の芯《しん》の強さに感服する思いも大きかった。

「ありがたい。やはりひとりでも多くの人に集まってほしい。その一人一人が仏と結縁《けちえん》し、たがいに縁を結ぶ。貴賤《きせん》が身分の違いを越えて心を合わせて祈るのが、この法会の目的。帝はそれをわかって支援してくださったのだ」

日程変更のごたごたがかえってそれを世間に周知させることになったのである。

三

供養会の日は朝から晴れあがった。

秋の長雨が連日つづき、当日もどうなるかと案じていたが、明け方、東山から暁光《ぎょうこう》が射し、燃えたつような朱金と紫の朝焼けが空一面彩《いろど》って、空也たちを感激させた。

弟子たちと会場の鴨川へ行ってみると、広い河川敷にはすでに群衆が集まってきており、それぞれ好きなところに陣取っていた。

この日のために西岸の堤の上に、釈尊が大般若経を説いた最後の場所とされる竹林《ちくりん》精舎《しょうじゃ》にみたてて宝殿を建てた。京内からの参集者が川を渡らずにすむよう、東山の道場から鴨川をはさんだ対岸を会場とした。鴨川の流れは精舎のすぐ近くにあったという白露池《はくろち》、平安京は釈尊が長く教えを説いた王舎城《おうしゃじょう》になぞらえてのことである。

宝殿といっても白木のままの簡素な高床の建物で、今日一日限りの仮殿である。終わればすぐ解体する。柱と屋根のみの吹きさらしの建物にしたのは、四方どこからでもよく見えるようにだ。

宝殿の横には白い幄舎《あくしゃ》が整然と並び、中にはすでに上卿《しょうけい》たちが床几《しょうぎ》に着席して法会の開始を待っている。驚いたことに、左大臣実頼以下、三公九卿の半数以上が宮中の法華十講を欠席してこちらにやってきた。むろん師氏の姿もある。

宝殿の後方は数十台の牛車が轅《ながえ》を並べ、どの車も貴家の女人たちが御簾《みす》の下から色とりどりの衣を出して妍《けん》をきそっている。四月の賀茂祭も斎王行列を見物するために場所取りで争いになるほど牛車が集まるが、これほどではない。

道場から六善神の像を運んで宝殿に安置した。仏法の守護神と護国神たちが今日の儀式を見守ってくださる。

僧たちが宝殿を囲んで設けた座に着くと、川原の群衆からどよめきがあがった。

管弦の音色とともに、金錦と造花で飾りたてられた龍頭鷁首《りゅうとうげきす》の船が上流から一艘《そう》、下流からも一艘、それぞれに経巻を収めた櫃《ひつ》を乗せて、すべるようにこちらへ向かって進んでくる。

水量は多いが、流れはおだやかで、秋の陽射しが水面にきらきらと光の粒をまき散らしている。雨に洗われた川原と堤は草も青々として、空は群青色《ぐんじょういろ》といいたいほど深く澄んでいる。

宝殿の隅に坐した空也は目を細めてその光景とその先に広がる東山の道場あたりに視線を巡らし、深々と吐息をついた。幾多の屍《かばね》がうち棄《す》てられるこの川原と髑髏原《どくろっぱら》に、たとえ一日だけでも浄土さながらの荘厳華麗な光景を実現させたい。願ったとおりの光景がいま目の前にある。

龍頭の船には唐楽《とうがく》の、鷁首の船には高麗楽《こまがく》の楽人たちが乗り込んでおり、会場の前で舳先《へさき》を接して停泊すると、交互に奏《かな》で始めた。

浄衣に身をつつんだ弟子たちが櫃を船から運び出し、河岸から宝殿までまっすぐ敷き詰めた白布の上をしずしずと運んだ。

宝殿に安置された経典の山の前に三善道統《みよしのみちむね》が進み出て、供養願文《がんもん》を読み上げ始めた。

「敬《つつし》しんで白《もう》す。書写供養し奉《たてまつ》る金字《こんじ》の大般若経一部」

道統は空也自身の文案をもとに、格調高い美文を起草してくれた。彼は昨年、文章《もんじょう》得業生《とくごうしょう》から課試に合格して秀才になっている。いずれは大学頭《だいがくのかみ》に任じられ、文章博士《もんじょうはかせ》にもなるであろう。文人にありがちな斜《しゃ》に構えたところがなく、仏道修行にも熱心で、市堂の頃から通ってきて空也の思想をよく理解してくれている。

「四恩六道《しおんろくどう》の成仏得果《じょうぶつとっか》の為《ため》の故《ゆえ》に、天暦四年九月より始めて応和三年の今朝《こんちょう》に至る。星霜《せいそう》十四たび廻り、胸臆《きょうおく》千万に緒《あま》る」

空也の脳裏に足かけ十四年のさまざまな出来事が浮んでは流れていく。涙がこみあげてきそうになるのを懸命にこらえた。

「常啼大士《じょうたいだいし》の本誓《ほんぜい》は、心に晨昏《あしたゆうべ》に懸《かか》り、法涌《ほうゆう》菩薩の対揚《たいよう》は思いを開示に寄す」

常啼菩薩は衆生の貧窮・老病・憂苦を見て常に泣き、彼らを菩提に導かんと誓いをたてて、わが身を売ってまで法涌菩薩に教えを乞うた。四十年近い前、播磨の峰合寺《みねあいでら》で学んでいた頃、大般若経を読んでこの菩薩を知り、以来、この愚直な菩薩をわが師としてきた。

「市中に身を売るは我が願《がん》に在《あ》りと雖《いえど》も、人間《じんかん》に信《しん》を催《もよお》し、既に群縁《ぐんえん》を寄す。半銭の施《ほどこ》すところ、一粒《いちりゅう》の捨《しゃ》するところ、漸々《ぜんぜん》に力を合《がっ》し、微々《びび》に功を成《な》せり」

東市《ひがしのいち》で一人、乞食行を始めてから二十五年。まさかこれほど多くの人々が阿弥陀仏と浄土を信じるようになり、縁を結ぶことができるとは思ってもいなかった。一人一人の力は小さくても、合わせれば世の中をも動かす大きな力になる。そのことを理解してもらえたら、常啼菩薩にならった自分の半生は意味があったことになる。

「そもそも空也、齢年《よわいとし》を逐《お》って暮れ、身は雲と浮かぶ。……彼を先とし我を後とするの思いを以て思いとし、他を利して己《おのれ》を忘るるの情《こころ》を以て情とし、薜服《かずらのころも》に風を防ぐの外《ほか》、更に何の謀《はかりごと》をか企《くわだて》ん。……曾《かつ》て一鉢の儲《たくわえ》も無く、ただ十万の志を唱《いざな》う」

老いてますます痩《や》せたひ弱なこのからだを飾るのは、豪奢《ごうしゃ》な僧衣ではない。居る場所は立派な寺ではない。本来無一物のまま、生きて、死んでいく。

「有縁無縁、現界他界、無始以来のあらゆる群類には、五逆四重の辜《つみ》を動かし、三悪八難の苦を免れしめん。荒原《こうげん》の古今の骨、東岱《じごく》の先後の魂、併せて薫修《くんじゅ》に関《あず》かり、咸《みな》、妙覚《みょうがく》を証せん」

この大般若経の功徳《くどく》により、すべての生者の罪が消え、苦しみが取り除かれんことを。すべての死者の魂が鎮《しず》まらんことを。そして、皆ともに悟りを得て、仏の世界へ赴《おもむ》かんことを。

願文の表白《ひょうびゃく》が終わると、僧たちに大般若経が一巻ずつ配られ、いっせいに読誦《どくじゅ》が始まった。

　六百人が口々に唱える声は混じり合って一つになり、大きなうねりとなって四方に広がっていく。その響きを目をつぶって聞きながら、空也は何度もうなずいた。転読ではなく読経《どきょう》にこだわったのは、これが聞きたかったからだ。読経の力でこの国を浄《きよ》め、鎮めるためにだ。

　六百人の僧は畿内の諸寺から参集してくれた。祇園《ぎおん》八坂寺の浄蔵《じょうぞう》の姿もある。かの三善清行《きよゆき》の息子で、幼くして宇多法皇に師事して出家、比叡山で密教と悉曇《しったん》を学んで天文と医薬に精通し、声明《しょうみょう》でも美声で知られている。傾いた八坂寺の塔を験力《げんりき》で立て直し、将門調伏の修法でも験《げん》があったと賞され、すでに七十を越した老齢だが、いまだ眼光炯々《けいけい》としている。そのまなざしが空也にそそがれていた。

　読経が終わると空也は宝殿の端に出て、話し始めた。

「法華経に一味《いちみ》の雨という話があります。雨は大地と草木にひとしく降り注ぎ、万物をうるおして恵みを与えてくれる。仏の教えもおなじだということです。われらの一人一人にひとしく降り注ぎ、恵みを与え、救ってくださる。教えの方法は時と場所、受ける者の資質や能力に応じていろいろですが、しかし、究極は一つ、おなじ雨、一つの味なのです。ですから、阿弥陀仏も、お釈迦《しゃか》さまも、大日如来《だいにちにょらい》も、つきつめればおなじことを教え、導いてくださるのです」

聴衆に話しかけながら、ふと、ちょうどいま頃おこなわれているであろう宮中の法華十講のことを思った。

今日は三日目。二日目の昨日の夕座は紛糾したと師氏から聞かされた。すべての者に仏性があるとする天台宗の良源と、仏性のない者も存在するとする法相宗の法蔵《ほうぞう》との間で、激しい応酬があったという。良源の巧みな弁舌に論争は夜の戌《いぬ》四刻（八時半）にまで及び、皆の疲労をみてとった法蔵が翌日もちこしを提案したというから、今日も両者激しくやり合っているか。

四

説法の後は遅い中食《ちゅうじき》で、川原で大量の飯を炊《た》き、青菜の漬物をつけてふるまった。民も僧も乞食比丘《びく》も皆、列に並んで椀《わん》を受け取り、思い思いの場所にすわり込んで川風に吹かれながら食べている。

「愉快な光景ですな。わたしもいただくとしますよ」

行列を見守っていた空也のかたわらにやってきた師氏が、山盛りの飯椀を掲げて見せた。他の公卿たちは邸《やしき》から運ばせた贅沢《ぜいたく》な料理を幄舎の中で隠れるようにして食べているのに、師氏は道場で民たちとおなじものを食うことに馴《な》れ、それを楽しんでもいるのだ。

「まだたんとあるでな、遠慮せんとお代わりしてや。腹一杯食うてくれ」

頑魯や音羽丸が嬉々《きき》として声を張り上げ、女衆が次々に釜《かま》からよそって手渡している。草笛や彼女が養育している子供たちも皆、顔を火照《ほて》らせて忙しげに働いている。

川原の群衆の後方に見憶えのある母子連れの姿があった。草むらに隠れるようにしゃがみ込んで施食の列を羨《うらや》ましげに眺めている。

駆け寄っていって声をかけた。

「おお、やはり、そなたらは、いつぞやの」

右京九条の桂川の河川敷の近くで観音像の金粉を与えた母子だ。あれからそのあたりには何度も行ったのに、どこかへ移ったか一度も出会わなかったから、気になっていた。

「よう来てくれた。皆、無事であったか」

田津女という名の女児をかしらに、弟が二人。見れば、母親は背中に赤子をくりつけている。

「あのときの腹の子か。よう産んでくれたな。よう生まれてくれた。ありがたい。ありがたいことじゃ」

赤子の顔を覗《のぞ》き込み、やわらかい頰を指先でそっと突つくと、赤子は無心な笑みを返した。

「おお、おお、よき子じゃ。尊いお顔じゃ」

弟たちの手を引いた田津女を見やると、空也を見上げ、唇の端をきつく引き締めている。

誇らしげな顔だ。あれからも母親は何度も赤子を流そうとし、生まれてからもいっそ間引いてしまおうとしたのであろう。それをこの子は懸命に思いとどまらせた。空也の言葉をけなげに守ってきたのだ。

「田津女、そなたのおかげじゃ。ようやってくれた。ようやってくれたな」

空也は涙をぽろぽろこぼして田津女を抱きしめた。

女がおどおどと言うには、あのあと、検非違使《けびいし》に追い払われ、社の祠《ほこら》を見つけて床下にもぐり込んで雨露をしのいでいる。

「何度、死のうと思ったか。でも、そのたびにこの子が叱《しか》るのです。観音さまはあたしらのために無惨《むざん》なお姿になってしまわれたのに、赤ん坊とあたしらを守ってくれると坊さまが言った。死んだら、それがぜんぶ無駄になる。死ぬのは卑怯《ひきょう》だって、おそろしい剣幕で」

あれ以来、田津女がどうしても物乞《ものご》いはいやだと言ってきかぬから、塵芥《ごみ》拾い、どぶ浚《さら》い、粗朶《そだ》集め、女子供ができることはなんでもして食べものを貰い、かろうじて命をつないでいる。だが昨日までの長雨で、もう三日も芋一つ口にしていない。今日は施食《せじき》があると聞いてたまらずやってきたが、みすぼらしい身なりに気後れして、列に並ぶのをためらっていたのだという。

「そうか。物乞いはいやか。さぞつらかったであろうな」

空也はますます痩せて、目にも精気がない子らを見やり、深々と溜息《ためいき》をついた。

頑魯を呼び、腹一杯食わせてやれと命じ、そのかわり、と田津女に向かって言った。

「腹が満ちたら、そなたたち、この者たちが鍋釜《なべかま》と椀や箸《はし》を洗うのを手伝っておくれでないか。十分用意したのだが、思ったより大勢集まってくれたゆえ、数が足りなくて、皆、てんてこ舞いしておるのだ。助けてくれるとありがたい」

まだ幼く、これほど困窮しているのに、人としての矜持《きょうじ》を持っている子だ。一方的に恵んでもらうことに慣れてほしくない。誇りを失ってほしくない。

「でも……、あたえは、できない。駄目だよ」

田津女は悲しげにかぶりを振った。

「だって、こんな汚ない手だもの。かえって汚れちまう」

おずおずと両手をさし出してみせた。指の爪《つめ》の周りにびっしり黒い汚れがこびりついており、手の甲から腕にかけても垢《あか》で汚れきっている。

「なんの。なんの」

空也はその手をとって両手でつつみ込み、悪戯《いたずら》っぽい笑顔で言った。

「食器を洗えば、この手も一緒にきれいになる。人のためになり、自分のためにもなる。一挙両得ではないか」

「それって、人のためにする物乞いは嬉《うれ》しいというのと、おなじ？　あたえの心が喜ぶ？」

「そうだとも。よう、よう憶えていてくれた……」

自分の言葉がこの子の中にしっかり根づいている。空也は胸を衝《つ》かれ、また涙を迸《ほとばし》らせた。

「ほれほれ、くっちゃべって泣いとらんと」

頑魯がにやにや笑いながら急《せ》きたてた。

「あっちでたんと食って、たんと働いてくれな、あかんやろが」

「では、わたしもこの子らと一緒に働くとしよう」

「どうぞ、どうぞ、お好きなように」

頑魯はわざとらしく肩をすくめてみせた。

「止めてもどうせ、おやりになる。上卿方がおまえさまと話したがって待っておられるちゅうに、おまえさまの気まぐれにはほとほと呆《あき》れかえるわ」

「気まぐれか」

「気まぐれが悪ければ、偏屈じゃ」

頑魯は容赦なくきめつけた。

「ことに牛車の中の女性《にょしょう》方は、おまえさまとじかに会える機はないんじゃ。一言だけでも言葉を交わしたいと待ちかねておられるっちゅうに、ほったらかすといわしゃるんじゃからな」

邸の奥深く几帳《きちょう》を巡らした中で暮らし、人前に出ることはほとんどない貴家の女人たちが、意を決して出てきたのである。朝な夕なに念仏を唱え、心の救済を求める女人が増えている。愛、嫉《しっ》妬《と》、家の没落、夫や子を失い、出産で命を落とすこともめずらしくない。女の人生は男以上に苦しみが多いのだ。

「そんなことはない。貴家の女性《にょしょう》方がすすんで結縁して喜捨してくれたおかげで、今日のこの日が迎えられたのだ。後でよくよくお礼申し上げる」

たとえ御簾ごしにでも、直接、話すことができれば、もっと支えになってやれるのにと思う。もしもあの頃の母の苦しみを分け合うことができたら、かたく閉ざした心をときほぐしてやれたら、あんなふうに死ぬことはなかったであろう。その悔いを、母とおなじ閉ざされた世界で生きるしかない女たちを救う原動力に変えていこうと思っている。

音羽丸が次々に笊《ざる》に山盛りの汚れた椀や大鍋を運んでくる。

「急いでください。飯がみるみる減って、炊き足しています。汁もこしらえておりますので、椀が底をついてしまいました。頑魯さんがいきり立っています」

行列は絶えず、師氏までかりだされ、慣れぬ手つきで飯をよそい、額の汗をぬぐいながら手渡している。

その光景は空也に、むかし、初めて喜界坊の集団に加わったときのことを思い出させた。川原で女たちが汁と飯を炊き、男たちが次々とたいらげていた。あんたもお食べ。食べたら手伝っておくれよ。女に言われ、川の水で汁に入れる大根や菜っ葉を洗った。自分にもできることがあると嬉しかった。道盛が励ましてくれ、猪熊は叱咤《しった》してくれた。

ふと、ふたりがどこかから見ているような気がして、空を見上げた。

(わたしにはまだ、やらねばならぬことが残されている)

そう思いながら、椀を洗った。

川の水は思ったより冷たく、さらさらと指をくすぐってすり抜けていく。陽射《ひざ》しが水面《みなも》に満ちて、光をまき散らしている。岸辺の淀《よど》みはゆるやかに渦を巻き、水面に泡が浮いている。泡は風に揺らめいてきらりと光ったかとおもうと、次の瞬間、ふっと弾《はじ》けて消える。

岸辺の木々はかすかにざわめいている。空は青く、薄く透ける雲がひとひら浮んでいる。鳥たちがゆうゆうと舞っている。青い山並、川面を吹き渡る風、さわさわと鳴る草葉、明るく降りそそぐ陽光。

空也はその一つ一つを陶然と眺めた。

(この中で、人は生きている)

人の命はこの水面の泡に似て、はかない。ほんのいっとき、この世に生き、影もなく消えていく。だが、自分というちっぽけな存在が、実は原始以来連綿と営まれつづけているこの自然と宇宙の中で生かされているのだと、宇宙の営みと一体なのだと気づけば、その一部分なのだと確信できれば、この一瞬のはかない命が、実は永遠に生きつづけるものだと思える。自我ではなく命そのものになり、命を燃やしつくすまで生きようと思える。

——捨てて生きる。

千観に言った自分の言葉を思い出した。捨ててこそ真に自分の命が活《い》かされ、永遠の命をもつことができるのだ。

田津女が横にしゃがみ込んで洗っている。一言も口をきかず、肘《ひじ》までびしょ濡《ぬ》れにして、藁《わら》を束ねたたわしを持ち、しゃっ、しゃ、と小気味よい音をさせてこすりたてる。水にくぐらせて丁寧にすすいでは、椀を振りたてて水気を切り、次々に笊に積み上げていく。

頰を真っ赤に火照らせ、口元を引き締めて、いかにも真剣な様子だが、ときおり、ふと手を止め、両手を目の高さにかかげて、しげしげと見つめている。陽の光に透かし、何度も裏返してみる。

「どうだね？」

きれいになったか、とは口にはしなかったが、田津女は、

「うん」

短くこたえてこくりとうなずき、空也のほうを見ないまま、はにかんだように笑っ

た。

五

早くも西の空が黄色味を帯び、川原に長い影が射し始めた。

「これより空也上人が菩薩戒《ぼさつかい》をお授けになります。宝殿にお集まりくだされ」

弟子たちが大声で触れまわり、空也は集まった在家信徒たちに菩薩戒を授けた。

「一に止悪《しあく》、悪を止めるべし。二に修善《しゅぜん》、善をおこなうべし。三に利他、他者の利益《りやく》に努めるべし」

空也が一つずつ列挙し、受戒者たちが復唱する。

「悪行を止めます。善行をおこないます。他者の利益に努めます。御仏にお誓いいたします」

「これは三聚浄戒《さんじゅじょうかい》といい、在家出家問わず、菩薩たらんとする者のいちばん基本の戒。この三つを心に刻んで、日々の暮らしの中で実践する。それが菩薩行ですのじゃ。しかし、これが簡単なようで、実はとてもむずかしい。人は皆、そうと意識せず悪いことをしてしまう。自分を守るために嘘《うそ》をつき、自分さえよければと考え、人を傷つける。皆、身におぼえがありましょう。だから、毎日、眠る前だけでいい。強欲になっておらぬか。身勝手ではないか。ずるく立ちまわっておらぬか。悪行をおかさなんだか。おのれをふり返ってみなされ。ちくりとでも心が痛んだら、菩薩に近づいている証《あか》し。そうやって少しずつ心を浄めるよう、心がけてくだされ。どうですか？　やれますかな？」

空也の口吻《くちぶり》はいつもの説法と少しも変わらなかった。厳《いか》めしさも小難しさもない平易な言葉で、おだやかに話す。それが相手の心に沁《し》み入るのだ。

あたりが薄暗くなると、それぞれ火のついた蠟燭《ろうそく》を手にした参集者が列をなして宝殿に進み出て、仏前に献じた。土手と川原に設けられた燭台《しょくだい》にも次々に灯《とも》された。法会の最後をかざる万燈会《まんどうえ》。死者供養《くよう》の意味もあるが、それよりも、誰もがひとしく仏を供養できることを示す、そのためのいまだかつてない催しである。

貧しい身なりの若い夫婦が子の手を引いて進み出て、子にも手を添えさせて一緒に献燈する姿を、音羽丸がじっと見つめている。公家の舎人らしき老人がむせび泣きながら蠟燭を立ててその場にうずくまってしまったのを、周囲の者たちがやさしく起こしてやっている。

数千のゆらめく光が一つに連なり、光の帯が川面をあかあかと照らしている。

初めて目にする幻想的な光景を、人々はただ息を呑《の》んで見つめ、夜が更《ふ》けるまで南《な》無阿弥陀仏《むあみだぶつ》と唱えつづけた。

数百の声がうねりになって人垣を包み、皆、高揚した表情で腹の底から大声を発している。

そのうちに一人ふたりと立ちあがると、足を振り上げ、地を蹴《け》りながら、合掌していた腕を高々と頭上に挙げて振りたて、

「なむ、なーむ、あみだっ。なーんまいだーっ」

抑揚をつけて謳《うた》うように唱え始めた。それにつられて女や子供が立ちあがり、みるみる大きな輪になった。

輪の中心にいるのは頑魯だ。頑魯も、音羽丸も、田津女らも、男も女も、子供も年寄りも皆、顔を見交わし、笑いさざめきながら踊っている。地を蹴り、足を振り上げ、たがいに腕を組んで笑い合う。

無数の灯火に浮かび上がるその光景は、空也にはるか昔、将門の館《やかた》で見た坂東の嬥歌《かがい》を思い出させた。

一心に、無心に、その一瞬を生きる。命を燃やす。無数の揺らめく蠟燭の光が、そ

の姿を浮かび上がらせている。

「よぉし、わたしも」

僧衣の袖《そで》をまくりあげ、踊りの輪に入っていった。師氏が負けじと後につづいた。

六

翌二十四日、興福寺の仲算《ちゅうざん》が突然、東山の道場に空也を訪ねてきた。

宮中の法華十講は、三日目も良源の舌鋒《ぜっぽう》に南都側は追い詰められ、業《ごう》を煮やした藤原文範《ふみのり》が急遽《きゅうきょ》、夜中に馬を駆って迎えにきて、無理やり連れてこられたのだという。

「晴れがましいことではないか。亡《な》き空晴師もさぞ喜ばれておろう」

空也は彼の学才が発揮できる機が巡ってきたことを喜んだが、仲算は憂鬱《ゆううつ》な顔だった。

「三井寺の千観どのは天台側で選ばれたのを辞退なさったとか。教義の論争など、無益な戯論《けろん》とお考えなのでしょう」

「千観どのには千観どのの考えがあってのことだ。論じ合うことで相互の理解が深まり、新たな方向性が見えてくることもある。まんざら無益ではなかろうよ」

「勝つか負けるか、そんな論議に意味があるとは思えませぬ」

法相宗と天台宗は、会津の徳一と最澄が何年にもわたって激しく論争し、ついに決着がつかなかったいきさつがある。仲算はその再燃ならまだしも、現実は似て非なるものだというのだ。

「そんなことはあるまい。両師の時代からすでに百有余年。世の中が変われば、人の心も変わる。仏道がそれにどう対応するか。しなくてはならないか。皆で確認し合ういい機会と思えばよいのだ」

「世の中の移り変わりによって、仏法も変わるべきだとおっしゃるのですか」

仲算は不満げな顔になった。仏の教えと真理は不変不滅のものであり、その解釈がみだりに変わっては混乱を招くと考えているのである。

「言いたいことはようわかるが、しかし、いま、この時代に生き、現に苦しみ喘《あえ》ぐ者たちを救えなくては、意味がないではないか」

空也の声音はいつになく激しかった。

仲算は結局、五日目の最終日の夕座、村上帝の宣旨によって問者を命じられた。

良源との激しい応酬の中、良源が法華経方便品の「無一不成仏」の文言を「一《ひとり》として成仏せざるは無し」と読んで一切皆成仏《いっさいかいじょうぶつ》を主張すると、仲算はおなじ文を「無《む》の一《いち》は成仏せず」と読み、仏性をもたぬ無性の者だけは悟りを得て仏になることはできないと真っ向から反論した。

仲算の真摯《しんし》さと博識が御意にかなったか、帝は仲算を玉床《たまゆか》の下に召して杯を勧め、引きつづき法相宗を六宗長者に補する宣旨を発した。

だが、栄誉に浴した仲算は空也に会おうともせず、そのまま奈良へ帰っていった。

彼が何を思ったか、その思いを今後どう活かすのか、いつか聞いてみたいと思う。

天台宗を優位に押し上げんとする良源の目算は外れたが、しかし、彼は満足しているであろうと空也は思っている。彼には時代の流れを見抜く眼がある。奇《く》しくもこちらの法会とおなじときに宗論がおこなわれたのは、その流れの変化のきわめて象徴的な出来事であり、いやでも衆目を集めた。そこであえて法相宗と激しくやりあうことで、両者の違いを際立《きわだ》たせてみせたのだ。

――悉有《しつう》仏性《ぶっしょう》、一切皆成仏。

衆生《しゅじょう》の心には本来、仏性がそなわっており、それゆえ、いかなる者もかならず仏になれる。ひとしく救われる。天台の法華一乗の考えは間違っていないと空也は思っている。

だが、そんな観念的な理論で、人を救うことができるかと問われれば、否《いな》とこたえる。

空也自身、人は誰でも、阿弥陀浄土に往生して仏のもとで学ぶことで悟りを得られる、仏になれると信じ、人々に説いている。しかしそれは、それしか救いの道はないと思うからだ。人は救われなくてはならないという切羽詰まった思いからだ。

その切羽詰まった思いがこれからも自分を駆り立てつづけるであろう。この命が尽きるまで、ひたむきに戦いつづける。静かな戦いだ。

終章　息精《いき》は念珠

大般若経供養会《だいはんにゃきょうくようえ》の盛儀の後、空也は東山の道場で静かに晩年の日々を送っている。

六百巻は櫃《ひつ》に収めて清水寺の塔院に寄贈した。書写に際しての多大の協力と、清水寺の本尊十一面観音の加護を謝してのことである。道場に置いておけば、やがて権威の象徴になってしまう、そう恐れる気持もあった。

――空也の大般若経。大般若経の空也。

自分が権威になってはならない。あらためて自戒するためでもある。

道場はいつしか西光寺《さいこうじ》と呼ばれるようになった。

――西の光、西からの光。

京の町並ごしに、愛宕山《あたごやま》に沈む夕陽がことのほか美しい。

寺と呼ばれても、天台宗の寺でも清水寺の末寺でもない。十一面観音のおわす本堂、聖《ひじり》たちが住まう長屋の房、孤児たちが暮らす建物、施食《せじき》を調理する大きな厨《くりや》、衆徒たちが集う講堂。どれも質素な板葺《いたぶき》屋根の建物だ。

あとは広々とした草の原のまま、寺域を区切る塀や木柵《もくさく》すらない。隠遁《いんとん》の場を建てたいと望む者があれば快く許したから、そうした小庵《しょうあん》も点在している。既存の宗派に属さぬ寺、いや、寺でもない。貴賤《きせん》、僧俗、男女、誰でもが自由に出入りできる会堂である。

慶滋保胤《よししげのやすたね》や三善道統といった文人貴族の中にも熱心な念仏者が増え、比叡山や諸寺の若手の僧たちと一緒に、ここで念仏講を開きたいと申し出ている。彼らや宗門を越えた若い僧たちの連帯が、少しずつ仏教界の頑《かたく》なな古い体質を変えていく。内側から変わっていく。そう期待している。

集まってくる人々に念仏行を指導するかたわら、文机《ふづくえ》に向かって書きものをする。

心に所縁《しょえん》なければ、日の暮るるに随《したが》って止《とど》まり、身に所住《しょじゅう》なければ、夜の暁《あ》くるに随って去る。
忍辱《にんにく》の衣厚ければ、杖木瓦石《じょうぼくがしゃく》も痛からず、
慈悲の室《しつ》深ければ、罵詈誹謗《めりひぼう》をも聞かず。
口称《くしょう》に任せたる三昧《さんまい》なれば、市中は是《こ》れ道場。
声に順《したが》っての見仏《けんぶつ》なれば、息精《いき》は即《すなわ》ち念珠《ねんじゅ》。
夜夜《やや》に仏の来迎《らいごう》を待ち、朝朝《ちょうちょう》に最後の近づくを喜ぶ。
三業《さんごう》を天運に任せ、四儀《しぎ》を菩提《ぼだい》に譲る。

少しずつ書きとめておいた詞《ことば》をまとめて一つの著作として残したい。死の影が忍び寄る中でそう思うようになった。自分が死んだ後、念仏者たちのよすがになってくれれぱと思う。

だが、それとは裏腹に、言葉を残して何になるという思いも強くある。言葉は我執を生み、妄念を生む。言葉ではない。理屈ではない。ただひたむきに、ただひたすら、仏と向かい合う、それだけだと教えてきたではないか。

本来無一物、まさに何事をか求むるべきや。万物夢幻の如《ごと》し。実有《じつう》の念を生じることなかれ。

その思いが日々、強くなっている。

天禄《てんろく》元年（九七〇）五月、実頼が死んだ。贈正一位摂政関白太政大臣。一上《いちのかみ》、藤原氏の氏長者。村上、冷泉、円融と三代の帝に仕え、位人臣《くらいじんしん》を極めたものの、冷泉帝の狂気が安和《あんな》の変を引き起こすと幼年の円融帝を立てて奔走し、心身とも疲弊し尽くして七十一年の生涯を閉じた。

帝《みかど》の外戚《がいせき》になれなかったせいで実権は弟とその息子たちに奪われ、自らを「揚名《ようめい》関白」、名目だけの存在と自嘲《じちょう》しつつも、私邸の門前に菓子を置いて民たちにふるまい、食べながらしゃべる話題で民情を知ろうと絶えず心がけていた。薨去《こうきょ》を聞きつけた者たちが私邸の二条小野宮第の門前に集まって挙哀《こあい》した。貴顕もいたが大半は庶民だった。大洪水のとき、実頼が私財を投じて復旧に尽力したことを民たちは忘れてはいなかったのだ。

のう牛養《うしかい》、以《もっ》て瞑《めい》すべきではないか。悪い一生ではなかったぞ。

法性寺でおこなわれた葬儀の末席に連なった空也は、幼馴染《おさななじみ》の親友に幼名でそう呼びかけた。

その二ヶ月後、実頼の後を追うように師氏が死んだ。

兄の葬儀のときには元気であったのに、それから間もなく体調を崩して病床に伏し、夏の暑さにみるみる衰弱していった。空也より十歳年下の五十八歳、彼もまた、実弟の師尹《もろただ》が左大臣に昇って追い抜かれ、不遇をかこった人生だった。

空也は葬儀には参列せず、西光寺で十一面観音に彼の菩提《ぼだい》を祈って過ごした。彼はそのほうが喜ぶと思ったのだ。唯一《ゆいいつ》、本人のたっての望みで、閻魔《えんま》大王へ宛《あ》てた申し送りの牒状《ちょうじょう》を余慶に託した。余慶が読み上げ、柩《ひつぎ》の上に乗せて荼毘《だび》にふした。

自分は死んだら地獄に堕《お》ちるというのが彼の口癖だった。往生の因となる善業《ぜんごう》は何一つしなかった、酒を友に放恣《ほうし》に流れて怠惰な人生を過ごしてきた、と悔いていた。

道場にしょっちゅう入りびたって空也としゃべり、ここでしか知り合うことはなかったであろう貧しい民たちと一緒に施食の芋を頬張り、粥《かゆ》を啜《すす》って笑い合っていたが、念仏行はついぞしなかった。

あるいは夜更《よふ》けの自邸で独り、ひそかに口の端《は》に上らせることはあったかもしれないが、少なくとも人前ではどう勧められてもしなかった。頑魯にまで、おまえさまの頑固には恐れ入ると喧嘩腰《けんかごし》で言われても、ただにやつくだけだった。空也の勧めで温厚な余慶を師としたのに、

「わたしは結局、弥陀《みだ》も観音も信じてはおらぬのですよ。わたしが信じるのは、空也上人《しょうにん》、あなただけだ。わが望みは、あなたが浄土からふたたびこの世にもどって人々を救わんとなさるとき、わたしもこの世にあって今生《こんじょう》とおなじ親しい交わりがしたい。ただそれだけなのです。なれど、地獄に堕ちたらそれもかなわぬ。閻魔大王に地獄行きを免じてくれるよう、いや、それが無理なら少しでも短くしてくれるよう、あなたからよくよくお頼みしてくだされ」

そんな戯《ざ》れごとをよく言っていたが、案外、本音だったか。空也と二世の契《ちぎ》りをというのも本気の言葉だったろう。あるいは、人は誰しも、他者を犠牲にしてしか生きられぬ罪深き存在であり、地獄行きは必至、そう考えていたのかもしれぬと空也は思

っている。彼なりに、挫折《ざせつ》と絶望の闇路《やみじ》の果てに行き着いた覚悟であったか。

だからこそ空也は、人は誰でも皆、救われねばならぬという自身の信念に反しても、あえて閻魔大王への牒状を書いた。彼の魂がそれで安らげるのであれば、おのれの信念を通すことなど、いかほどのことか。浄土でも娑婆《しゃば》世界でもどこでもいい、ふたたび会って語り合いたい。

それから二年。

空也自身にもいよいよ命終のときが迫っている。

湯浴《ゆあ》みの支度を命じられた頑魯は、無言でうなずき、四十有余年仕えつづけた人の痩《や》せた小柄なからだを黙々と洗い清めた。

濡《ぬ》らした布で右腕を清めようとして、頑魯は不意に、込み上げる嗚咽《おえつ》に喉《のど》を詰まらせた。

空也の右肘《みぎひじ》の内側に、焼けただれた火傷《やけど》の痕《あと》がべったり貼《は》りついている。阿波の湯島の観音堂で荒行をしたときの古傷だ。腕の上で香を燃やし、七日間不眠不休で焼身供養の荒行をする空也を、頑魯は堂の外から見守った。気を失って倒れた空也を介抱しながら、この人がこのまま死んだら自分はどうしたらいいのかと、心底恐れた。いまは、死が自分とこの人を隔てはしないと知っている。それでも別れはつらい。目を閉じて頑魯のなすがまま身をゆだねていた空也がふっと目を開け、頑魯を見つめた。

「おまえ、まだ名を改める気にはならぬか」

頑魯はむすっとした顔で、空也の肩を拭《ぬぐ》う手を休めずこたえた。

「ないね。おまえさまだって、とうとう空也のままで通したでねえか」

空也はやわらかな笑みを浮かべ、ちいさくうなずいた。

「そうだな。わたしは空也。この世のことはすべて空なりだ。だからこそ、この世は美しく、生きとし生けるものすべてが愛《いと》おしい」

「ほんに、そうだな」

「外が見たい。戸を開けておくれ」

風が冷たくないか、気づかいつつ、音羽丸が板戸を開け放った。

「見えるかね」

頑魯が小声でささやいた。

「ああ、よう見える」

広々とした寺域を見渡し、西に都の垣根のように連なる愛宕山に目をやった空也の脳裏に、これでよかったのかという思いがよぎった。

尾張から陸奥《むつ》、坂東と、五年近い行脚《あんぎゃ》から帰ってすぐ、籠《こも》って坐禅《ざぜん》修行した愛宕山だ。飢饉《ききん》に苦しむ陸奥、戦乱に揺れる坂東、厳しくも豊かな風土の中で生きる人々の営みに胸を衝《つ》かれ、心身ともに疲弊した。月輪寺での日々がそれを癒《いや》し、市中に出て活動を始める原動力になった。

大地震、洪水、疫病《えきびょう》、飢饉、怪しげな性神、荒れる人々の心を救う道を模索しつづけてきた四十年が、いまここにある。

だが、この西光寺も、自分の死後は庇護者《ひごしゃ》も教団の援助もなく、廃《すた》れてしまう運命やもしれぬ。

それでもいい。これでよかったのだ。

かつての髑髏原《どくろっぱら》はいつしか六原《ろくはら》と呼ばれるようになった。いまも少し掘れば人骨が出る。幾多の骸《むくろ》の上に、魂を安らげようとする者たちが集い、彼らの分まで心おだやかに生きようと願い、他者のために尽くそうとしている。それだけで十分だ。かたちはなくなっても、思いは残る。

早くも秋の陽が傾き、愛宕山の上空から射《さ》す金色の光が堂内を明るく照らし出した。頑魯は長い時間をかけて乾いた布で空也の全身を丹念にぬぐい終えると、頭を剃《そ》り、真っ白な小袖《こそで》と墨染の僧衣を着せた。草笛がさきほど下女に持ってこさせてくれた浄衣である。空也自身が仕立ててくれるよう頼んでおいたものだが、草笛はどうして、今日がその日とわかったのか。いまごろは一心に念仏を唱えて、空也の安らかな最期《さいご》を祈っているであろう。

長年、肌身離さず肘に掛けて離さなかった金鼓《こんく》は、余慶の弟子になっている義観に形見として与えた。その鼓《かね》の音が彼を支えてくれるよう願っている。

「おや、あの子供は、ひとりきりか」

空也が庭の隅を指さした。

容体がよくないことは知らせぬよう命じていたのに、それでも聞き知った民たちがぞくぞくと集まってきている。子連れでやって来た者もいるのであろう。三つばかりの男児がひとり、所在なげに石蹴《いしけ》りをして遊んでいる。

「風が出てきた。布子一枚では寒かろう。風邪を引かねばよいが」

つぶやいて見つめるそばから、子が木の根につまずいて転んだ。

よほど痛かったとみえて、寝転んだまま激しく泣きじゃくっている。

「親はどこにおるんじゃ。よう見ておらねば危ないっちゅうに」

舌打ちする頑魯に、空也は子を連れてくるよう命じた。

音羽丸に抱かれて連れてこられた子は、まだ肩を揺らしてしゃくりあげていた。両の膝小僧《ひざこぞう》が擦り剝《む》けて、うっすら血が滲《にじ》んでいる。

「坊や、泣くのはもうやめて、南無観音と言ってごらん」

子の膝小僧に掌《て》を当て、顔を覗《のぞ》き込んでやさしく言った。

「なむ、かんのん？」

「そう、観音さまのお慈悲で、痛いのが消えてくれるからね」

こっくりうなずいて、なむかんのん、なむかんのん、と意味もわからずくり返す子を、母親が目を真っ赤にして抱え上げ、外へ連れていった。

「うむ。これでいい」

空也は西方に向かって端坐《たんざ》し、両手で香炉を胸の高さに掲げ持つと、静かに目を閉じた。

「なむあみだぶつ」

か細い声が息とともに洩《も》れ、それが次第に間遠になっていく。

――息精《いき》は即ち念珠。

最後の念仏が消え、息が絶えた後も、そのままの姿勢で香炉を掲げていた。白い薫《くん》煙《えん》が揺らめきながら外へとたなびき流れ、空へと昇っていった。

天禄三年（九七二）九月十一日、春秋七十。

参考文献

本朝文粋　巻第十三　三善道統「為空也上人供養金字大般若経願文」（『新日本古典文学大系27』）　岩波書店
源為憲「空也誄」（『続群書類従　第八輯下』）　続群書類従完成会
『将門記』東洋文庫
赤城宗徳『平将門』　角川選書
北山茂夫『平将門』　講談社学術文庫
石井義長『空也上人の研究』　法蔵館
石井義長『空也』　ミネルヴァ書房
石井義長『阿弥陀聖　空也』　講談社
堀一郎『空也』　吉川弘文館
伊藤唯真編『日本の名僧5　浄土の聖者　空也』　吉川弘文館
章輝玉・石田瑞麿『空也・良源・源信・良忍　浄土仏教の思想6』　講談社
牧田諦亮『善導　浄土仏教の思想5』　講談社
末木文美士・梶山雄一『観無量寿経・般舟三昧経　浄土仏教の思想2』　講談社
名島潤慈『夢と浄土教』　風間書房
石田瑞麿『日本人と地獄』　春秋社

虚実のおもしろさ、仏教の核心

ひろさちや

空也といえば、京都の六波羅蜜寺《ろくはらみつじ》に蔵されている、康勝《こうしょう》作の空也上人立像がすぐにわたしの頭に浮かんできます。その口から六体の阿弥陀仏《あみだぶつ》が飛び出ているという、とてもユニークな立像です。民間を遊行《ゆぎょう》して歩いた念仏聖《ひじり》の面影をよく伝えています。

念仏の教えといえば、われわれは、法然《ほうねん》と親鸞《しんらん》を思い出します。平安末期の混乱期にあって、苦労に苦労を重ねて生きる庶民に、ただ「南無《なむ》阿弥陀仏」と口に称《とな》えるだけで救われると説いた法然。そしてその弟子の親鸞。それまでの仏教は貴族のための仏教であり、金銭・財物を寺に寄進することによって救いがあるとされていました。

だから、金持ちだけが救われ、貧しい庶民は仏の救済にあずかることができません。そうした仏教に対して、法然や親鸞がただ念仏だけで救われると説いた。だからその念仏の教えは庶民のあいだに燎原《りょうげん》の火のごとくにひろまった。わたしたちはそのように教わってきました。

それはそれでまちがいではありません。でも、念仏の教えといえば、法然よりも二百年以上も昔に、すでに空也（九〇三—九七二）が説いているのです。空也は、わが国の念仏の教えの祖師と呼んでよい人物です。

彼は念仏を称えながら諸国を遊行遍歴し、各地で井戸を掘り、橋を架け、また遺棄された死骸《しがい》を火葬にしたりしています。三十六歳のときに京都に戻り、市中で乞食《こつじき》し、貧民に食を与える等の活躍をしました。だから彼は「市聖《いちのひじり》」「阿弥陀聖《あみだひじり》」と呼ばれています。

空也と同時代に、あの『往生要集』の著者の源信《げんしん》がいます。源信も浄土教の理論的基礎を築いた人ですが、源信は貴族を中心とし、空也のほうは庶民を中心に浄土教を弘《ひろ》めました。

＊

解説がちょっと長くなりましたが、このたび女流作家の梓澤要さんが、この空也を主人公とする歴史小説『捨ててこそ　空也』を上梓《じょうし》されました。なかなかおもしろい小説です。これまで空也の生涯は歴史小説として描かれたことがなく、梓澤さんが先《せん》鞭《べん》をつけられたことになります。

空也の出自は不明です。醍醐《だいご》天皇の皇子説が有力ですが、梓澤さんも皇子説に立脚しておられます。また、空也と平将門《たいらのまさかど》の生年が同じであるところから、二人を坂東の地で遭遇させるというフィクションを創作しておられます。歴史小説は「小説」なんですから、こういう創作も許されるし、またそういった虚構がなければ真の意味での小説にはなりません。わたしは楽しく読ませていただきましたし、また読者もきっと梓澤ワールドに魅せられると思います。

ともかく、小説はおもしろくなければならない。わたしはそう思います。そして梓澤さんの『空也』は、まちがいなくおもしろく読める小説です。ぜひ手にとって読んでいただきたいと思います。

と同時に、空也はわが国で最初に念仏の教えを説いた仏教者です。では、仏教思想のほうはどうでしょうか。おもしろいだけの小説で、念仏の思想そのものが歪《ゆが》められていたのでは困ります。

でも、その点も大丈夫です。聞くところによると、梓澤さんは第18回歴史文学賞を受賞して作家デビューをされたのち、仏教学を学ぶために東洋大学大学院に入学されたとか。だから、空也の念仏の教えもしっかりと書かれています。

《心から仏の御名を呼んで願うだけで、どんな者にでも救いの手をさし伸べてくださる。南無阿弥陀仏というのは、阿弥陀仏よ、あなたさまにおすがりします、という叫び声なのだよ》

《念仏は修行ではない。ましてや、苦行であってはなりませぬ》

わたしは、梓澤＝空也が語る数々の言葉に深く感動しました。貧しき人々の間で生涯を送った「市聖」の言葉に仏教の核心が熱く息づいています。

（『波』平成二十五年九月号より再録、仏教思想家）

解説

末國善己

梓澤要は、古代史ものの『阿修羅』『橘三千代《たちばなのみちよ》』、ユーモアを交えた江戸もの『枝豆そら豆』『恋戦恋勝』、NHK大河ドラマ『おんな城主 直虎《なおとら》』よりも早く井伊直虎を描いた戦国もの『井伊直虎 女《おなご》にこそあれ次郎法師』など、寡作《かさく》ながら多彩で良質な歴史時代小説を発表している。

執筆のかたわら、二〇〇七年から東洋大学大学院で仏教学を学んだ著者は、仏教に基づくユートピアを築いた奥州《おうしゅう》藤原氏と西行の関係に着目した『光の王国 秀衡《ひでひら》と西行』、仏師・運慶の人生をたどる『荒仏師 運慶』など、仏教を題材にした作品でも注目を集めている。著者の創作の柱の一つとなった仏教ものの第一弾といえるのが、本書『捨ててこそ 空也』である。本書は、第三回歴史時代作家クラブ賞の作品賞を受賞しており、そこからもクオリティの高さが見て取れるはずだ。

念仏によって極楽往生を願う浄土思想を民衆に広め、「市聖《いちのひじり》」「阿弥陀《あみだ》聖」などと称されている空也だが、詳しい経歴は分かっていない。ただ空也は生前から、醍醐《だいご》天皇の皇子、または仁明《にんみょう》天皇の皇子・常康親王の子など皇室の出身と噂《うわさ》されていて、著者は醍醐天皇の皇子説を採っている。なぜ天皇の子が、粗末な衣服を着て京の辻《つじ》に立ち、念仏を広める行者になったのか？　著者は、常葉丸（後の空也）の母は身分が低く、菅原道真を太宰府に追放した藤原時平が、甥《おい》を強引に皇太子にしたこともあり、常葉丸は親王宣下すらしてもらえなかったとする。嫉妬《しっと》と羨望《せんぼう》で追い詰められた母は常葉丸を虐待《ぎゃくたい》し、常葉丸は不安と恐怖を抱えながら成長したというのである。

ある日、常葉丸は、野に棄《す》てられていた遺骸《いがい》を集め荼毘《だび》に付している集団を目にし、罵声《ばせい》を浴びせかけた同世代の少年・猪熊に惹《ひ》きつけられる。この遊行僧《ゆぎょうそう》の一団は喜界坊が率い、捨てられた遺骸を弔うだけでなく、井戸掘りや橋の架け替えなどの土木技術でも庶民を救っていた。父にも母にも疎《うと》まれ、どこにも居場所がないと感じていた常葉丸は、出家した祖父の宇多《うだ》法皇の説く仏教ではなく、喜界坊たちの活動にこそ救いがあると考え出奔、地を這《は》うように暮らしながら念仏を学んでいくことになる。

　こうした著者の解釈は、高貴な生まれだった空也が、念仏聖になった理由として説得力がある。それだけでなく、自分は何者か、将来なにをすべきかで迷い苦しむ常葉丸は、〝自分探し〟をしている現代の若者に近い。家族も故郷も捨て、新たな自分を見つけようとあがく等身大の常葉丸には、読者の共感も大きいのではないか。

空也の生没年にも諸説あるが、源為憲《ためのり》がまとめた『空也誄《くうやるい》』の記述から、九〇三年に生まれ、九七二年に没したとするのが有力とされている。空也が生まれた九〇三年は、関東で乱を起こした平将門が生まれた年でもある。著者はこの史実を踏まえ、空也と将門が邂逅《かいこう》するエピソードを織り込みながらダイナミックな物語を作っていく。

空也と将門の出会いはフィクションだろうが、これらと『空也誄』や慶滋保胤《よししげのやすたね》が編《へん》纂《さん》した『日本往生極楽記』などが伝える空也の事績、天候不順や疫病《えきびょう》の流行などが社会不安を引き起こし、それに将門と藤原純友《すみとも》の乱が追い打ちをかけた史実とが、矛盾なく描かれている。それだけに、本書に書かれたことがすべて事実ではと思えるリアリティがある。

空也が生きた平安中期は、不作と政治の混乱によって貴族も困窮していたが、それは餓死寸前まで追い詰められていた庶民ほどではなかった。先行きに不安を感じた人々は仏教に救いを求めるが、国が認めた大寺や高僧が手を差し伸べるのは、多くの僧を集めた大法会《だいほうえ》を開いたり、寺や仏像、経典を寄進してくれたりする特権階級に限られていたのだ。

この状況は、所得格差が広がっている現代の日本に近い。そんな時代に、持たざる人たちと共に暮らし、喜界坊から学んだ技術で民衆の生活を助け、念仏を説いて心の平穏ももたらそうとした空也の存在は、貧困対策を進めているようには見えない現代の為政者への批判になっているように思えてならない。

だが、本書が批判しているのは為政者だけではない。空也は貧しき人々の中に入っていくが、最初から歓迎されたわけではなかった。貴族には何の期待もせず、仏教も貧しい者を助けないと考えている庶民は、より弱い者を叩《たた》くことで辛《つら》い生活に耐えている。そのため心は荒《すさ》び、空也が念仏は悪人も救うといえば、悪事を働いても構わないと考えるほどだったのである。これもごく普通の人たちが、貧困に陥ったのは自己責任であり生活保護をもらうのは甘えと断じたり、在日外国人、性的マイノリティ、障害者などへの過剰なバッシングを行ったりしている現代の日本に重なる。

終盤になると空也は、仏とつながることで他者ともつながり、すべての人々が思いを一つにして平和な国を作るために、大事業を次々と始める。〝利己〟を抑え、〝利他〟の精神を広めることで社会を変革しようとした空也の思想は、やさしさや恩情を忘れつつある現代人に、本当に大切なことを思い出させてくれるはずだ。

お金で幸福は買えないが、お金がなければ幸福感が得られないのも一面の事実である。ただお金を稼ぐために他人を傷つけたり、厳しい競争を勝ち抜くために心をすり減らしたりすれば、また幸福にはなれない。すべての執着を捨てさることで心の平穏を得ようとした、現代のミニマリストの先駆者のような空也は、幸福になるには何が必要なのかにも気付かせてくれるのである。

（平成二十九年十月、文芸評論家）

この作品は平成二十五年八月新潮社より刊行された。

捨《す》てててこそ 空也《くうや》

新潮文庫　あ－91－1

平成二十九年十二月一日発行

著者　梓《あず》澤《さわ》要《かなめ》

発行者　佐藤隆信

発行所　株式会社新潮社

郵便番号　一六二—八七一一
東京都新宿区矢来町七一
電話　編集部(〇三)三二六六—五四四〇
　　　読者係(〇三)三二六六—五一一一
http://www.shinchosha.co.jp

価格はカバーに表示してあります。

印刷・錦明印刷株式会社　製本・錦明印刷株式会社

ISBN978-4-10-121181-7 C0193